U0603989

曹乃云 译

尼伯龙根之歌

德国民间史诗

Das Nibelungenlied

广西师范大学出版社
·桂林·

图书在版编目(CIP)数据

尼伯龙根之歌:德国民间史诗/曹乃云译.—桂林:广西师范大学出版社,2017.9(2023.9重印)
ISBN 978－7－5495－9995－0

Ⅰ.①尼… Ⅱ.①曹… Ⅲ.①史诗－德国－中世纪
Ⅳ.①I516.22

中国版本图书馆 CIP 数据核字(2017)第 203576 号

尼伯龙根之歌:德国民间史诗
NIBOLONGGEN ZHI GE:DEGUO MINJIAN SHISHI

出 品 人:刘广汉   特约编辑:米 卡   责任编辑:陈 维
助理编辑:熊 慧   装帧设计:赵 瑾

广西师范大学出版社出版发行

(广西桂林市五里店路 9 号   邮政编码:541004)
(网址:http://www.bbtpress.com)

出版人:黄轩庄

全国新华书店经销

销售热线:021－65200318   021－31260822－898

山东韵杰文化科技有限公司印刷

(山东省淄博市桓台县桓台大道西首   邮政编码:256401)

开本:890 mm×1 240 mm   1/32

印张:17.75   字数:270 千字

2017 年 9 月第 1 版   2023 年 9 月第 7 次印刷

定价:78.00 元

目 录

001　关于《尼伯龙根之歌》(代前言)

001　第一章
　　　克里姆希尔特在布尔恭腾国成长

006　第二章
　　　西格弗里特如何长大成人

012　第三章
　　　西格弗里特来到莱茵河畔的沃尔姆斯

033　第四章
　　　西格弗里特跟萨克逊人战争风云

059　第五章

　　西格弗里特与克里姆希尔特初次见面

072　第六章

　　恭特尔前往冰岛迎娶勃吕恩希尔特

085　第七章

　　恭特尔和他的伙伴来到了冰岛王国

107　第八章

　　西格弗里特赶回尼伯龙国寻觅他的伙伴

117　第九章

　　西格弗里特受命回到沃尔姆斯

127　第十章

　　国王恭特尔在沃尔姆斯跟勃吕恩希尔特举办婚礼

152　第十一章

　　西格弗里特携妻子回国并在家乡举办婚礼

159　第十二章

　　恭特尔邀请西格弗里特夫妇返回沃尔姆斯省亲、庆典

171 **第十三章**

克里姆希尔特和丈夫回到莱茵宫殿

179 **第十四章**

王后们闹作一团

193 **第十五章**

有人对沃尔姆斯宣战

203 **第十六章**

西格弗里特惨遭杀害

223 **第十七章**

克里姆希尔特悲悼和安葬她的丈夫

238 **第十八章**

西格蒙特回国,克里姆希尔特留在莱茵

244 **第十九章**

尼伯龙国宝藏运回沃尔姆斯

256 **第二十章**

国王埃策尔派使者向克里姆希尔特求婚

287　第二十一章

克里姆希尔特离开沃尔姆斯前往匈奴国

297　第二十二章

克里姆希尔特和埃策尔在维也纳举办婚礼

308　第二十三章

国王埃策尔和克里姆希尔特派遣使者前往沃尔姆斯

317　第二十四章

使者们前往莱茵，然后回转复命

335　第二十五章

国王们来到匈奴人王国做客

354　第二十六章

他们跟埃尔塞和格尔弗拉特纷争不已并且获胜

369　第二十七章

伯爵迎接国王及其骑士，安排他们愉快生活

383　第二十八章

尼伯龙人来到埃策尔的城堡，受到了欢迎

392 第二十九章

哈根拒不对王后起立

405 第三十章

国王和骑士们休息就寝和后来发生的故事

412 第三十一章

国王们前往教堂

429 第三十二章

勃吕特林和唐克瓦特在栈房厮杀起来

436 第三十三章

唐克瓦特前往宫殿给三位国王报信

454 第三十四章

伊林遇害

465 第三十五章

三位国王跟他们的姐妹谈判和解

477 第三十六章

许特格之死

498　第三十七章
　　　狄特利希的勇士惨遭全军覆没

517　第三十八章
　　　狄特利希征服恭特尔和哈根

531　地名索引图

533　人名地名一览表

545　后　记

关于《尼伯龙根之歌》
（代前言）

    自从中世纪以来，英雄史诗（亦称德国民间史诗）《尼伯龙根之歌》在德语国家中广泛流传，是一部为广大民众喜闻乐见的伟大的文学作品。今天，散见于德国、奥地利等各地图书馆的大约有十部全版或者接近全版的书籍，另外还有近二十部残缺不全的抄本，而其中最为重要的抄本有：

    ——荷恩埃姆斯－慕尼黑版（die Hohenems-Münchener Handschrift）；

    ——圣伽伦版（die St. Gallener），人们把这一版本称为乌尔伽达版，即通俗版的意思；

    ——荷恩埃姆斯－拉斯贝尔克版（die Hohenems-Laßbergische Handschrift），该版现收藏在德国巴登符腾堡州的多瑙厄申根。

    学术界习惯上把荷恩埃姆斯－慕尼黑版称为 A 版，把圣伽伦版称为 B 版，而把荷恩埃姆斯－拉斯贝尔克版称为 C 版。

    一般说来，C 版属于最古老的版本，源于十三世纪初叶，可是 B

版中所提供的内容则可以让人们追溯到北欧更为古老的文学题材。C 版实际上是内容扩大和改编的版本。本部《尼伯龙根之歌》译本主要依据 C 版,即荷恩埃姆斯-拉斯贝尔克版。

人们推测《尼伯龙根之歌》成书于公元 1200 年前后,作者或编汇者姓名不详。有人认为,作者也许是帕骚圣教管辖区的一名成员。而 1567 年在多瑙河流域普龙城堡(Burg Prunn)发现的一幅手迹中则记载了城堡主人夫劳恩贝格家属在该地过着优雅的宫廷生活。这幅手迹源于十四世纪,上面抄录着德国文学的经典作品《尼伯龙根之歌》。因此,普龙堡又在民间传说中被视为《尼伯龙根之歌》的发源地。从内容上看,《尼伯龙根之歌》也许属于唱本或脚本,而它的听众则显然是一群出身高贵而又有教养的人士。

在十六世纪时,《尼伯龙根之歌》在德语国家地区一度被遗忘,直到十八世纪中期才有人重新把它挖掘出来。1782 年 C. H. 米勒印刷了该诗的第一个版本。可是世人对书的反应却截然不同,比较典型的有德国弗里特利希一世的一通评论。1784 年 2 月 22 日收到《尼伯龙根之歌》赠书后,他在给出版者的回信中说道:"对这些诗,你们过分地看好……认为它对于丰富德语语言如此重要。我的意见却是这些东西其实还不值一桶炸药钱。它们不值得从遗忘的泥土中重新被揪拔出来。至少在我的藏书中,我是不能容忍这类粗劣的东西,而要把它扔出去的。因此,寄给我的这套书只能存在一旁的大图书馆里等待它的命运了。估计这样的东西是不会有多少人过问的……"看来,喜欢评论书籍的大人物还不止一两家,然而幸运的是国王所作的预言并不灵验。

当时连歌德对《尼伯龙根之歌》的反应也十分冷淡。歌德把米勒先生寄给他的赠书一连搁置了几年,未曾阅读。直到1806年,他才开始注意这部诗歌,甚至还从中翻译了一段。可是,德国浪漫主义的前驱和后来许多的浪漫主义人物对《尼伯龙根之歌》却十分赞赏和推崇。1812年,《尼伯龙根之歌》以大学教科书的面貌登上了神圣的学术殿堂。不久,它便占领了广大的中学领地,直到今天。当然,《尼伯龙根之歌》的广泛传播还得力于它被多次译成现代德语,而其中由卡尔·西门洛克(Karl Simorock)于1827年发表的译作最为杰出。迄今为止,它仍然被视为该部作品的经典译作。

《尼伯龙根之歌》虽然托名于"歌",实际上却是一部叙事诗,是一部英雄传说。从内容上看,《尼伯龙根之歌》是由两部原本并不相连的传说,即所谓《西格弗里特传奇》和《布尔恭腾王朝复灭记》重新组合而成的。全书的第一部分包括一至十九章,涉及四位王家男女,恭特尔、勃吕恩希尔特、西格弗里特、克里姆希尔特的婚姻记。这里包括求婚和结婚的盛大场面和精彩故事,涉及两位王家姑嫂的不睦和纷争,另外还有英雄骑士西格弗里特之死,包括密谋、残杀以及在莱茵河沉降尼伯龙根宝藏。第二部分包括二十至三十八章,涉及许特格为匈奴人国王埃策尔提亲,克里姆希尔特的第二次婚姻以及在维也纳隆重举办的婚礼。克里姆希尔特不忘旧恨,婚后邀请众位兄弟前往匈奴人王国,然后便是布尔恭腾人的多瑙河之旅,克里姆希尔特为丈夫西格弗里特之死以及为尼伯龙根宝藏所策划的复仇之战,等等。

《尼伯龙根之歌》两大部分的精彩内容源于欧洲历史上的许多材料和典故。据推测,大约在1190—1205年间有人把它们综合整理成统一的情节。毫无疑问,这样的融合肯定难以让故事的发展天衣无缝。因此,细心的读者无论在书中人物或者在故事的内容方面都能发现一些细小的矛盾之处。而且,《尼伯龙根之歌》的故事脉络纵横欧洲大地,从故事的北欧起源到欧洲中部的莱茵河地区,然后人物几近颠沛流离,命运的舞台重新搬到欧洲东部的多瑙河流域,于是帕骚、贝希拉恩、梅尔克、图尔恩、维也纳、格朗、布达佩斯等一系列流经今天德国、奥地利和匈牙利境内多瑙河沿岸的名城如同星光闪烁在故事的夜空,令人目不暇接。读罢全诗,让人不得不感慨万千地掩卷沉思,脑海中回荡着叩人心扉的刀光剑影和可歌可泣的儿女情长。

《尼伯龙根之歌》的故事是这样的:

古代尼德兰王国有位王子名叫西格弗里特。王子非常勇敢,力大无穷,曾经杀死过一条恶龙,还用龙血沐浴,血到之处刀枪不入,如同坚甲。只是王子在沐浴时恰巧遇有一片菩提树叶飘落肩上,因此这一龙血未到之处便成为致他死命的薄弱之处。这位尼德兰的王子还征服并且占有了巨大无比的尼伯龙根宝藏。此外,他又在战斗中获得一顶隐身帽,只要戴上它,不但身体隐而不见,个人的力气还能增强很多倍。王子听说在布尔恭腾王国有一位公主克里姆希尔特貌似天仙,于是决意前去求婚。布尔恭腾的国王名叫恭特尔,乃是克里姆希尔特的兄长。他答应了西格弗里特的求婚,但必须以帮他办成一件事作为条件。原来恭特尔早想娶美丽的冰岛女王为王后,女王的名字叫勃吕恩希尔特。然而这位冰岛女王美丽而又凶狠,凡是向她求婚的人都必须与她进行类似今天田径运动的竞技:投枪、掷石和跳远。如在三样比赛中有一样不如她,不但求婚不成,还得赔上性命。恭特尔自知力不从心,便央求西格弗里特王子全力以赴帮助他。

于是西格弗里特打扮成恭特尔的随从,前往冰岛。当恭特尔跟勃吕恩希尔特比赛时,西格弗里特凭借隐身帽的神力,暗中帮助了恭特尔,使恭特尔在三项比赛中皆获全胜。勃吕恩希尔特无可奈何,只得跟随恭特尔返回布尔恭腾王国。回国之后,勃吕恩希尔特与恭特尔、西格弗里特与克里姆希尔特双双成婚。可是在新婚之夜,剽悍异常的冰岛女王结结实实地吊打了恭特尔,把他捆绑着悬挂在墙上。次日,恭特尔不得不再度请求西格弗里特帮助。于是夜晚来临之时,西格弗里特戴上隐身帽潜入恭特尔的寝宫,帮助恭特尔制服了勃吕恩希尔特,使勃吕恩希尔特成了恭特尔的妻子。从此,勃吕恩希尔特便褪去了先前的凶残面目,成为一个温顺的妻子。当晚,西格弗里特顺手拿走了勃吕恩希尔特的一枚戒指和一根腰带,并将这两件东西交给自己的妻子克里姆希尔特保管。不久,西格弗里特带着克里姆希尔特回到了故乡尼德兰王国。

十二年之后,西格弗里特夫妇又被邀请到布尔恭腾王国做客。一天,克里姆希尔特和勃吕恩希尔特一同去沃尔姆斯教堂作弥撒,因为在路上争谁走在先,两人发生了争吵。勃吕恩希尔特对克里姆希尔特说:"家奴的妖精绝不应该走在一位王后的前面。"克里姆希尔特则回答:"一位小妾如何成了堂堂国王的妻房?"勃吕恩希尔特气愤万分,决意向西格弗里特报仇雪耻。恭特尔的勇士、忠臣哈根立誓要杀死西格弗里特来为主人复仇雪恨,以表示他的忠心。哈根设计从克里姆希尔特那里得知了西格弗里特身上能致命的地方。一次出征,因为不见敌人的踪影,出征变成了狩猎。西格弗里特去泉边喝水,哈根尾随其后,暗中刺杀了西格弗里特。西格弗里特的妻子克里姆希尔特非常伤心,立志为夫报仇。几年之后,克里姆希尔特被人说服,将尼伯龙根宝藏——她的结婚晨礼送到了布尔恭腾。哈根待宝藏送到之后,动用种种手段终于夺得了保管宝藏的钥匙,并最终将宝藏偷偷地沉入莱茵河底。

后来,匈奴人国王埃策尔向克里姆希尔特求婚,使者答应婚后为克里姆希尔特排忧解难,克里姆希尔特这才答应再嫁。于是,克里姆希尔特动身前往匈奴人王国。她在匈奴人王国时刻思量着报仇,不知不觉在匈奴人王国也住了十二年。一天,克里姆希尔特向埃策尔提出邀请她的兄长恭特尔和哈根等人前来王国做客。哈根接到邀请后立刻明白了克里姆希尔特的用意,便力图说服恭特尔不要前往,可是骑士的英勇气概又迫使恭特尔必须大无畏地前去冒险。于是恭特尔、哈根随带精兵万名,浩浩荡荡地前往匈奴人王国探亲。在匈奴人王国的盛大宴会上,竞技比武有意弄假成真,最后竟致流血激战。匈奴人和布尔恭腾人杀作一团,直到血流成河,尸横遍地,恭特尔和哈根均被匈奴人生擒活捉。克里姆希尔特本可把哈根杀死以报丧夫之仇,可克里姆希尔特向哈根发问的第一句话却是,她的尼伯龙根宝藏现在何处,表示只要归还宝藏便可以让哈根生还布尔恭腾王国。哈根答道:只要他的君主恭特尔在世一日,他就不能说出宝藏所在。克里姆希尔特竟杀死了兄长恭特尔,并把首级向哈根出示。哈根看到恭特尔的首级后对克里姆希尔特说道:如今除了上帝和我之外,再也无人知道宝藏所在,你也休想再知道它的下落。克里姆希尔特见他抗拒,便愤而杀死哈根。在旁的勇士希尔德勃兰特,目睹一个堂堂武士竟被女流之辈残酷地杀死,愤怒至极,于是他挺上一步,挥刀砍下了克里姆希尔特的首级。一部英雄传说便在遍地尸体的血泊中收场了。

不难看出,《尼伯龙根之歌》给世人提供了一幅精彩的历史画卷,那是一个风云变幻、起伏跌宕的时代,纵横时代的主体人物就是分布在大小地盘上的国王。这里有莱茵河地区布尔恭腾王国的国王恭特尔,有活跃在桑腾地区的尼德兰王国国王西格蒙特和他的王位继承人西格弗里特国王,有生活在格朗和布达佩斯的匈奴人王国的国王埃策尔,另有生活在大海深处的冰岛女王勃吕恩希尔特,尼伯龙王国的君主、年轻的国王希尔鹏,还有犯境相侵的丹麦王国的国王吕特伽斯特和他的兄弟萨克逊王国的吕特格尔国王。国王们穿罗着缎,过着灯红酒绿的日子自然不在话下。他们忙碌地练兵演武,不断地举办盛大的节日,展现他们马背上的身段和弓箭上和武艺。另外,国王们其实还是一批特殊的经济人物,他们在头脑里膨胀着遏制不住的占有欲望。占有别国的土地,占有别人的财富,似乎已经成为国王们的日常政务。西格弗里特公然宣称:"你们拥有的一切我要通通地征讨夺回,无论是土地还是堡垒,一切都必须对我俯首称臣。"何等气派,何等直率。于是,他们成就巨大,战绩辉煌。国王们舞枪弄棒,"到处寻找是非纷争"。至于他们积攒的财富,"如果人们愿意用它支付买下整个地球,结果也不会减少其中哪怕一个小小的马克"。财富之大,可见一斑。

不过,正当其年的国王们往往还都是情场的骄客。他们不时地"失足跌入滚烫的爱河"。而且,国王们似乎全都热衷于远方的爱情。位于北方尼德兰王国的西格弗里特为了求婚,"昼夜兼程,已经迎来了第七个灿烂的清晨,他们来到沃尔姆斯郊外河滩",这是自北向南的旅程。国王恭特尔则为了"让艳丽的冰岛女王从此成为我的后宫妻房"，甚至不惜冒"接连十二个白昼黑夜"的舟楫之苦，趁着"强劲的海风"，一直"进入勃吕恩希尔特的王国"，这是自南至北的求婚之旅。自然，匈奴人的国王埃策尔也不甘寂寞。他在丧偶后不断地"思量着续弦王后再娶妻室"，于是派了威武的边关伯爵许特格前往说亲，"沿路行走十二天，他们终于到达了莱茵"。这回是东西方向，沿着多瑙河，再转程到了莱茵河地区。真是一路洒满了英雄美女的无数佳话，流传千古。国王们当然不会孤家寡人、独自行动。他们便在各自的王室周围积攒了一批忠臣良将。于是哈根、唐克瓦特、埃克瓦特、伏尔克、勃吕特林、赫尔姆诺特、希尔德勃兰特、荷恩伯格等等一大群文臣武士如众星拱月，构成了各个王国天下的人员堡垒，固若金汤。

忠诚和勇敢是骑士英雄们进入国王伦理大厅的两张入场券。恭特尔的谋臣哈根一旦知道王后勃吕恩希尔特受到"无地自容"的伤害，"立刻举手发誓"，愿意为主人"报仇雪耻"。其实，哈根除去西格弗里特的真正目的则是为了替恭特尔国王扩大地盘，为了让属于西格弗里特的"许多王国都将对我们俯首称臣"。为了实现被他们视为崇高的愿望，哈根或者其他分属各个王国的武士们在战斗中所显示出的勇敢都是空前绝后、无与伦比的。难怪乎在故事结尾时勇士们都被斩尽杀绝，他们躺在共同组成的血泊中让故事无限悲壮地"到此结束"。

当然，故事中宣扬所谓的"忠诚"也是相对而言。身受哈根式"忠诚"重创的西格弗里特在临死前还不忘揭露，说"世上人间从来没有比起你们对人施行的更加卑鄙、恶毒的阴谋"。因此，忠诚说穿了只是骑士们向国王书写领取活动范围和空间的卖身契。他们又以战战兢兢的勇敢装点自己的颜面和活动空间,尽显骑士王国主仆间的精神风貌和伦理道德。

有趣的是,在《尼伯龙根之歌》歌声所能飘到的地区,无论是国王还是王宫大臣乃至一般的平民百姓,他们都奉行"一夫一妻"的婚姻制度。男女双方对婚姻都很忠诚,感情也很专一。勃吕恩希尔特当姑娘时择婿条件非常苛刻:"向她求婚的年轻勇士必须跟她比试投掷枪杆",而且,"倘若失手输掉一场,英雄难免把命儿搭上"。可是,当女王终于接受了爱情的命运以后,她便立刻庄重地向国王声明:"我再也不敢拒绝你对我恩赐的高贵爱情。"从此以后,"女王再也不比任何一个女人更加强悍半分"。

其实,《尼伯龙根之歌》正是再现了三部重头的爱情戏:西格弗里特王子和克里姆希尔特公主的爱情,恭特尔国王和勃吕恩希尔特女王的爱情以及匈奴人王国的埃策尔国王和克里姆希尔特的续弦爱情。国王们为了爱情不惜赴汤蹈火,自然,他们也无限深情地沐浴着爱情的阳光雨露。爱情带给他们幸福,爱情又给他们酿造了无边无际的灾难。莱茵河畔布尔恭腾王国的公主克里姆希尔特便是从爱情的无限高峰跌落进爱情的万丈深渊,饮恨难以弥补的杀夫之痛。难怪乎她有强烈的报仇欲望,念念不忘要给丈夫西格弗里特报仇雪恨。可是,克里姆希尔特的悲剧原本并不在于她的复仇心理。她作为一个青春如花的女人自然不能接受哈根的阴险杀夫之恨,她的痛苦刻骨铭心也在常理之中。因此,克里姆希尔特结果"被骑士利剑斩成数段"的原因乃在于她竟敢冒天下之大不韪,倾王国之文武,仅仅为了图个人的报复之快。这等行为的结果必然天理难容,所以,她的最终结局也便成为理所当然的了。

从美学角度看,《尼伯龙根之歌》也不愧为一部具有多种特色的英雄史诗。这部作品气势磅礴,内容包罗万象,叙事叙理丝丝入扣,展示情节前后呼应,读来让人回肠荡气,难以忘怀。

《尼伯龙根之歌》是以第一人称(我)作为故事的讲述者,娓娓动听地叙述或者演唱的。诗文内容通俗明了,语言偏向民间性的口头交流。演唱者不断地把故事推向一个个新的高潮。高潮迭起,使故事的涟漪呈现更加良好的合理性、精彩性和可读性。

《尼伯龙根之歌》的诗文道具其实都是一些直观的尘世俗物。这里有宫廷、战马、舟楫、靓衣、美酒、兵甲、刀剑,活动的天地里有山有水,更有辽阔的平原作为厮杀的战场。而《尼伯龙根之歌》所展示的人员和他们的关系,那简直就是一幢再清晰不过的封建大礼堂。这里有父亲母亲、兄弟姐妹、儿子女儿、亲戚朋友,这里有将军士兵、主人仆人,甚至还有善知过去未来的多瑙女妖。而且,即便是女妖或者镇守尼伯龙根宝藏的白胡子小侏儒阿尔卑律希,他们也完全都是人体生命的变种或异种,来源于人类美好的艺术想象和创造。他们跟人类一样,有名有姓,有男有女,还跟人类操持共同的语言。可是,他们又跟人类不一样,那便是他们具有超人类的特异功能,善知过去未来,保管着戴在头上便让谁也看不见自己的隐身帽,这些都为主人的行动和成功平添方便。

《尼伯龙根之歌》在诗文中涉及王国权力和王位的关系准则便是封建社会的世袭制。西格弗里特王子继承父亲西格蒙特的王位,四面支持,八方呼应,天经地义。布尔恭腾王国似乎也是长兄执位,其他的兄弟们共同辅佐朝廷,连婚姻也都是嫁娶式的,男方迎娶,女方出嫁。《尼伯龙根之歌》从成文到眼下大约跨越了八个世纪,今天读起来却仍然感到分外亲切和熟悉。

毫无疑问,《尼伯龙根之歌》是一部伟大的欧洲型的作品,是一部德国式的英雄史诗,它在德语国家中留下了巨大的影响。德国、奥地利和瑞士境内有着许许多多的"尼伯龙根大街""尼伯龙根广场""尼伯龙根商厦""尼伯龙根纪念碑""尼伯龙根河谷",这便让中国人想起国内多少城市所拥有的"中山大道""中山桥""中山路""中山广场""中山纪念碑"一样。奥地利国多瑙河畔的贝希拉恩城更是一个鲜明的典型,它的老城区的所有街道几乎全是以《尼伯龙根之歌》中的人物命名的。而奥地利首都维也纳附近的图尔恩城于 2005 年 7 月在多瑙河畔落成了一座生动活泼的尼伯龙根纪念碑,那是一组人物铜像,再现了《尼伯龙根之歌》诗文中悲欢离合、难分难舍的动人场面。可见号称"德语圣经"的《尼伯龙根之歌》影响之深刻。

值得指出的还有,《尼伯龙根之歌》毕竟涉及欧亚大陆的两大文化系统,这无疑会在诗文中添加许多鲜明的东方色彩。这恐怕是不少研究《尼伯龙根之歌》的西方人士始料未及的。这里包括龙的概念、匈奴意识、英雄伏尔克的琵琶,还有如意金棒等等。而且,德语中的《尼伯龙根之歌》显示了特殊的诗歌体裁,也许为了朗读,为了表演,它在每一行中都留下一处断档,如同音乐作曲中的休止符号一样。

龙在中国文化中是权力的象征,也是美学想象的艺术结晶。它借用了许多动物的身体结构,如牛头、马面、鹿角、蛇身、鱼鳞,再借用鹰爪等等,组成了一个上乘的艺术精品。可是,龙在日耳曼文化意识中却是妖魔鬼怪的标志,是恶鬼的同义词。它常常用来衬托许多超人英雄的巨大本领，或被战胜，或被斩杀，再用龙血沐浴，则能练就铜皮铁骨，被赋予惊人本领。北欧瑞典国在松毕霍尔姆地区的岩壁上刻有一幅西格弗里特大战恶龙的岩画，展示了剖心、饮血、烹饪等生动的场面，给后世的文学创作提供了许多动人的题材。

《尼伯龙根之歌》中的如意金棒出现一回后便被搁置一旁，不知如何显示作用，而同样的金棒在《西游记》的猴王手中则被玩耍得出神入化、惊天动地。无独有偶，前几年在成都附近三星堆出土文物中也有一根做工细致、独一无二的金棒，再一次显示了古人的艺术匠心。

《尼伯龙根之歌》中的乐师大英雄伏尔克手持乐器琵琶，战斗激烈时"发出了强烈的响声"。而且，他还把"琴弦拉得通红一片，他用音乐为多少英雄无端地伴奏送终"。"他的歌声嘹亮，穿透了头盔和战盾的铁边。"显然，他不是用刀剑的利刃，而是用乐器的响声战胜敌人的。此情此景，不由得使人们联想起收降孙悟空的天兵天将，其中也有一位耍弄乐器的金刚，乐声刚烈，弹奏得猴王头胀欲裂。真是如出一辙的制胜法宝。

在十二世纪搅动东西方文化的历史巨匠正是成吉思汗。他的马队驰骋于蓝色的多瑙河，因此在多瑙河流域留下了匈奴和匈奴人的形象，那是多么顺理成章的事。

嗬，德语文学中涌现的英雄史诗《尼伯龙根之歌》真是一部生动的文学巨著，让人们解读不尽。

是为前言。

第一章
克里姆希尔特在布尔恭腾国成长

1   古老的传说给我们　　留下了无数的奇迹，
　　　夸说英雄,声势显赫,　　无比刚强,不屈不挠,
　　　唱庆典,誉欢乐,　　是非曲直,可歌可泣,
　　　还赞颂无数勇士血战疆场,　　且容一一讲说明白。

2   当年布尔恭腾国,　　有个高贵的姑娘,
　　　芳名克里姆希尔特:　　天生丽质,
　　　婀娜多娇,　　出落成漂亮的少女。
　　　为了追求姑娘,　　多少英雄丧身捐躯。

3   可爱的姑娘情意绵绵,　　赢得世人爱怜、称羡。
　　　英雄们钟情于她,　　无人惊呼遗憾和惋惜。
　　　姑娘的体态雍容华贵,　　秀色可餐,无与伦比。
　　　姑娘的气质和谐、高尚,　　令天下女人引为仿效榜样。

4　三位国王呵护着姑娘，　　他们富甲天下、气宇轩昂；
　　恭特尔，盖尔诺特，　　无人敢与匹敌，
　　年轻的弟弟吉塞尔赫，　　不愧为杰出的人间骑士。
　　姑娘正是他们的同胞姐妹，　　国王们视如掌上明珠。

5　他们的母亲名叫乌特，　　雍容华贵，仪镇一方，
　　父亲堂克拉特，臂力过人，　　是威风凛凛的君王。
　　他在身后给儿孙们　　留下了巨大的遗产。
　　国王年轻的时候　　赢得的荣誉层峦叠嶂。

6　国王们宽厚、仁慈，　　门第尊贵，令人敬仰。
　　众英雄百里挑一，　　论气力盖世无双，
　　他们生活的大地　　就是布尔恭腾王国。
　　英雄们创造奇迹无数，　　日后还在埃策尔堡大显身手。

7　莱茵河畔的沃尔姆斯，　　是他们建功立业的地方。
　　一员员骑士豪情万丈，　　他们以毕生的精力，
　　效忠君王，立功授勋，　　荣誉满室，彪炳人间。
　　可惜后来惨死阶下，　　因为两位王后纷争不已。

8　如我所述，　　三位国王啊充满着
　　高贵的英雄气质。　　他们的麾下战斗着
　　顶天立地的英雄。　　人们称道他们的
　　强大、勇敢，　　历尽多少艰难不屈不挠。

9   这里有特隆页的英雄哈根，   还有他的胞弟，
     出手非凡的唐克瓦特，   来自麦茨的奥特文，
     两位边关总督，   名字叫作盖莱和埃克瓦特，
     更有阿尔察的伏尔克，   力敌万人，无所畏惧。

10   御厨总管罗莫尔特，   是位千里挑一的英雄，
     还有辛多尔特和呼诺尔特。   众位勇士兢兢业业，
     效忠三位国王,维护荣誉，   辅佐朝廷。
     左右另有骑士无数，   恕我无法一一点出英雄大名。

11   唐克瓦特执掌帐前元帅。   来自麦茨的奥特文
     身为国王子侄，   总管御前膳务。
     辛多尔特司职宫廷酒宴，   一位身负重任的勇士。
     财务大臣由呼诺尔特担任，   众星拱月维护朝廷尊严。

12   国王宫廷何等辉煌，   力量多么雄厚、巨大，
     英雄们骑马演武，   威风八面、仪态万千，
     他们的生活无限欢乐，   享不尽的尊荣华贵，
     任何人都无法   给你们真正地细述明白。

13   克里姆希尔特姑娘，   享受不尽人间的荣华富贵，
     她在梦中见到亲自喂养的雄鹰   威武强壮野性无限，
     不料却被两匹山雕抢夺而去。   姑娘无计可施，
     眼巴巴看着自己在这片大地上   经受无与伦比的苦难。

14 她向母后乌特　——讲述梦中见闻。
　　母亲无法给善良的姑娘　更好地圆梦解释：
　　"你在梦中喂养的雄鹰，　应该是一位高尚的男人。
　　但愿神仙佑护，　否则日后灾难深重，一朝应验。"

15 "我的亲爱的母亲，　你怎么给我提到了男人？
　　我只是希望　永远摆脱英雄和爱情的羁绊。
　　我愿意无忧无虑，　一直生活到死神临门，
　　不愿在男人的情爱中　分得一杯折磨人的残羹。"

16 "你别推却得如此彻底、干净，"　母亲开口言道，
　　"如果希望从此在世上　倾心生活，欢乐终身，
　　只有依赖男人的爱情方能如愿。　倘若神仙给你送上
　　一位善良骑士的真身，　你将成为幸福的女人。"

17 "我的母后，真的，　请暂且收下这番心声！
　　多少女人的命运　到头来终于让人明白，
　　爱情的酬报　必将是无限的折磨和苦难。
　　我必须回避它们，　不受厄运的诱惑和纠缠。"

18 克里姆希尔特满怀踌躇，　思想里摆脱了爱情。
　　善良的姑娘　度过了多少闺房的美好时光，
　　心中无牵无挂，　从不仰慕任何男人成为如意夫君，
　　直到有一天喜从天降，　姑娘荣耀地赢得一位骑士情郎。

19　　这真是姑娘在梦中　　见到的那匹雄鹰，
　　　母亲给她诠释的男人。　　至亲的熟人日后杀害了他，
　　　姑娘恶心顿起，　　报仇雪恨的烈焰多么熊熊烈烈！
　　　只为死了他一人，　　几多母亲遭受着丧失儿郎的厄运。

第二章
西格弗里特如何长大成人

20 美丽的尼德兰平原上　　耸立一座富庶的关隘，
城池与莱茵河遥相对望，　　国王西格蒙特，
王后西格琳特，　　膝下一位年幼的王子，
王家富贵不容细说，　　统率的城关叫桑腾。

21 我给你们提及的英雄　　一表人才，多么英俊。
王子生活养尊处优　　从来没有蒙受任何的羞辱。
年轻的勇士出落得　　威武盖世，气力万钧。
嘿，他的一生啊，　　赢得了多少高贵的荣誉！

22 王子西格弗里特，　　一位敏捷的武士。
年轻的英雄气概，　　让他征服了周围多少王国。
凭着身体的强悍，　　王子走遍了东南西北河川平原。
嘿，且看他在布尔恭腾　　与众位骑士的命运！

23　　英雄的骑士在　　尚未成年的光辉岁月里
　　　　已经亲手创造了　　无数精彩的奇迹，
　　　　供人们日后歌颂赞叹，　　多少难以忘怀的故事
　　　　让世人只能缄默于口，　　实在无法一一尽数。

24　　王子年轻的时候，　　那是无限美好的光景，
　　　　西格弗里特奇迹连连，　　令人争相称道，不绝于口，
　　　　赞叹他的魁梧身材，　　称赞他的荣誉罩身。
　　　　多少风姿优美的姑娘　　思恋于他，魂牵意绕。

25　　无限精心的培养，　　指望成为高贵的男儿，
　　　　王子自身的气质　　让他赢得多少美好的品德。
　　　　西格弗里特终于成了　　装点父亲王国的奇葩。
　　　　世人称羡他的点点滴滴　　都不失真正的美好、辉煌。

26　　西格弗里特长大成人，　　准备进入宫廷施展才能。
　　　　人们渴望一睹王子的风采，　　多少姑娘，还有女人
　　　　默默祝福，让王子趁着心愿　　永远映入她们的眼帘。
　　　　多少人对他献尽了妩媚，　　英雄的骑士心领神会。

27　　王子出游从来不失呵护，　　一路小心犹如保护孩童。
　　　　他的母亲西格琳特　　还让他穿上漂亮的衣裳。
　　　　深晓礼仪的贤士亦步亦趋　　照料王子尽献心意。
　　　　他为此赢得了两件宝贝，　　勤劳的人民还有辽阔的土地。

28　王子终于羽毛丰满,体力过人，　可以操练诸般武器。

　　他所需要的一切，　应有尽有,不缺纹丝毫厘。

　　王子进入了春情满怀的时分，　思欲寻觅漂亮姑娘的缘分。

　　姑娘们满怀荣耀，　想念西格弗里特的体格魁伟。

29　国王西格蒙特　当着众位英雄发下了旨意，

　　他愿意跟至亲朋友　共同举行欢乐的庆典。

　　使者们急忙行事　给远道的国王们送去欢庆的信息。

　　国王给来者,无论陌生与否，　通通送上了骏马和衣裳。

30　使者只要亲自看到　陌生的人儿骑士模样，

　　门第如同他们一般，　出身名门的贵族孩童，

　　便立刻邀请他们前往　参加国内喜庆的盛典。

　　年轻的王子从那个时刻　便将操持锋利的宝剑。

31　西格蒙特和西格琳特　亲自分发一件件礼品，

　　他们由此赢得了　多少高贵的荣誉。

　　这回欢乐的庆典　不愧为世上珍闻、人间奇迹。

　　人们看到多少朋友　络绎不绝骑马来到了桑腾。

32　四百名剑客骑士　穿上艳丽的衣裳

　　伴随着年轻的王子。　多少漂亮的姑娘

　　不停歇地忙碌缝制新装，　对王子尽献绵绵情意。

　　女人们还把名贵的钻石　叠加在灿烂辉煌的黄金之上。

33   她们希望将镶边   给豪情万丈的年轻剑客
      缝制在衣衫上，   结果也令她们遂心如愿。
      主人吩咐左右添造席位，   特地准备迎接众位英雄，
      让他们赶在夏至那一天   共同欢度节日盛典。

34   多少衣着华丽的仆人，   多少气宇轩昂的骑士
      簇拥着前往一座教堂。   年长的行为令人称赞，
      他们为年轻人尽心服务，   犹如从前人们为他们做的一样。
      他们变尽种种娱乐，   自己也享受着无限的欢欣。

35   队列里吟唱弥撒，   人们大声地赞颂神仙不已。
      他们踊跃争先，   奋力脱颖而出，
      按照国王的风范，   如同人们争当骑士一般
      显示巨大的荣誉，   豪华的排场点缀得令人眼花缭乱。

36   骑士们争先恐后，   他们看到国王西格蒙特的
      宫殿里鞍马成群，   骑士们开始了激烈的比试，
      宫殿上下，场内场外，   只听得如同大海咆哮。
      斗志昂扬的骑士们   发出惊天动地的呐喊。

37   无论年迈的或者年轻的，   挥舞着兵器乒乓作响，
      一根根枪柄被打得断裂，   呼喊的声音响彻云天。
      残杆碎片如银蛇飞舞，   一直飘落到宫殿的远方，
      多少骑士奋发图强，   手上的武器直打得纷纷扬扬。

38　主人号令停止比赛，　骑士们牵开一匹匹嘶鸣的骏马。
　　人们看到了坚硬的盾牌　零零乱乱、破碎不堪，
　　还有许多昂贵的钻石，　那是盾牌光辉的标志，
　　被撞击得破灭、粉碎，　散落一地,滚动不已。

39　国王的贵宾来到　人们礼请席前就座的地方。
　　一道又一道精美佳肴，　武士们渐渐摆脱了浑身疲劳。
　　还有玉液琼浆，　仆人给他们满斟满上。
　　客人们无论生疏，　通通都被视如宫廷贵宾。

40　更有许多尽兴的娱乐　伴随他们度过了朗朗的白昼。
　　一旁还有吟游的艺人，　他们激动不已难以平静。
　　客人们踊跃争夺赏赐，　主人们慷慨解囊,厚赏不已。
　　吟游诗人赞扬不止，　夸说国王西格蒙特盛誉全国。

41　国王颁布命令，　给年轻的王子西格弗里特
　　封赐大片的土地和城池，　如同他当年经历的一样。
　　他还亲自动手　为自己的剑友送上许多赏礼。
　　一路劳顿,满怀欢心，　来到桑腾国的确不虚此行。

42　欢乐的庆典悠扬绵延，　一直持续到第七个白天。
　　西格琳特,慷慨的母亲　按照经年的积习
　　为了儿子的缘故，　不惜赏赐昂贵的赤金。
　　她也许获得了厚报，　举国上下对待王子十分友好。

43   人们很少见到　　这等贫穷的吟游诗人：
　　　　他们的双手挥霍着　　一匹匹骏马和华丽的衣衫，
　　　　无限大度，似乎世界　　到了最后一天的时光。
　　　　可以断言，任何仆人　　都从未见过如此的慷慨。

44   盛大的庆典满载赞誉　　降下了辉煌的帷幕。
　　　　从此以后人们到处听到　　英雄的武士八方呼吁，
　　　　多么希望年轻的王子　　及时当上他们的君王。
　　　　年轻的西格弗里特　　对这番愿望只是毫不在意。

45   只要父母双亲，西格蒙特　　和西格琳特还健康在世，
　　　　被视如掌上明珠的王子　　便不愿登极王位头戴王冠。
　　　　可是他却愿意铲除　　横行国内的一切暴力事务，
　　　　它们让英勇、敏捷的骑士　　深感恐惧不安。

46   自从王子在手上提起了武器，　　世人再也不敢对他漠视。
　　　　功盖于世的英雄　　从此没有平静的时刻。
　　　　他的双手强健有力，　　到处寻找是非纷争。
　　　　时代更迭，英雄的威名　　在陌生的国度里纷纷扬扬。

第三章

西格弗里特来到莱茵河畔的沃尔姆斯

47   年轻的王子无忧无虑，   心内从来不存任何芥蒂。
     他听到一则消息，   在远方布尔恭腾王国
     有一位美丽的少女，   天姿国色，如人所愿。
     姑娘日后给他无限欢乐，   也让他招致无限苦难。

48   美丽的姑娘让人多么称羡，   消息传到了遥远的北方。
     许多英雄就在那个时刻   深深领略了
     年轻姑娘的花容月貌，   还有层层高贵的气质。
     多少武士纷至沓来，   急忙造访恭特尔国王的家乡。

49   爱慕姑娘的骑士如此之多，   追求的场合甚为热烈，
     克里姆希尔特的心中   从未燃烧爱情的熊熊烈火。
     她并不希望任何人   能够成为自己可爱的郎君。
     姑娘日后偎依的男人   离她依然遥远、陌生。

50　王后西格琳特的爱子　　失足跌入滚烫的爱河。
　　其他的种种思慕和追求　　也通通付之西风、流水。
　　他或许应该获得　　漂亮姑娘的身许和承认。
　　高尚的克里姆希尔特不久　　成为英雄骑士的妻室。

51　亲人们苦心劝慰，　　还有不少其他的男人。
　　如果涉及日常见识的爱情，　　他自然应该胸有成竹，
　　这回娶下一位名门贵淑，　　姑娘的身份跟他门当户对。
　　高贵的西格弗里特言道：　　"我要娶克里姆希尔特为妻，

52　这位来自布尔恭腾国的　　年轻姑娘气质高尚，
　　天姿国色,倾城美貌。　　我心中自然明白，
　　连皇帝也难有此等缘分。　　倘若皇上果真思恋妻室，
　　这位漂亮姑娘的风采　　值得让他永远爱慕、追恋。"

53　美丽的故事纷纷扬扬，　　国王西格蒙特也风闻消息。
　　人们街谈巷议，　　国王西格蒙特终于明白了
　　儿子思恋的心意。　　国王不由得一阵痛苦、心酸，
　　王子怎么偏偏爱上了　　这样一位绝色美貌的姑娘。

54　他的母亲听到了传闻，　　高贵的王后西格琳特。
　　母后从此心事重重　　十分担忧王子的安危：
　　她害怕恭特尔发兵征讨，　　为此便将失去王儿爱子。
　　人们开始忙忙碌碌　　劝说着英雄断绝此份心意。

55　威武的西格弗里特言道：　"我的亲爱的国王父亲，
　　王儿并不企求任何女人　对我显示的春意芳心，
　　我只图让一颗搏动的心　享受爱情的苦衷。"
　　不管人们如何劝慰陈述，　他只是难以采纳任何主张。

56　"你如果不愿意放弃心意，"　国王终于开口言道，
　　"我对你的追求也会由衷地　感到欢欣满意，
　　并且愿意尽我的一切力量　帮助你实现自己的目的。
　　可是国王恭特尔十分了得，　手下还有一群自豪的勇士。

57　即使没有其他壮士帮助，　仅仅哈根也能独当一面。
　　哈根骄矜横蛮，　善于识晓如何维护朝廷风云。
　　我为此忧心忡忡，　他也许会给我们带来折磨、苦难。
　　称颂勇士哈根的故事　不胫自走，风闻天南地北。"

58　"区区小事何足道哉？"　西格弗里特不由得答道。
　　"我凭着满腔热情　不能向他们追求得到的，
　　那么我的双手　将凭着气力通通从那里夺回。
　　我深信可以获得　两样物品，人员和土地。"

59　"这番讲话令我悲伤心疼，"　国王西格蒙特言道，
　　"一旦故事在莱茵河旁　风闻千里，沸沸扬扬，
　　你便再也无法　策马骑入他们的国土：
　　恭特尔和盖尔诺特，　我早就听闻两位国王的名声。

60　再说好汉也不能　　动用武力去抢夺姑娘女人，"
　　国王西格蒙特意犹未尽。　"这一切我自然知晓。
　　我们能否率领勇士　　一起骑马进入他们的国度，
　　而且只对最好的朋友　　透露此番秘密的行程。"

61　"我却无意此等作为，"　　西格弗里特听罢言道，
　　"勇士们如何跟随我　　沿着莱茵一路进发，
　　如同一场兵灾讨伐。　　如果命运令我动用武力
　　前往抢夺漂亮的姑娘，　　这番行为只能令我心碎。

62　我愿意亲自造访，　　去向她表明真诚的求婚：
　　率领十二名伙伴　　一起赶往恭特尔的王国，
　　父王西格蒙特，　　你应该助我这番行程。"
　　仆人给勇士们缝制衣裳，　　灰色和彩色两种花纹。

63　慈祥的母后西格琳特　　终于听到了儿子的消息。
　　她顿时忧心忡忡，　　生怕王子惨遭不测风云。
　　王后内心如铅吊荡，　　当然明白恭特尔军队好生厉害。
　　高尚的王后,母亲西格琳特，　　日夜啼哭,以泪洗面。

64　王子勇士西格弗里特　　一日来到深宫后院
　　拜见母后西格琳特。　　王子温柔地开口言道：
　　"母亲,为了我的缘故，　　你千万别再忧愁、悲伤；
　　我深信自己的力量，　　可以战胜任何英雄好汉。

65　母后不妨整理行装，　为儿子前往布尔恭腾添壮行色，
　　让我和随行的好汉们　通通穿上漂亮的衣衫，
　　如同豪情万丈的英雄　穿戴华丽骑士衣衫。
　　我将永远在内心　为此对母后感激不尽。"

66　"倘若你难以割舍情意，"　王后西格琳特启口回答，
　　"我便帮助你，我的唯一的　孩子，亲自打点行装，
　　母亲给你和你的伙伴　准备任何骑士都必须
　　穿戴的最好的衣衫，　你们应该备足盘缠，无所遗憾。"

67　勇敢的王子不禁对母亲　鞠躬施礼，极尽风俗礼仪。
　　他说道："除了十二位伙伴，　衣着华丽，穿戴一新，
　　其他的勇士兄弟，　我不会多带一个踏上行程。
　　我愿意尝试一番，　看思慕美丽姑娘的命运如何进行。"

68　宫中的女人一大群　夜以继日，围坐一堂，
　　她们中间几乎没有人　敢于稍息一阵、忙里偷闲，
　　直到缝制完毕　西格弗里特一行的华丽衣衫。
　　年轻的王子除此以外　并不希图任何劝慰。

69　父王西格蒙特给他　装点一件骑士般的衣裳，
　　他应该穿上骑士服饰　径直去见布尔恭腾国王。
　　他们披挂的铠甲　已经缝制完毕，
　　还有坚固的头盔，　手上的盾牌美丽而又宽大。

70　英雄们出发的时刻　　终于临近了眼前。
　　亲人又开始担忧安危，　　不知道他们如何遭遇，
　　他们能否安全地　　重返自己的故国乡里。
　　人们给英雄备上马匹，　　一旁拴上了武器和行装。

71　一匹匹马儿多么漂亮，　　马鞍闪烁着赤色的金光。
　　如果有人自命不凡，　　想象战胜英雄西格弗里特，
　　还有他的英雄伙伴，　　但愿痴心妄想不会产生灾难。
　　他只是外出度假，　　骑马朝着沃尔姆斯远行。

72　国王和王后含着悲伤，　　满足了王子行程的愿望。
　　王子十分动情，　　开始劝慰年迈的双亲。
　　他开口言道:"为了我，　　你们别再痛苦悲伤!
　　请双亲二老千万不要　　牵挂我在外乡的安危。"

73　此话让多少姑娘泪流满面，　　令骑士心内多么悲怆。
　　我仿佛觉得，　　他们在冥冥之中已有预感:
　　他们之间多少朋友，　　这回将要客死他乡,葬身沙场。
　　他们为此十分抱怨，　　远行必将为他们添加苦难。

74　勇敢的骑士昼夜兼程，　　已经迎来了第七个灿烂的清晨，
　　他们来到沃尔姆斯郊外河滩。　　勇士们的衣衫
　　闪烁着灿烂的金光，　　马鞍旁星光点点,装饰无垠。
　　马蹄声声,列队齐整，　　簇拥着英雄西格弗里特一路前进。

75 英雄的盾牌铮亮簇新， 多么坚固，多么宽阔，
铠甲明亮，寒光森森， 英雄们随着西格弗里特
一路朝着恭特尔国王的 王宫大殿策马进发。
宫廷上下争看英雄壮士 穿戴着多么漂亮的骑士衣衫。

76 锋利的宝剑垂挂在 鞍旁踢马刺的一侧，
骑士们手执锐利的长矛， 各自精细制造。
西格弗里特的兵器更是了得， 宽度超过两大虎口，
矛尖锋利，寒气逼人， 沙场上无人敢以敌得。

77 英雄们紧紧握住 金光闪亮的骏马缰绳，
马匹胸前扣着丝绸缎带， 他们来到布尔恭腾王国。
骑士一路所经之处 令百姓惊讶不已赞声不绝。
恭特尔国王的随从们 纷纷前来围观壮士。

78 自豪的勇士们，无论骑士 还是侍候一旁的仆人，
迎着客人匆忙而来 ——他们极尽礼仪——
欢迎远方的贵宾 来到莱茵的国度休憩、做客。
主人从他们手上接过了 嘶鸣的战马和坚固的盾牌。

79 仆人们准备牵着骏马 离开人群送入马厩。
强大的西格弗里特 却对英雄们开口言道：
"请留下骏马 让它们跟我们厮守一道！
我在心里只是想着： 我们不久便将离开远走他乡。

80　　诸位且请劳驾　　别把我们的盾牌搬到另外一旁。
　　　你们当中有谁告诉我，　　我在哪里可以找到国王，
　　　强大的英雄恭特尔，　　他是布尔恭腾国的万乘之上？"
　　　有人知道详细的原委，　　便对英雄一一细述详尽。

81　　"你希望拜见国王　　不妨到那里前去寻访：
　　　我刚才看到他　　正在宽敞的宫殿大厅
　　　伴随着众位豪迈的英雄。　　你们如果前去找他，
　　　一定能够看到在他的身旁　　还有许多精良的勇士。"

82　　恭特尔国王及时风闻消息，　　知道一批强大的
　　　骑士武装　　突兀地出现在宫殿大厅，
　　　他们身披铠甲，　　穿戴的衣衫炫目耀眼。
　　　布尔恭腾举国上下　　无人识得这批壮士好汉。

83　　国王深感疑虑惊讶，　　这支神采奕奕的骑士队伍
　　　究竟来自天下何方，　　他们浑身上下金光闪闪，
　　　一旁搁置着美丽的盾牌，　　簇新一体，十分宽阔。
　　　只是无人知道确切，　　国王恭特尔心中着实不悦。

84　　一位骑士，名字叫作奥特文，　　挺身而出，壮士勇敢，
　　　十分强悍，的确名副其实，　　只听他细述一一道来：
　　　"如果无人识得他们究竟，　　你不妨令人唤请
　　　我的叔父哈根前来，　　且看他是否能够辨识。

85   哈根熟谙天文地理   知晓一切陌生他国。

        他如果认出客人来历，   自然会对我们讲述明白。"

        国王立刻传令   请哈根率领人马迅速前来。

        哈根端端庄庄   踏进宫殿来到国王御座跟前。

86   他不禁问道   国王召见究竟有何赐教。

        "一队陌生的壮士   来到我的宫殿门前，

        我辈人士均弗识其容。   你常去域外异国他乡，

        是否见过这等人士，   哈根，请不妨慢慢道来！"

87   "我只是乐意遵命。"   哈根说完举步来到窗前，

        果然看到一群客人   不禁再三端详、审视明白。

        英雄们兵器精良，   衣衫华丽，让哈根欣喜满怀，

        可是他也十分疑虑，   在布尔恭腾国从未见过一面。

88   哈根开口言道,无论勇士们   从何方来到莱茵河畔，

        他们不是国王自身，   便是君王派来的使者。

        "他们跨着高头大马，   全身的衣衫如此华丽多彩。

        无论他们来自天涯海角，   勇士们充溢着豪情满怀。"

89   哈根一旁继续言道：   "且容我斗胆直言，

        迄今为止我从未跟   西格弗里特勇士谋过一面，

        我现在深信不疑，   事情也许正是如此，

        站在我们面前的英雄   正是神采奕奕的骑士好汉。

90 他给我们送来一则传说， 这回亲自带到宫殿门前：
英雄的双手曾经挥剑 斩杀过强悍的尼伯龙壮士，
那是两位显赫的王子： 名字唤作希尔鹏和尼伯龙。
这位英雄气力过人， 创造了多少传世的伟大奇迹。

91 有一天，这位好汉单身独骑 没有任何左右伴随，
他来到一座山前 ——有人曾经对我细说分明——
看到一群勇敢的卫士 精心守护尼伯龙根宝藏。
他在听到消息以前 对守卫的武士还从不相识。

92 这是尼伯龙国王的宝藏， 人们忙碌着从偏僻的
山洞里把它们搬出来。 听说也是一件奇迹，
尼伯龙人商量着如何 瓜分这批稀世珍宝！
英雄西格弗里特看到这里 心中不禁连连称奇。

93 他径直来到守卫身旁， 已经能够看到众位好汉，
勇士们自然瞅见了他。 只听他们中间有人说道：
'强大的西格弗里特， 尼德兰的英雄今天来到山岭。'
英雄王子在山前听说了 尼伯龙人的许多珍闻趣事。

94 希尔鹏和尼伯龙 热烈地欢迎英雄骑士，
两位高贵而又年轻的君王 一致热烈地要求
年轻勇敢的客人 替他们主持均分宝藏。
他们再三恳求， 直到西格弗里特发誓答应。

95　　他看到许多名贵的珠宝，　我们更是闻所未闻——
　　　也许连一百辆马车　也无法将它们全部装载完毕。
　　　此外还有大堆大堆的赤金　全部来自尼伯龙王国。
　　　这些宝藏都必须由英雄　西格弗里特的双手均匀瓜分。

96　　为了表示酬谢，　他们给英雄呈上尼伯龙国王的宝剑。
　　　可是他们看到骑士　仍然纹丝不动,顿时十分烦恼。
　　　年轻的英雄默不作声　根本未作任何瓜分的动静:
　　　他的确没有完成任务，　立刻遭到尼伯龙人奋勇攻击。

97　　他希望把宝藏留在原地，　完全不容任何瓜分。
　　　两位国王的随从　闻听消息急忙赶来助威厮杀。
　　　勇敢的王子举起　尼伯龙国王的利剑巴尔蒙
　　　跟对手奋勇作战　一举夺得了尼伯龙王国和宝藏。

98　　两位国王共有十二名勇士　作为自己亲密的朋友,
　　　他们个个强大,巨人一般，　围困英雄绝不手软。
　　　西格弗里特勃然大怒　手起刀落斩下他们的首级，
　　　还把另外七百名武士　用一把锋利的宝剑。

99　　利剑名唤巴尔蒙，　彻底驱逐出尼伯龙王国。
　　　甚至让许多年轻的勇士　面对着望而生畏的英雄，
　　　还有他拎在手上的利剑　吓得心惊胆战、难以自已，
　　　他们献出了城堡、土地，　心甘情愿当他的臣仆奴隶。

100 两位财富达天的国王　　被英雄一举送入阴曹地府。
　　阿尔卑律希却让骑士　　遭到了痛苦和麻烦：
　　阿尔卑律希没有领教　　西格弗里特的厉害之前
　　还一直残存迫切的意愿，　希望立刻给主人报仇雪恨。

101 这位气壮如山的侏儒　　却是难以抵挡英雄一二回合：
　　他们如同咆哮的狮子　　奔跑着来到山岭峰前。
　　西格弗里特眼快手疾　　一把夺下了阿尔卑律希的隐身帽。
　　勇敢的好汉西格弗里特　从此成了奇异宝藏的主人。

102 一切敢于抵抗还击的　　通通被送入沙场坟地。
　　西格弗里特立刻下令　　把尼伯龙好汉从前
　　搬进搬出的宝物　　全部运回原来珍藏的地方。
　　小侏儒阿尔卑律希　　从此当上了尼伯龙宝库的总管。

103 他必须向主人宣立重誓　愿意为主人服务。
　　无论任何大小事务　　阿尔卑律希安排得井井有条。”
　　特隆页的哈根继续说道：　“这就是西格弗里特的业绩，
　　世上好汉成千上万，　　谁也难以阻挡如此伟大的力量。

104 我还知道另外一则故事，　故事萦绕耳际让我难以忘怀：
　　西格弗里特曾经亲手　　杀死过一条拦路恶龙。
　　他在龙血里沐浴，　　西格弗里特从此以后
　　练就一身铜皮铁骨，　　任何武器也难以将他伤害。

西格弗里特曾经亲手　　杀死过一条拦路恶龙。

尤利乌斯·徐伯纳,1841 年

105　　我们应该一反其意，　　热烈隆重地迎接年轻的英雄，
　　　　千万不可掉以轻心　　免得招致骑士的强大仇恨陡生杀意。
　　　　他是英雄本色,毫无畏惧，　我们应该小心侍候,亦步亦趋。
　　　　西格弗里特一身气力，　创造的奇迹令世人难以忘记。"

106　　慷慨的国王开口言道：　"壮士所言,甚为有理。
　　　　你们看他笑迎战斗，　英勇豪迈,临危不惧，
　　　　他和他的周围侍从　　不愧为天下无敌的英雄好汉。
　　　　我们不妨迎将出去，　礼貌于他,亲自接待。"

107　　"国王理当如此,"哈根言道，　"骑士当得这番殊荣：
　　　　西格弗里特出身名门望族，　是位令人敬仰的王子，
　　　　他立于彼处崇高威严，　依我看——上帝晓得——
　　　　请他直接骑马过来，　并不会贬低你的丝毫身份。"

108　　王国的主人不禁说道：　"我们前往迎接于他！
　　　　这位骑士英勇、崇高，　威名布扬天下,如雷贯耳。
　　　　他在布尔恭腾王国　　应该享受隆重接待。"
　　　　恭特尔国王言罢走了出来，　亲自迎接英雄西格弗里特。

109　　国王和群臣武士　　悉数礼仪等候贵客临门，
　　　　西格弗里特荣耀至极　慢慢地准备驻扎休息。
　　　　无限勇敢的壮士　　向着前来迎接的主人鞠躬施礼。
　　　　人们看到他站在好汉前列　端庄稳重,风度翩翩。

110　"喜从天降，"国王看着　他的贵宾，开口言道，
　　　"高贵的西格弗里特，　驾何等春风来到敝国大地，
　　　或者勇士另有赐教　亲临莱茵河畔的沃尔姆斯？"
　　　只听客人对国王答道：　"请恕我对你直言不讳。

111　我在父亲的王国里　听到一则传说，风闻千里，
　　　据说在贵国天地里　——我愿意亲自领教——
　　　武士们个个英勇无比　——此等消息常在耳旁响起——
　　　国王拥有他们无限欣喜，　我特地为此赶到贵方宝地。

112　我还听到你们人人夸口　称颂自己天下第一，
　　　数尽人间王国　据说再无国王可以比试。
　　　走遍贵国辽阔大地　多少人对此赞誉不绝。
　　　我辈倘若不能亲自领教，　内心自然难以恢复平静。

113　我也是位盖世英雄，　应该头戴王冠身披王袍。
　　　我的心愿自然离奇，　不惜让人们街谈巷议，
　　　说我赢得的人员、王国，　全部属于天经地义。
　　　我以荣誉和头颅　作为我立下誓言的信物。

114　不管你们如同风闻传说　多么的英勇卓绝，
　　　我也不问你们当中　是否有人喜欢有人作对。
　　　你们拥有的一切　我要通通地征讨夺回，
　　　无论是土地还是堡垒，　一切都必须对我俯首称臣。"

115   国王闻听消息　　知道西格弗里特骑士意欲何为，

他竟然胸怀恶意，　　准备一举夺下他的王国天地。

国王惊讶得连连称奇，　　他的百姓只气得七窍生烟。

武士们听说此等横蛮　　不由得怒目圆睁、火冒万丈。

116   "我怎落得这步田地，"　　恭特尔英雄不免伤心悲泣，

"我的父亲长年累月　　积攒起来的国王荣誉

却要因为有人起意，　　在我手上丧失殆尽？

我们纵然粉身碎骨　　也要维护英勇的骑士荣誉。"

117   "我不敢丝毫放弃，"　　英勇的王子开口答道。

"你的力量也许巨大无比，　　可以再度获得王国安宁，

我却愿意统治你的天下　　还要继承我的父王遗产。

你的武装能够夺回它们，　　一切理当归随你的麾下。

118   你的王国还有我的天地　　它们其实不分彼此上下：

我们两位国王平起平坐，　　如果有人战胜另外一人，

那么人员田地包括宫廷王室，　　它们通通归辖新的主人。"

国王盖尔诺特听完讲话　　不由得立刻起身作答。

119   "我们不愿此等行为，"　　盖尔诺特国王断然言道，

"我们不能失去田地王室，　　不忍让多少无辜的人惨死在

武士们的刀剑之下。　　我们建立了一个富庶的国家，

它给我们提供丰衣足食，　　胜过任何地方的亲切可爱。"

120 朋友们义愤填膺， 他们站立起来,怒目圆睁，
   来自麦茨的奥特文勇士 自然也是忿忿不平。
   奥特文说道:"我从内心 为这番耻辱感到愤恨，
   西格弗里特并无尺寸之功 却无端挑起激烈纷争。

121 不管你和你的众位兄弟 是否还能抵抗半分，
   也无论他是否引来了 一支强大的王家军队，
   我却是愿意奋起抗争。 这位勇敢的王子显示了世人
   难以忍受的巨大傲慢， 他必须受到惩罚、报应。"

122 尼德兰前来的英雄 听罢讲话不由得勃然大怒:
   "且莫胆大包天,你们还敢 越过我的巨掌!
   我是一位真正的国王， 而你只是国王的宠臣。
   你辈区区儿郎何足道哉， 竟敢跟我等作对、反抗。"

123 麦茨来的奥特文勇士 大声喝动索拿兵器，
   他实在不愧为特隆页 的骑士哈根的侄子。
   哈根却始终沉默不语， 他让国王内心着实不喜。
   盖尔诺特急忙劝阻， 一位勇敢而又善战的武士。

124 他对奥特文说道:"且请勇士 暂息雷霆之怒!
   西格弗里特大话连天， 行动上却并非如此模样。
   我们也许可以调停,重归于好， 这是我的忠告。
   让他改变初衷化敌为友， 如此才是荣耀至圣的作为。"

125　哈根一旁起身作答：　"我们的勇士莫非
　　　果然祸从天降,难免灾殃，　让他这回专程策马
　　　来到莱茵河畔挑衅事端。　他本可以放弃无事生非,
　　　我的主人们对他　并无丝毫不当之处有待商量。"

126　西格弗里特一旁开口，　豪情万丈的英雄好汉：
　　　"如果我的话让你　深受伤害,哈根先生,
　　　那么请君拭目以待，　我的一双粗手足够
　　　搅动得布尔恭腾天翻地覆，　显示它们的力量。"

127　"我希望有所好转，"　盖尔诺特国王在一旁接腔。
　　　他劝阻伙伴们全都　沉默不语,切莫再用
　　　多少连天大话、恶言恶语　让西格弗里特遭受挑战。
　　　西格弗里特猛地　想到了可爱的少女,国色天香。

128　"我们为什么纷争不已?"　盖尔诺特继续说道。
　　　"如果英雄们命该如此　刀下立毙、惨遭横死,
　　　也于我们脸上无光，　我们何苦强行不善。"
　　　西格弗里特,西格蒙特的王子　接着起身作答。

129　"哈根先生,还有奥特文，　他们为什么尚在犹豫,
　　　拒绝率领朋友们重修和好，　你看他们周围林立,
　　　人人跃跃欲试，　却避免驰骋战场,拼斗格杀?"
　　　他们不愿恶语交锋，　实在出于盖尔诺特的劝慰主张。

130　　"欢迎你们大驾光临，"　吉塞尔赫一旁作答，
　　　　"还有你们的武士伙伴，　他们跟随你一同前来。
　　　　我们乐意为你们效劳，　包括我和我的众位好汉。"
　　　　只见仆人给客人们斟上　国王恭特尔赏赐的佳酿。

131　　王国的主人启口说道：　"我们拥有的一切，
　　　　你们可以荣誉地得到，　听凭你的吩咐行事，
　　　　我愿意跟你们一起分享　美好的生活和王国的财产。"
　　　　西格弗里特勇士　这才稍息盛怒，回心转意。

132　　主人让他们妥善保管　各自贵重的衣衫行装，
　　　　吩咐给他们备下最好的住房　把一切安排停当，
　　　　西格弗里特的随从　全部搬进漂亮的住房。
　　　　布尔恭腾人多么喜欢　看到英雄贵宾左右来往。

133　　多少天以来，人们对他们　处处显示了友善、关爱：
　　　　在下笨口拙舌，　实在还需要强调千回百趟。
　　　　英雄强大值得这般敬重，　你们也许能够明白。
　　　　几乎很少有人出来　撩拨英雄恶胆相待、仇恨满怀。

134　　国王和勇士们围坐一堂　消遣作乐时，无论他们
　　　　开始何等游戏，　西格弗里特总是强手第一，
　　　　无人能够与他匹敌：　他的气力之大令人咋舌，
　　　　他们无论投掷石块　或者比试投掷长杆标枪。

135　　每当正直的骑士们　　按照宫廷的礼仪
　　　　跟女人们一起寻欢作乐　　消遣游戏时，
　　　　她们总是喜欢看到　　从尼德兰前来的英雄王子。
　　　　西格弗里特的心思　　如此专注高尚的爱情。

136　　宫廷中的美貌女人　　不久便按捺不住地发问，
　　　　这位陌生的骑士神采飞扬，　　他是何方娇客贵宾：
　　　　"骑士身材如此挺拔，　　一身衣裳富丽堂皇。"
　　　　多少人儿立刻回答：　　"他是尼德兰的君王。"

137　　人们希望开始游戏，　　他早已做着一切准备。
　　　　王子在内心怀揣着　　一位含情脉脉的姑娘。
　　　　无独有偶，从未谋面的姑娘　　怀揣着英雄芳心不安。
　　　　她已经多少回悄悄地　　对骑士默许爱情和恋意。

138　　年轻人一旦在宫殿　　开始了欢乐的游戏，
　　　　骑士们随从们济济一堂，　　公主便从容地透过窗户
　　　　热情地举目观赏，　　克里姆希尔特，崇高的姑娘。
　　　　在这番知情的时刻里　　她再也不愿消磨别的娱乐时光。

139　　如果知道心上的人儿　　正在对他悄悄地张望，
　　　　王子便会心满意足　　希望永远耽于消遣的辰光。
　　　　倘若英雄见到姑娘一面，　　你们尽可相信我的讲话，
　　　　这是他来到大千世界上　　永远难忘的天赐良缘。

140   当他跟定众位勇士　　神采奕奕地站在宫前，
　　　　如同人们今天还在乡村　　举办欢乐的游戏一般，
　　　　西格琳特的王子　　总是温情脉脉，万般痴情，
　　　　多少女人也许心领神会，　他在心里已经撩起爱情。

141   英雄内心不免时常纳闷：　多长时间以来，
　　　　我对公主衷心爱恋，　这位高尚可爱的姑娘，
　　　　我如何才能想尽办法　稍释愁怀,亲眼目睹芳颜？
　　　　她对我这般陌生，　我为此多么忧愁、暗自神伤。

142   每当强大的国王　　骑马视察王国上下，
　　　　各路英雄自然常常　　紧随其后,一路陪同。
　　　　西格弗里特王子策马前往，　令多少女人悲伤、绝望。
　　　　赞叹英雄爱情专注，　不免时常另有他人诉苦、抱怨。

143   于是他跟着众位英雄　　——事情果然如此无疑——
　　　　在国王恭特尔的天地里　度过春夏秋冬一年时光，
　　　　可是始终无缘　难以面见一回魂牵意绕的姑娘
　　　　给他带来幸福的爱恋　也给他送上多少折磨、苦难。

第四章
西格弗里特跟萨克逊人战争风云

144　　天有不测风云，几位使者　来到恭特尔国王的京城，
　　　　他们受人派遣，　那是远方陌路的英雄好汉，
　　　　他们心内充斥着仇恨，　一旁送来了可怕的消息。
　　　　王室内外风闻凶险，　心里顿时为之震惊。

145　　我给你们一一道来：　原来有位吕特格尔，
　　　　亲自主宰萨克逊王国，　一位强大威严的国王，
　　　　另外一位丹麦君主，　正是国王吕特伽斯特。
　　　　他们的朋友喜欢搬弄是非，　专门寻找各种麻烦。

146　　几位使者一路颠簸　终于来到布尔恭腾王国，
　　　　他们派上先遣人员　要求亲自面见国王。
　　　　仆人询问他们意欲何为，　一群陌生的不速之客，
　　　　然后立刻陪同他们　来到宫殿，拜见莱茵国王。

147 　国王恭特尔开口言道：　"欢迎你们大驾光临！

　　　谁派你们前来送信，　不妨一一道来，

　　　我尚未听到任何禀告。"　骑士国王好言相劝。

　　　使者们看到国王面存愠怒，　不禁畏缩犹豫、止步不前。

148 　"国王陛下，请允许我们　亲自对你禀告消息，

　　　我们一路风尘，　自然愿意和盘托出，陈述清楚。

　　　把我们派遣而来的主人，　且听他们尊姓大名：

　　　吕特伽斯特和吕特格尔，　他们准备蹂躏贵国。

149 　正是你亲自撩拨他们的仇恨，　这点可以深信不疑。

　　　勇士们个个怀揣着　反对你们的深仇大恨。

　　　他们计划兴兵征伐，　一路进发莱茵河畔沃尔姆斯京城。

　　　眼看战云密布大兵压境，　你们千万不可掉以轻心。

150 　短短的三个月内　讨伐的队伍便将兵临城下。

　　　你们如果能有良友，　不妨迅速召集他们，

　　　请他们奋力帮助抗击　保护你们的城堡和王国！

　　　征战之士将在这里粉碎　多少装饰美丽的坚固盾牌。

151 　如果你们愿意和谈，　倒也不妨直言相陈！

　　　那么这支强大的队伍　一定不会兴师动众

　　　来到莱茵河畔沃尔姆斯　践踏你们国破心碎，

　　　劳动多少精良的骑士　将在浴血奋战中马革裹尸。"

152　　"你们不妨稍待片刻，"　　高贵的国王开口言道，
　　　　"且容我衡量一番，　　再给你们讲述我的决定！
　　　　我有一批忠诚的好汉，　　可以向他们讲个明白：
　　　　对待如此重大的消息　　自然不敢对朋友稍有隐瞒。"

153　　最后通牒的消息　　让国王心事重重,郁郁寡欢，
　　　　他悄悄地忍受着面临　　大兵压境的困难和负担。
　　　　国王命人唤来哈根，　　一旁召见了其他勇士谋臣。
　　　　他火速命令盖尔诺特　　回到朝廷商量军机要事。

154　　王国的贤能,凡是该找的，　　悉数来到宫中面见国王。
　　　　只听国王开口言道：　　"有人要对王国兴师动众。
　　　　那是一支强大的军队，　　你们一定压力重重！
　　　　他们无事生非,只是企图　　朝我们头上妄加兵灾。"

155　　"我们挥利剑挫败敌人的进攻，"　　盖尔诺特决心已定，
　　　　"如果命运预定应该灭亡，　　人们必须笑留疆场。
　　　　我是决计不会忘掉　　我们身为骑士的伟大荣誉。
　　　　我们的敌人必须亲自　　领教骑士作出的热烈欢迎。"

156　　强大的英雄哈根说道：　　"我感到此等办法不妥。
　　　　吕特伽斯特和吕特格尔　　两位国王傲慢无礼。
　　　　我们面临的形势紧急，　　无法在短时间内组建军队。"
　　　　英勇的骑士立刻主张：　　"必须向西格弗里特通报消息。"

157 仆人们把敌方使者　安排在城中下榻。
他们虽然都是敌人，　慷慨大方的恭特尔国王
命令对他们好生看待　——这一切都已安排停当。
他于是从容召见朋友　与他们商讨援助的办法。

158 国王双眉紧锁,忧心忡忡，　内心受尽了国事的折磨。
骑士见他深陷悲伤　忙里忙外十分惆怅，
英雄不知内中原委，　不知国王究竟遇上何等灾难，
他请求愁眉苦脸的恭特尔国王　如实禀报事出有因。

159 "我十分心痛、惊讶，"　西格弗里特终于言道，
"长期以来你跟我们一起　总是欢乐开怀，
今天为什么一反常态，　显得如此郁郁寡欢?"
伟大的骑士恭特尔国王　听罢讲话起身答道:

160 "我不想把严重的事态　告诉众位朋友、卿家，
只是在心里悄悄地担着　使我难以拨开乌云。
人们对待真正的朋友　应该倾诉内心的悲伤。"
西格弗里特的脸色　顿时变得苍白,继而一片红涨。

161 他对国王说道：　"请国王接受我的誓言!
你不用忧愁悲伤，　我会帮助你改变现状。
倘若你立刻召集朋友，　我希望便是其中一个。
我要尽我的荣誉完成　国王的一切任务,虽死无憾。"

162 "西格弗里特，上帝嘉奖于你！　你的讲话甚为有理。
纵然你还未尽强力，　从来没有援助于我，
你对我这般忠诚、友好，　我当为之喜颜开怀。
一旦事成之后，　国王不忘对你重重酬谢。

163 至于我为何悲伤不已，　且请听我细说分明：
敌国派来了使者　让我听到了烦人的恶讯，
他们企图举兵进犯　蹂躏我们的国土家乡。
我们这片土地　从未经历过异邦的侵犯。"

164 "这等小事，不足挂齿，"　西格弗里特犹如心事落地，
"国王尽可宽怀、放心。　请接受我的良好请求，
趁着敌人尚未前来　侵犯这片土地之际，
且容我为你建功立业　争夺荣誉和巨大的缴获收益！

165 纵然强大的敌人来势汹涌，　让我们面临大兵压境，
他们有三万勇士兵力　共同举事，围困我们，
我只要率领一千武士，　你完全可以相信我的讲话。"
恭特尔国王听罢言道："我愿意永远厚报于你。"

166 "请从你的武装内　拨给我一千名勇士，
我自己拥有的力量，　可以供我调遣的
仅仅十二名英雄，　我将以此保卫你的国土。
西格弗里特要用　战斗的双手为你效忠尽力。

167   此外我还希望调用   哈根勇士以及奥特文，
    唐克瓦特和辛多尔特，   通通都是你的封疆大臣，
    跟我们一起骑马迎敌的   还有英雄好汉伏尔克。
    他应该举起军旗，   没有人比他更能胜任此等职位。

168   请你立刻传令使者   骑马返回他们的故国家乡！
    有一点必须明白，   他们很快会在远方迎接我们，
    我们夺得的城市连成大片   从此安享天下太平！"
    国王立刻传令，   召见英雄好汉，军国重臣。

169   国王吕特格尔的使者   也一起来到宫前。
    他们听说允许返回故里，   内心感到十分欢喜。
    善良的国王恭特尔   命人给他们赏赐丰厚的礼物，
    一面又吩咐左右伴随。   使者们分外开心，欢天喜地。

170   "请回去告诉我的仇敌，"   恭特尔国王接着吩咐：
    "他们不得轻举妄动，   还是留在家乡安守本分！
    他们胆敢进犯和蹂躏   我的土地，莱茵的王国，
    我的朋友将让他们   领教梦想破灭、苦难厄运。"

171   仆人把丰厚的礼物   交到使者们的手上，
    慷慨大度的国王   吩咐给他们重金厚礼。
    吕特格尔的使者们   自然不敢小看、轻视。
    他们获准离开，   高高兴兴地踏上返乡旅程。

172   使者们一路无话　　来到了自己的丹麦王国，
　　　　　当国王吕特伽斯特　　详细听到他们曾经
　　　　　在莱茵河边议论的消息，　当他确切地知道
　　　　　对方强硬的态度和傲慢，　禁不住立刻怒火万丈。

173   使者回禀，他们亲眼看到　那里勇士林立，如山如云，
　　　　　他们在恭特尔国王身旁　还看到另外一位英雄，
　　　　　他的名字叫西格弗里特，　来自尼德兰王国的勇士。
　　　　　吕特伽斯特听完禀报　内心反复思虑、折腾。

174   丹麦国的君王和大臣　　听到消息后一片沸腾，
　　　　　他们发誓不惜血本　　聚集各路英雄，四方好汉，
　　　　　国王吕特伽斯特　　调动勇猛骑士、军机大臣，
　　　　　奋力组成了二万勇士　如狼似虎的征伐大军。

175   萨克逊的国王吕特格尔　也不甘寂寞，紧急集合
　　　　　四万部队，收于旗下，　详细数字也许还要超过，
　　　　　他们愿意一起马背度日　共同进发恭特尔的王国。
　　　　　三位国王坐镇家乡，　他们立刻在布尔恭腾国上下

176   聚集勇敢的武士好汉，　调集一切愿意应战的骑士
　　　　　迅速组成抵抗的武装，　用于迎头痛击来犯之敌。
　　　　　武士们匆忙披挂上阵，　许多勇士身陷悲伤、苦难，
　　　　　多少勇敢的骑士　　后来看到了漫山遍野的死亡。

177　他们准备完毕,率兵出发。　　大军开始行动之际,
　　军旗便由伏尔克,　　勇敢的武士亲自执掌。
　　他们计划在沃尔姆斯附近　　越过莱茵河一路前进。
　　哈根,强大的英雄　　独自担当武装司令。

178　随同大军一路进发的　　还有辛多尔特和呼诺尔特,
　　他们多么希望　　赢得国王们更多的黄金封赏,
　　敏捷的英雄唐克瓦特　　还有麦茨的奥特文勇士,
　　他们希望随同征战部队　　共同争夺荣誉建功立业。

179　"国王陛下,请留步守家,"　　西格弗里特挥手告别,
　　"你的英雄武士　　这回跟随我一起外出征战!
　　你们跟女人留守　　一起尽可开怀放心!
　　我愿给你捍卫:　　荣誉和财产,两样重要的宝藏。

180　敌人企图来到莱茵河畔　　沃尔姆斯城蹂躏我们,
　　我一定不让他们阴谋得逞,　　他们将会连连受挫。
　　我们必须昼夜兼程　　进入他们国土的纵深,
　　把他们的无礼傲慢　　马上变成他们的惶恐不安。"

181　英雄们从莱茵河穿过　　黑森大地一路骑马
　　向着萨克逊王国前进,　　不久便闻杀声四起,看战火连天。
　　他们不忘连烧带抢　　肆意蹂躏沿路的王国,
　　两位国王顿时痛苦地　　领略各路噩耗和失败的惨痛。

182　　他们终于来到边界，　辎重队伍停止了前进。
　　　神勇无比的西格弗里特　不禁开口问道：
　　　"何人在此殿后　保护我等安全,不遭麻烦？"
　　　萨克逊王国从未遭受过　比这回更大的杀戮灾难。

183　　他们说："让无限勇敢的元帅　亲自殿后守卫,
　　　保护尚无经验的士兵！　他是一位敏捷的勇士。
　　　吕特格尔本领有限，　不会给我们造成多大妨碍。
　　　我们让元帅和奥特文　一起殿后防守不得有误！"

184　　"我要亲自往前冲锋，"　骑士西格弗里特回答,
　　　"我将迎着敌人往前　观察他们部队的动静,
　　　直到我确切地发现　敌方勇士的确切位置。"
　　　王后西格琳特的公子　说罢立刻披挂穿戴起来。

185　　当他骑马外出的时候，　王子吩咐哈根指挥军队,
　　　辅助哈根的还有盖尔诺特，　一位勇敢异常的好汉。
　　　他吩咐完毕独自骑马　朝萨克逊王国纵深进发,
　　　不久便荣耀地获悉　有关敌人动态的消息。

186　　他看到边境附近埋伏　一支力量雄厚的军队,
　　　正好封锁住他们的道路，　这支军队异常强大。
　　　那里也许有四万人马，　甚至还要超过这个数字。
　　　英雄骑士抖擞精神，　聚精会神地观看敌方动静。

187　　敌人阵营内正巧　　出来一位英雄好汉，
　　　　一身披挂十分整齐，　　迈步走向瞭望台观察敌情。
　　　　西格弗里特看到了他，　　他也看到了西格弗里特。
　　　　双方对视,怒目相望，　　他们谁也不愿意稍有避让。

188　　我且告诉你们,那位站在　　瞭望台上的人姓甚名谁——
　　　　他在一只手上提着　　金光闪亮的盾牌。
　　　　这就是国王吕特伽斯特，　　司掌部队督军护卫。
　　　　高贵的陌生人英雄气概，　　光彩夺目分外照人。

189　　吕特伽斯特国王　　立刻认出了对面的敌人侦探。
　　　　两人同时夹紧战马　　一面又在两侧加踢马刺。
　　　　他们各自举起长矛　　狠狠戳向对方的盾牌。
　　　　丹麦的国王体力不支　　早已大汗淋漓、狼狈不堪。

190　　两位国王敏捷异常，　　他们夹紧马腹,狠踢马刺,
　　　　犹如一阵春风托着他们　　重新开始了新的回合。
　　　　他们提着马缰相互对向，　　不失骑士拼杀风尚。
　　　　两位愤怒的英雄骑士　　各自抽出利剑凶恶对视。

191　　西格弗里特挥剑斩杀，　　阵地上一片响声雷动：
　　　　英雄抖手而出，　　热烈的火星喷溅四方，
　　　　犹如熊熊燃烧的滚滚烈焰　　从英雄的头盔下喷涌激烈。
　　　　尼德兰的崇高英雄　　奋不顾身,势不可挡。

192   吕特伽斯特也不示弱，   给他狠狠地劈了几下。
        两位英雄良将的痕迹   永远留在盾牌上抹拭不净。
        他的三十名勇士闻讯   随即纵马飞驰而来。
        西格弗里特未容帮助   便给对方崇高君主

193   连创三处重大伤口，   捅得国王铠甲透光透亮——
        的确妙不可言，   显示了小试利剑的初战锋芒。
        细看兵器的两面剑刃   还在滴答流淌伤口的鲜血。
        吕特伽斯特国王   显示勇气不成落得一败涂地。

194   他情愿交出自己的王国   还在一旁连呼饶命，
        告诉英雄西格弗里特   他的名字叫作吕特伽斯特。
        丹麦的勇士策马赶来。   他们或许早已看得明白，
        知道瞭望台前两者之间   已经发生过何等波折。

195   他正想押解国王离开，   国王的三十名勇士蜂拥而上，
        朝他冲杀过来。   西格弗里特急忙摆开架势，
        他激烈地挥舞利剑   保护那位价值昂贵的人质。
        百里挑一的英雄   给敌人送去了更加巨大的伤害。

196   他把敌方三十名勇士   除了其中一人以外，
        通通送上了阴曹地府。   剩下的人必须马不停蹄
        回去向众人禀报消息，   让他们知道发生的一切。
        可是人们从他通红的   头盔上已经明白事情的真相。

197　丹麦国的武士们直气得　　哇哇急叫，义愤填膺，
　　他们已经闻听消息，　　国王当了俘虏扣押在敌营。
　　吕特格尔听说战况，　　愤怒得暴跳如雷，七窍生烟，
　　难以克制一腔愤怒，　　这番奇耻大辱让他受尽折磨。

198　富甲天下的国王吕特伽斯特　　被一路押解着
　　送到恭特尔国王案前　　自然显示了骑士的超等力量。
　　他把俘虏交给哈根，　　不愧为功盖于世的英雄好汉。
　　哈根听到胜利喜讯，　　的确乐不可支,喜形于色。

199　西格弗里特却命布尔恭腾人　　立刻升起军旗。
　　"事情也许是,"英雄说道，　　"现在应该连连取胜。
　　只要我的生命尚存，　　不必等到落日余晕，
　　萨克逊国的多少女人　　便会痛哭失去了勇士郎君。

200　你们众位莱茵英雄，　　且请仔细侧耳倾听:
　　我可以陪同你们　　一直捣进吕特格尔的大营。
　　你们将会看到英雄气概，　　敌人头盔被彻底粉碎翻滚，
　　我们这才善罢甘休，　　重新踏上布尔恭腾王国。"

201　盖尔诺特和他的部下　　果然备马出战。
　　勇敢的骑士伏尔克　　高高地举起飘扬的军旗，
　　一位强大无比的音乐大师，　　纵马骑在队伍的前列，
　　一路上浩浩荡荡，　　还有装备精良的伙伴紧紧跟随。

202   他们率领的士兵不足千人之数，　另外还有
　　　　十二名勇猛的骑士。　英雄好汉一路进发，
　　　　行军途中尘土飞扬，　大队人马已经越过了边境。
　　　　人们只看到他们盾牌　金光闪亮,装饰一新。

203   回头再说萨克逊人　率领军队迎面赶来，
　　　　英雄们身佩利剑,寒光闪闪,　如同我们听闻的一般。
　　　　多少勇士还在手上　提着沉甸甸的宽厚宝剑。
　　　　他们前往阻击敌人　保卫自己的城池和家乡。

204   国王的督军一路在前，　指挥军队冲锋陷阵。
　　　　西格弗里特不辞辛劳　率领从尼德兰带来的
　　　　勇士已经来到奋勇厮杀　的战场前沿。
　　　　这一天鏖战激烈，　多少盾牌的边缘沾满血迹。

205   辛多尔特和呼诺尔特，　还有勇士盖尔诺特
　　　　挥舞刀剑一如砍瓜切菜，　不知斩杀了多少英雄好汉，
　　　　他们仅仅小试锋芒　借以显示自己的勇猛无比。
　　　　多少勇敢的女人从此以后　珠泪不断,永远哭泣。

206   英雄伏尔克和哈根，　还有麦茨的奥特文武士,
　　　　他们跃身战场，　神奇勇猛,势不可挡,
　　　　他们用死者流淌的鲜血　熄灭了多少头盔上的火焰。
　　　　骑士唐克瓦特　自然也创立了不少的英雄业绩。

207　丹麦人不甘示弱，　　尝试着手上的过人力量。

　　厮杀场上只听到　　多少盾牌撞击的响声，

　　还有舞动的锐利兵器，　　杀戮多少难以弥合的创伤。

　　萨克逊人英勇善战　　果然给对方造成极大的伤亡。

208　布尔恭腾人十分了得，　　勇猛往前, 势如破竹。

　　他们一直把敌人　　追杀得遍体鳞伤。

　　人们看到马鞍上的鲜血　　往下滚滚流淌。

　　勇猛善战的骑士们　　以此建功立业, 争夺荣誉奖赏。

209　人们只听到英雄们　　手上挥舞锐利的兵器

　　撞击一道, 乒乓作响，　　士兵们跟随主人

　　从尼德兰转战而出　　一直杀入敌人的阵地核心。

　　他们显示骑士精神　　跟随西格弗里特东征西荡。

210　没有人跟随在　　莱茵英雄们身后作战。

　　西格弗里特的强健双手　　穿透多少敌人的头盔，

　　人们只看到盔甲下鲜血四溅，　　如同河水流淌，

　　他终于在敌军丛中　　看到对方的吕特格尔国王。

211　王子奋力往前冲击　　来来回回一连反复三趟

　　把敌人从头到尾不断扫荡。　　他看到哈根也在近旁，

　　哈根愿意帮助英雄　　完成勇士所追求的事业，

　　多少骑士就在这一天　　死伤在他们的手中剑下。

212 强大的国王吕特格尔   看到西格弗里特，
     看到他在手上奋力   挥舞的锐利武器
     如此地势不可挡   杀害他们无数勇士，
     国王不由得勃然大怒，   受尽了杀戮的折磨。

213 双方勇士们   重新拼斗冲杀在一道，
     只看到一片拥挤混乱，   听到周围兵器撞击的声响。
     两方勇士互不相让，   厮杀战斗得多么残酷、惨烈。
     军队开始各自后撤，   双方的仇恨却只是有增无减。

214 萨克逊的国王适时   听到有人前来禀报，
     他的兄弟已经被俘虏在彼，   他感到酸涩的痛苦。
     可是他并不知道   西格琳特的公子才是胜者，
     人们传说只是盖尔诺特，   他不久方才知晓。

215 吕特格尔的利剑劈得   多么沉重、厉害，
     西格弗里特的坐骑不稳，   几乎马失前蹄，
     可是它又重新站立起来。   勇敢的西格弗里特
     迎着厮杀的激烈风暴   战斗得格外凶恶、残酷。

216 哈根立马赶来援助，   还有英雄盖尔诺特，
     壮士奥特文、伏尔克   ——战场上尸横遍野——
     辛多尔特和呼诺尔特，   人人都是英雄好汉，
     多少女人因为他们   痛饮巨大的丧夫愤恨。

217　两位崇高的君王扭打　　在一起，难舍难分。
　　　只见一根根投枪在头盔　　上空呼啸而过，
　　　沉重的盾牌被武士的　　双手投掷得窟窿无限。
　　　满挂饰物的盾牌边缘　　沾满了通红的鲜血淋漓。

218　迎着强烈的战斗风云　　多少英雄好汉从坐骑上
　　　一跃而下。　　英勇的武士西格弗里特，
　　　还有不甘落后的国王吕特格尔　　也相互扑在一起。
　　　两位英雄崇高、威严，　　为争夺荣誉杀作一团。

219　国王提着的盾牌把手　　被西格弗里特一掌击飞。
　　　尼德兰国的伟大英雄　　已经面对萨克逊的君王
　　　绽露胜利的笑容。　　他们真是祸殃不断灾星频降。
　　　嘿，敏捷的唐克瓦特　　粉碎多少回的轮番攻击

220　吕特格尔国王已经从　　西格弗里特手提的
　　　巨大盾牌上认出了　　画就的王冠图案。
　　　他看到，对方正是　　豪情万丈的英雄好汉。
　　　国王立刻大声呐喊　　招呼他的众多朋友：

221　"萨克逊的英雄男儿，　　你们立即停止抵抗，
　　　我已经在眼前　　看到了西格蒙特的公子！
　　　我在这里认出了　　尼德兰国的强大好汉，
　　　一定是凶恶的魔鬼作祟，　　把他送来杀戮我们。"

222　士兵们果然停止战斗，　降下了旌旗以示求和。
　　　萨克逊君王渴望停战和平，　他立刻赢得这一机会。
　　　不过他必须成为人质　暂时被押送恭特尔的王国。
　　　西格弗里特勇士的双手　迫使他俯首称臣幡然就范。

223　他们一致表示同意　结束这回鏖战、纷争。
　　　多少被打碎的铠甲　还有满地皆是的盾牌
　　　通通都已摊放在地，　人们难以一一点数清楚。
　　　布尔恭腾的英雄之手　打得那些兵器血迹斑斑。

224　他们可以随意抓捕：　胜利者拥有无限的权力。
　　　英雄盖尔诺特还有哈根　立刻传下命令：
　　　把伤者送上担架。　他们又从人数众多的俘虏中
　　　挑出五百名士兵　一起带回布尔恭腾王国。

225　输得精光的骑士们　回到了丹麦故里。
　　　还有一批萨克逊人　未能在战场上立功逞能
　　　有失人们的深情厚望，　他们显得多么的沮丧。
　　　沙场毙命者被掩埋地下，　朋友们为之怀念、惋惜。

226　驮运的牲口满载武器　沿着莱茵一路逶迤。
　　　西格弗里特，英雄壮士，　还有他的骑士伙伴，
　　　他们英勇作战，艰苦卓绝，　王子的所作所为值得称道。
　　　恭特尔军中人人称颂　赞誉英雄骑士劳苦功高。

227　　盖尔诺特派遣使者　　立刻返回家乡沃尔姆斯。
　　　　他要让故国乡里的　　朋友们一起知晓
　　　　他和他的勇士们　　取得了何等辉煌的成功、胜利。
　　　　无数的英雄好汉　　也许为此平添了一轮荣誉的圣光。

228　　侍童们不敢怠慢，　　一路急行送上了喜讯。
　　　　美貌的女人先前心事重重，　　听到专程给她们
　　　　送上的胜利喜讯　　不由得心花怒放，喜不自禁。
　　　　只听到高贵的妇人　　孜孜不倦地动情发问，

229　　慷慨国王们的英雄好汉　　究竟如何获得幸福,建功立业？
　　　　其中另有一名使者　　专程派往去见克里姆希尔特。
　　　　这一切都在暗暗地进行：　　姑娘不能当人当众地发问，
　　　　因为其中有个英雄　　一直让她魂牵意绕、爱恋于怀。

230　　美丽的姑娘克里姆希尔特　　看到一位使者
　　　　兴冲冲地来到深宫闺房，　　急忙友好地问道：
　　　　"请告诉我欢乐的喜讯，　　我将对你黄金有赏！
　　　　你不能稍有丝毫隐瞒，　　那样我才对你分外器重。

231　　我的兄长盖尔诺特　　还有其他的至亲好友
　　　　如何平安无事地度过战场？　　他们之中有无伤亡？
　　　　谁的行为令人格外称颂？　　诸般情节且请讲述明白。"
　　　　伶俐的使者起身答道：　　"我们从来没有畏缩不前。

232　可是在战斗中首当其冲　　真正英勇无人可挡的，
　　　崇高而又可爱的公主，　　请容许我对你率直禀告，
　　　那只能是尼德兰国的陌生人，　　伟大的勇士。
　　　西格弗里特用双手　　在战斗中创造了伟大的奇迹。

233　其他的勇士们　　在这场战斗中都各有所为，
　　　唐克瓦特和哈根，　　还有不少高贵的国王英雄，
　　　他们拼杀得多么荣耀、壮烈，　　可是比起西格蒙特的王子，
　　　强大的西格弗里特　　那仅仅是一场传说，不足道哉。

234　他们在战场上打死　　敌人的许多英雄好汉。
　　　可是任何人都无法　　详尽地告诉你们关于
　　　西格弗里特跃入战场　　所完成的英雄业绩。
　　　他让多少女人失去夫君　　春情难熬，怒火中烧。

235　多少英雄的妻子　　必须面对失夫之痛，珠泪断线。
　　　人们听到他的兵器　　打得一个个头盔乒乓作响，
　　　鲜血淋漓，　　从伤口处发出突突声音喷涌而出。
　　　他在任何地方都不失为　　英勇骑士、道德完美。

236　麦茨的奥特文壮士　　也建立了巨大的功勋：
　　　如果有人胆敢近身，　　只见他的利剑好生厉害，
　　　那人便已经伤倒在地，　　更多的人还要惨遭横死。
　　　再说你的兄长势不可挡　　给敌人送上致命重创，

237　他在战场上冲锋陷阵　　左右驰骋,有目共睹不敢否认。
　　人们应该承认英雄骑士　　在战斗中表现的真情实况:
　　自豪的布尔恭腾人　　经受了这回征伐的考验,
　　他们在多少耻辱面前　　维护了自己的尊严。

238　当战场上回响起　　他们沉重的刀劈枪击时,
　　只见他们手到之处　　敌人在马鞍上轰然倒地。
　　莱茵河的英雄壮士　　在战斗中多么的超群绝伦,
　　他们的敌人悔恨　　早该回避这场可怕的战争。

239　堪称英雄的特隆页人,　　人们见到他们在战斗中
　　是一支多么强大的部队,　　给敌人创下累累伤痕。
　　哈根的一双巨手神奇了得,　　打得多少敌人动弹不得。
　　多少美丽的故事　　值得在布尔恭腾王国代代流传。

240　辛多尔特和呼诺尔特,　　盖尔诺特国王的麾下,
　　还有英雄伏尔克　　建立的功勋如此巨大,
　　让国王吕特格尔　　永远感到畏惧后怕。
　　正是他无事生非,　　把莱茵英雄唤上战场。

241　迄今为止所能发生　　最为激烈的厮杀,
　　从头到尾,悉数总尽,　　凡是人们所能见到的,
　　都是西格弗里特的双手　　亲自格斗创下的。
　　他把多么昂贵的人质　　押回恭特尔的王国。

242　英勇的好汉凭着巨大的力量　　迫使敌人就范，
　　　他让吕特伽斯特国王　　受尽了战争的创伤，
　　　萨克逊的国王吕特格尔　　也为此无限懊丧。
　　　高贵的公主，你还能　　听到比我更多的禀报！

243　西格弗里特强大无比，　　亲自抓获了两位国王。
　　　从未见过如此多的俘虏　　被押回这片土地，
　　　从莱茵河旁逶迤穿过，　　伟大的英雄不愧功勋卓著。"
　　　这般的喜讯让公主心甜人醉，　　再也欢迎不过。

244　"崇高的公主，请听吧，　　人们押回了五百名健康的
　　　俘虏或者更多，　　更有不少重伤在身的，整整
　　　八十副血迹斑斑的担架　　抬回了我们的故国家乡。
　　　其中大部分俘虏全由　　西格弗里特双手摁倒在地。

245　不久前他们斗胆　　来到莱茵河并对我们宣战，
　　　他们这回无可奈何　　只得当了国王恭特尔的俘虏。
　　　人们高高兴兴地押解　　他们回到我们的国土。"
　　　喜讯让姑娘顿释愁怀，　　一张美丽的脸庞犹如鲜花盛开。

246　姑娘的芳容轻快明亮　　如同被爱情玫瑰涂抹一样，
　　　因为西格弗里特，　　英勇的壮士好汉，含情脉脉的
　　　骑士终于无限欢乐地　　脱离了巨大的战争苦难。
　　　其他朋友们健康生还　　自然也让姑娘欣喜异常。

247 　多情的少女开口说道：　"你给我送来了喜讯，
　　　为此应该获得重赏，　　一件漂亮、昂贵的衣裳，
　　　外加十个金币马克，　　我让仆人给你亲自送上。"
　　　人们也许为此乐意　　前来给慷慨的妇人传递喜讯。

248 　为了报答他的辛劳，　人们给他赠送黄金、衣衫。
　　　多少美丽的姑娘　　情不自禁地来到窗前，
　　　她们凭窗远眺大街，　　只看到多少人豪情万丈
　　　骑坐着高头大马　　回到了布尔恭腾人的故乡。

249 　人们看到还有一群　　未曾挂彩的士兵走了过来。
　　　他们可以毫无愧色地　　聆听朋友们的声声问候。
　　　国王高高兴兴地骑马　　迎接凯旋的客人胜利归来。
　　　昔日无限巨大的忧愁　　顿时化作一道轻烟乌有。

250 　国王满怀喜悦地接见　　王国内外的英雄好汉，
　　　这是极尽慷慨的国王　　应该遵循的风俗礼仪。
　　　衷心地感谢他们，　欢迎他们来到自己面前，
　　　他们在浴血奋战中　　荣耀地取得了辉煌的胜利。

251 　国王恭特尔要求朋友们　　如实禀告战场消息，
　　　还问谁在这回征伐中　　不幸死亡，葬身沙场。
　　　勇士们悲痛地告诉　　一共损失了六十名好汉。
　　　人们为之沉痛地悲哀　　如同悼念英雄的常规仪式。

252   没有负伤的勇士带回   多少战盾的碎片，
        还有刀剑挑碎的头盔   来到国王恭特尔的家乡。
        他们跳下一匹匹高头大马   来到宫殿的大厅，
        高高兴兴地接受国王召见，   欢声笑语，乐成一片。

253   勇士们一路劳累，   人们引领他们休息、安寝。
        国王笑脸相迎众位客卿，   表达不尽心中感激之情。
        他吩咐妥善照顾伤者，   一面又立刻准备居室，
        这一切符合他的道德和性格，   对俘虏也是这等安排。

254   国王对吕特格尔说道：   "欢迎你来到敝国！
        由于你的横蛮过失，   我们遭致如此巨大的损失。
        如果命运对我不薄，   一切都会重新获得弥补。
        上帝嘉奖我的众位朋友！   他们为我创下巨大成就。"

255   "你有理由感谢他们，"   国王吕特格尔开口言道，
        "任何国王都难获得   如此高贵的人质。
        我们献上宝贵的财富   希望求得体面的监禁，
        恳求你们对我和我的   众位臣子朋友高抬贵手。"

256   "你们可以，"国王慷慨地言道，   "在这里自由活动。
        可是我不能让敌人   从此离开我的视线，
        为此我请你立下保证，   你不能擅自无故地
        逃离我的王国大地。"   两个国王立刻击掌宣誓。

257   他们被送入舒适的监房   安息就寝。

        仆人还给伤员们精心地   铺床叠被。

        有人给健康的士兵们   斟上蜂蜜酒和葡萄佳酿。

        任何地方都难以比拟   让勇士们欢乐尽心。

258   打成碎片的破烂盾牌   全部收集一堆储藏起来，

        另外还有许许多多的   血污马鞍，大捆大堆。

        人们吩咐通通藏于密室：   女人从此不再痛哭悲哀。

        有些骑士看起来   似乎仍然未曾恢复疲倦不堪。

259   国王热情地关怀客人们   起居安排无微不至。

        国内熟人和外国贵宾   举目皆是,充溢王国。

        身受重伤的勇士   立刻受到悉心护理。

        勇士们傲慢情绪   日益恢复,渐渐变得淡漠起来。

260   深谙医道的人，   人们报以重重的偿酬，

        大量的白银不用上秤   此外还有赤澄澄的黄金，

        人们揽聘他们治愈英雄   让他们脱离战争的苦难。

        国王还向他的客人   赠送大宗的礼物。

261   如果有人恋家心切   希望返回故里，

        主人如同对待朋友一样，   总是予以热情挽留。

        国王如此酬谢他的部下，   他也听从部下忠告：

        骑士们荣耀地建功立业，   以此实现了他的愿望。

262　国王盖尔诺特开口言道：　"且容他们自由返回故乡。
　　　等到六个星期以后，　不妨现在就给他们讲清，
　　　请他们再度回来　参加盛大的节日庆典。
　　　现在伤重卧床的人　一定已经彻底痊愈。"

263　尼德兰的骑士英雄　适时提出希望度假返里。
　　　国王恭特尔闻听　西格弗里特的心愿，
　　　立刻衷心地希望　英雄王子改变计划和主张。
　　　倘若不是为了克里姆希尔特，　他才不会改变初衷。

264　西格弗里特富裕无比，　所以不贪分文俸禄。
　　　他实在受之无愧：　国王对他亲切友好，
　　　还有他的王室群臣：　他们都已亲眼目睹，
　　　知道英雄骑士威力无比　在战斗中建立的丰功伟绩。

265　他思考着暂且留下　仅仅为了美丽的姑娘，
　　　王子多么希望见上公主一眼。　事情倘若真能如此
　　　方可称心如意，如愿以偿，　姑娘的芳名如雷贯耳。
　　　终有一天他将高高兴兴地　衣锦还乡，荣归故里。

266　国王号令全体骑士　任何时候都不忘操练武艺。
　　　多少年轻的武士　兴致勃勃地前来愿意比试技艺。
　　　他还命人在沃尔姆斯　莱茵河滩上建造场地
　　　供天下各路英雄好汉　在布尔恭腾王国小试身手。

267　就在天下好汉应该　　启程前来的同一时刻，
　　　少女克里姆希尔特　　听到沸沸扬扬传闻的消息，
　　　国王计划为群臣和　　各路勇士举办盛大的庆典。
　　　多少美丽的女人　　热情地开始了种种忙碌的准备。

268　她们比画着愿意穿戴的　　件件衣衫和饰带。
　　　乌特，雍容华贵的母亲　　也听到消息传闻，
　　　说有许多豪情万丈的　　武士即将亲临大典。
　　　多少漂亮的衣服全被　　打开层层包袱取了出来。

269　为了取悦于她们的孩子，　　女人们，还有不少漂亮姑娘
　　　飞针走线，缝制衣裳，　　用于打扮自己的美貌青春，
　　　装扮来自布尔恭腾王国　　多少年轻的英雄好汉。
　　　许多外乡贵客也在忙碌　　准备艳丽而又漂亮的衣衫。

第五章
西格弗里特与克里姆希尔特初次见面

270　莱茵河畔宾客来往　　络绎不绝,连绵不断,
　　　客人们乐意恭顺国王,　　多么盼望和愿意
　　　参加欢乐的庆祝盛典　　来到了慷慨的王国大地
　　　他们中许多人获得　　两件礼物,骏马和衣裳。

271　为了举办庆典,　　仆人为众位贵宾备下了座位,
　　　据有人给予我们的消息,　　其中最高最好的位置:
　　　共有三十二位君王　　出席盛大节日的庆典。
　　　多少年轻的姑娘热情洋溢　　为节日打扮得花枝招展。

272　年轻的国王吉塞尔赫　　顿时忙碌得不亦乐乎:
　　　外来贵宾和王室大臣们　　内心深处十分友好、公允,
　　　国王和盖尔诺特一起　　接见双方共同的英雄壮士。
　　　他们问候各路好汉,　　如同风范礼仪常常进行的一样。

273　　客人们跨着黄金般的马鞍　　一起骑入英雄的王国，
　　　手执装饰细巧的盾牌　　身穿富丽堂皇的衣裳，
　　　为了顺着国王的心意　　他们一起前来光临盛典。
　　　有的人伤重染病　　却也抓住机会共庆欢乐。

274　　仍有多少人躺在床上　　忍受着伤痛折磨和苦闷，
　　　他们把死亡的痛苦彻底　　抛掷在九霄云外，
　　　体弱的，生病的，　　人人都已抛弃了痛苦的抱怨。
　　　他们为愉快的节日喜讯　　欢欣鼓舞，喜出望外。

275　　人们怀着巨大的渴望　　准备品尝节日盛宴。
　　　无止无尽的狂喜　　无边无垠的欢乐
　　　席卷着内内外外的人们，　　人数之广，难以一眼望尽。
　　　恭特尔的王国上下　　成了一片喜庆的欢乐海洋。

276　　那是圣降节的清晨，　　人们看到他们走了进来，
　　　多少勇敢的壮士好汉　　全都尝试穿着节日的盛装，
　　　前来参加庆典的　　足有各路英雄五千挂零。
　　　布尔恭腾人获得了　　前所未有的崇高荣誉。

277　　国王心里已有主意　　——他或许已经明白就里——
　　　尼德兰国的英雄骑士　　如何真心实意地
　　　爱上他的同胞王妹。　　人们从未让他见过佳人，
　　　家妹美貌，名扬海内，　　年轻的姑娘人人称羡赞美。

278   国王言道:"大家纷纷猜测，　　我的群臣和英雄好汉，
　　　　盛大的节日塑造得　　　如此隆重,值得称颂,
　　　　自从这回庆典以后　　　再也无人敢于轻慢我等。
　　　　应该赞扬各路英雄好汉　　愿为我们的事业尽力尽胆。"

279   来自麦茨的勇士　　　奥特文在一旁开口言道:
　　　　"倘若要给节日添加　　　更大的荣耀和诗情画意,
　　　　那么应该让美丽的　　　女人共同参与节日庆典。
　　　　布尔恭腾国荣誉万千　　　一定能让她们正中下怀。

280   如果没有美丽的姑娘　　　和雍容华贵的女人,
　　　　怎能还有男人的幸福,　　还有男人观望的乐趣?
　　　　请让你的王妹也来　　　参加你所主持的盛典吧!"
　　　　主意令多少英雄　　　　百般称道,欢乐开怀。

281   "我愿意听从建议,一切　　照办。"国王立刻答应。
　　　　闻听消息的人儿个个　　从内心感到着实欢喜。
　　　　有人还向王后乌特、　　另有她的美丽的女儿透露,
　　　　说她和她的年轻姑娘们　　全部可以参加节庆盛典。

282   家家户户急忙开始了翻箱倒柜　　寻找许多美丽的衣裳,
　　　　人们在重重叠叠的衣箱内　　找出了华丽的衫裙,
　　　　一旁备下许多丝带滚边,　　自然还有精美的戒指首饰。
　　　　众位光彩夺目的姑娘　　　把自己打扮得秀色动人。

283　　更有不少年轻的壮士　　鼓足勇气,跃跃欲试,
　　　　希望仔仔细细地留神　　观望川流不息的众位女人,
　　　　因为在别的王国大地上　　他们再无此等机会。
　　　　他们心喜无限,看着　　从前尚未相识的众多女郎。

284　　慷慨的国王立刻吩咐　　王妹克里姆希尔特,
　　　　让百名英武骑士　　人人手中执定利剑
　　　　跟随她的身旁,　　自然还有母亲乌特王后。
　　　　这些都是布尔恭腾　　王国的宫廷随从。

285　　乌特,雍容华贵的王后,　　人们见她领着女儿一同前来,
　　　　多少艳丽的女人　　伴随着王后如同众星拱月。
　　　　足有一百,或者更多,　　各自穿着漂亮的衣裳。
　　　　一群打扮入时的姑娘　　围着克里姆希尔特软步向前。

286　　人们看到她们个个　　步出闺房来到大街上,
　　　　多少英雄翘首企盼　　热情动人,望眼欲穿,
　　　　他们怀着美好的希望,　　也许事有凑巧,
　　　　他们能够无限欢乐地　　一睹克里姆希尔特姑娘芳颜。

287　　深情的姑娘徐步移出,　　宛如一轮朝霞映照清晨,
　　　　透过层层翻滚的乌云。　　如果有人钟情姑娘,
　　　　不管爱情藏匿多久多深,　　顷刻间顿释愁怀:
　　　　他终于看到姑娘情意绵绵　　无限艳丽地站立面前。

288　姑娘的衣衫上闪烁着　　许多宝石夺目光彩，
　　　玫瑰红般的脸庞透射　　万般深情的光辉。
　　　不管人们到底愿望何如，　他都必须据实承认，
　　　他在这颗星球上　　从未见过比她更美的姑娘。

289　好似一轮皎洁的明月　　伴随着周围群星闪烁，
　　　月光轻泻，穿过了　　多少云层重重叠叠，
　　　姑娘宛如星空满月　　率领许多女人轻移软步，
　　　撩拨得众位入时的英雄　信心倍增，六神无主。

290　端庄而又漂亮的宫廷仪仗　走在前面为她开路。
　　　情绪高昂的勇士　　忍受不住诸般清规戒律，
　　　他们看到可爱的姑娘时　便开始往前拥挤。
　　　高贵的西格弗里特　　面临欢乐和痛苦两番心绪。

291　他不由得大胆思忖：　　我究竟应该如何表达心情，
　　　衷心欢呼地爱恋于你　正是我的满腔希望？
　　　我一旦缺少了你，　　那么我情愿离开人世。
　　　思恋姑娘愁绪万钟，　他悄悄地忍受着欢乐和苦痛。

292　西格弗里特一往情深，　却与克里姆希尔特天隔两分，
　　　恰似大师的艺术手笔　把他设计而出精妙构成，
　　　永远留在浩瀚的古代文献。　人们必须如实承认，
　　　他们在任何地方　　都从未见过这般魁梧的英雄。

293　　护卫克里姆希尔特的随从　　礼请众多的男人
　　　　在前后路上略微后退一阵，　壮士们尾随姑娘徐徐而行。
　　　　内心揣装着自豪，　姑娘的身材禀性让他们欣喜万分。
　　　　人们还看到许多漂亮的姑娘　端庄地陪同一路而行。

294　　布尔恭腾王国的君主　　盖尔诺特开口言道：
　　　　"恭特尔国王，亲爱的　兄长，他为你赴汤蹈火，
　　　　建立了巨大的功勋，　当着众位英雄骑士的颜面
　　　　请表彰他的无限忠诚！　我永远不悔今朝的动议。

295　　请你吩咐西格弗里特，　国王西格蒙特的王子
　　　　去见克里姆希尔特公主！　这才是真正的奖励。
　　　　家妹从未问候过任何勇士，　却应该对他礼贤下士，
　　　　为了让我们获得朋友，　这位神勇盖世的骑士。"

296　　国王恭特尔传令侍从　　立刻找到英雄骑士现在何处。
　　　　侍从们对尼德兰的　王子作出下列禀陈：
　　　　"国王吩咐于你，　请你速回宫殿晋见。
　　　　王妹恭候大驾，　这是你的崇高荣誉。"

297　　英雄闻听天降喜讯　　不由高兴得心花怒放。
　　　　他顿时一扫愁绪　剩下了一片喜悦心情。
　　　　英雄终于获准　面见钟情的妙龄女郎。
　　　　西格弗里特随即　问候公主，万般深情端庄。

298　　姑娘看到豪迈的英雄　　稳稳实实地站在自己面前
　　　　立刻满面红晕状如玫瑰。　　美丽的姑娘开口言道：
　　　　"欢迎你,高贵的骑士,　　西格弗里特王子!"
　　　　英雄闻听问候,　　不由得立刻信心倍增。

299　　他不忘礼貌,鞠躬施礼,　　公主展腰把他牵在手里。
　　　　英雄美人站在一起　　多么钟情彬彬有礼!
　　　　骑士和美女,他们　　眉目传情,相互对视,
　　　　留下了一片温柔、深情,　　这一切都在悄悄地进行。

300　　姑娘白皙的软手　　是否让英雄传递钟情的爱意
　　　　而被柔情万般地握住,　　在下不敢自称知情。
　　　　可是我也难以相信　　类似的痴情断然未曾发生。
　　　　姑娘透露春意万千,　　她对英雄从此真心相恋。

301　　西格弗里特自从获得　　梦寐以求的公主
　　　　与他如此钟情地心心相印,　　无论先时夏日的光景
　　　　还是五月美丽的时辰　　他都从未在内心深处
　　　　端端地盛放着如此许多　　含情脉脉的欢乐爱情。

302　　有些勇士暗自思忖：　　如果我也有此福分,
　　　　跟她手牵手漫步而行,　　如同现在看到他的行为,
　　　　或者躺在她的身旁小憩一会,　　我一定乐意为之。
　　　　世上还没有任何壮士好汉　　可以对公主献足殷勤。

303   不管任何客人来自哪个　　国王的家乡，

他们都能共同注意到　　面前的这对英雄佳人，

她愉快地获准　　亲吻这位身材魁伟的男人。

骑士英雄自平生以来　　从未享受过这等爱情。

304   就在这一时刻，　　丹麦国的国王开口言道：

"为了这一崇高问候　　多少勇士伤倒在地——

我衷心地怀念他们　　——丧身西格弗里特的强大之手。

上帝保佑，不能让他　　再去我的王国领兵打仗！"

305   只听人们呼唤众人　　请给深情万分的女人们

前后左右让出道来。　　人们看到许多英勇的

骑士彬彬有礼，　　尾随着一路朝大殿款款向前。

突然间姑娘跟她中意　　的英雄壮士分开而行。

306   人们开始步入教堂，　　姑娘身后跟着一群女士。

克里姆希尔特的身影　　出现在哪里便点缀得

许多人魂牵意绕　　迷失方向不识天南地北。

她生来便是供众多的　　勇士倾心爱慕、赏心悦目。

307   英雄骑士已经急不可耐，　　终于等到人们唱完弥撒。

他兴许暗自在腹内　　讲过多遍衷心感谢。

王子心里藏着的姑娘　　对他多么重要、难忘。

当然他也让美丽的公主　　感到分外亲切、可爱。

308 姑娘迈出教堂大门的时候，　人们看到他如同先前一般
　　　高高兴兴地朝着公主　　克里姆希尔特迎上前去。
　　　美丽的姑娘开口说话　　对他表示由衷的感谢，
　　　称赞他在众位亲人面前　　功勋盖世、战绩辉煌。

309 "西格弗里特壮士，上帝嘉奖于你，"　美丽的公主言道，
　　　"人人都对你敬重万分，　如我听到他们的议论，
　　　他们真像担负重责一般，　你功盖于世当之无愧。"
　　　西格弗里特开始深情地　　朝克里姆希尔特望上一眼，

310 "我愿永远为你效劳，"　　壮士英雄徐徐说道，
　　　"国王赐予的恩德如山　　让我时常挂怀难忘，
　　　我倘若不能报答一二，　头脑中永远无法安宁。
　　　克里姆希尔特公主，　这一切都是为了报答你的恩惠。"

311 整整十二天来，　只要白天尚在，余霞犹存，
　　　每当公主朝宫殿走去　参见她的三位国王兄弟，
　　　人们总是看到她　跟壮士彼此含情脉脉。
　　　壮士伴随着荣誉　享受着巨大的爱情。

312 无限欢乐，无限幸福，　到处是一片沸腾。
　　　无论是在宫内或是宫外　人们每天都能听到
　　　国王恭特尔的大厅前　荡漾着许多英雄的笑声。
　　　勇士奥特文和哈根　开始了他们的宏伟业绩。

313 如果有人开始比武， 他们总是跃跃欲试
跟大家角逐试力， 英雄们乐于一决雌雄。
客人们深谙两位骑士， 熟知他们气力过人。
他们为国王恭特尔， 为整个王国添加了光辉。

314 从前伤重卧床的人， 人们看到他们已能走动步行。
他们愿意跟恭特尔的 勇士一起演武比试：
勇士们举起盾牌保护， 还常常练习举枪投掷。
许多人帮助他们， 骑士们取得了巨大的进步。

315 举办节日庆典的时候 国王总是不忘端上精美佳肴
招待尊贵的客人。 国王所到之处,无论哪里
从来没有遭受指责、批评， 那是任何君王难以做到的。
人们看到他友好万分 匆匆忙忙地朝客人走去。

316 国王开口言道:"高贵的勇士， 请在离开我们之前
笑纳我的薄礼惠赠， 借以表达我的区区心意，
永远为你们服务效力。 请别鄙薄我的财物！
我愿与你们分而共享， 让你们看到的确心甘情愿。"

317 丹麦国过来的众人 直截了当地回答言道：
"我们希望获准骑马 回到自己的故国家乡，
此前再次请求你们的谅解 并且愿意回报大量的财富，
还对你们作出承诺保证， 一切按你们的愿望行事。"

318　吕特伽斯特的伤势　　已经完全收口痊愈，
　　　萨克逊的国王十分健康，　住在恭特尔国王一旁。
　　　他们在自己国内留下了　　一批可怜丧命的死者。
　　　国王恭特尔前去寻找　　英雄骑士西格弗里特。

319　他对壮士开口言道：　"请你告诉我应该怎么办！
　　　我们的敌人希望　　从此回国，离开我们。
　　　他们对我再三请求　希望能够原谅他们。
　　　勇敢的壮士，告诉我，　你觉得如何处理正确？

320　英雄们愿意给我提供的　　我可以对你细述明白：
　　　他们愿意给我动用　　五百匹负重的马儿，
　　　悉数装运黄金宝物　以此赎回自由之身。"
　　　西格弗里特开口答道：　"此事似乎做得不妥。

321　你应该让他们两人　无拘无束地返回故里家门。
　　　他们两员英雄好汉　必须对将来作出保证，
　　　保证不再率领军队　再度侵犯你的王国领地。
　　　你从两位国王的手上　从此获得安全、和平！"

322　"我愿意照此办理。"　两人说完便离开了那里。
　　　国王派人向他的　两位仇敌传递消息，
　　　他们答应赔偿的黄金　没有人对此稀罕搭理，
　　　亲爱的朋友回到家中　必须厌兵罢战不忘忏悔。

323　多少仆人托着军盾，　里面装满了黄金白银。
国王慷慨大方地　给他的朋友们分赏足够
的礼物，或许足足　五百马克,可能还有挂零。
英勇骑士盖尔诺特　亲自给恭特尔国王出谋划策。

324　众位好汉决意返回故里　他们愿意前来告辞别离。
人们看到勇士们　朝克里姆希尔特走去，
当然也去看望乌特，　亲自向王后告别。
从来没有任何壮士　好汉获得如此美好的假期。

325　栈房内一片空旷，　昔日的住客俱已骑马返乡。
只有国王和他和群臣　操持着骑士的风俗礼仪，
留住在宫中府第　还有许多高尚的英雄好汉。
人们只见他们每日　都去看望克里姆希尔特。

326　西格弗里特,善良的　壮士也想度假返里：
他担心难以实现愿望　于是心情低落情绪沮丧。
国王听到有人禀告，　说他思图返里归乡。
年轻的国王吉塞尔赫　开始迫切地央求于他。

327　"你现在还怀念前方吗,高尚的　英雄西格弗里特？
请跟勇士们留在一起　——别忘掉按我的请求行事——
你应该留在国王恭特尔身旁　和他的王国群臣一起！
这里有许多漂亮的女人，　人们可以给你指引相认。"

328　　英勇的骑士西格弗里特说道：　"请把马匹留在原地！
　　　　我曾经希望离开你们，　　现在看来不忍成行。
　　　　请抬走我的盾牌吧！　　我多么希望回乡返井。
　　　　感谢年轻的国王吉塞尔赫　　力挽狂澜,以诚相挽。"

329　　英勇的好汉义气高尚　　为了朋友继续留在彼方。
　　　　他自认平生以来　　还没有在任何地方
　　　　感觉如此良好、生活舒适，　　从此以后发生的便是：
　　　　他只要愿意,便立刻前去　　看望姑娘克里姆希尔特。

330　　壮士好汉流连忘返，　　高尚的美女让他魂牵意绕。
　　　　人们举办许多的消遣游戏　　以此度过欢乐的时光。
　　　　爱情迫使着英雄，　　后来又给他带来多少悲惨苦难。
　　　　英勇的好汉终有一天　　难违巨大的悲伤客死他乡。

331　　莱茵河水奔腾不已　　霎时又涌起了新的传闻涟漪。
　　　　朝中群臣禀告国王恭特尔　　送上一则疑问。
　　　　国王为何不思婚配　　娶下一房名门淑女。
　　　　大度的国王开口答道："我的独身不会持久。

332　　我只是再三顾虑、思忖，　　在哪里方能觅得这位姑娘，
　　　　适于在下以及我的王国。　　可以娶为王后的姑娘，
　　　　应该出身贵族或者美貌绝伦，　　我愿意迎她为妻进门，
　　　　这才是我寻觅的姑娘，　　你们从此知道我的思想。"

第六章

恭特尔前往冰岛迎娶勃吕恩希尔特

333　相传大海深处有一方宝地，　　上面住着一位女王，
　　　与她一般的女人　　恐怕世上难以觅得，绝无仅有：
　　　女王美貌超群绝伦，　　一身气力无人敢于近身，
　　　向她求婚的年轻勇士　　必须跟她比试投掷枪杆。

334　她将石块投向远方，　　然后纵身跳远追赶。
　　　如果有人直言不讳　　对她提出求婚愿望，
　　　他必须跟高贵的女王　　演武赢得三场比赛，
　　　倘若失手输掉一场，　　英雄难免把命儿搭上。

335　女王心高气傲，　　这样的比赛已经经历多场。
　　　话说莱茵河旁有位骑士国王　　闻听消息于心不忘，
　　　他把一门心思牵挂在　　艳丽女王的衣衫裙旁。
　　　为此惹动了多少英雄　　命丧武厅客死他乡。

336　这一天国王和他的群臣　　团团围坐一堂，
　　　他们多方讨论慎重衡量　　议论左右出入利弊短长，
　　　国王为了爱情　　希望听取各家所言,不禁纷纷扬扬。
　　　他愿意娶女王为妻，　女王自然与国王门第相当。

337　莱茵国王开口言道：　"我愿俯身前往大海，
　　　不管我的遭遇如何，　我也要寻访勃吕恩希尔特。
　　　为了这位绝色女人　我甘愿冒生死危险于心不悔。
　　　生命财产均可抛弃，　只求勃吕恩希尔特成为内宫娇妻。"

338　"我劝你打消这个主意，"　西格弗里特一旁言道，
　　　"女王的比赛风格　让类似的远行客人凶多吉少。
　　　谁愿意向女王求婚，　付出的代价颇为高昂凶险。
　　　你从我的劝告声中　或许应该忖度此举前景如何。"

339　国王恭特尔作色答道：　"迄今为止从未有过女人
　　　如此强大而且如此勇敢，　甚至连我的一双手
　　　都不能在演武比试中　迫使就范获得芳愿。"
　　　"且请慎言!"西格弗里特说道：　"你还不知她的厉害。

340　女王一旦盛怒在彼，　类似你等四人恐怕还是
　　　难以将她制服获得小胜。　你还是放弃念头!
　　　这是我给你的中肯良言。　你如果不想就此速死，
　　　那就不会由于这场爱情　从此陷入灾难,断无后悔!"

341　　"女王可以无限强大，　我只是不愿放弃追求
　　　前去寻访勃吕恩希尔特。　不管我的前程命运如何，
　　　为了这位美貌的女王　我也必须显示足够的胆量，
　　　不知上帝是否恩加于我，　让她跟我重返莱茵故乡。"

342　　"我不妨对你略微劝说几句，"　哈根从旁开口言道，
　　　"你可以商请西格弗里特，　让他跟你共赴重任，
　　　承担其中的命运。　我建议你们同去同行，
　　　因为他才清楚地知道　勃吕恩希尔特情况如何。"

343　　国王言道："西格弗里特勇士，　你是否愿意帮助我
　　　娶回日夜思恋的女王？　如果你能了却我的心愿，
　　　让艳丽的冰岛女王　从此成为我的后宫妻房，
　　　我能够满足你的一切愿望，　无论荣誉还是门第声望。"

344　　西格弗里特起身答道：　"至于说到我的情况，
　　　我可以鼎力相助，　帮助娶回美丽端庄的公主
　　　勃吕恩希尔特新娘，　为我的帮助我并不稀罕
　　　任何的恩赐报偿，　只求赐下令妹玉成姻缘。"

345　　"我对你发愿，"恭特尔说，　"立誓做到，西格弗里特，
　　　美丽的勃吕恩希尔特　来到这片土地的时日，
　　　我便让我的王妹成为　你的妻室，结成伉俪，
　　　让你和美丽的姑娘　欢乐与共，白头偕老。"

346　　两位崇高的勇士相互　　一起立下誓愿。
　　　　可是他们把高贵的冰岛女王　引回故国莱茵以前
　　　　还得经历许许多多的　　险阻、磨难，难免奋斗一场。
　　　　两位勇敢的壮士　　不禁忧心忡忡，思谋频繁。

347　　我曾听说许多野蛮的侏儒　讲起了神奇的故事，
　　　　有人在深山丛林中　　为了隐蔽自己便在头上戴着
　　　　一顶叫作隐身的冠帽，　模样十分离奇、神秘：
　　　　如果把它藏在身旁，　它可以保护主人身体

348　　不怕任何惊涛骇浪。　任何人都无法见到他，
　　　　只要他头戴神帽，藏身于下。　可是他却能够随意地
　　　　观察四方，听取别人讲话，　尽管无人觉察他在身旁。
　　　　他会变得十分强大，　冒险的故事将给我们细述明白。

349　　西格弗里特自然不忘　把隐身帽藏于一旁，
　　　　英勇的骑士曾经　　花费巨大的力量赢得了它，
　　　　那也是一名侏儒，　名字叫作阿尔卑律希。
　　　　勇敢的骑士们装备　齐全，立刻准备出发。

350　　每当壮士西格弗里特　头上戴起隐身帽时，
　　　　冥冥之中他便突然有了　特别巨大的力量：
　　　　那是十二个男人的臂力　全部附上了他的身体。
　　　　他便使用巨大的计谋　征服了不可一世的艳丽女王。

351   凡是戴上隐身帽的人，　身体能够立刻隐蔽起来，
        无论哪位恣肆的男人　都能凭着隐身法术为所欲为，
        获得他所仰慕的一切　反正无人可以见到识得。
        他为此赢得了勃吕恩希尔特，　后来又受尽苦难折磨。

352   "西格弗里特，我们动身前，　你必须对我讲个明白，
        我们如何才能保护自己　体面光彩地越洋过海。
        我们是否应该领兵北下　前往勃吕恩希尔特的王国！
        二千勇士不在话下，　我很快便能调遣聚集。"

353   "我们领大队人马前往，"　西格弗里特继而说道，
        "必定会在女王心内　引起重重愤怒、疑虑，
        她如果骄横发作，　我们带去的人都会倒地立毙。
        勇敢而又善良的骑士，　我愿意给你更好的良策。

354   我们必须放胆前行　骑士一般穿过莱茵，
        跟随我们一起的人，　我不妨给你指名道姓：
        我们二人另外带上两人，　再不多带别人大海航行。
        不管将来事态如何，　我们一定获得新娘。

355   你带上一位伙伴，　另外一位随我身旁，
        哈根便是第三人　——方保我们安然无恙。
        唐克瓦特乃是第四人，　一位英勇无比的壮士。
        如此纵然遭遇二千敌人，　无人敢于发动进攻靠近我们。"

356 　"我们启程上路前，　还有一事希望问个明白，"
　　　国王恭特尔随即言道，　"我们去见勃吕恩希尔特
　　　究竟应该如何穿戴　才能符合我们身份，
　　　我为此十分关心，　请你给我作个定夺。"

357 　"至于最好的衣裳，　人们所能见到的一切
　　　穿戴,古往今来都在　勃吕恩希尔特的王国。
　　　听得别人讲过的消息，　在美丽的女王面前
　　　我们必须穿戴贵重的服饰，　这才不会名誉丧失。"

358 　英勇的骑士随即说道：　"我这里亲自去见
　　　我的亲爱的母后，　不知能否了我心愿，
　　　请宫中漂亮的侍女　为我们穿针走线缝制衣裳，
　　　让我们荣耀体面地　显示在美丽的姑娘面前。"

359 　特隆页的勇士哈根说道，　一派流行的风尚：
　　　"你何必为这等事宜　央求你的母亲王后？
　　　请把消息告诉诉的妹妹，　事关我们何等英雄气概！
　　　美丽的姑娘心灵手巧，　缝制的衣服必定得体相配。"

360 　国王立刻传令妹妹，　称国王自己和英雄
　　　西格弗里特有要事相商。　美丽的姑娘赶在进宫之前
　　　随即换上一件漂亮的衣裳，　显得格外艳丽、端庄，
　　　国王和勇士愿意见她，　她感到欣喜,答应为此准备。

361　　侍女们穿戴一新，　　完全符合宫廷礼仪。
　　　　两位勇士徐步来到，　　姑娘听到宫女禀告，
　　　　立刻从座椅上站立起来。　　当她接待高贵的客人
　　　　和兄长国王的时候　　显得端庄稳重彬彬有礼。

362　　"欢迎你们，我的兄长，　　还有你的骑士伙伴！
　　　　我愿意聆听赐教，"　　美丽的姑娘轻轻说道，
　　　　"不知你们因何事宜　　劳动步伐来到深宫内院。
　　　　请两位立刻吩咐，　　让我效力于你们的宏图大略！"

363　　慷慨的国王随即言道：　　"妹妹，我有一事相求：
　　　　我们虽然志在四方，　　却也怀揣巨大的忧愁，
　　　　我们要去远方的国度　　进入别人的王宫大院。
　　　　为了这番旅行，我们　　希望穿戴华丽的衣衫。"

364　　"亲爱的兄长，请稍坐片刻，"　　公主轻声软语，
　　　　"请让我闻听消息，　　知道那位女人是谁，
　　　　竟劳动你亲往别的君王邻国　　希望觅得爱情回来！"
　　　　姑娘说完把两位勇士　　一起挽在自己的手上。

365　　姑娘领着两位勇士　　来到她刚才坐过的眠床。
　　　　多么华丽的软垫　　——你们尽可以相信一切——
　　　　在公主闺房比比皆是　　——搁置在房中地上。
　　　　英雄跟姑娘坐在一起　　共同消遣，心中十分惬意。

366　　情意绵绵的目光　　充满爱情的对望，
　　　　他们两人眼神交往　　相互默契已经几重回合：
　　　　他把姑娘装在心里，　姑娘是他的生命和一切。
　　　　尽忠效力让他终于　　把美丽的公主迎娶为妻。

367　　国王恭特尔开口言道：　"我的高贵的妹妹，
　　　　没有你的鼎力相助，　此事必将回天无力：
　　　　我们要去勃吕恩希尔特　女王的王国比试武艺。
　　　　在女人面前我们必须　穿上美丽得体的新衣。"

368　　美丽的公主一旁答道：　"我的亲爱的兄长，
　　　　只要从我的方面　能够为你们帮助效劳，
　　　　你们尽可大胆放心，　我自会做好一切准备，
　　　　如果还有女人拒绝你们，　克里姆希尔特必将痛苦万分。

369　　高贵的骑士，你们无需　愁肠百结地央求于我，
　　　　应该以高昂的情绪　不妨直接对我发出命令：
　　　　你们感到满意的一切，　我均愿兴高采烈地
　　　　乐意从命，一旁效力。"　美丽的姑娘满口答应。

370　　"亲爱的妹妹，我们愿意　穿上美丽漂亮的新衣。
　　　　这件事有劳王妹玉手　亲自为我们选料缝制。
　　　　请你的宫女一起穿针引线　以便我们争回庄重体面。
　　　　我的旅程主意已定，　谁也无法劝阻收回成命。"

371　　年轻的姑娘随即说道：　"我愿意告诉你们，
　　　　这里已有丝绸衣料。　请你派人用盾牌托着
　　　　送来漂亮的宝石！　我们缝制的每件衣裳必须
　　　　让你们在漂亮的姑娘　面前显示巨大的荣誉。"

372　　"同行的伙伴是谁，"　年轻的公主问道，
　　　　"他们应该穿戴簇新　跟你一起前往宫殿?"
　　　　"只有我和西格弗里特　还有两位勇士一起跟随，
　　　　唐克瓦特和哈根，　我们共同踏上比试的旅程。"

373　　亲爱的妹妹,请务必　注意我们所说的要求：
　　　　我们四位伙伴　在四天时间内必须
　　　　每天穿戴两套衣裳，　为此需要美丽的服饰，
　　　　让我们离开勃吕恩希尔特　国土时不会遭受耻辱。"

374　　公主对骑士许愿完成，　君王们起身离开闺门。
　　　　克里姆希尔特公主随即　从宫女中召唤三十名
　　　　年轻的姑娘进入　自己的闺房。心灵手巧的
　　　　姑娘对于缝制艺术　情有独钟别具匠心。

375　　绫罗绸缎堆放于侧洁白如雪，　它们来自异国他乡，
　　　　产于察察曼克,那片土地　一片葱绿,浑如苜蓿。
　　　　她们把粒粒宝石镶嵌于内，　这是一批漂亮的衣裳。
　　　　美丽深情的姑娘　克里姆希尔特亲手裁剪。

376　这里选用外国盛产的　　鲨鱼皮缝制衣服衬里，
　　　迄今为止人们很难　　见到这等衣衫一饱眼福，
　　　衣服正面覆上丝绸，　　外表衬托黄金装饰。
　　　关于耀眼的衣服甚至　　还流传着奇迹般的许多传说。

377　那时候人们看到　　国王的侍女们搬运着
　　　世上最精美的丝绸　　忙忙碌碌，它们盛产于
　　　摩洛哥，有的产于　　利比亚，美丽无比，应有尽有。
　　　姑娘心里装着崇敬和恩爱　　凭着衣服表露于外。

378　英雄们重视此番宫廷远行　　内心充满着渴求，
　　　他们对银鼬皮缝制的衣服　　也并不喝彩价值无比，
　　　上面罩上锦缎外套，　　顿显一片油光深黑，
　　　敏捷的骑士如今都不忘　　穿上它们参加节日的盛典。

379　阿拉伯的丝绸上闪烁着　　无数宝石，辉煌灿烂。
　　　姑娘们日夜繁忙，飞针走线，　　极尽多少艰难。
　　　过了六个星期，　　每件衣服都已缝制完毕，
　　　壮士们的武器装束　　的确全部准备停当。

380　正当他们装备完毕之际，　　工匠们还在莱茵河上
　　　为他们努力赶造　　一条结实的航船，
　　　航船将运载勇士们　　顺流驶向辽阔的海洋。
　　　美丽的姑娘完成了缝制　　面容憔悴精疲力竭。

381 人们禀告众位勇士， 衣服已为他们缝制完毕，
他们现在应该穿上 崭新华丽的衣裳。
英雄们内心渴望的 已经全部准备停当。
他们此时不想在家乡莱茵 耽搁更长的时光。

382 美丽的公主着人对前往大海 远航的壮士转告，
问他们是否愿意看看 为他们赶制的崭新衣裳，
再让英雄们试穿一回 是否嫌其过短，或者过长。
他们对姑娘们再三致意 表示衷心的感谢。

383 人们不管来自东西何方， 他们必须如实承认，
在这个地球上还从未 见过比这更为漂亮的衣裳。
勇士们希望在远方 宫殿上穿戴它们。任何人
都难以告诉他们 说世上还有更好的英雄服装。

384 英雄们对公主 热情地连连称谢。
他们希望立刻辞行 驶向远方的大海，
壮士们按照骑士礼仪 ——完成他们的规矩。
姑娘明媚的双眼泪水难忍 顿时变得模糊一片。

385 公主言道："亲爱的兄长， 请改变你的计划，
不妨寻觅另外一位姑娘！ 你无需冒着生命
和身体的巨大风险， 我认为如此更为妥当。
你可以就近找得名门贵淑 多少漂亮的姑娘。"

386 我依稀觉得,姑娘的心声　　说出了未来的灾难。
不管别人如何劝说,　　他们一起泪水涟涟。
姑娘胸前的黄金首饰　　浸满泪水一片潮湿。
众人难忍珠泪滚落,　　他们不禁哭得眼泪汪汪。

387 公主言道:"西格弗里特,　　我以忠诚和恩惠
把我的亲爱的兄长　　完全托付于你,千万保护,
别让他在勃吕恩希尔特　　的王国遭受任何损伤!"
无限勇敢的壮士对姑娘　　克里姆希尔特许愿立誓。

388 英勇的武士开口言道:　　"只要我一息尚存,
姑娘,但请放心　　抛除一切顾虑和忧愁!
我将为你把国王　　平平安安地送回莱茵。
请相信我以生命为证!"　　美丽的姑娘连连称谢。

389 他们的盾牌金光灿烂　　已经全部搬到了莱茵河滩,
还有英雄们的装备服饰　　也悉数运载上船。
人们牵来了高头大马,　　他们准备立刻出发。
多少漂亮的姑娘　　号啕大哭,悲伤断肠。

390 含情脉脉的姑娘　　站在窗前远望送别。
一阵清风徐徐吹来　　风帆带着航船离开河岸。
豪情满怀的远航勇士　　已经到了莱茵河上。
国王恭特尔开口问道:　　"谁来驾船,引帆远航?"

391　　强大的西格弗里特应声回答：　"我可以率领你们
　　　　顺着河流离家远航。　英雄们,你们全部知晓：
　　　　右面奔腾的莱茵水道,　我对它们了如指掌。"
　　　　勇士们高高兴兴　告别了布尔恭腾王国家乡。

392　　尼德兰的王子　拎起了一根撑篙。
　　　　伟大的英雄奋力撑船,　船儿开始慢慢地离岸。
　　　　勇敢的国王恭特尔　亲自操持着一把船桨。
　　　　壮士们欢声笑语　渐渐远离了自己的故国家园。

393　　他们备足了精美佳肴,　另外还有上等葡萄美酒,
　　　　那是人们在莱茵各方　特地寻觅到的玉液琼浆。
　　　　唐克瓦特,哈根的兄弟　坐在一旁,划起了
　　　　一根粗大的船桨,　英雄本色分外斗志昂扬。

394　　海风劲吹,坚固的帆绳　已经全部拉紧绷直。
　　　　趁着夜幕降临之前　他们赶航了许多海里。
　　　　英雄们欢欢喜喜地　驶向了深水大海。
　　　　艰苦的劳动可惜只为　高昂的勇士们换来痛苦灾难。

395　　接连十二个白昼黑夜,　如同我们听到传说的一般,
　　　　强劲的海风一阵一阵　把他们沿着波浪推送
　　　　一直前往伊森斯坦茵　直到进入勃吕恩希尔特的王国。
　　　　特隆页的壮士哈根　也对这片土地陌生不晓。

第七章
恭特尔和他的伙伴来到了冰岛王国

396 国王恭特尔 看着眼前大海岛国城堡林立,
   看到了另一旁长长的 边界海洋,便立刻动问:
   "西格弗里特,请你 告诉我是否知道
   这些林立的城堡 跟大片美丽土地的主人是谁?

397 我必须向你承认, 我在自己平生之中
   在任何别的王国内 从来都没有看到
   如人们在这里遇到的 这么许多建筑精致的堡垒。
   建造这些城堡的人 想必是位强大的君王。"

398 西格弗里特起而答道: "我对海岛的一切十分熟悉:
   这里的人民和土地 还有坚固的要塞伊森斯坦茵,
   如同人们见到的一切 全部属于女王勃吕恩希尔特。
   你今天便能见到 许多漂亮的岛国女人。

399　可是众位英雄请听我劝告，　你们个个要有勇气，
　　　我们众口一词异口同声，　我认为此等办法可行。
　　　如果我们今天便获准　去见女王勃吕恩希尔特，
　　　一旦站在女王面前　自然应该格外小心谨慎。

400　当我们看到这位　多情的女王和她的侍臣，
　　　你们必须一致坚持　下述的主张和口径：
　　　恭特尔是我的君王　我是属于他的仆臣，
　　　然后我们一定能够　完成任务实现我们的宏图。"

401　他让众位英雄立下誓言，　他们一致表示同意，
　　　任何人都不得在语言上　显示任何的为所欲为。
　　　他们答应如他所愿　——当国王恭特尔果然获准面见
　　　美丽的女王勃吕恩希尔特时，　计划让国王获益匪浅。

402　"我出这番主意　并非为了你的个人愿望，
　　　只是为了美丽的姑娘　克里姆希尔特的缘故。
　　　她对于我如同灵魂　如同我自己的生命，
　　　我愿意尽力做到　让她从此成为我的妻室。"

403　正当他们侃侃而谈时　他们的船只已经驶近
　　　眼前的城堡，国王　恭特尔抬头看到
　　　许许多多的窗户后面　站着不少美丽的姑娘。
　　　国王不禁欢乐满怀　一面却又大胆地开始发问：

404　　"西格弗里特挚友，　　请你回答我的问题：
　　　　你可认识那些女人　　还有许多漂亮的姑娘，
　　　　她们正在那里俯视大海　　看着我们顺流而来？
　　　　姑娘们透过举止行为　　足以显示她们的高昂气概。"

405　　英勇的西格弗里特开口　　言道："你先从这里悄悄地
　　　　观察一番,且莫作声，　　然后再对我如实承认，
　　　　倘若由你挑选,你希望　　娶下哪一位姿色女郎。"
　　　　"我不妨一试，"恭特尔说道，　　英勇的骑士不可一世。

406　　"我在她们之间看中　　一位姑娘,站在那扇窗户后面，
　　　　身上穿着雪白的衣裙，　　这位姑娘如花似玉，
　　　　光彩夺目,美丽无比，　　她的身材多么诱人。
　　　　如果我能自由选择，　　她必须成为我的妻子。"

407　　"你的眼福不浅，　　作出了如此正确的选择：
　　　　她正是美丽的姑娘，　　强大的女王勃吕恩希尔特，
　　　　是你朝思暮想的心脏，　　是你生命和勇气追求的结晶。"
　　　　姑娘的容颜姿色　　的确让国王心旷神怡、不绝称赞。

408　　女王下令让那些　　含情脉脉的姑娘
　　　　通通从窗前离开：　　她们不宜站在窗下
　　　　供陌生的客人恣意观赏。　　姑娘们立刻遵命并无异议。
　　　　她们到底意欲何为，　　我们后来也会知晓一二。

409　凡是陌生人光临　　姑娘们必须着实装扮自己，
　　　每个诚实勇敢的姑娘　　都应操持这等风俗礼仪。
　　　她们轻轻地走近　　狭窄细小的座窗前，
　　　一面观望众位勇士，　　这一切都在悄悄地进行。

410　他们一行共为四人　　已经来到女王国门：
　　　魁梧的西格弗里特　　手上牵着高头大马。
　　　含情脉脉的姑娘们　　透过窗户观望他们的行踪。
　　　国王恭特尔看着一切　　视为莫大的荣誉。

411　西格弗里特抓住缰绳　　一手牵着结实的骏马，
　　　马儿膘肥体壮、威武雄伟　　力量无限强大，
　　　直到国王恭特尔　　稳稳实实地在鞍上坐定。
　　　西格弗里特为他服务　　后来他却彻底忘记。

412　他接着从船上牵来了　　自己的坐骑，
　　　并为每位英雄亲自　　扶助踏上马蹬，
　　　类似的服务自生平以来　　的确很少操持。
　　　美丽而又端庄的姑娘们　　从窗口往下看得真切。

413　两位英勇的骑士　　欢乐无比异常欣喜，
　　　他们的马儿和衣裳　　如同白雪皑皑点缀一起，
　　　统一划齐，并无差异。　　高高的壮士好汉
　　　手执战盾，盾牌边上　　光彩夺目，多么艳丽。

414　　手提细长的缰绳，　　跨坐装饰漂亮的鞍骑，
　　　　英雄们气宇轩昂　　来到勃吕恩希尔特的大厅。
　　　　马鞍旁垂挂颗颗响铃　　全用光亮闪闪的赤金制成。
　　　　他们听凭着勇敢驾御　　径直朝陌生的王国骑去。

415　　他们手执磨得锃亮的长矛，　　还有锻造结实的利剑
　　　　一直垂挂到马刺　　显示着英雄们非同凡响。
　　　　勇士们佩带的利剑，　　十分宽阔,锋利无比。
　　　　多情的姑娘勃吕恩希尔特　　把一切都看在眼里。

416　　唐克瓦特,还有哈根　　跟随他们一起到来。
　　　　人们只是风闻，　　传说两位英雄骑士
　　　　身穿富丽堂皇的衣裳　　颜色乌黑透亮。
　　　　他们的手上执着坚固　　美丽的战盾,宽阔、巨大。

417　　人们看到他们身上的　　钻石产于利比亚王国，
　　　　钻石绚丽多彩,金光闪亮，　　和着戎衣一起飘荡。
　　　　他们让船只搁在水上，　　着人看管,随波荡漾。
　　　　英雄们豪迈气壮　　骑着骏马来到城堡。

418　　他们看到里面　　团团围着八十六座塔楼，
　　　　三幢宽大的宫殿　　外加一座华丽的大厅
　　　　全用贵重的大理石　　砌成,碧绿如茵，
　　　　强大的女王勃吕恩　　希尔特和她的宫女端坐其中。

419 城堡的大门哗地一声　　朝着客人宽敞地拉开，
勃吕恩希尔特的仆人　　急急忙忙地迎面走来。
迎接远方的勇士大驾光临，　　来到女王的国土。
人们从英雄手上牵下骏马　　一旁又接过沉重的盾牌。

420 宫廷库房的保管言道：　"请把你们的宝剑和
崭新簇亮的铠甲交给我们！"　"这就不劳你们担待，"
勇敢的哈根断然说道，　"我们愿意自己效劳。"
西格弗里特立刻开始　　给他解释内中原委。

421 "这座城池有个规矩，　我愿给你们说个明白，
客人之中谁也不准　　在这里擅自携带兵器。
交给他们保管去吧！　事情应该如此办理。"
国王恭特尔的英雄哈根　　听完讲话心中不悦。

422 人们为客人斟酒洗尘　　一面安排他们休息安顿。
前后左右到处可以看到　　许多敏捷的武士
穿戴君王一般的衣裳　　在宫中走来走去。
众人的目光却还是　　关注勇敢的骑士,迫切难忘。

423 侍室立刻把消息禀告　　勃吕恩希尔特女王，
说有一群异国勇士　　身穿华丽的骑士衣衫
驾船扬帆乘风破浪　　一路来到女王的家乡。
美丽而又强大的姑娘　　不禁开始仔细盘问。

424　　"你们必须向我禀告，" 女王一旁开口言道，
　　　　"来自何方的异国勇士　目前到达我们国内，
　　　　他们站在城堡中间　气宇轩昂八面风光，
　　　　英雄们此番旅途成行　究竟出于何种原因。"

425　　她的随从开口答道： "女王陛下，我必须承认，
　　　　他们一行数人，　我迄今从未见过、识得。
　　　　可是其中似有一人　面貌却像西格弗里特。
　　　　女王对他应该好生款待，　这是我的忠诚劝告。

426　　伙伴中另有一人　超群绝伦,值得称赞，
　　　　他一旦权势在手　估计是位君王无疑，
　　　　倘若他希望执掌王权，　一定国土辽阔诸侯众多。
　　　　人们看到他位列于众　独显气概,端庄稳重。

427　　他们中的第三位伙伴　显得恐怖阴森,咄咄逼人，
　　　　可是尊敬的女王，　他的相貌堂堂,独独不失英俊。
　　　　一双眼睛扫来扫去　多么令人畏惧,不敢靠近。
　　　　我想来者不善,此人　一定胸藏奸险,怒火难平。

428　　其中最年轻的一位，　让我感到和蔼可亲，
　　　　只见此位慷慨的骑士　这般可爱动人，
　　　　循规蹈矩犹如青春少女　透现高贵品质英雄气概。
　　　　他一旦面临折磨，　我们都将为之心惊胆战。

429 骑士如此友好遵守道德，　而且相貌堂堂体格健壮，
可是一旦怒火中烧，　多少美丽的妻子也许会
领教绝望的丧夫悲痛。　这就是他的外貌仪表，
勇敢无畏的骑士，　道德规范的表率。"

430 女王听完不由得说道："请把我的服装拿来！
如果强大的英雄西格弗里特　果然来到王国
向我求取婚姻，　这一回可要让他情场难过。
我并不惧怕于他，　不信从此成为他的妻室。"

431 女王说完立刻换上　一件漂亮的衣裳。
一群艳丽的姑娘紧随身后　亦步亦趋,不离左右,
这里足有百名,也许更多,　她们打扮一新,花枝招展。
客人们愿意见到　如此许多钟情的女人。

432 冰岛国的勇士跟随　众位女人一同行进,
他们是勃吕恩希尔特的护卫,　手上一律提着宝剑,
大约五百人员或者挂零,　客人们深感受到伤害。
壮士们从座位上站了起来,　英勇异常,十分镇静。

433 勃吕恩希尔特女王　看到西格弗里特时,
姑娘彬彬有礼　对壮士开口言道:
"西格弗里特,欢迎你,　来到这片土地！
请你不妨把来意　对我们解释清楚、明白。"

434　　"勃吕恩希尔特女王，　　谢谢你的深情厚谊，
　　　　陛下屈尊,和蔼的公主，　　当着这位勇敢的骑士，
　　　　他在这里站在我的面前，　　还亲自对我问候致意。
　　　　这位骑士正是我的主人，　　这番荣誉于我万万不能。

435　　主人生于远方莱茵，　　这一点他自会对你叙述分明。
　　　　他这回来到贵国宝地　　正是为了你的原因。
　　　　他愿意前来向你求婚，　　不管后果怎样,如何定论。
　　　　你不妨及时衡量思忖!　　我的主人非你不娶难改禀性。

436　　主人的大名恭特尔，　　是位英勇无畏的王上。
　　　　他一旦获得你的爱情，　　别的愿望一概索然无味。
　　　　这位气质高尚的骑士　　命我随他一同前来。
　　　　如果我能获准劝阻，　　定然不敢斗胆放肆。"

437　　女王说道:"既然他是你的主人，　　你是他的仆臣，
　　　　我历来定下的规矩　　想必主人一定敢于尝试，
　　　　他如果能够悉数获胜，　　我的爱情自然归属他身。
　　　　否则我自然不能为他做妻，　　他却应该从此身首分离。"

438　　特隆页的勇士哈根说道：　　"陛下,请让我们见识
　　　　你那强大的演武比试!　　估计你在战胜这位骑士，
　　　　我的主人恭特尔之前，　　早已受尽痛苦,身败名裂。
　　　　他一定能够赢得像你　　如此这般美貌的少女。"

439   "他应该首先投掷石块，　然后纵身比试跳远，
　　　　还要跟我较量投枪。　你们不妨从容思考，
　　　　千万不可操之过急!"　美丽的姑娘继而说道：
　　　　"万一他有何闪失，　你们难以逃脱惩罚丧命。"

440   勇敢的西格弗里特　朝着国王向前走上一步。
　　　　他希望说服国王　按照自己的主张大胆行事，
　　　　跟勃吕恩希尔特周旋并不惧怕：　"这件事于他无所妨碍，
　　　　结果一定有利,出乎意外，　她的骄傲将使女王自己认栽。"

441   国王恭特尔果然言道：　"崇高的女王，
　　　　请说说你有何吩咐!　即使条件十分苛刻，
　　　　为了获得你的芳颜　我也能够战而胜之,何足道哉。
　　　　我愿以自己的头颅作赌，　只是为了娶你进门过户。"

442   美丽的女王听完　国王恭特尔的一番讲话
　　　　立刻要求前往比试，　完全按照她的精心设计。
　　　　她还一旁下令，　让人取来演武格斗的行装：
　　　　一套结实的铠甲，　还有一块美丽坚固的盾牌。

443   姑娘穿上美丽的丝绸　紧身软靠，
　　　　战斗中任何武器　都难将它挑破穿透，
　　　　软靠是用利比亚的　丝绸缝制而成。
　　　　人们看到华丽的滚边　透射着黄金装饰的光辉灿烂。

444　勇士们似乎感到了　　紧张的气氛备受威胁。
　　　唐克瓦特和哈根　　顿时变得兴趣全无：
　　　他们隐隐地担着忧愁，　不知国王此举命运如何。
　　　壮士们在脑海里反复盘旋：　"这番前程凶多吉少。"

445　骑士般的英雄西格弗里特　就在这个时刻
　　　趁着无人发觉的当儿　悄悄动身来到船上，
　　　他从藏匿隐身帽的　地方把它捡拾起来。
　　　勇士匆忙戴上神帽，　他顿时消失，身影全无。

446　西格弗里特急忙回去，　只听见勃吕恩希尔特
　　　正在宣布她的最高比试，　眼前站着一群壮士好汉。
　　　他悄悄地往前一路直行，　竟然通行无阻恍若无人，
　　　原来场上的英雄好汉　谁都无法把他亲眼瞧见。

447　比武的场地已经划定，　比赛必须马上进行，
　　　当着许多英勇的骑士，　他们比肩接踵围作一堆，
　　　看来足有七百人氏，　人人披坚执锐拿着武器。
　　　众位英雄必须认定　到底是谁赢得了比赛的胜利。

448　人们看到勃吕恩希尔特　全身披挂来到赛场，
　　　她似乎想要赌斗争抢　世上众位国王的天下一样。
　　　姑娘身着丝绸外套　上面挂着许多精致的黄金饰片，
　　　娇嫩的肤色透射着　富丽堂皇的光泽。

449 她的侍童也进入场来。　他们齐心协力
　　　抬上一块赤金制成的　　盾牌,盾牌的边缘
　　　装饰着金属般的扣带,　多么巨大,多么宽阔。
　　　英勇的姑娘就用盾牌护身　开始激烈的演武比赛。

450 女王盾牌的肩带是一道　装饰漂亮的滚边,
　　　上面镶嵌着多少昂贵的　宝石嫩绿如茵,
　　　宝石浑如黄金闪烁着　光芒五彩缤纷,交相辉映。
　　　要想获得姑娘的爱情,　花却的代价多么昂贵、无情。

451 盾牌在它的中心,　有人曾经告诉我们,
　　　如此宽厚,足有三大虎口,　姑娘必须持盾战斗。
　　　盾牌全用金属制成,　饰以黄金,十分沉重,
　　　管家们必须四人合力　才能勉强把它抬起挪动。

452 英勇的壮士哈根　看到人们起劲地抬来盾牌,
　　　这位特隆页的骑士　顿时十分沮丧,开口言道:
　　　"怎么回事,国王恭特尔?　这回赌斗生命攸关。
　　　你如此热恋的姑娘　原来是个魔鬼的婆娘。"

453 且来看看她穿着的衣裳!　那是应有尽有,丰富异常:
　　　她身上的一件软靠,　全部使用阿察考克的丝绸,
　　　多么高贵,多么气派,　色彩斑斓的粒粒宝石
　　　给美丽的勃吕恩希尔特　添加许多绚丽的光彩。

454　　人们接着又给姑娘　　抬来一根结实的投枪，
　　　　这杆投枪既大又沉，　　女王日夜操练投掷。
　　　　枪尖锋利,沉重粗笨，　　既宽又长,模样唬人，
　　　　看一眼投枪的刀刃，　　便知它在战斗中多么危险，

455　　关于这根投枪的重量　　请再听听流传的奇迹！
　　　　它用粗大的金属　　铸造而成,重量着实惊人。
　　　　三个男人费力地把它　　抬到勃吕恩希尔特面前。
　　　　勇敢无畏的恭特尔　　立刻心事重重,愁绪万分。

456　　他在心里暗自思忖：　　这回事情应该如何了结?
　　　　遇上来自地狱的魔鬼，　　如何才能度过此番劫难?
　　　　我如果能够活着　　重新回到家乡莱茵，
　　　　也许她永远独身，　　再也不受我的爱情干扰。

457　　你们明白,国王无限忧愁，　　内心受尽痛苦的折磨，
　　　　有人一旁给他抬来了　　各种比试的武器。
　　　　勇敢的国王披挂完毕，　　来到场地,准备决战。
　　　　壮士哈根顿失勇气，　　前后比较几乎判若二人。

458　　布尔恭腾的勇士唐克瓦特　　却在一旁开口言道：
　　　　"前来异国宫殿的航程　　一直让我后悔至今。
　　　　我们始终号称好汉，　　这里涉及我们的声誉，
　　　　难道我们在这个国度　　注定栽在凶恶女王的手里?

459   我来到这个王国,内心   痛苦,而且深感委屈。
        是啊,如果我的兄长哈根   能够手执武器,
        我也不至于两手空空   状如做戏,勃吕恩希尔特的
        一群护卫便会温和许多,   不敢如此傲慢无礼。

460   我对你们且说实在: 他们必须知道分寸,
        我纵然已经立誓千回   坚持和平不动武力,
        可是一旦看到我的   亲爱的主人死难临头,
        这么美丽的姑娘   也难逃刀下一死,丢下命来。

461   我们将会自由自在地   离开这座王国,
        那是我和我的兄长哈根。   如果我们果然身穿
        紧急状态下的防身衣裳,   手上举着自己的宝剑,
        这个女人的横蛮气焰   定将顷刻平息下来。"

462   美丽的女王听到   唐克瓦特在一旁的自言自语。
        姑娘不由得微微一笑   然后不无讥讽地说道:
        "他既然认为如此勇敢,   不妨把披挂还给他们!
        还有锐利的武器也通通   送到武士们的手上!

463   他们即使全副武装   在我看来也是儿戏一桩,
        如同他赤裸裸地站着一般,"   强大的女王口出狂言,
        "我并不惧怕任何人的厉害,   他们的手段我全部识得,
        一旦战斗开始,我敢于   战胜任何英雄豪杰的双手。"

464 勇士们取回了自己的利剑，　　如同女王吩咐的一般，
　　　壮士唐克瓦特满心欢喜　　不由得面红耳赤。
　　　"现在开始比赛吧，完全按照　　他们的愿望！"英雄说道。
　　　"我们人人利剑在手，　　确保恭特尔稳操胜券不可战胜。"

465 勃吕恩希尔特的强大　　果然非同小可，不敢轻视。
　　　人们给她抬上一块圆圆的　　花冈巨石送进场地。
　　　这块巨石又大又笨，　　它的重量难以测定。
　　　十二位勇敢的好汉　　费劲地把它搬到姑娘跟前。

466 姑娘日夜操练投石　　如同日夜操练投掷标枪一般。
　　　布尔恭腾人的忧愁　　顿时增添得无以复加。
　　　"天哪，"哈根开口言道，　　"这就是国王爱恋的姑娘？
　　　她的确应该回到地狱　　去当混账魔鬼的新娘！"

467 姑娘卷起软靠的衣袖　　露出一双白皙的手臂
　　　正要准备使用一只手　　抓拿沉重无比的盾牌，
　　　她又举枪往空中抖动，　　这是比赛开始的信号。
　　　恭特尔和西格弗里特　　担心勃吕恩希尔特泼恨难收。

468 如果不是英勇的　　西格弗里特及时前来援助，
　　　姑娘已经把国王恭特尔　　杀掉送入阴曹地府。
　　　西格弗里特悄悄走上　　拉了拉国王的手掌。
　　　恭特尔不识此等请求，　　心中却充满了巨大的惶恐。

469　　是谁拉了我一下？　　这位国王心内思忖。

　　　　他朝四面观察张望，　　只是不见任何人影。

　　　　但听声音说道，"是我，　西格弗里特，你的助手和帮衬。

　　　　你在这位女王面前　　尽管大胆放心，包你无患。

470　　你把盾牌交在我的手上，　让我替你操持！

　　　　我现在对你说过的话，　你要会意，切莫忘记：

　　　　你仅仅做个比赛的姿态！　其余的事情由我完成。"

　　　　国王听完这番话儿　　顿获安慰，喜悦满怀。

471　　"天机不可泄露！　　这对我们双方都有益处。

　　　　只有这样女王才无法　　在你身上抖露

　　　　她的骄奢淫逸，　　彻底断除她的黄粱美梦。

　　　　你瞧,她站在比赛场上，　不可一世,令人多么胆怯!"

472　　强大的女王抖擞精神　　使出浑身的气力

　　　　朝着盾牌掷出了投枪，　盾牌十分沉重,十分宽大。

　　　　西格琳特的王子　　手执盾牌站在远方。

　　　　金属撞击一团火花，　耳旁听得如同狂风呼啸。

473　　这杆巨大投枪的尖刃　　深深地刺穿了面前的盾牌。

　　　　两件兵器扭作一堆　　激起熊熊燃烧的火焰，

　　　　震动得两位英雄，　杰出的武士步履踉跄险些摔倒：

　　　　他们手脚麻木，　几欲呜呼哀哉性命不保。

100

474　　英勇的骑士西格弗里特　　在嘴角边上淌着鲜血，
　　　　可是他立刻跳了起来。　　这员壮士抓住勃吕恩希尔特
　　　　投掷而来刺穿在　　巨大盾牌边缘上的投枪。
　　　　英雄挥动巨大的臂力　　把投枪朝公主便要回掷过去。

475　　可是他想：我却不该　　把漂亮的姑娘一枪戳死。
　　　　他重新掉回枪尖　　只用枪的后把往前掷去。
　　　　英勇的壮士如此　　奋力，投掷出那杆
　　　　掉转尖刃的投枪　　撞击得女王东倒西歪难以支撑。

476　　金属相击又起一团火焰，　　如同狂风吹过呼啸大作。
　　　　西格琳特的王子　　极尽全力作了奋力一搏。
　　　　公主尽管力大无比仍然　　经不住这般凶猛的投掷。
　　　　国王恭特尔当然无法　　完成此番英雄壮举。

477　　美丽的姑娘勃吕恩希尔特　　急急忙忙站立起来。
　　　　"高贵的骑士恭特尔，　　我佩服你的投掷武艺！"
　　　　姑娘自然以为这番举动　　是国王凭借自己力量完成，
　　　　其实却是一位更加强大的　　好汉与她悄悄地对阵比赛。

478　　美丽的姑娘怒气未消，　　她立刻迅步走动过去。
　　　　高尚的女王不愧为人间英雄，　　顿时把巨石奋力举起。
　　　　姑娘竭尽全力把巨石　　从手中猛地掷了出去，
　　　　然后顺着投掷纵身一跳，　　身上的铠甲铿锵有声。

姑娘竭尽全力把巨石　从手中猛地掷了出去。

约瑟夫·萨特勒,1927 年

479   巨石已经轰然着地，   距离足有十二余寻。

        勇敢的女王腾身起跳，   落下地来超过了巨石。

        西格弗里特伴随国王   一起来到石块落下的地方。

        恭特尔装作捡起了巨石，   英勇的骑士把它扔了回来。

480   西格弗里特英勇顽强，   此外他还身高体壮。

        他把石头掷了出去，   然后跟着往前远跳。

        这是一个伟大的奇迹，   充满着神奇的力量，

        他在奋力远跳时   还能背着恭特尔国王。

481   跳远比赛已经结束，   投掷的巨石横卧地上。

        除了国王恭特尔外   比赛场上并无第二个人影。

        美丽的姑娘勃吕恩   希尔特怒火燃烧,面红耳赤,

        西格弗里特保护国王   恭特尔逃脱了死亡。

482   女王对着她的随从   一面开口言道,因为他们

        全都站在比赛场上   看到英雄十分强大安然无恙:

        "凡是我的亲友和好汉，   你们全都走上前来!

        你们现在都给国王   恭特尔作臣,叩拜他为王上。"

483   勇士们听罢命令   把武器搁放在地上。

        多少壮士好汉纷纷   围住布尔恭腾国前来的

        骑士国王恭特尔   跪拜脚下,五体投地。

        他们全都认为国王凭着   自己的力量赢得了胜利。

484　　国王深情地问候姑娘，　　骑士毕竟讲究规矩深有道德。
　　　　可爱的姑娘款款向前　　把国王牵在自己的手上。
　　　　她允许恭特尔从此　　执掌勃吕恩希尔特的王国。
　　　　勇敢大胆的哈根　　对此表示分外高兴。

485　　女王礼请勇敢的骑士　　随她一同步行
　　　　前往巍峨的王宫大院，　　许多英雄好汉已经聚集那里。
　　　　侍从们给国王恭特尔　　虔诚地提供隆重的服务，
　　　　由于西格弗里特的力量　　才使他们脱离了一场灾难。

486　　敏捷的英雄西格弗里特　　不失为一员聪明的好汉，
　　　　他趁着忙乱又连忙把　　隐身帽收藏妥当。
　　　　西格弗里特折身回来，　　看到王宫大院坐着一群姑娘。
　　　　他装作若无其事，　　随即对国王开口言道：

487　　"我的国王，你为何还在等待，　　何时才能开始比赛，
　　　　美丽的女王给你　　安排了这么多项赛事？
　　　　比赛究竟如何进行，　　也让我们长长见识！"
　　　　这位机智胜算的英雄　　装得仿佛什么都没看见。

488　　女王却在一旁问道：　　"这究竟是怎么回事，
　　　　西格弗里特勇士，　　你竟然没有看到比赛，
　　　　不知道国王恭特尔　　赢得了全部的胜利？"
　　　　布尔恭腾国的英雄　　哈根却在一旁答道：

489　"刚才你痛苦地折磨我们，　众位英雄几乎丧失勇气，
西格弗里特，这员　好汉正在船里，未及赶上，
不知道莱茵壮士　已经赢得跟你的比赛，
难怪他对此一无所知。"　国王恭特尔的好汉随口说道。

490　"听到这个消息真是痛快，"　英雄西格弗里特回答，
"女王的高昂气焰　原来已遭熄灭浇尽，
如此英勇无敌的国王　应该成为你的主宰。
高尚的女王，你现在　可以跟我们一起转程莱茵。"

491　女王却作色答道：　"只是现在仍然不行。
众位英雄好汉还有亲戚　朋友应该悉知内情。
我的确不能高高兴兴地　离开我的王国，
必须跟王室群臣　商量妥当然后再作定夺。"

492　女王命令快骑朝四面八方　送去一道道信息：
她召集全部的朋友，　无论亲戚还是英雄好汉。
女王要求他们迅速　来到冰岛王国宫殿有要事相商，
同时还给人人赐赏　一件华丽、昂贵的衣裳。

493　每天都有许多骑士　来到女王的城堡，
无论清晨还是傍晚，　他们成群结队赶了过来。
"真是见鬼，"哈根说道，　"我们究竟在干什么？
美丽女王的人儿聚集这里，　我们只能束手待毙，

494   他们从四面八方来到　冰岛王国,力量如此巨大,
    勃吕恩希尔特的思想　我们想必一无所知。
    如果女王怒从心起,　我们肯定没有还手之力,
    那位高尚的姑娘必定　会让我辈满门遭殃。"

495   勇敢的壮士西格弗里特说道:　"我愿防止事态恶变。
    你们所怀的重重忧虑,　我将努力阻挡发生。
    我愿给你们调集兵力　前来王国帮助声援,
    他们都是百里挑一的骑士,　只是你们从未听到说起。

496   你们不得打听我的行踪,　我必须离开这里立刻启程。
    愿上帝保佑你们,　维持你们的荣誉生存!
    我不久将重新回来　给你们带来一千名英雄好汉,
    个个都是杰出精良的骑士,　威名在外,人人知晓。"

497   "千万不能久留在外!"　国王开口言道,
    "我们都为你的援兵　感到由衷的高兴。"
    英雄回答:"稍过几天　我便立刻赶回复命。
    你可对勃吕恩希尔特　言明一声派我外出执行使命。"

第八章

西格弗里特赶回尼伯龙国寻觅他的伙伴

498   英勇的西格弗里特   戴着他的隐身帽离开王国
来到了波涛汹涌的海滩，   发现那里拴着一艘小船。
国王西格蒙特的王子   悄悄地登上船去。
他驾着船儿急速启程，   小船行驶如同顺风劲吹。

499   西格弗里特力量强大   驾驶船儿好像离弦飞箭，
只是不见船夫身影，   英雄伟大的确可以称奇。
人们相信，一阵奇异   强大的风力推动小船笔直往前。
不：那是美丽的王后   西格琳特的王子亲手所为。

500   经过一天一夜的   艰苦航程，英雄骑士
来到了一个王国，   那是多么的绚丽多彩，
这个王国名叫尼伯龙，   属于他的治理范围。
大片土地和重重城堡   全都尊他为王俯首称臣。

501   西格弗里特独自　　走上一片宽阔的滩地，

又把小船急忙拴在　　一旁准备等他回来。

王子朝一座山上走去，　看到那里耸立一座城市。

壮士开始寻找住宿，　如同疲倦的游人习惯的动作。

502   他来到一座城前，　　看到城门关闭严实。

他们捍卫自己的荣誉，　如同今天人们的所作所为。

这位陌生的英雄开始　敲击那扇紧锁的大门。

大门防守严密、结实。　突然他看到从里面

503   走出一位粗鲁的大汉，　原来是大门守卫。

大汉在任何时候都操着　一件精良的武器。

他开始问道："是谁，　在门外如此无礼地敲打？"

勇敢的西格弗里特　连忙伪装另外一种嗓音。

504   他答道："我是一名骑士，　请你给我拉开城门！

否则我就在今天惹怒　许多住在邻近城门的人儿，

让他们休想在家里　安安稳稳地宁静、睡觉。"

听完西格弗里特的讲话，　城门守卫不由得勃然大怒。

505   勇敢的城门守卫顿时　操起他的武器，

他还匆忙把头盔　戴在自己的头上。

大汉不忘扛上盾牌，　然后把门哗地一声拉开。

他怒气冲冲朝着　西格弗里特赶了上来！

506 此人如何这般胆大妄为，　竟敢打扰勇士不得安睡！
　　　但见守卫连连出手　一连几个迅猛回合。
　　　神奇的客人只得　奋力招架，与他周旋：
　　　城门守卫奋力一击，　打碎了他的盾牌铁箍，

507 足见城门守卫的铁棒厉害，　让西格弗里特顿受挫折。
　　　当这位盛怒的城门大汉　如此迅猛连连打击时，
　　　西格弗里特不由得　担忧自己的个人安危。
　　　可是他见仆人如此尽职，　内心对他十分赏识。

508 两员好汉早已厮杀成团，　城堡内一片响声震天。
　　　两位壮士的力量超群　绝伦，无法比拟。
　　　西格弗里特终于战胜，　他把城门守卫捆绑起来。
　　　消息不胫自走，纷纷　扬扬传遍了尼伯龙王国。

509 再说远方的深山丛间　有位刚烈的好汉，勇敢的
　　　侏儒名叫阿尔卑律希　听到了激烈厮杀的声音。
　　　他立刻武装起来，　顺路往前，却看到了面前
　　　站着一位陌生的贵人。　两位好汉跟他从不相识。

510 阿尔卑律希不由大怒，　当然认为自己足够强大。
　　　他头戴铁盔，身披铠甲，　气势汹汹，不可轻慢，
　　　一根沉重的金鞭　端端正正地提在手上。
　　　他看西格弗里特就在眼前，　大步流星扑了上来。

511   金鞭的前端一连挂着　七个沉重的金属环扣，

　　　　　　　侏儒看定英勇的好汉　左手执定的粗大盾牌

　　　　　　　怒气冲天地连番打击，　盾牌几乎被打成千般碎片。

　　　　　　　勇敢无畏的壮士顿时　陷入了巨大的忧愁、困难。

512   他随手扔下一旁　执拿的护卫武器碎片盾牌，

　　　　　　　顺便又把身佩的长剑　哗地一声送回剑鞘。

　　　　　　　他无意杀死自己的　库房守卫，西格弗里特

　　　　　　　爱护他的仆人，　如骑士道德对他的条条戒律。

513   西格弗里特伸出强大的双手　开始向阿尔卑律希进攻。

　　　　　　　他一把抓住这位白发苍苍　老汉的浓密胡须不放。

　　　　　　　他把老汉夹住使足气力，　小侏儒只得大声求饶。

　　　　　　　年轻壮士的手法实在厉害，　阿尔卑律希被挤得痛不堪言。

514   勇敢的侏儒大声叫唤：　"请你松手饶我一命！

　　　　　　　我如果不是已经　把自己交给了一位勇士，

　　　　　　　我还对他宣立誓言，　作为臣仆效忠于他，

　　　　　　　多么愿意为你服务，　至死不悔。"聪明的侏儒言道。

515   西格弗里特如同捆绑　城门守卫那般把他扎个结实。

　　　　　　　英雄骑士果然势大力沉，　小侏儒只是疼痛难忍。

　　　　　　　他不禁开口问道：　"壮士，请问尊姓大名？"

　　　　　　　"我就是西格弗里特，　我想，你们对我并不陌生。"

516　"这个消息令我心喜!"　　小侏儒连连说道。
　　　"我这回才真正地　　领教了你的骑士武艺,
　　　伟大英雄不愧为　　这片土地的伟大主宰。
　　　你已经饶我不死,　　我将永远为你竭诚效命。"

517　勇敢的西格弗里特说道:　"你给我立刻传令,
　　　召集诸位英雄好汉中　　最为英勇善战的武士——
　　　一千名尼伯龙的壮士,　　请他们迅速前来见我!"
　　　率领勇士意欲何为,　　英雄骑士未曾叙述明白。

518　他随手给阿尔卑律希　　以及城门守卫松下绑绳。
　　　侏儒不敢迟疑,立刻前去　　找到壮士们所在之处。
　　　他异常兴奋地唤醒了　　多少深藏梦乡的好汉。
　　　侏儒说道:"起来,英雄们,　　快去拜见西格弗里特国王。"

519　勇士们从床上腾身跳起,　　他们不一会便准备完毕。
　　　一千名敏捷的武士　　通通穿上了骑士的服饰。
　　　他们蜂拥而至,　　来到西格弗里特面前围成一团。
　　　勇士们齐声问候,　　他们怀着无限的虔诚和敬畏。

520　霎时亮起了许多烛光,　　还给勇士们斟上美酒佳酿。
　　　英雄骑士感谢他们　　如此迅捷地来到集合广场。
　　　他说道:"你们必须跟随我　　离开这里,漂洋过海。"
　　　英雄王子看到武士们　　非同小可,人人机智,个个乐意。

521　　应召前来的勇士　　大约共有三千人。
　　　　王子从他们中间挑选出　　一千名强将精兵。
　　　　人们给他们送上头盔，　　又给他们送上护身铠甲，
　　　　西格弗里特要把他们　　领往勃吕恩希尔特的王国。

522　　"你们听着，高贵的骑士，　　我给你们吩咐仔细！
　　　　每人都有一件漂亮的衣裳，　　进入宫殿必须穿上，
　　　　我们在那里将会看到　　许许多多含情脉脉的姑娘！
　　　　因此你们该用华丽的　　衣裳显示自己体格的强壮。"

523　　一位粗汉莽撞说道：　　"这等讲话也许是个骗局。
　　　　你看许多骑士围作一团　　如何施展武艺扬眉吐气？
　　　　他们在何方用膳，　　什么地方可以领到衣裳？
　　　　即使三十个王国为其服务，　　他们也难获得此等方便。"

524　　西格弗里特所在的地方　　如此富裕，你已经听闻。
　　　　全部王国隶属于他，　　还有尼伯龙根财富宝藏。
　　　　西格弗里特慷慨大方，　　给骑士们赏赐不计数量。
　　　　尽管人们搬去许多，　　他却仍然不减丝毫财产。

525　　一日清晨，勇士们　　准备就绪，立刻启程。
　　　　西格弗里特召集的　　伙伴们多么敏捷精良！
　　　　他们牵上高头大马　　身上还穿着华丽的衣裳。
　　　　骑士们气宇轩昂　　一路来到勃吕恩希尔特的家乡。

526　　许多钟情的姑娘　　纷纷站在屋内窗旁。
　　　　女王在旁开口问道：　"何人知道,来者是谁,
　　　　他们从遥远的地方　　漂洋过海直冲我们而来?
　　　　客人们升起宽大的船帆,　真是比白雪还要明亮。"

527　　莱茵的国王一旁作答：　"这些都是我的武士,
　　　　是我在旅程途中把他们　特意留在周围驻守。
　　　　我亲自下令调集武士,　姑娘,他们这才奉命而来。"
　　　　朝气蓬勃的客人们　　受到了分外热情的接待。

528　　人们顿时看到西格弗里特　站在一艘船头
　　　　身穿华丽的骑士衣衫,　身后跟着勇士无数。
　　　　女王开口言道：　"国王陛下,请你吩咐明白：
　　　　我该前去迎接客人,　还是等在这里放弃问候?"

529　　"你应该亲自前往,"　国王言道,"竭尽礼仪,
　　　　表示我们愿意见到他们,　他们心里自然也会明白。"
　　　　女王果然依计行事,　因为这是国王对她的指教。
　　　　她对西格弗里特的问候　显然又不同于对待别人一样。

530　　人们立刻给勇士们　　悉心安排了下榻的住所。
　　　　一时间异国骑士　　齐齐刷刷来到王国,
　　　　他们成群结队到处转悠　周围尽是勇士的身影。
　　　　英勇的骑士们渐渐　　希望返里回到布尔恭腾故乡。

531　　女王立刻传令，　　要将宫中的黄金、白银，
　　　　还有许多衣服和骏马　　通通分赏众位英雄，
　　　　无论是本国的，还是　　外来的诸位壮士好汉，
　　　　这些全是女王在父亲　　死后获得的丰厚遗产。

532　　她还命人告诉　　从莱茵河赶来的豪迈骑士，
　　　　他们可以不问多少　　随意取拿国内的金银宝藏，
　　　　而且可以带着回去　　奔赴布尔恭腾王国故乡。
　　　　气度高尚的哈根立刻　　从旁给姑娘回答：

533　　"无限尊敬的女王，　　不妨听我对你陈述：
　　　　莱茵河的国王　　拥有无数的黄金和衣裳，
　　　　数量之多，足够封赏。　　我在这里且作主张，
　　　　我们还是不动你的黄金，　　也不动你的美丽衣裳。"

534　　"不，为了赏我薄面，"　　女王对勇士言道，
　　　　"我愿随身带上整整　　二十大箱的黄金，还有
　　　　绚丽多彩的绫罗绸缎，　　当我漂洋过海到
　　　　国王恭特尔的王国时，　　我要亲自赠送礼物。"

535　　美丽的女王接着又说：　　"谁来治理我的王国？
　　　　这该由我们两人在这里　　密切商量，确定主张。"
　　　　高尚的国王恭特尔言道：　　"谁能令你放心、满意，
　　　　不妨命他迅速前来见驾，　　当场任命他为王国总督！"

114

536　　女王看到身旁站着　　一位贴身的亲戚，
　　　　那是她的母亲的弟弟，　　于是对他开口言道：
　　　　"我就任命你全权　　管理我的王国和城堡，
　　　　直到恭特尔国王　　亲自前来执掌治理。"

537　　女王又从身边挑选　　一千名英勇的武士，
　　　　他们将日夜跟随　　女王一起前往莱茵，
　　　　另外还有千名骑士，　　他们来自尼伯龙王国。
　　　　众人武装就绪准备启程，　　只见他们骑马来到海滩。

538　　女王挑选了八十六名　　高贵的妇人，另外还有
　　　　一百名年轻的姑娘，　　她们个个花容月貌状如天仙。
　　　　一行人众不便长久耽搁，　　于是立刻登上征程。
　　　　那些留在家乡的人，　　嘿,告别的场合难舍难分！

539　　他们彬彬有礼,无限风光，　　离开了自己的故国家乡。
　　　　女王吻别着诸亲好友，　　他们围着女王恋恋不舍。
　　　　众人挥泪告别以后　　终于登上了大海的航程，
　　　　勇敢的女王此去异国他乡　　再也未能重返故里。

540　　大海航行途中只听到　　许多愉快的欢声笑语。
　　　　他们想出了多少办法　　共同玩耍消磨时光。
　　　　海面上劲风阵阵　　伴随他们一路前行。
　　　　他们高高兴兴地　　远离了自己的故国家乡。

541 女王不愿跟国王　　在航行途中共享爱情。

她的欢乐且要留待　　到了沃尔姆斯城堡

举办婚礼庆典以后　　进入洞房再行品尝。

巨大的快乐自然不忘　　跟勇士们共同庆祝分享。

第九章
西格弗里特受命回到沃尔姆斯

542　他们在水面一连航行了　整整九天九夜，
　　　只听勇士哈根一旁说道："请听，我有另外主张！
　　　国王因何忘了把消息　立刻送回沃尔姆斯莱茵河旁，
　　　你的使者应该先自　回到布尔恭腾王国。"

543　国王恭特尔应口接道："你的讲话言之有理。
　　　不屈不挠的勇士，　你且准备行装启程，
　　　我在此时此刻似乎　还想不起点将任何别人，
　　　让他担当此番责任！"　只听勇敢的骑士应声答道：

544　"亲爱的国王，你要知道，　我其实不宜担任使者，
　　　我可以给你推荐一人，　他也一定乐意胜任：
　　　你不应该忘掉英勇的骑士　西格弗里特王子。
　　　看你妹妹的分上，　他也不会拒绝于你。"

545　　国王令人唤请勇士，　　勇士奉命来见王上。
　　　　国王言道："我们已经　　日益靠近我的王国，
　　　　我希望立刻送信回去　　告知我的亲爱的妹妹，
　　　　还有我的母后，让她们　　知道我们即将回到莱茵。

546　　因此我请你，英勇的　　西格弗里特不辞此番使命。
　　　　高贵的女王对待你我　　十分亲切、和善，
　　　　还有回来的其他朋友　　英雄好汉安然无恙欢乐满怀。"
　　　　英勇的西格弗里特答道：　　"我愿为你立刻启程，

547　　国王，你可以随意吩咐！　　任何命令都不会遭到拒绝。
　　　　我多么愿意给可爱的　　姑娘传递欢乐信息。
　　　　我怎么能够放弃占据　　我整个心窝的深情厚谊？
　　　　你给她们转告的一切，　　都会如实禀报不差毫厘。"

548　　"请你告诉我的母后，　　另外也告诉我的妹妹：
　　　　我们的情绪十分高昂　　正从海上航行回来！
　　　　另外告诉我的两位兄弟，　　我们的收获多么丰盛！
　　　　还有其他的众位朋友　　也应该听到欢乐的喜讯。

549　　你且别忘转告克里姆　　希尔特还有我的母后，
　　　　我和王后勃吕恩希尔特　　愿意向她们鞠躬施礼，
　　　　包括向她们的随从　　还有我们王国的文武百官。
　　　　我的心愿已经满足，　　我为此感到多么欣慰满意！

550   你还要转告我的兄弟，   他们都是我的亲密伙伴，
       他们应该立刻动手   张灯结彩, 热烈准备。
       全国的英雄好汉   都应该知道欢乐的喜讯：
       我和勃吕恩希尔特   将在国内举办盛大的婚礼。

551   当然别忘特意转告妹妹，   让她听到我的吩咐，
       我将和众位客人   一起回到我的莱茵故国，
       妹妹应该热烈地迎接王后，   我的可爱的妻子。
       我将对此铭记于心，   永远忠诚地为她效力。"

552   勇敢的壮士立刻   向国王恭特尔告辞，
       他也不忘跟勃吕恩   希尔特道别, 骑士英雄
       扬鞭催马满怀喜悦   直奔沃尔姆斯莱茵河边。
       世上恐怕难以觅得   如此优秀的马上使者。

553   他率领着二十四名   骑士一同前往沃尔姆斯，
       来到城中只是不见国王身影。   等到消息传开，
       举国上下顿时惊慌失措   呈现了一片痛苦、悲哀：
       他们担心恭特尔国王   已经留在异国客死他乡。

554   使者们跨下了马鞍，   他们喜形于色踌躇满怀。
       两位年轻的国王   闻听消息急忙赶了过来，
       还有满室随从文武百官。   盖尔诺特却只是说道，
       因为他没有看到兄长   跟西格弗里特站在一起：

555　　"欢迎你,高尚的骑士!　你且给我们讲个明白,
　　　　你在何处与国王,　我的兄弟分手离开!
　　　　勃吕恩希尔特果然厉害,　想必比武场上把他杀害。
　　　　这场高贵的爱情只是　给我们带来了无限的祸害。"

556　　"你们,两位高贵的王上,　还有他的亲戚朋友,
　　　　请听听我的主人　对你们的关心和慈爱。
　　　　我离开时只见国王神采奕奕,　他遣我当使者
　　　　前来传递信息,　现在且听我对你们讲述明白。

557　　你们两人尽快思考,　如何让事情立刻成行,
　　　　我要面见你们的母后,　还要见到你们的姐妹。
　　　　我会让她们亲耳听到　高尚的国王恭特尔
　　　　对她们有何亲切的转告,　国王的荣誉普照人间大地。"

558　　年轻的国王吉塞尔赫说道: "请骑士面见她们!
　　　　你可以给我的母亲　送上许多亲切的安慰。
　　　　她正忧心忡忡　顾虑兄长的生死安危。
　　　　她们两人都愿意见你,　你尽可放心,大胆前去。"

559　　英勇的西格弗里特说道: "只要我能为她们效劳,
　　　　我都会心甘情愿,凭着　忠诚——尽力完成。
　　　　谁去告诉两位女人,　说我即刻前去面见她们?"
　　　　"我去完成,"吉塞尔赫说道,　他是一位杰出的骑士。

560　自豪而又勇敢的国王　　来到他的母亲面前，
　　后来又去妹妹闺房　　对她们两人亲自转告：
　　"尼德兰的英雄　　西格弗里特来到沃尔姆斯，
　　兄长恭特尔亲自命他　　面见我们赶送信息。

561　他给我们带来喜讯，　　知道国王近况何如。
　　现在请你们格外恩准　　传他进宫面见你们。
　　他特地送上冰岛国　　传来的真实消息。"
　　两位高贵的女人正在　　惶恐不安，不胜焦虑。

562　她们命人送来衣裳，　　立刻穿戴整齐衣簇一新。
　　母后传令西格弗里特　　进宫报告国王的消息。
　　骑士英雄抖擞精神，　　他也喜欢立刻见到她们。
　　美丽的姑娘克里姆希尔特　　对他友好地言道：

563　"欢迎你，西格弗里特，　　值得赞美的英勇骑士！
　　请告诉我的兄长国王　　恭特尔现在哪里！
　　勃吕恩希尔特厉害无比，　　也许早已将他凌迟处死。
　　天哪，可怜我这无能少女，　　忍辱偷生还活在这里！"

564　勇敢的骑士开口言道：　　"请给我赏赐喜钱，
　　两位高贵的女士！　　你们的忧愁实在没有道理：
　　恭特尔国王十分健康，　　我给你们喜报平安。
　　他和美丽的勃吕恩希尔特　　派我回来面见你们。

565　他们忠诚地问候你们，　允诺回国后为你们赤诚效力，
　　两位尊敬的公主，　我对你们细述清楚，
　　你们再也不会哭泣！　他们很快便能回来。"
　　母女两人长久以来　未曾听到比这更好的福音。

566　姑娘掏出雪白的手绢　慢慢地擦拭双眼，
　　激动的眼泪擦得干干净净。　公主热忱感谢，
　　感谢使者给她　带来了欢乐的喜讯。
　　满腔的悲哀和涕泪　顿时一扫而尽,立除阴霾。

567　她们让使者就座，　西格弗里特欣然从命。
　　年轻的姑娘开口言道：　"我即使把全部的黄金
　　悉数给你作为喜钱，　我的心里也不会感到难过，
　　可是你已经富贵无比，　我会永远对你和蔼、亲切。"

568　西格弗里特答道:"我纵然　拥有多少王国的土地，
　　可是仍然希望接过礼物　而且直接从你的手里。"
　　含情脉脉的姑娘说道：　"事情不妨照此办理。"
　　姑娘唤来珠宝守卫　立刻前来闺房商量此事。

569　管家取来二十四只戒指，　一律镶嵌着昂贵的珍珠宝石，
　　公主把它们交给英雄。　他顿时作出决定，
　　不能接受这批贵重的礼物。　西格弗里特把礼物分给
　　姑娘最接近的随从，　那是他在闺房看到的女人。

570　　母后乌特也对英雄　　西格弗里特衷心致意。
　　　"我还应该对你详细陈述，"　　勇敢的骑士开口说道，
　　　"国王一旦回到国内，　　他究竟有何具体要求。
　　　倘若王后能够如愿行事，　　他将对你终身感激。

571　　你应该亲自前往迎接　　国王领回的高贵客人。
　　　他为此恳切地央求于你，　　请你千万不能耽搁
　　　骑马前往迎接国王，　　直到沃尔姆斯的莱茵河岸。
　　　国王再三嘱咐，希望　　莫要辜负他的一片苦心。"

572　　钟情的姑娘一旁说道：　　"我愿意按吩咐行事。
　　　如果我能为他尽忠效力，　　我将竭尽友谊和忠诚
　　　乐意为之，决不推辞，　　事情必将如此办理。"
　　　姑娘的脸色霎现红晕，　　透露着爱情的层层秘密。

573　　任何国王的使者　　恐怕都难受到比这更好的接待。
　　　如果允许姑娘跟他接吻，　　她也一定乐意为之。
　　　西格弗里特高高兴兴地　　跟两位高贵的妇人告别！
　　　布尔恭腾人立刻行动，　　按西格弗里特的转告行事。

574　　辛多尔特，呼诺尔特，　　还有罗莫尔特三位勇士
　　　在这段时间里必须　　昼夜忙碌，不辞辛劳，
　　　他们奉命在莱茵河边　　安置许许多多的座椅。
　　　人们只看到国王的官员　　也在一旁帮助整理。

575　奥特文,盖莱,国王　恭特尔的英雄好汉,
　　　他们给国王的各路朋友　送去欢乐的喜讯,
　　　通知他们国王即将　举办盛大的婚礼。
　　　多少漂亮的姑娘立刻忙碌,　为参加婚礼准备一切。

576　宫殿和四周的墙壁　全部粉刷一新,装饰美丽,
　　　用来迎接高贵的客人,　国王恭特尔的卧室大厅
　　　专由许多外国的匠人　精心设计建成洞房。
　　　这场巨大的婚礼　不久将在这里欢乐地举行。

577　三位国王的至亲好友　闻听消息从全国各地
　　　一路扬鞭奔驰而来。　人们给他们送去信息。
　　　他们可以耐心等待,　国王一行即将迎面过来。
　　　箱笼顿时打开,从中　取出多少华丽的衣裳。

578　只听有人报告消息,　说在前面已经看到
　　　国王和他的客人骑马而来,　布尔恭腾王国
　　　个个激动人人欢喜　掀起一场热烈的风暴。
　　　嘿,勃吕恩希尔特的　勇士们多么豪迈、敏捷!

579　美丽的克里姆希尔特言道:　"你们,众位姑娘,
　　　有谁愿意跟随我一起　前往迎接贵人新娘,
　　　都必须打开自己的衣箱　努力翻看,不要忘记
　　　找出最漂亮的衣裳,　另外把消息传遍各位女郎!"

580 许多骑士迅速赶到。　他们命令仆人带上
　　鲜艳华丽的马鞍，　　清一色赤金制成,灿烂辉煌。
　　女人们将在沃尔姆斯　顺着莱茵骑马而行。
　　如此精美的鞍具　　恐怕世上再也无法寻觅。

581 嘿,高头大马闪烁着　多么绚丽的金光!
　　马鞍上镶嵌着许多　　贵重的宝石。人们又在
　　一旁为高贵的妇人　准备着金制的脚蹬,
　　光泽闪亮,质地精良,　到处洋溢着欢乐的气氛。

582 人们给高尚的女人　　牵上名贵的骏马,
　　马儿系着丝绸的缎带,　无限大方,多么漂亮。
　　但见马匹胸前的装饰　十分豪华,美丽至极,
　　全部使用最为精美的丝绸,　个个对此赞不绝口。

583 人们号令一共挑选　八十六名漂亮的女人,
　　她们头戴美丽的装饰,　穿着漂亮的衣裳。
　　女人们打扮得花枝招展,　来到克里姆希尔特身旁。
　　许多情意绵绵的姑娘　还把自己装饰得非同寻常。

584 一共五十四名姑娘,　她们来自布尔恭腾故乡:
　　那是人们在宫殿上下　唯一选出的杰出少女,
　　她们一头金黄的秀发　还扎着色彩鲜艳的丝带。
　　国王恭特尔的心愿　在王国获得了热情的贯彻。

585　女人们来到客人面前，　她们身穿上等的衣裳，
　　　光亮闪闪的丝绸面料　全部来自遥远的异国他乡，
　　　这样的衣服衬托着美丽的　姑娘实在相得益彰。
　　　如果有人感觉不到姑娘美貌，　肯定是位呆巴愚人。

586　人们用银鼬皮和紫貂　制作美丽的衣裳。
　　　更有许多的玉臂和手指　也全部进行了装饰，
　　　她们穿着华丽的丝绸，　一面还戴着金光的镯戒。
　　　如此郑重的浓妆艳抹，　世上无人对你说得详尽。

587　多少白净如玉的手臂　透过华丽的衣衫
　　　挥动着精致的衣带，　衣带长大秀美，
　　　衬映着丝绸的衣裙　那是阿拉伯的特产，
　　　这在我们生活的地球上　再也找不到更美的物品。

588　多少美丽的姑娘　还把那些漂亮的别针
　　　含意深长地缝在胸前。　她们也许为此惆怅、悲伤，
　　　生怕她们动人的面容　难以超过丝绸的色泽。
　　　恐怕任何一座国王的宫殿　都难找到如此美丽的侍从。

589　正当这些美丽的姑娘　打扮完毕穿上她们的衣裳，
　　　只见过来一群豪迈的勇士　显示了巨大的英雄胆量，
　　　他们迅速牵住姑娘的玉手　领着她们一同前往。
　　　勇士们举着一块块盾牌，　有的扛着栎木长枪。

第十章
国王恭特尔在沃尔姆斯跟勃吕恩希尔特举办婚礼

590   人们看到莱茵河的彼岸   一支浩浩荡荡的部队，
　　　国王领着他的客人们   正向河旁岸边骑马过来。
　　　他们还看到多少漂亮的   姑娘牵着马鞍缰绳服务一侧。
　　　前来迎接国王的人群   全都站立岸旁准备就绪。

591   来自冰岛国的随从   一律登上了摆渡的船只，
　　　还有西格弗里特的部队   来自尼伯龙国的壮士，
　　　他们匆忙朝岸上走去。   当人们看到对岸的河滩上
　　　国王神采奕奕满面春色， 他们的手儿热情地挥舞喝彩。

592   你们且再听听关于   王后乌特的消息，
　　　雍容华贵的王后   由一群姑娘们领着
　　　走出城堡顺着莱茵   河滩一路骑马而来！
　　　骑士们和姑娘们争相认识，热烈地作着自我介绍。

593　伯爵盖莱引着姑娘　　克里姆希尔特一直
　　　来到王宫城堡的大门。　　英勇的骑士西格弗里特
　　　接着为她一旁效劳。　　她是一位美丽的公主，
　　　西格弗里特日夜获得　　美丽姑娘的最高奖赏。

594　英勇的壮士奥特文　　伴随着王后乌特一路往前。
　　　许多骑士和姑娘　　也跟着他们一起跃马扬鞭。
　　　如此壮观的迎接，　　人们必须如实地承认，
　　　从未见过这么多的　　姑娘喜笑颜开成群结队。

595　众位豪迈的英雄　　随即兴高采烈地开始了
　　　武艺出众的骑士比赛。　　这类比赛不仅当着美丽的
　　　姑娘克里姆希尔特，　　船舶边上更是热闹非凡。
　　　他们立刻把美丽的女人　　一个个地扶下了马鞍。

596　国王已经来到面前，　　后面跟着一群贵宾。
　　　嘿，多少结实的枪杆　　在女人面前断成两截！
　　　人们只听到许多盾牌　　相互撞击，声音惨烈。
　　　嘿，华丽的盾牌中心　　发出的响声惊天动地。

597　人们看到多少　　高贵的妇人站在莱茵河边，
　　　国王恭特尔率领贵宾　　从船上跳了下来。
　　　他亲自牵着　　女王勃吕恩希尔特，
　　　宝石和她的衣裳　　光彩夺目，辉煌灿烂。

128

598　公主克里姆希尔特　　彬彬有礼,无可挑剔,
　　　她轻移脚步前往迎接　　勃吕恩希尔特及其随从一行。
　　　她们举起欢乐的双手　　把佩戴整齐的昂贵头饰
　　　一律高高地往后推了上去,　那是王国迎宾的礼节。

599　克里姆希尔特公主　　深有礼仪地开言道:
　　　"我和我的母后,　　还有一起前来的贵妇人
　　　热烈欢迎你来到　　我们的王国,勃吕恩希尔特。"
　　　人们看到两个高贵的　　女人相互致意,衷心亲吻。

600　勃吕恩希尔特的随从　　姑娘全部到了岸边,
　　　多少漂亮的女人受到　　衣着鲜艳的众位骑士,
　　　牵着她们的手儿,　　倾注情意的热烈欢迎。
　　　人们看到美丽的姑娘　　跟王后公主们站立一道。

601　直到欢迎仪式结束,　　一直过了很长时间。
　　　是啊,涂成鲜红的嘴唇　　准备等待欢乐的亲吻。
　　　两位国王的女儿美丽无比,　她们站在一起相互依偎。
　　　勇敢的骑士看着她们,　　心中激起无限欢喜。

602　许多人从前只是耳闻,　　除了两位美丽的公主
　　　人们再也看不到　　如此深情、漂亮的姑娘,
　　　如今看来果然名不虚传。　更有众多的英雄说道,
　　　她们的美丽风貌　　可以名扬四海,盛誉世界。

热烈欢迎你来到　我们的王国,勃吕恩希尔特。

尤利乌斯·徐伯纳,1841 年

603 赞美妇人的行家　　称羡她们的美丽身材，
可是要论人间的花容月貌，　　还数国王恭特尔的新娘。
不过还有许多智慧的长者，　　他们慧眼识人，
说道克里姆希尔特更胜　　勃吕恩希尔特容貌一筹。

604 姑娘们和贵妇人　　相互搀扶，并排而行。
只见许多漂亮的身段　　浓妆艳抹，无限光彩。
到处搭建了丝绸小屋，　　还有很多华丽的帐篷
星罗棋布,盖住了沃尔姆斯　　城前的大片田野。

605 国王的亲戚们　　争相挤到众人的面前。
有人便请两位公主　　暂且离开那里，
她们领着各自的随从　　一起来到荫凉处休息。
布尔恭腾的勇士们　　陪随她们一同前往。

606 现在连客人们也都　　骑上了高头大马，
漂亮的长矛撞击盾牌　　发出的响声四处可闻。
田野上方烟雾腾腾，　　仿佛整个国家全部
燃烧着烈焰滚滚，　　勇士们意欲分出高低见个分晓。

607 许多姑娘站立一旁　　观看英雄们的表演比赛。
人们传说,英雄西格　　弗里特率领他的勇士
一律骑着马儿反复来回　　出现在一座座帐篷的门前。
他带领一千名尼伯龙勇士　　都是杰出的壮士好汉。

608 特隆页的哈根过来　　转告国王对他的旨意，
　　请英雄们暂且停止　　十分友好的骑士比赛，
　　为了让多少漂亮姑娘的　　衣服免受尘土之苦。
　　客人们彬彬有礼，　　立刻接受了国王的动议。

609 盖尔诺特一旁说道：　　"请让马儿稍微休息，
　　直到傍晚凉爽时刻，　　然后我们重新启程
　　带领美丽的姑娘们　　一起回到遥远的王宫大院。
　　如果国王骑马上路，　　你们必须侍候一旁！"

610 莱茵河畔的大片原野，　　骑士们的比武全部停歇。
　　他们走进一个个宽敞的　　帐篷进行游戏消遣，
　　那里都是骑士和女人，　　大家想方设法寻欢作乐。
　　他们打发了许多时辰，　　直到重新上马再踏旅程。

611 午后点心的时刻，　　太阳渐渐西坠，
　　天色已晚凉意阵阵，　　骑士们不再耽搁时辰：
　　男男女女一起上路　　朝着堡垒逶迤而行。
　　望着女人们的风姿，　　爱恋的人们赏心悦目。

612 许多英勇的骑士好汉　　遵照自己王国的风俗习惯
　　一路上英勇无比兴高采烈　　撕碎了多少战袍衣裳，
　　直到国王恭特尔在宽敞的　　王宫门前提蹬下马。
　　气宇轩昂的英雄再去　　扶助女人跨下坐骑。

132

613　强大的女王在宫前　　跟众位骑士分手告别。
　　　王后乌特和她的女儿，　 她们两人领着
　　　侍从一起走进　　前面一幢宽敞的宫殿。
　　　人们只听到四面八方　　响起了雷鸣般的热烈欢迎。

614　仆人们搬来了座椅，　　国王领着他的众位客人
　　　正要就席坐下，　　却看到在国王的身旁立着
　　　美丽的勃吕恩希尔特。　　就在国王恭特尔的家乡，
　　　女王头上戴着王冠，　　姑娘优雅大方,高贵典雅,相得益彰。

615　许多座位已经排定，　　上等的餐桌安排就绪，
　　　一面端上精美佳肴，　　只听有人对我们叙说明白。
　　　凡是需要的应有尽有，　　桌面上一式美味珍馐。
　　　人们看到了国王身旁　　还有许多高贵的客人。

616　国王的众位管家　　用赤金的贵重面盆
　　　端来了洗手的清水。　　如果有人告诉你们，
　　　在另外一位国王的婚宴上　　曾经有过更好的招待，
　　　实在成了颠倒黑白：　　我也难以对此相信。

617　趁着莱茵的国王　　还没有端水洗手的时候，
　　　西格弗里特勇士　　立刻走上一步见机行事：
　　　他提醒国王当日　　曾经立下的许愿，
　　　那是冰岛的勃吕恩　　希尔特还未让他见到之时。

618 西格弗里特对国王说： “你曾经对我举手立誓，
等到勃吕恩希尔特 公主来到我们的王国，
你便将令妹许配于我， 宣立的誓愿哪里去了？
我为你的冰岛之行 的确解决了巨大的困难。”

619 崇高的国王立刻答道： “你此番提醒实在有理。
我断然不应该为此 立下了虚伪的誓言。
我一定竭尽全力， 希望把事情彻底完成。”
国王下令传克里姆 希尔特立刻进宫商量大事。

620 公主奉命带着随从， 美丽的姑娘来到大厅。
吉塞尔赫敏捷地迎到 阶前开口言道，
他请众位漂亮的姑娘 暂且止步,先行回去：
“我的妹妹独自一人 留在宫中跟我们商量要事。”

621 他领着克里姆希尔特 来到国王恭特尔的面前，
许多邻近王国的骑士 神采奕奕地站立一旁。
主人只求众位在大厅 中央稍等片刻无需走动。
大家看到勃吕恩希尔特 径直朝自己的座位走去。

622 女王并不晓得人们 已经开始新的意图，
只听国王堂克拉特的儿子 在一旁开口言道：
“请众位帮助,我的妹妹， 与西格弗里特结为夫妇!”
众位好汉齐声答道： “这场婚姻分外荣耀。”

134

623   国王恭特尔开口答道：   "我的亲爱的妹妹，
         请履行我的诺言，   也请你别在内心难过！
         我把你许配一位勇士，   他将成为你的如意郎君，
         愿妹妹能够如我的心愿   忠诚可靠地承诺婚事。"

624   高贵的少女开口回答：   "我的亲爱的兄长，
         你无需为此恳求再三，   因为我始终愿意
         听从你的任何吩咐，   事情不妨如此办理。
         我愿意嫁给他，   那是你,国王给我挑选的如意郎君。"

625   西格弗里特面红耳赤，   看着姑娘多么赏心悦目。
         英勇的骑士愿意永远   为克里姆希尔特效力服务。
         人们把他们拉到一起   共同站成了一个圆圈，
         一面又问她是否愿意   挑选这位杰出的郎君。

626   少女般的羞涩让姑娘   十分克制、拘谨。
         西格弗里特的幸福   多么遂意、多么完美，
         美丽的姑娘并没有   拒绝忠实于他的爱情，
         尼德兰的高贵国王   立下跟姑娘百年和合的誓言。

627   西格弗里特和克里姆   希尔特定下了自己的终身。
         忠实于爱情的公主   投入西格弗里特的双臂，
         他们非常乐意地拥抱   多么亲切、多么温顺。
         美丽的公主按照风俗   还获得一个飞快的亲吻。

628　侍从们各自就席。　　正当这一切进行的时候，
　　　人们看到西格弗里特　　和克里姆希尔特公主
　　　一起坐在主人的对席。　　许多勇士为他们服务，
　　　尼伯龙的众位好汉就在　　西格弗里特前后左右。

629　国王恭特尔和姑娘　　勃吕恩希尔特就座完毕。
　　　女王看到克里姆希尔特　　——痛苦之大从未经历——
　　　跟西格弗里特并肩就座。　　女王不由得痛哭失声，
　　　滚烫的热泪流淌在　　冰岛女王漂亮的脸腮。

630　王国主人一旁问道：　　"怎么啦，我的王后，
　　　你因何事竟然让　　明亮的眼睛混浊不堪？
　　　你该放声大笑才对，　　因为我的王国，我的城堡，
　　　还有多少杰出的英雄好汉　　都愿向你俯首称臣。"

631　"我有理由放声大哭，"　　漂亮的姑娘应声答道，
　　　"那是为了你的妹妹　　我愤恨得怒火中烧。
　　　我看到她挨近你的　　贴身近仆坐在一起。
　　　倘若令妹果然落魄，　　我将为之悲痛不已。"

632　只听国王恭特尔言道：　　"你可以暂且闭口不言。
　　　我答应另选时间　　把根由对你叙述清楚，
　　　为什么我亲自把妹妹　　许配给这位英雄好汉。
　　　她跟这位勇士成亲，　　一定终身愉快，白头偕老。"

633 姑娘言道:"我始终为 她的美貌和彬彬有礼感到可惜。
我倘若知道现在该怎么办, 我便立刻希望远走高飞,
因为我不想跟你躺在 一起,同床共眠,如果你还不说
克里姆希尔特公主 为何成了西格弗里特的新娘。"

634 高贵的国王开口言道: "我现在对你说个明白:
他如同我一样,拥有 许多城堡和大片的土地。
你的确应该相信 他是一位强大的国王,
因此我把美丽无比的 妹妹嫁给他结为夫妻。"

635 无论国王如何劝说, 冰岛女王只是闷闷不乐。
许多骑士用罢酒席 站立起来离开餐桌。
他们重新开始激烈比赛, 呐喊之声震动城堡。
国王和客人们逗留一道, 渐渐感到有些厌倦。

636 他想,如果躺在美丽的 姑娘身旁多么温柔。
国王的心里不由得 充满着秘密的希望,
盼望着通过姑娘的爱情 让他领略洞房的天经地义。
他便开始欢乐友好地 瞅着一旁坐着的年轻姑娘。

637 人们传令客人们暂且 停止激烈的武士游戏,
国王和他的妻子 此时要入洞房上床休憩。
站在大厅的阶梯前 女人们互相分手各自道别,
极尽了含情脉脉的礼仪, 我相信事情肯定如此。

638　女王的侍从随即跟上，　　他们不敢耽搁许久时光：
　　　魁梧的管家各自在手上　　为他们擎拿烛火照明。
　　　两位国王的随从好汉　　立刻分成两旁随行。
　　　人们看到许多骑士　　护送着西格弗里特前往洞房。

639　两位君王全都到了　　他们希望躺下睡觉的地方。
　　　他们各自都在想着　　凭着爱情的力量
　　　前去征服多情的姑娘。　　西格弗里特享尽幸福，
　　　他的爱情甜蜜圆满，　　他的胆识获得了真情的安慰。

640　高贵的西格弗里特　　跟克里姆希尔特同床共眠，
　　　与美丽的姑娘耳鬓　　厮磨，共度良宵，甜蜜的
　　　婚姻让西格弗里特　　跟姑娘已经融为一体。
　　　作为道德完美的女人，　　她也堪当这门婚姻。

641　他如何拥抱克里姆希尔特　　我给你们不再一一细说。
　　　你们现在再来听听　　国王恭特尔怎样
　　　跟他的妻子一起耳鬓厮磨！　　这位名扬四海的勇士
　　　从前曾跟其他的女人　　非常温柔地躺在一道。

642　无论男宾还是女宾，　　国王的客人刚刚离开，
　　　内室的房门随即　　被紧紧地关闭起来。
　　　国王以为现在可以　　爱抚新娘的洁身玉体。
　　　直到女王成为他的妻子，　　这里还有一段遥远的距离。

643　　姑娘朝床前走去，　身上穿着洁白的衬衣。
　　　　高贵的骑士心内想道：　我现在可以了却
　　　　自己一生的愿望，　让我实在地称心如意。
　　　　姑娘的美貌迷人，　令国王真正地春情难忍。

644　　高贵的恭特尔亲自　用手把灯光熄灭。
　　　　崇高的国王走到了　王后躺着的地方。
　　　　他凑近姑娘躺了下来，　一旁伸出两只手臂
　　　　把钟情的姑娘紧紧拥抱，　国王的心里其乐无比。

645　　姑娘只要内心愿意　接受他的一份情意，
　　　　国王自然获许深情　地抚摸，随心如意。
　　　　可是女王勃然大怒，　反抗他的情欲绵绵。
　　　　他想寻欢作乐春宵难违，　不料惹起多少仇恨敌意。

646　　姑娘言道："高贵的骑士，　请放弃你的邪念！
　　　　你在心内的种种打算　今天休想能够实现。
　　　　现在对你说个明白，　你若不把各等真情
　　　　通通对我讲述清楚，　我将永远保持处女贞洁。"

647　　国王强行获取她的爱情，　姑娘顿时感到愤恨不已。
　　　　美丽的女王立刻抓住　她的一根腰带，
　　　　那是一根粗大的绸缎，　姑娘随时系在身上不怠。
　　　　她要教训国王知道　如何满足自己的愿望。

648　　姑娘把国王的双手和　　双脚全部捆绑起来，
　　　　扛着他找到一根铁钉，　　把他高高地吊在墙上。
　　　　国王不能动弹无法反抗，　　他受尽折磨多么愤怒。
　　　　国王领教了女王的厉害，　　这回险些儿魂断情场。

649　　这位多情的国王　　开始苦苦地哀求：
　　　　"十分高贵的女王，　　请松开我的捆绑！
　　　　我再也不敢企图　　使用爱情把你征服，
　　　　而且再也不敢如此　　相近地跟你躺在一起。"

650　　姑娘只是静静地躺着，　　不去问他究竟感觉如何。
　　　　他必须高高地吊挂在那里，　　整整一夜直到天明，
　　　　望着透过一扇扇窗户　　照耀进来晨曦光辉。
　　　　国王的新婚之乐可想而知　　微小得分外出奇。

651　　"恭特尔国王，请告诉我，"　　美丽的姑娘开口言道，
　　　　"如果你的朝廷官员　　看到你被一位强大的女人
　　　　把手脚全部捆绑，　　你是否感到愤恨悲伤？"
　　　　高贵的骑士连忙回答：　　"人们必定抱怨于你，

652　　而我也没有多大光彩，"　　这是高贵骑士的真情实话。
　　　　"考虑你的个人道德，　　还是把我接回你的床上！
　　　　如果你对我的爱情　　真的十分反感，表示愤怒，
　　　　我发誓再也不会动手　　触碰你的身体衣裳。"

653　听罢他的讲话,女王　　把他从吊挂的墙上松绑。

　　他重新走回床边,　　来到冰岛女王面前。

　　国王远远地躺下,　　他这回再也碰不上

　　美丽姑娘的裙边,　　这也是姑娘自己的愿望。

654　女王的侍从走了进来　　给她送上漂亮的衣裳。

　　为了举办婚礼,　　人们为女王准备了足够的服饰。

　　不管人们多么喜悦满怀,　　莱茵王国的君王,

　　当他在白天戴上王冠的时候　　止不住内心痛苦悲哀。

655　按照王国的风俗礼仪,　　人们遵照执行自己的职责。

　　国王和他的妻子　　不能耽搁时间过分久长:

　　他们必须前往教堂,　　人们在那里举行弥撒。

　　西格弗里特勇士也来祈祷,　　多少百姓纷纷效法模仿。

656　显示国王威仪的一切:　　王冠和国王的朝服

　　都已为他们准备齐全,　　他们的确不能稍有缺乏,

　　这些都在教堂接受赐福。　　当一切正在进行之时,

　　人们看到他们四人　　全部头戴王冠豪华无比。

657　为了彰显国王的荣誉,　　四百多名或者更多的

　　青年贵族举办骑士的授剑　　典礼,且听讲述分明。

　　但见举国上下喜气洋洋　　一片欢乐的气氛:

　　佩剑骑士的手上折断　　一柄柄枪杆响声不绝。

658　美丽的姑娘们坐在　　窗前朝着外面张望。
　　她们在眼前看到多少　　盾牌闪耀着光辉灿烂。
　　只见国王独自一人　　离开了他的众位伴随，
　　不管别人如何劝说排解，　　国王只是无限悲伤。

659　他和西格弗里特　　却是恍如两极，不可比拟。
　　勇敢的骑士似乎知道了　　国王的苦恼和烦闷。
　　他悄悄地走近国王　　并且开始了询问：
　　"你今天是否取得成功？　　请把消息告诉于我！"

660　恭特尔对客人说道：　　"我且对你细说遭受的伤害。
　　我把一个可恶的魔鬼　　娶回自己的家来。
　　当我对她表示爱情时，　　她却把我结实地捆绑起来，
　　还把我送到一颗钉子旁，　　让我高高地吊挂墙上。

661　我吊在那里担惊受怕，　　整整一夜直到天明
　　她才把我松绑放下。　　她对我使尽了恶毒。
　　我这是出于朋友的信任　　才对你怨诉哀叹。"
　　强大的西格弗里特说道：　　"你对我说得十分悲伤。

662　我愿意给你一番忠告，　　令她从今以后服服帖帖，
　　而且让你看她甘心情愿地　　躺在你的身旁，
　　再也不敢拒绝你对她　　关于爱情的任何愿望。"
　　受了一夜痛苦的恭特尔　　听了讲话后心中十分快活。

142

663　　　"你且看看我的一双手　　肿胀疼痛，十分厉害。
　　　　她如此激烈地压着它们　　仿佛我是一名顽童，
　　　　只抓得我的指甲痛不可当，　鲜血淋漓满地直淌。
　　　　我想如此折磨厉害，　　这回生命断然难以活得久长。"

664　　　强大的西格弗里特说道：　　"一切痛苦都会好转。
　　　　我们两人昨夜的处境　　实在是完全两样。
　　　　你的妹妹让我感到　　如同成了自己的身体一般。
　　　　勃吕恩希尔特女王　　今夜就将成为你的婆娘。

665　　　我在夜里悄悄地　　进入你们的卧房，
　　　　头上戴着我的隐身帽　　——你可以放心大胆——
　　　　保证任何人都无法　　识穿我的妙计锦囊。
　　　　你可以让你的管家　　各自回他们的休息住房。

666　　　我首先熄灭侍童们　　手上端着的烛光。
　　　　你从这样的标记之中　　可以清楚地知道
　　　　我已经来到你的身旁。　我如果没有丧失生命，
　　　　一定帮你制服你的妻子　让你今夜享受她的爱情。"

667　　　"你可千万不能触摸于她，"　国王终于开口言道，
　　　　"不能触摸我的亲爱的妻子，　否则我便感到十分悲伤。
　　　　除此以外你可以任意处置，　你就是结果她的生命——
　　　　她是一个害人的妖精　——我也可以任你由之。"

668 　"我对你凭着忠诚立誓，"　西格弗里特立刻回答，

　　　"我决不对她贪色起意。　你的妹妹多么美丽，

　　　她对我的价值超过　任何我再看到的女人。"

　　　西格弗里特的一番讲话　让国王恭特尔十分欢喜。

669 　骑士们的确带来了　欢乐也带来了烦恼。

　　　因为女人们要进入　欢乐宴会的大厅，

　　　人们传令暂且停止　演武比赛和一切喧哗娱乐。

　　　管家劝阻人们　不能在道路侧旁站立观看。

670 　所有的马匹和人员　都已经离开宴会的大厅。

　　　高贵的妇人们各自　跟随一名主教的后面，

　　　她们当着国王的颜面　朝着自己的席位走去。

　　　许多杰出的壮士随从　跟着她们来到餐桌跟前。

671 　国王恭特尔坐在妻子　一旁,心中着实高兴:

　　　西格弗里特答应了的,　他也许牢牢记住不忘。

　　　这一天让国王度日如年,　感到足有三十日之长。

　　　他在心里不由得想着如何与　勃吕恩希尔特房中寻欢。

672 　国王心急如焚,终于等到　客人们离开了宴席。

　　　只听有人招呼美丽的女王　勃吕恩希尔特,

　　　还有克里姆希尔特　立刻回后宫安寝休息。

　　　嘿,多么英勇的壮士们　伴随护卫着美丽的贵人!

673   西格弗里特和克里姆　希尔特,相互恩爱,
　　　　春宵一刻价值千金,　你们尽可相信我的计算。
　　　　凡是女人让他吸引之处,　她毫不吝啬,不会少付!
　　　　西格弗里特却必须　承诺对国王恭特尔的嘱咐。

674   他悄悄地离开妻子,　以便能够蹑手蹑脚地前往。
　　　　骑士看到许多管家　手端烛火站在护卫的地方。
　　　　他开始一一熄灭侍童们　手中护卫的灯光。
　　　　国王恭特尔立刻明白,　西格弗里特已经来到面前。

675   他当然知道英雄意欲何为,　于是便立刻遣走了
　　　　一旁侍候的姑娘和妇人。　等到人们全部走开,
　　　　他还小心翼翼地亲自　去把房门牢牢地锁上。
　　　　两根结实粗大的门闩,　他也迅速地把它们推上。

676   国王没有把烛火立刻　藏在床帏的后方。
　　　　这时候戏法已经开场　——他们没有等候多久——
　　　　这位漂亮的姑娘,　还有强大的西格弗里特,
　　　　国王恭特尔的心里　变得又是爱怜又是悲伤。

677   英雄俯身躺下　紧挨着姑娘慢慢地游动过去。
　　　　她说:"恭特尔,请停下,　难道昨夜的痛苦
　　　　你还没有完全尝够,　现在竟敢又来引发牢骚断肠!"
　　　　女人的讲话让国王　西格弗里特更感愤怒和悲伤。

678　　他隐蔽着嗓子,连一个　　字儿也不吐露。
　　　　国王恭特尔尽管没有看见　　却听到全部的动静,
　　　　知道西格弗里特的确　　没有发生暧昧的事情。
　　　　他们两个人躺在床上　　一刻也没有平静、安稳。

679　　骑士装作自己就是恭特尔,　　高尚的国王,
　　　　一面伸出双臂立刻　　把姑娘紧紧地拥抱在怀里。
　　　　女王把他摔出床外,　　朝着一旁的凳子猛烈冲撞,
　　　　他的脑袋和小凳碰在一起,　　只听发出轰的声响。

680　　敏捷的骑士腾地　　跳了起来,使尽浑身的力量。
　　　　他希望再度进行尝试　　刚才已经开始发动的把戏。
　　　　他要为国王制服姑娘,　　这是他发誓成功的地方。
　　　　女人的这番抗拒,我想　　世上也是少有先例。

681　　西格弗里特心犹不甘,　　再朝姑娘跳了上去:
　　　　"你不准撕破我的衬衣,　　雪白的衬衣多么漂亮。
　　　　你如此难以管束,粗鲁无礼,　　我对此真的十分生气,
　　　　一定不忘对你调教处理。"　　美丽的姑娘开口言道。

682　　她立刻伸出有力的双臂　　把勇士紧紧地夹在怀里。
　　　　女王想把他如同国王恭特尔　　一般连手脚捆绑起来,
　　　　让她在自己的床上　　不受干扰,获得安宁。
　　　　英雄撕碎了她的衬衣　　女王报复心切怒火顿起。

683　　西格弗里特体格强壮，　　力量无比,可有用武之地？
　　　　她向勇士显示了女王　　的确非同一般的气力。
　　　　女王奋力将他举起　　——她的臂力实在无可比拟——
　　　　显得多么的势大力沉，　　要把他沿墙送往前面的大柜。

684　　天哪,壮士心内想道，　　我如果把生命和身体
　　　　丧失在一位姑娘的手里，　　从今以后每个女人
　　　　都会趾高气扬，　　抖露她们横蛮的嚣张气焰。
　　　　本来不敢如此作为的　　许多女人从此也会乐于尝试。

685　　倘若女王果真获胜，　　无限勇敢的壮士好汉
　　　　实在面有羞愧,头也不敢抬起。　　他顿时大发雷霆，
　　　　并以巨大无比的气力　　开始倔强地反扑抗拒。
　　　　英雄着实地考验了女王，　　这位勇敢异常的年轻姑娘。

686　　不管女王把他挟得多紧，　　他的巨大暴怒,还有
　　　　他那无畏的强大促使着　　英雄无需对她一声道谢
　　　　便又挣扎着站了起来。　　他在心里十分担忧，
　　　　房间内不时地从这里那里　　传来了撞击的声响。

687　　国王恭特尔也在心里　　十分害怕,恐惧不安。
　　　　他必须在房间内来回　　倒腾,左右躲闪避让。
　　　　他们搏斗得如此激烈　　实在让人惊讶不已，
　　　　担心是否能有一人从　　另一人的手里逃脱性命。

688　两人斗得难解难分，　国王看得兀自心疼。
他在心里始终挂着　西格弗里特的生死安危，
女王差点儿结束　勇猛骑士的一条小命。
国王只是心存胆怯，　否则早已上来帮助制服。

689　两个人正在拼死决斗，　直到英雄终于把姑娘
紧紧地摁倒在床上。　需要的时间还得很长，
不管她如何激烈地反抗，　最后终于瘫软成泥。
国王恭特尔的心里牵挂着　许多忧虑的心思。

690　他觉得等到西格弗里特　把女王制服还要很长时间。
女王捏住他的双手，　她使足气力，让那些指甲内
鲜血直淌。　英雄这回受尽了痛苦的折磨。
可是他却迫使着　年轻气盛的姑娘抛弃

691　她曾经对国王显示过的　那种奇特的心愿。
国王听到了这一切，　尽管西格弗里特默不作声。
他把女王紧紧地压在床上，　女王不由得大声叫嚷。
他的力量让她疼痛无比，　这样的苦难还从未经历。

692　女王看到腰带就在一旁，　连忙伸出手去希望抓住，
准备把他的手脚捆绑一起。　他伸出手来加以阻止，
压得她的四肢噼啪作声，　姑娘已经筋疲力尽。
这场拼搏尘埃落地，　姑娘成了国王恭特尔的妻子。

693　她开口说道："高贵的国王，　请你饶我一条性命！
　　　　我对昨日冒犯的一切　愿意补偿，立刻改正。
　　　　我再也不敢拒绝　你对我恩赐的高贵爱情。
　　　　我也已经领教：　你能够驾驭一切女人。"

694　西格弗里特退到一旁，　他让姑娘躺在床上——
　　　　装作想从身上脱下　穿着的衣裳。
　　　　他顺手拿上了姑娘　一枚小小的黄金戒指。
　　　　如果上帝在天空有眼，　他绝对不肯如此作为！

695　然后他又取过姑娘的腰带，　上面绣着漂亮的滚边。
　　　　我不知道，他的这番　作为是否出于忘乎所以。
　　　　他把这些交给自己的妻子，　这给他日后造成无限灾难。
　　　　恭特尔和勃吕恩希尔特姑娘　躺在一起无限甜蜜。

696　他初试了姑娘的爱情，　这也是他的理所应当。
　　　　姑娘自然必须放弃　她的愤怒，还有她的羞怯。
　　　　国王的多少秘密行径　让她的脸色顿时一片苍白。
　　　　嘿，爱情的魅力让她的　无限气力消退已尽！

697　女王再也不比任何　一个女人更加强悍半分。
　　　　国王沉浸于爱情，　品尝着她那美丽的玉体。
　　　　她如果稍作反抗之意，　也已成了无济于事的妄想。
　　　　这是国王恭特尔以他的　爱情显示的巨大的效力。

698　她亲密地依偎在国王身旁，　双双并排，柔情缠绵，
　　享受着真正的爱情，　一直欢乐到翌日天明。
　　西格弗里特勇士　立刻重新走了回去。
　　他受到了美丽的公主　克里姆希尔特深情的接待。

699　公主兴致勃勃地提着问题，　他却沉默不语一律回避，
　　这位勇敢的骑士　一直长久地保留着这重秘密。
　　他在房内终于把　两件贵重物品交给了妻子。
　　骑士随着它们最后　把自己一起送进了坟地。

700　次日清晨国王兴高采烈，　情绪格外兴奋，
　　比起日前判若两人，　王国上下一片欢腾。
　　多少高贵的勇士　一起享受着巨大的欢乐。
　　国王将他们请来宫殿，　对他们显示许多恩惠。

701　婚礼热闹非凡　一共持续了十二天时间，
　　可以毫不夸张地认为，　各式各样愉快的欢乐，
　　人们愿意维持它们，　许多天来从来没有间断。
　　国王恭特尔必须　为此支付极为昂贵的费用。

702　按照国王的心愿，　人们给高贵主人的亲友
　　赠送许多漂亮的衣裳，　另外还有昂贵的赤金
　　以及多少高头大马和白银，　这是一群陌生的好汉。
　　收下礼物的客人　高高兴兴地辞别而去。

703   西格弗里特,这位来自　尼德兰国的君王
　　　　　率领他的一千名骑士　把他们带到莱茵王国,
　　　　　一切华丽的衣裳　全部作为礼物赠送出去,
　　　　　骏马连同马鞍。　他们生活得气派、大方。

704   主人尚未等到把所有　贵重的物品赠送完毕,
　　　　　那些急于回家的人　已经感到离家久远,归心似箭。
　　　　　人们从未看到过客人们　如此慷慨地告别还家。
　　　　　盛大的婚礼宣告结束,　这些全是国王恭特尔的旨意。

第十一章
西格弗里特携妻子回国并在家乡举办婚礼

705　国王西格蒙特的儿子　　以其亲切友好的风范
　　对随从勇士们言道：　　"你们立刻按我的吩咐行事，
　　迅速给马匹备上鞍子！　　我要回到自己的王国。"
　　他的妻子听到消息，　　内心自然喜不自胜。

706　她对英雄开口说道：　　"我们如果就此动身，
　　我却感到时间太紧，　　所以愿意保留意见。
　　我的几位兄长应该　　跟我一起平分王国。"
　　克里姆希尔特的讲话　　让西格弗里特颇为不快。

707　三位国王来到他的面前，　　一起对他开口言道：
　　"西格弗里特勇士，你要知道　　我们永远忠诚地
　　跟你保持联盟　　直到死神找上了我们。"
　　人们对他如此自告奋勇，　　骑士自然感激不尽。

708 国王吉塞尔赫一旁说道： "我们愿意跟你一起
分享王国和城堡， 这些都是共同的财产。
至于其他的藩属王国 都对我们俯首称臣，
你和克里姆希尔特 也应分得很大的一份。"

709 英勇的骑士看三位国王 慷慨大方如此一番心意
便朝着几位壮士好汉 礼貌地开口言道：
"愿上帝给你们的王国 包括国内的全体人民
永远赐福,保佑平安！ 至于我的亲爱的妻子

710 一定愿意放弃你们 准备分给她的那份财产：
一旦我们回到我的王国， 她将在那里戴上王冠，
那么她的财富将超过 世上任何的别人。
你们如果还有别的吩咐， 我将永远忠诚地听从使命。"

711 克里姆希尔特开口言道： "如果你拒绝分得土地，
那么布尔恭腾的勇士 数量也不在少数。
国王想必愿意率领他们 终于返回自己的王国。
我的亲爱的兄长,你们应该 跟我分下这笔财产。"

712 国王盖尔诺特一旁说道： "带上你所中意的人吧！
你在这里可以找得 许多愿意跟你同去的骑士。
在三千名壮士好汉中 你可以带走一千名勇士！
让他们成为你的家乡随从！" 公主心内十分高兴。

713　他们立刻准备行装，　　这也符合公主心意。
　　　克里姆希尔特公主　　从自己高尚的随从中
　　　选取二十三名姑娘，　　另外还有五百壮士好汉。
　　　连伯爵埃克瓦特　　也愿意跟随他们同行。

714　骑士们还有仆人们，　　妇人们还有侍女们，
　　　他们觉得时间已到，　　于是纷纷告别辞行。
　　　人们在即将离别的时候　　依依不舍，互相亲吻。
　　　他们终于情意绵绵　　离了布尔恭腾王国。

715　亲友们伴送着他们　　一直走了很长的路程。
　　　人们传令在沿路各地　　给他们搭建了住宿的行帐，
　　　来自国王们手上的礼物，　　他们多么乐意接受馈赠。
　　　王子又派出了使者　　前去给国王西格蒙特报信，

716　因为国王应该知道，　　自然还有王后西格琳特，
　　　西格弗里特即将回来，　　一旁带来了乌特的公主，
　　　美丽的克里姆希尔特　　从沃尔姆斯越过莱茵。
　　　任何其他的消息都不能　　让他们感到如此的亲切。

717　"我真高兴，"西格蒙特说道，　　"还能有幸看到
　　　美丽的克里姆希尔特　　在这里举办戴冠典礼。
　　　我的王国让我感到　　更加美丽，更加可爱！
　　　勇敢的西格弗里特　　应该成为王国的主宰。"

718　王后西格琳特立刻取出　　许多红色的丝绒，
　　　另有黄金和白银，数量不少，　赏给使者的喜钱。
　　　她听到消息十分高兴，　　许多勇士跟她一样兴奋。
　　　侍女们个个热情打扮，　　拿出美丽的衣服穿戴一新。

719　使者还禀报西格弗里特　跟谁一起返回王国。
　　　国王和王后立刻传令　　为文武百官准备座椅，
　　　那是儿子在众位亲王　　面前头戴王冠的地方。
　　　国王西格蒙特的随从　　立刻骑马前往迎接。

720　是否有人受到的接待　　胜过在西格蒙特的王国
　　　迎接远方归来的英雄，　我们却是从未听闻知晓。
　　　西格琳特，他的母后　　骑马迎候克里姆希尔特，
　　　一面还带上美丽的妇人，　后面跟着许多骑士陪随。

721　他们经过一天的路程　　终于看到了对面的客人。
　　　陌生的人和熟悉的人　　立刻又踏上了荣耀的旅程，
　　　直到他们终于来到了　　让人多么难以忘怀的城堡，
　　　富丽堂皇，豪华无比，　这就是名扬四海的桑腾。

722　西格琳特和西格蒙特　　不由得哈哈大笑，
　　　立刻上前高高兴兴地　　吻着克里姆希尔特，
　　　还有他们可爱的儿子，　他们的忧愁顿时消失。
　　　国王王后热烈地欢迎　　他们的随从一同归来。

723   人们把客人全部   送进了国王西格蒙特的大厅。

仆人们纷纷扶助   美丽的姑娘们小心翼翼

从马鞍上跨了下来。   一旁尚有许多的壮士好汉，

他们开始起劲地   为高贵的妇人们服务效劳。

724   他们在莱茵的婚礼   多么豪华众人已经明白，

这回给英雄送上的衣裳   更加耀眼出众富丽堂皇，

那是他们平生以来   从未穿戴过的宫廷服饰。

关于他们的财富，人们   的确可以称作非凡的奇观。

725   他们带来的随从   坐在大厅内威武庄严，

人人身上都穿着   金光闪闪的衣裳，

衣服上面还镶嵌着   许许多多昂贵的钻石，

王后西格琳特多么   热情地款待着他们。

726   国王西格蒙特看着   众位亲友开口言道：

"我们全部的亲戚朋友   都需要知道这则消息，

西格弗里特从今以后   应该戴上我的王冠。"

尼德兰人听到消息   个个高兴，手舞足蹈。

727   西格蒙特把王冠、法律   仲裁和王国交给了王子，

他从此成为统治一切的   国王和主宰。

当他执行法律的时候   事情往往如此进行，

人们都对美丽王后   克里姆希尔特的夫君分外畏惧。

728   西格弗里特位高权重，   这是真正的事实，

　　　　他戴着王冠主持国事　　转眼已经过了十二个年头。

　　　　美丽的克里姆希尔特　　为他生下一个儿子，

　　　　国王的亲戚们感到　　的确满足了他们多年夙愿。

729   人们立刻给他洗礼，　　让他得了一个名字。

　　　　恭特尔，按舅舅名字所起，　　他也无须为此害羞

　　　　竟然长得跟舅舅一般，　　王子将成为勇敢的壮士好汉。

　　　　王子接受精心的教育　　的确是件理所当然的事情。

730   不料正在这个时候　　王后西格琳特撒手归天。

　　　　乌特的女儿从此执掌　　国家的全部权力，

　　　　如她照搬庄严的王后　　完全适宜治理骑士的王国。

　　　　人们愿意为她效劳　　感到不失体面无限荣耀。

731   话说在莱茵河那边，　　如我们听到传说的那样，

　　　　恭特尔，这位崇高的　　国王，也添加了一个儿子，

　　　　美丽的勃吕恩希尔特　　给布尔恭腾王国送来大喜。

　　　　孩子名叫西格弗里特，　　那是表示对姑夫的热爱。

732   人们赔着多大的小心　　护理王子长大成人！

　　　　庄严的国王恭特尔　　让人挑选出众的教师

　　　　传授王子道德高深，　　培养他成为一条英雄好汉。

　　　　痛心啊，命运将要夺取　　他的多少前辈至亲！

733 诸般消息随时随地　　都在来来回回地相互传递，
多少百里挑一的英雄豪杰　　在西格蒙特王国
天地里生活的每时每刻都　　充满着巨大的欢乐。
恭特尔和他的亲友　　生活幸福自也不待细说。

734 尼伯龙根的王国成了　　西格弗里特的臣仆——
他的家属成员中从未有人　　拥有如他这般财富——
此外还有父亲的财产：　　他是一位真正的好汉。
英勇的国王为此更加　　踌躇满怀，壮志凌云。

735 这位英勇的骑士　　拥有最多最大的黄金宝藏，
那是除却从前的主人　　任何英雄都感到望尘莫及。
他曾经在一座山前　　凭着手臂的力量夺来的财产，
为此他在战斗中还　　打死了多名骑士好汉。

736 荣耀的光辉归随名下，　　可是即使没有那回战斗，
人们也得爽快地承认　　他是杰出的壮士西格弗里特。
任何跨骑马背的好汉　　数他最为出色，勇不可挡。
人们畏惧他的强大，　　他们的表现的确理所应当。

158

第十二章

恭特尔邀请西格弗里特夫妇返回沃尔姆斯省亲、庆典

737　　国王恭特尔的妻子　　日日夜夜不忘思忖：

　　　　克里姆希尔特何以　　身价如此，傲慢无礼？

　　　　原来奇特的　　　　西格弗里特正是她的夫君！

　　　　他不能前来进贡效力，　我们让他难有好下场。

738　　她在心里暗自盘算，　这些全是秘密不能外扬。

　　　　他们离她如此遥远，　这使女王感到分外悲伤，

　　　　如果作为附庸属国　竟然不来缴税纳贡，

　　　　这一切原因何故　她决定仔仔细细地追究。

739　　王后尝试了许多方式，　如何才能实现愿望，

　　　　她多么希望重新见到　克里姆希尔特公主。

　　　　王后悄悄地说过一回，　抱怨心情如何不快。

　　　　慷慨的国王却认为　妻子的想法根本不对。

740   "我如何才能把他们，"   国王恭特尔开口说道，
        "请到这个王国来？   这件事让人如此为难。
        我不敢对他们提出要求， 这里的路程实在遥远。"
        勃吕恩希尔特老谋深算，   对着丈夫立刻回答：

741   "一名国王的臣仆,不管 他有多么高贵,多么强大,
        国王对他的任何吩咐， 他都必须执行不误。"
        恭特尔听到她的讲话   并不在意地微微一笑，
        他先前相处西格弗里特 从未想过要他赋税纳贡。

742   王后说道:"亲爱的夫君， 请满足我的愿望,
        帮助我,让西格弗里特 和你的妹妹一起
        回到故乡的王国， 让我们在这里看到他们!
        这就让我感到人间世上 再也没有更加巨大的欢乐。

743   你的妹妹气质非凡， 还有完美的礼貌教养，
        我只要想到这些， 便认为自己行为有理!
        当我来到这片土地， 她的欢迎多么友好,彬彬有礼,
        人间世上再未听说 比这更为大方的接待。"

744   她纠缠的时间很长， 直到国王终于开口答应:
        "我也是长久未曾见到 亲爱的客人朋友们
        重新来到我的王国， 因此我乐意对你作出让步。
        我愿给他们派去使者， 把他们一起请回莱茵王国。"

745　　王后听罢随即问道：　　"那么请你告诉明白，
　　　　你愿意派谁去传信，　　我们的诸位亲戚朋友
　　　　一共再过多少天时间　　便能回到我们的王国！
　　　　你准备派去的好汉，　　请让我知道他们究竟是谁！"

746　　"没有问题，"恭特尔说道，　　"我要派出三十名壮士
　　　　为我骑马前往送信。"　　他让勇士们全部走进宫来。
　　　　国王立刻宣布消息，　　派他们出使西格弗里特的王国。
　　　　勃吕恩希尔特高兴地　　给他们送上精致的衣裳。

747　　国王恭特尔开口言道：　　"勇士们，你们应该明白——
　　　　我给你们委托的一切，　　你们不能个个沉默——
　　　　西格弗里特，我的朋友，　　还有我的同胞妹妹，
　　　　在当今世界上任何人　　都不会对他们如此忠诚。

748　　就说我们两人邀请他们，　　请不要存有任何的顾虑，
　　　　专候放心大胆地前来　　参加我们的盛大节日。
　　　　等到夏至的时候　　可以和他的随从好汉
　　　　在这里遇到许多壮士，　　他们对他表示荣耀的敬意。

749　　你们请不要忘掉　　转告他的父亲西格蒙特，
　　　　我和我的亲戚朋友　　对他永远保持礼貌、友爱。
　　　　当然还要告诉我的妹妹，　　请她不能放弃机会
　　　　回来看望她的多少朋友：　　这回欢庆对她多么合适！"

750　王后乌特和其他的贵妇人，　　人们看到她们都在宫殿，
　　　她们也把衷心的问候　　一起送往西格弗里特的王国，
　　　致意许多钟情的姑娘　　还有多少英勇的好汉。
　　　勇敢的壮士盖莱　　跟随着使者一同启程前往。

751　他们踏上旅途,装备齐全，　　人们给他们备下了
　　　高头大马和漂亮的衣裳，　　一行众人离开了王国。
　　　他们心急如火催马扬鞭　　朝着目标昼夜兼程。
　　　国王吩咐沿途官员，　　让使者受到了保护和关怀。

752　路上花费整整十二天，　　他们进入一座王国，
　　　那是尼伯龙的城堡，　　是他们这回出使的归宿。
　　　他们高兴地找到了　　百里挑一的英勇骑士。
　　　使者们的骏马经过　　长途奔驰已经疲惫不堪。

753　官员们立刻禀告　　国王和他的漂亮的王后，
　　　说客人们已经来到了　　城堡,观其行为完全
　　　如同布尔恭腾人　　从前所表现的风俗习惯。
　　　王后从床上一跃而起，　　西格弗里特正在床上休憩。

754　王后立刻传令请一位姑娘　　迅速前往看个明白。
　　　姑娘看到英雄盖莱　　站在王国宫殿的大院，
　　　一旁还有许多武士伙伴，　　人们把他们派遣前来
　　　为了平复她的心灵悲伤，　　王后听到消息多么兴奋！

755 她对国王开口言道： "你必须立刻起床！
    我看到强大的英雄   盖莱已经朝宫殿走来。
    我的兄长恭特尔   把他亲自派来,我似乎觉得
    骑士前来必有情由,   我多么希望听个仔细明白。"

756 随从们听到了喜讯   立刻匆匆忙忙地涌了进来。
    人们迎接众位客人,   个个显得无限愉快。
    他们做好一切准备,   希望为客人尽到最大的关怀。
    看到客人们走了进来,   他们感到由衷的快活。

757 盖莱受到众位英雄,   一致衷心的热烈欢迎。
    人们让骑马停止前进,   一面把客人英雄领到了
    西格弗里特国王和王后   克里姆希尔特坐着的地方。
    他们高兴地看到了国王   ——你们且请记住——并无仇恨。

758 国王和王后见到久违的客人   立刻站立起来。
    来自布尔恭腾王国的   盖莱受到了热烈的欢迎,
    还有他的随从伙伴。   克里姆希尔特特意伸手
    牵着无畏的英雄盖莱,   这里实在出于一番诚意。

759 她让英雄坐在自己身旁。   盖莱说道:"我们愿意站着。
    请允许我们在坐下以前   转达我们的使命。
    你们且请听一下喜信传来,   那是恭特尔以及勃吕恩
    希尔特送给你们的邀请,   他们带来了崇高的敬意。

760 你的母亲，我们的王后 也向你们致意问候。
    还有年轻的国王吉塞尔赫 以及国王盖尔诺特
    和你们最好的朋友！ 他们派遣我们一路前来。
    向你们转达来自 布尔恭腾王国的恩爱。"

761 "让上帝嘉奖你们，" 西格弗里特开口言道，
    "我信任你们的忠诚和爱意， 如同对待朋友应尽的职责。
    你们的妹妹也是这番见解， 我的诸位忠心的朋友。
    你们目前境况如何， 请能够给我详细讲解！

762 自从上回离开你们以来， 我的亲爱的伙伴，
    是否有人前来冒犯？ 你且不妨对我直言相告！
    我愿意始终承担对你们 巨大的忠心和帮助，
    直到你们的敌人必须 哀叹我所提供的慷慨援助。"

763 勇敢的骑士盖莱伯爵 满意地开口言道：
    "他们现在境遇良好， 生活无限欢乐。
    他们邀请你们在莱茵 举办一回盛大的庆典。
    你们完全可以相信， 他们非常愿意见到你们！

764 他们还邀请我们的公主， 她应该跟你一起同行。
    一俟严寒的冬天 结束以后，等到春暖花开
    重新临近夏至时分， 他们愿意在家乡见到你们。"
    国王西格弗里特答道： "事情看来难以成行。"

765 　来自布尔恭腾王国的　　英雄盖莱立刻言道：
　　"你们的母亲乌特王后，　　她也再三嘱咐二位，
　　还有你们的两位兄长，　　的确不能辜负他们的盛意。
　　你们远在天涯海角，　　我听到他们常常唉声叹气。

766 　我的王后勃吕恩希尔特，　　还有她的随从姑娘，
　　如果事情能够如愿，　　让她们重新见到你们，
　　她们将会感到十分愉快，　　姑娘们对此满怀信心。"
　　这样的一番讲话让美丽的　　克里姆希尔特十分欣喜。

767 　盖莱本是他的族人，　　主人连忙邀他就座。
　　仆人替他斟上酒来，　　没有人敢于耽搁时辰。
　　西格蒙特也适时赶来。　　当他见到使者面时，
　　年迈的国王格外友好，　　对布尔恭腾使者开口言道：

768 　"欢迎你们，勇敢的壮士，　　你们都是恭特尔的特使！
　　自从克里姆希尔特　　选择吾儿作为她的如意郎君，
　　我们应该在本地家乡　　常常见到你们的英雄好汉，
　　如果我们跟你们之间的　　友谊的确忠诚地存在。"

769 　使者们答道，如果国王愿意，　　他们希望经常来往，
　　几多欢乐从此解下了　　他们一路困顿的旅程疲劳。
　　人们请他们席前坐下，　　美味佳肴已经端上酒席，
　　此外还给友好的客人们　　备下许多慷慨的赏赐礼赠。

770　人们给他们指点住宿，　　都是安静、宽敞的房间。
　　　国王对着他的客人们　　善意地开口说道：
　　　"请你们不用闷闷不乐，　担忧我们的朋友为何
　　　让你们出使到这里！　　我们很快就给你们回音。

771　我尚待跟我的众位朋友　一起商讨主意。"
　　　他邀集自己的诸位骑士　共同讨论来去大事。
　　　国王说道："我的朋友恭特尔　派人出使我的王国，
　　　一直来到宫廷内地，　　他的国度让我甚感遥远。

772　他还礼请我的王后　　应该跟我一同前往。
　　　亲爱的朋友们，你们且说，　她究竟是否去得那里？
　　　他们如果在某些地方　　需要增援部队讨伐，
　　　西格弗里特的双手　　愿意为他们随时效劳。"

773　他的骑士从旁劝道：　　"如果国王决意前往，
　　　我们希望给你劝告，　　怎样才能万事俱备：
　　　你应该带上千员好汉　一同骑马前往莱茵，
　　　如此方能保你参加　　盛大庆典时荣誉万般。"

774　尼德兰王国的主宰　　西格蒙特一旁说道：
　　　"你们想去莱茵王国，　为何不跟我细述明白？
　　　倘若你们不加嫌弃，　我愿跟随你们一同前去。
　　　我再带上百名骑士，　以此为你们添壮行色。"

166

775   "如果你愿意跟我们同行，   我的亲爱的父亲，"
       西格弗里特国王说道，   "我对此感到多么高兴。
       且容等待十二天时间   我们便能踏上征程离开王国。"
       他们准备带去的亲随，   人们给他们送上马匹和衣裳。

776   西格弗里特主意已定，   准备踏上这回旅程，
       仆人们通知敏捷的勇士   再度骑马一同随行。
       他另派人给高贵的至亲   特地送信前往莱茵，
       说他本人愿意前往   布尔恭腾大院回来省亲。

777   西格弗里特和他的王后，   如我们听到的传闻，
       给使者们赠送许多礼物，   竟至于负重的高头大马
       无力把它们驮回家乡：   国王是位富甲天下的好汉。
       他们高高兴兴地赶着   强壮的运载牲口离开故里。

778   西格弗里特和西格蒙特   让随从们穿上衣裳。
       伯爵埃克瓦特在一旁   立刻传令吩咐人们
       为女人们挑选衣裙，   需要选取最好的,或者
       只要有人能够在   西格弗里特王国亲眼目睹的珍品。

779   人们开始操办准备   马鞍和坚固的盾牌。
       骑士们和女人们，   只要他们跟随西格弗里特同行，
       人们便把国王所需的物品   交给他们以备万一。
       一批高贵的客人跟随骑士   一起前往莱茵省亲。

780　使者们在返回的路上　　马不停蹄,昼夜兼程。

勇敢的骑士盖莱　　高高兴兴地回到了家乡,

他受到了隆重的接见。　骑士们也纷纷

跨下他们的骏马坐骑　　一起来到国王恭特尔的殿前。

781　国王兴奋异常地　　从他的座椅上跳了起来。

使者们迅速回来复命,　美丽的王后勃吕恩希尔特

对他们连连称赞。　只听国王开口问道:

"我们亲爱的朋友,　国王西格弗里特别来无恙?"

782　勇敢的骑士盖莱回答,　他高兴得几乎满面通红:

"说到他和你的妹妹,　任何的英雄好汉

都不能给他的诸亲好友　带来如此友好的信息,

难以跟国王西格弗里特　以及他的父亲对你们做的一样。"

783　高贵的国王妻子　　立刻在一旁对伯爵问道:

"请告诉我,克里姆希尔特来吗?　她那端庄的容貌

是否还保留着她的体态,　她一定注意努力保养?"

盖莱回答:"他们两人同来,　另外还跟着许多英雄好汉。"

784　王后乌特礼请使者　　迅速前去向她复命。

她只是欢喜地愿意听闻　克里姆希尔特身体安否,

使者们对她的提问　　却是非常容易地心领神会,

他解释了先前的情况,　又说王后随即便将赶来。

785   使者们拿出了礼物　　在宫殿大厅内厢展示明白，
那是西格弗里特所赠，　　黄金、白银，还有衣服，
他们对国王的每个随从　　都介绍一番，大饱眼福。
人们开始对他们的和善　　宽厚表示万分感激。

786   "他甚至可以赠送戒指，"　　骑士哈根一旁说道，
"这位勇士即使万古长青，　　也不能全部耗费干净：
西格弗里特的手上　　占有尼伯龙国的无数宝藏。
嘿，但愿我们在布尔　　恭腾王国把它彻底瓜分！"

787   国王的随从，还有文武　　百官对此分外地高兴，
他们终于能够回来省亲。　　恭特尔的诸位好汉
上上下下，早早晚晚，　　忙碌着隆重的接待。
人们为客人准备了　　多么富丽堂皇的座椅！

788   奥特文和辛多尔特，　　两位勇敢异常的骑士，
来来回回忙碌不停，　　他们必须为佳人省亲
担任膳业总管和酒官，　　一旁还要准备许多长凳。
国王的随从上前帮助，　　恭特尔对此称谢不已。

789   司厨总管罗莫尔特　　指挥着他的众位部下
进行紧张的事前准备。　　那是许多敞口大锅，
小盆小钵和平底煎锅，　　嘿，只要能够找到！
人们给远方前来的客人　　烧煮可口的精美佳肴。

790　　　说到女人的诸般劳动，　　那是的确不可小看。

她们缝制衣服的时候，　　价值昂贵的珍珠宝贝

闪烁着晶莹美丽的光辉　　镶嵌在黄金之上，

她们愿意珠宝重叠一起，　　让人们感到她们分外能干。

第十三章

克里姆希尔特和丈夫回到莱茵宫殿

791   众人尽心，个个忙碌，   我们且把他们搁在一旁，
        再给你们说一说王后   克里姆希尔特和她的随从姑娘
        如何从尼伯龙王国   来到恭特尔的宴会大厅。
        高头大马从来没有   载运过这么多的美丽衣裳。

792   人们在途中带上了   许许多多满装的箱笼。
        英勇的壮士西格弗里特   跟他的朋友们一同骑行，
        还有克里姆希尔特，   急切地盼望着见到至亲的愉快。
        她的欢乐日后却可怜地   变成了沉重的悲伤。

793   他们把自己的孩子   留在了桑腾的王国家乡
        未曾跟随他们一路颠簸，   事情也该如此经过。
        他们在前往宫殿的途中   心灵的悲伤却日益增长，
        父亲和母亲可怜再也   难以见到他们的孩子。

794　　国王西格蒙特　　跟随他们一路同行。
　　　　倘若国王当时知晓，　　他的命运从此以后
　　　　将会发生何等变化，　　他一定不会愿意参加庆典。
　　　　自从他来到人间世上　　从未经历如此巨大的灾难。

795　　骑士派出先遣使者，　　给莱茵国王送去信息。
　　　　国王恭特尔的随从，　　其中有多么英勇的骑士，
　　　　组成隆重的仪仗　　迎面朝着他们骑马过来，
　　　　主人向着众位客人　　显示了多么巨大的热情。

796　　他去寻找勃吕恩希尔特，　　看到夫人独坐一旁。
　　　　"你当年来到我们王国时　　妹妹如何迎接于你？
　　　　我们应该同样如此　　接待西格弗里特的妻子。"
　　　　"此话有理，"勃吕恩希尔特说道，　　"理当隆重迎接。"

797　　恭特尔国王开口言道：　　"她明日清晨到达莱茵。
　　　　你如果愿意迎接，　　那便立刻做好准备，
　　　　免得我们还在城堡大院　　便已经遇见了他们。
　　　　经久以来未曾有过如此　　喜闻乐见的客人造访我们。"

798　　姑娘们和妇人们　　立刻奉行王后之命
　　　　动手寻找漂亮的衣裙，　　希望找得最好的服饰，
　　　　让她们能够在客人面前　　荣耀体面地穿戴一新。
　　　　她们如何乐意执行，　　我对你们自然不难道清。

799　恭特尔的随从们　　随即赶来听候命令。
　　　国王把他们召集起来，　　多少英雄骑士好汉。
　　　王后已经骑上高头大马，　　率领众多的妇人
　　　迎着至亲的客人　　如同友好的风俗习惯一路而去。

800　他们接待客人的时候　　显示了多么巨大的荣耀！
　　　人们认为，克里姆希尔特　　当年在布尔恭腾王国
　　　迎接勃吕恩希尔特时　　也还没有如此豪华排场。
　　　许多没有见过她的人　　对她的高贵气质早有所闻。

801　西格弗里特率领　　他的随从卫队一路赶来。
　　　人们只是看到眼前　　一支巨大人群的队伍
　　　高高地骑坐在骏马背上　　左右摇晃，气宇轩昂。
　　　沿途车水马龙，尘土飞扬，　　自是不可避免、躲让。

802　布尔恭腾王国的主人　　看到西格弗里特的时候，
　　　看到他和西格蒙特并排一起，　　立刻友好地开口言道：
　　　"我衷心地欢迎，欢迎你们，　　我的朋友们大驾光临！
　　　你们来到我们的王国，　　这是莱茵王国的巨大荣幸。"

803　"愿上帝嘉奖于你！"　　器重荣誉的西格蒙特说道，
　　　"自从我的儿子西格弗里特　　跟国王结识以来，
　　　我在思想上便时刻不忘　　定当前来对你拜访一趟。"
　　　国王对客人开口言道：　　"为此让我无限荣耀、风光。"

804   西格弗里特受到的接待，   如同适应他的礼仪，
        显示了巨大的荣誉，   谁也没有对他心存芥蒂。
        吉塞尔赫和盖尔诺特   以高贵的礼节帮助在旁。
        我相信,接待客人从未   显示过如此友好的排场。

805   两位王后,尊贵的妇人   缓缓而行来到了一道。
        许多马鞍腾空无人：   原来姑娘们实在漂亮，
        骑士好汉们情不自禁   把她们高高举在头上，
        愿意为女人们效劳的   自然尽力,热情异常。

806   两位深情动人的王后   迎面相向走到了一起。
        多少壮士好汉怀着巨大的   喜悦争相观看
        女人们相互问候致意，   这回场面实在漂亮,值得欣赏。
        人们还看到许多勇士   极尽礼仪站在两位王后身旁。

807   衣着华丽的随从,男男   女女手挽着手，
        人们看到多少人极尽   礼貌地欠身施礼，
        又有多少女人在场   留下了无数情意绵绵的飞吻。
        国王和他的随从   看到这一场面心中十分欢畅。

808   他们并未耽搁许久，   众人骑马朝城内款款而行。
        主人多么愿意对客人们   显示一场,让他们感到
        布尔恭腾王国的人们   热烈地欢迎客人来访。
        姑娘们面前顿时开展   多少丰富的骑士比赛。

809   特隆页的勇士哈根　　还有奥特文好汉，
　　　　他们在众人眼前　　显示了崇高的威望和力量。
　　　　他们吩咐办理的事务　　立刻便会处理停当。
　　　　高贵的客人通过他们　　获得热情的效劳和帮助。

810   城堡的门外热闹非凡，　　枪挑的、相撞的盾牌
　　　　让人们听到响声震荡。　　主人和他的客人们
　　　　站在门外驻足良久　　然后一起动身走进城堡。
　　　　他们尽情地享受着　　异常巨大的欢乐时光。

811   他们一路高高兴兴地　　骑马来到豪华的宫殿门前，
　　　　人们看到女人们的　　坐骑马鞍上
　　　　随时随地飘扬着　　许多漂亮整洁的披垫，
　　　　做工精细,款式豪华。　　恭特尔的众位好汉迎上前来。

812   国王吩咐他们率领客人　　送到下榻的住所。
　　　　人们自然注意到　　勃吕恩希尔特不时地
　　　　瞅望着王后克里姆希尔特。　　王后花容月貌美丽无比:
　　　　她的脸上流露着　　多么漂亮的威严光泽。

813   在沃尔姆斯的大街小巷上　　人们听到一同前来的随从
　　　　发出了衷心的欢呼。　　国王恭特尔吩咐内廷大臣
　　　　唐克瓦特,哈根的兄弟　　亲自招待来临的客人。
　　　　他命令把随从们安排　　住进了漂亮的客房。

814 人们在城堡内外　给客人们摆上宴席，
他们还从来没有　受到如此隆重的接待。
只要客人们想到的，　一切都为他们准备齐全。
国王如此慷慨大方，　服务周到齐全，无可挑剔。

815 人们为他们愉快地效力，　并无半点儿恨意。
主人礼貌地端坐桌旁，　跟客人们同席欢畅。
西格弗里特的餐席，　是他从前坐着的地方。
一群盛享威名的骑士　和西格弗里特共坐一堂。

816 一千一百名的勇士　都在席前端庄就座，
共同举行欢乐的宴席。　王后勃吕恩希尔特
暗自想到自己的容貌　超群绝伦不禁无限神伤。
王后对他更加亲切、善意，　希望看到他永远青春蓬勃。

817 国王无论高高兴兴地　跟他的客人们坐在哪里，
许多漂亮的衣裳　立刻会被葡萄酒流淌沾湿，
多少斟酒的仆人　穿梭般地来回桌前。
他们热情地款待，　周到地服务，多么尽兴。

818 宫廷的宴席延续了　很长的时间，宴罢归来，
妇人们和姑娘们　都被送入了舒适的卧房，
不管她们来自什么地方。　国王老练稳重，文质彬彬，
头脑中担着几多关心，　人们对客人无微不至，细致精心。

819 当黑夜慢慢消退 曙光渐渐降临的时候，
   女人们亲自挑选， 只见镶边的橱柜内
   一件件美丽的衣裳， 上面闪烁着珠宝的光芒。
   多少华丽漂亮的衣裙 被欣赏备至地搁在手上。

820 天还没有完全大亮， 宫殿大厅的门前迎来了
   许多骑士和贵族青年。 大门外一片响亮，
   那是人们在给国王 礼唱清晨的弥撒。
   年轻的武士骑马过来， 国王对他们一一称谢。

821 多少长号,开始吹奏， 声音洪亮,杂乱无章，
   还有击鼓和箫笛 让音响更加声震四面八方，
   辽阔的沃尔姆斯 城市上空汇聚一片响声。
   英雄们情绪高昂 跃身跨上威武的骏马。

822 许多优秀的武士 在场内掀起一场
   多么愉快的骑士比赛。 一群年轻的勇士
   内心充满着激烈的豪情， 类似的例子不胜枚举。
   只见盾牌上下飞舞， 英雄的武士表演令人称绝。

823 衣着华丽的女人们 还有许多漂亮的姑娘，
   她们浓妆艳抹,花枝招展， 站在窗后痴情地观赏。
   她们欣赏着多少年轻的 武士正在进行演武比赛。
   国王甚至率领着随从 亲自骑上了高头大马。

824　时光在慢慢地流逝，　他们却并不避畏冗长，
　　　人们猛地又听到从教堂　方向传来了几记钟响。
　　　仆人牵来了一匹匹骏马，　妇人们一跃而上。
　　　一群勇敢的武士好汉　跟随着两位漂亮的女王。

825　人们来到了教堂门前，　他们在草地上跃身下马。
　　　勃吕恩希尔特对待客人们　仍然分外地亲切友好。
　　　两个女人都戴着王冠　双双迈进了宽敞的教堂。
　　　她们的情意不久分道扬镳，　平地涌起愤怒的波浪。

826　她们一起听完了弥撒，　离开了教堂又一起回家。
　　　人们只见她们礼貌周全　愉快地迈步走了出来，
　　　共同坐上了丰盛的宴席，　她们享受着节日的庆祝。
　　　可惜这般的欢乐　仅仅维持到第十一个白天。

827　勃吕恩希尔特暗自思忖：　我再也不能忍气吞声，
　　　不管我使用何种方法，　克里姆希尔特必须讲清
　　　她的丈夫为什么敢于拒绝　向我们交纳贡赋，
　　　他只是我们的臣仆，　我自己也显得别无良法。

828　王后当时的形容，　如同听取了魔鬼的挑拨。
　　　她愁绪万千，闷闷不乐　离开了宴会和几多欢乐。
　　　她在心内堵塞的一切　不久便会大白于天下。
　　　王后的所作所为　让苦难的消息传遍了四面八方。

178

第十四章
王后们闹作一团

829   举办晚祷的时分，   只见骑士们在宫殿里
        骑上了高头大马。   无论屋内还是站在房顶，
        人们只看到周围   都是熙熙攘攘的人群。
        多少女人来到大厅   站在窗口进行观看。

830   两位王后华贵、端正，   她们并排坐在一起。
        王后们谈到两位骑士，   任何人都跟他们难以比拟。
        克里姆希尔特开口言道：   "我的那位丈夫，
        普天下所有的王国   都应该对他俯首称臣。"

831   勃吕恩希尔特立刻回答：   "如果世界除了你和他
        再也没有其他的活人，   那么事情也许如此，
        世上的国王从此以后   便通通对他俯首称臣。
        可是恭特尔尚还健在，   这样的幻想永远难以完成。"

832　克里姆希尔特却说道：　"你瞧,他正站在那里,
　　　刚从骑士们的面前　气宇轩昂地走了过去,
　　　多么像一轮皎洁的明月　在满天星斗里闪闪发光!
　　　我的心内充满着愉快,　这样的享受的确理所当然。"

833　王国的主妇不禁言道：　"不管你的丈夫多么英俊,
　　　多么美丽,多么诚实,　可是他总得让位于
　　　国王骑士恭特尔,　那是你的高贵的兄长。
　　　世上国王众如繁星,　恭特尔才算名扬天下。"

834　克里姆希尔特却回答：　"我的丈夫价值无量,
　　　我简直对他无法　恰如其分地进行夸奖。
　　　他的荣耀如此巨大,　一面还衬托着他的道德高尚。
　　　请相信,勃吕恩希尔特!　他和恭特尔门第相当。"

835　"克里姆希尔特,请你　不要以为这是我的无礼。
　　　这里虽然是我的讲话,　却也并不言之不当：
　　　当我初次见到他们时,　我听到了两位的讲话,
　　　那时候国王的愿望　有悖于我的强大力量,

836　他却骑士般地神勇,　终于获得了我的爱情,
　　　西格弗里特亲口说道,　他是国王的臣仆。
　　　我把他视为家奴,　而且还听到他当面承认。"
　　　王后克里姆希尔特说道：　"如此讲话违礼违情。

克里姆希尔特却回答： "我的丈夫价值无量……"

约翰·亨利希·费思利,1805 年

837　　我的众位高贵的兄长　　如何获得这般的结果，
　　　　让我降格沦为一位　　仆人家奴的妻室？
　　　　我为此愿意,勃吕恩希尔特，　　友好地跟你商量，
　　　　按照爱情的风俗习惯　　从此切莫再提此论。"

838　　"我还不能简单放弃，"　　国王的妻子开口答道。
　　　　"我怎么能够放弃　　这些武士的荣誉，
　　　　他以国王的身份为我们效力，　　而且还甘愿俯首称臣？
　　　　许久没有收到他的赋贡，　　我在心中不免感到纳闷。"

839　　"你必须从此放弃，　　别指望他在这世界上
　　　　会给你提供服务,效力。　　这位英雄多么高尚，
　　　　胜过恭特尔,我的兄长。　　你的确无法指望
　　　　他会从自己的王国内　　给你交纳一分钱粮。"

840　　"你如果不自量力，"　　王后不免反唇相讥，
　　　　"我现在愿意观看　　人们从今以后是否
　　　　会对你显示礼貌尊重，　　如同他们见到我时一样。"
　　　　两个女人唇枪舌剑，　　她们怒火冲天,愈发地不可收拾。

841　　只听克里姆希尔特说道：　　"你把我的骑士丈夫
　　　　称作你的家奴臣仆，　　此等说法绝对不能承认。
　　　　国王的任何一名官员　　今天便能亲自领教，
　　　　看我是否敢于走在　　恭特尔妻子前面进入教堂。

842 我要让你见识一趟， 我是何等地缺乏贵族名望。
我的丈夫高尚无比， 远远地胜过你的国王。
我为此无须接受 有人对我的指责，不识时务。
你今天一定亲眼看见 你的女妖如何无法无天，

843 竟然赶在骑士的前面 走进布尔恭腾王国的大殿。
比起人人熟悉的 任何一位显赫的王后，
她也戴过一顶王冠， 我要显得更加高贵。"
两位女王你来我往， 团团的仇恨重叠交加。

844 勃吕恩希尔特却又说道： "你如果不愿意降低身份，
那么必须率领你的随从 跟着我的贴身妇人们，
当我们走进教堂的时候， 另成队列，分道而行。"
"一言为定，"克里姆希尔特说道， "事情也该如此进行。"

845 "我的姑娘们，"克里姆希尔特 吩咐："你们立刻穿戴整齐！
从此以后我不能再接受 任何的耻辱和羞愧。
你们应该让人们看到 这里似乎成了展示衣服的王国。
勃吕恩希尔特也许不敢 承认她自己的言论主张。"

846 侍从们果然心领神会， 人人找出一件华丽的衣裳。
妇人们姑娘们争相打扮， 个个显得精神抖擞花枝招展。
高贵的国王妻子准时 率领着她的随从走了过来。
美丽的克里姆希尔特 果然也如意愿穿戴一新，

847 　率领着四十三位姑娘　　一起朝着莱茵河走去。
　　她们穿着细软的丝绸，　　全是阿拉伯的真丝织造。
　　姑娘们仪态万千，高高　　兴兴地朝着教堂前往。
　　西格弗里特的随从　　已经在教堂门前俯首恭候。

848 　人们感到十分怪异，　　今日事情分明特殊稀奇，
　　他们看到了两位王后　　分道扬镳，各踞一道，
　　为何不像往日一般　　并肩而行，多么友好。
　　许多骑士看到这里　　不免担起重重心事。

849 　国王恭特尔的妻子　　站在教堂门口的一侧。
　　为了消遣和打发时间，　　一些骑士已经津津乐道地
　　跟他们随处看到的　　姑娘们一起欢笑戏耍。
　　高贵的克里姆希尔特　　率领强大华丽的随从进来。

850 　一位高贵国王的公主　　穿戴得多么体面，多么端庄，
　　面对着她的众位随从　　王后仪态万千飘飘欲仙。
　　浓妆艳抹，首饰琳琅，　　就连三十位国王的妻子
　　跟今日克里姆希尔特　　的穿戴也难以比美、较量。

851 　一个人无论有何愿望，　　他终归不能凭空捏造，
　　比起当年克里姆希尔特的　　随从女人和姑娘
　　说曾经有人穿戴过　　更加美丽、豪华的衣裳。
　　如果不是勃吕姆希尔特　　咄咄逼人，王后本可退让。

184

852　　两位王后果然来到　　巍峨壮观的教堂门前。

　　　　国王的妻子女主人　　不由得怒火燃烧。

　　　　她命令克里姆希尔特　　立刻就地停步：

　　　　"家奴的妖精绝不应该　　走在一位王后的前面。"

853　　克里姆希尔特立刻回头　　——她不由得火冒万丈——

　　　　"刚才这句话不说多好！　　你将为此受益万千。

　　　　你这回亲自糟蹋了　　你那美丽的玉体，

　　　　一位小妾如何成了　　堂堂国王的妻房？"

854　　"你把谁称作小妾？"　　国王的妻子不由得问道。

　　　　"我如此称呼于你，"　　克里姆希尔特回答，"首先获得

　　　　你的身体贞洁是我的　　亲爱的丈夫西格弗里特。

　　　　摘下你姑娘童贞的人　　不是恭特尔，千真万确。

855　　你的感觉到哪里去了？　　这是一个恶劣的计谋。

　　　　如果他真是你的家奴，　　你为何让他霸占了身体？

　　　　我听说，"克里姆希尔特　　又道，"你并无理由埋怨。"

　　　　"天哪，"勃吕恩希尔特　　说道，"我要亲自告诉恭特尔。"

856　　"你的骄傲其实欺骗了你，"　　克里姆希尔特说道，

　　　　"你以自己的语言命令我　　对你尽献奴婢的责任。

　　　　你必须真正地明白，　　这对我便是永远的耻辱。

　　　　信任的友谊不复存在，　　我跟你从此一刀两断。"

857 勃吕恩希尔特哭了起来， 克里姆希尔特率领
   她的全体姑娘随从 抢在国王妻子的前面
   一起走进了教堂。 怨恨的怒火愈发高涨。
   明亮的眼睛从此 变得昏暗，珠泪不断。

858 教堂里为上帝服务忙碌， 还有人唱起了赞歌，
   勃吕恩希尔特却觉得 时间过得特别漫长，
   因为她的身体她的心思 让混乱和悲伤搅作一团。
   多么勇敢善良的武士 即将受到报复，遇到灾殃。

859 勃吕恩希尔特心事重重 率领她的随从守在教堂门前。
   她想：克里姆希尔特 必须听到我的更多的训斥，
   这个语言尖刻的婆娘 竟敢对我如此张扬。
   如果是她自夸自豪， 这回休想逃脱性命一条。

860 克里姆希尔特走了过来， 后面跟着一群勇敢的武士。
   恭特尔的妻子开口问道： "你必须老实承认，
   你胆敢耻笑我为小妾， 请你立刻拿出证据！
   你必须对此作出解释， 我如何发生这等罪孽。"

861 美丽的克里姆希尔特回答： "你真的应该让我过去。
   我以手上戴着的黄金 对你的事情加以证明，
   我的亲爱的带给我的信物， 他当时跟你睡在一起。"
   勃吕恩希尔特经历了 有生以来最痛苦的时辰。

862 　"这个戒指我自然认识：　那是我遭偷窃的失物，"
　　　恭特尔的妻子不由得说道，　"我在心里早已纳闷。
　　　我现在必须追究　　究竟是谁偷盗了此等宝物。"
　　　两个女人不共戴天，　这回成了真正的冤家对头。

863 　克里姆希尔特回答："我可不承认做了小偷。
　　　如果你愿意保持尊严，　最好请你口下留情。
　　　我再拿出围着的腰带，　且对此事再加证明。
　　　我的确未曾撒谎：　西格弗里特正是你的第一个男人。"

864 　她围着的滚边缎带，　那是尼尼维的丝绸织成，
　　　上面镶嵌着贵重的宝石，　不愧为巧夺天工，人间奇物。
　　　勃吕恩希尔特看到腰带，　立刻开始号啕大哭。
　　　国王恭特尔和他的随从　自然闻听消息，个个明白。

865 　勃吕恩希尔特于是说道：　"立刻把莱茵国王
　　　请到我的面前来！　我渴望着亲口告诉，
　　　他的妹妹如何　羞辱于我，诬蔑我的身体，
　　　她竟敢公开认为　我是西格弗里特的小妾。"

866 　国王率领着随从走了过来。　他看到自己的王后
　　　早已哭成了泪人一般。　国王不免亲切地问道：
　　　"告诉我，亲爱的妻子，　这里发生了什么事情？"
　　　她说道："亲爱的丈夫，　我的悲伤的确有理。

867　　你的妹妹无理取闹　　把世上一切的尊严和荣誉
　　　　通通跟我割离而去。　　这一切必须责怪于你。
　　　　她说我是她的丈夫　　西格弗里特的小妾。”
　　　　国王恭特尔开口言道：　“她把事情搅得天昏地黑。”

868　　“她围着我的腰带，　　那是早已丢失的货物，
　　　　而且还戴着我的黄金小戒，　我自从来到这个世上，
　　　　必须时时刻刻为此喊冤。　你要还我的清白，
　　　　让我脱离这桩奇耻大辱，　我将永远对你铭感于怀。”

869　　国王恭特尔于是说道：　“立刻命他前来见我！
　　　　如果是他自吹自擂，　他必须为此承认过失，
　　　　或者加以断然拒绝，　这位尼德兰国的英雄豪杰。”
　　　　人们迅速传令让克里姆　希尔特的丈夫立刻过来。

870　　西格弗里特迈步进来，　看到一群人等怨恨满怀——
　　　　他不知道出了何事——　便跨上一步开口问道：
　　　　“这些女人为何啼哭？　我多么希望听个明白，
　　　　而且国王为什么派人　把我唤到这里立刻过来？”

871　　国王恭特尔开口言道：　“有人把你告了下来。
　　　　我的妻子勃吕恩希尔特　刚才亲口对我说起：
　　　　你曾经到处自吹自擂，　说你是第一个占有王后
　　　　美丽身体的情人，　这是克里姆希尔特亲口所言。”

872   国王西格弗里特说道： "倘若是她信口雌黄，
          她在为此感到惋惜之前， 我决不会对她善罢甘休。
          我愿以庄严的誓言， 当着你的武士之面
          否认和驳斥这种谎言， 我从来没有发过此番言论。"

873   莱茵国王开口言道： "这要看你如何作为。
          你愿意提供的证明 必须在这里当面进行。
          至于其他的错误事情 我将为你宣布清白无辜。"
          人们唤来了布尔恭腾人， 他们共同围成了一圈。

874   西格弗里特举起了 左手庄严立誓。
          慷慨的国王一旁说道： "看到你的清白无辜，
          我在心里多么高兴愉快。 我敢于断然地相信，
          克里姆希尔特指责的话， 你绝对没有亲身经历。"

875   西格弗里特又作回答： "如果我的妻子做了蠢事，
          她的确玷污了勃吕恩 希尔特美丽的灵魂，
          我对此一定会感到 无限的气愤和悔恨。"
          英勇的武士相互对视， 个个忍不住跃跃欲试。

876   "我们必须教训女人，" 西格弗里特骑士说道，
          "让她们任何时候 都必须杜绝放肆的言论。
          你吩咐你的妻子， 我教育我的内人！
          她的无理取闹的确 让我害臊,无地自容。"

877　美丽的女人伤了和气，　　她们相互再也不作搭理。
　　　勃吕恩希尔特　感到痛心，难以容忍。
　　　国王恭特尔的武士　个个对此都已谅解、同情。
　　　特隆页的勇士哈根　适时来到王后面前。

878　哈根看到王后泪流满面，　动问究竟怎么回事。
　　　王后说出了那则故事，　哈根立刻举手发誓，
　　　他要向克里姆希尔特的　丈夫报仇雪耻，
　　　否则他面临这等羞辱　从此以后再也不露欢乐。

879　奥特文，还有盖尔诺特　也过来一起商量决定。
　　　几位英雄一致建议　立刻处死国王西格弗里特。
　　　吉塞尔赫，高贵的王后　乌特的儿子也赶了过来。
　　　当他听到那番决定时，　连忙宽厚地开口劝道：

880　"痛心啊,善良的勇士，　你们为什么出此下策？
　　　西格弗里特所作所为　绝对当不得如此仇恨，
　　　甚至于让他为此　丢掉了身体和生命。
　　　事情看来非常明白，　女人容易怒火满怀。"

881　"难道我们罢了不成？"　哈根接着开口言道。
　　　"英勇的武士从中难以　取得巨大的荣誉。
　　　他在一旁自吹自擂，　语言伤及我们尊敬的王后，
　　　我不愿意苟且偷生，　这回定要结果他的性命。"

882　　国王恭特尔一旁言道：　　"他为我们赤诚服务，
　　　　其余从无做过坏事，　他应该继续活在人世。
　　　　我们为什么对西格弗里特　怀有这般深仇大恨？
　　　　他对我们一向忠诚，　而且拥有善良的心地。"

883　　麦茨来的英雄奥特文　壮士一旁言道：
　　　　"骑士的强大难以帮助　这位英雄逃过此劫。
　　　　只要国王容许，　我立刻让他受尽痛苦。"
　　　　众位英雄跃跃欲试，　无缘无故地准备伤害骑士。

884　　他们让事态暂时平息，　人们又去进行武士比赛。
　　　　嘿,仆人在教堂门前　运来了多么粗大的投枪，
　　　　经过西格弗里特妻子面前　一直送进了宫殿的大厅！
　　　　可是恭特尔的许多武士　却始终在心里忿忿不平。

885　　愿意跟随奥特文的　除了哈根以外别无他人。
　　　　他随时在国王面前挑拨离间，　煽动国王的满腔仇恨：
　　　　如果西格弗里特不在人世，　那么属于他的许多王国
　　　　都将对我们俯首称臣。　国王英雄慢慢地有点伤心。

886　　他说道："你们应该止住　这股杀人的无名怒火！
　　　　他生来便是我们的福星，　给我们带来荣誉。
　　　　这位超等强大的好汉　具备着狂暴的勇敢。
　　　　他一旦知道风声，　任何人都对他无可奈何。"

887 　"并非如此,"哈根说道, 　"你且把此记住心上!
　　我独自一人悄悄地 　　便可以灵活地进行:
　　勃吕恩希尔特泪水涟涟, 　他必须为此领教悲伤。
　　至于哈根,我愿意跟他誓不 　两立,成为他的敌人。"

888 　国王恭特尔于是说道: 　"事情究竟如何进行?"
　　哈根立刻予以回答: 　"你们马上便会明白:
　　我们命使者骑马 　　急忙进入我们的王国
　　进行宣战,任何人都无法 　识透其中的窍门。

889 　你对客人公开宣布, 　你和你的军队紧急武装,
　　国王准备亲自出征! 　后来的事情便不会困难:
　　他如果立誓随你出战, 　我们相机结果他的性命。
　　如何才能致他于死命, 　他的妻子自会对我泄密。"

890 　国王恭特尔听信 　他的武士哈根的谗言。
　　人们开始做着 　　许多背信弃义的准备,
　　任何人都无法觉察, 　多少骑士将会断送青春。
　　两个女人的无端争论 　枉送英雄好汉的宝贵生命。

192

第十五章
有人对沃尔姆斯宣战

891　　到了第四个清晨，　人们看到三十二位勇士
　　　一路朝宫殿骑马而来，　他们给庄严的国王恭特尔
　　　送来了紧急的消息，　有人向他的王国宣战，
　　　这则谎言让多少女人　从此陷入悲惨的境遇。

892　　使者们获得恩准，　他们一起来到王宫大院。
　　　他们纷纷说道，　原来都受吕特格尔国王派遣。
　　　西格弗里特的双手　曾将那位国王彻底打败，
　　　还把他当作人质　一起带回了恭特尔的王国。

893　　恭特尔问候着使者　并邀请他们一旁就座。
　　　其中有位使者言道：　"国王，请容许我们站着，
　　　直到我们把消息　给你详细转达完毕！
　　　且容禀告：你们的确　面临着强大的敌人阵营。

894 　吕特伽斯特和吕特格尔　　现在对你们正式宣战，
　　　你们从前惹怒了他们　　不共戴天的仇恨之火，
　　　他们率领着一支军队　　将要进入你们的王国。"
　　　恭特尔装作勃然大怒，　似乎不明其中把戏缘故。

895 　仆人率领着撒谎的使者　　到达栈房内先行休息。
　　　人们如此诡计多端，　壮士西格弗里特
　　　还有他的许多随从好汉　对此如何能有防范？
　　　这件事让他们受尽了　苦难而又沉重的折磨。

896 　国王召集他的众位朋友，　他们一起商量对付办法。
　　　特隆页来的哈根　纠缠住国王不得安宁。
　　　这里还有足够的朋友，　他们希望息事宁人。
　　　哈根却固执己见，　不愿意让计划后退半分。

897 　这一天西格弗里特　看到众人正在窃窃私议。
　　　尼德兰的英雄不由得　立刻动问缘由：
　　　"国王和他的文武百官　为什么如此焦虑悲伤？
　　　难道有人加害于他？　我要时刻为他报仇雪恨。"

898 　国王恭特尔开口言道：　"我果然受尽了折磨：
　　　吕特格尔和吕特伽斯特，　他们前来对我宣战。
　　　他们公开地威胁我，　将骑马进入我的王国。"
　　　勇敢的骑士不由得答道：　"西格弗里特这回

899 真要力挽狂澜，　努力维护你的荣誉和尊严。
　　　我要对付这批壮士　如同上回做过的一样：
　　　我愿进入他们的王国，　把他们的城堡夷为平地。
　　　如果我不能达到目的，　且用头颅给你们担保。

900 你和你的勇士们　暂请留守王国家乡。
　　　让我和我的随从好汉　迎着他们骑马前进！
　　　我将会让你们看到　我多么愿意帮助你们。"
　　　国王恭特尔开始　对他表示衷心的感谢。

901 国王和他的随从们　立刻做着迎战的准备，
　　　只是为了对西格弗里特　和他的朋友遮掩真相。
　　　尼德兰的英雄们　奉主人命令开始装备起来，
　　　英勇善战的好汉　纷纷找出了他们的头盔铠甲。

902 英雄西格弗里特说道：　"我的父亲西格蒙特，
　　　你且暂时留在这里。　如果上帝看顾我们，
　　　我将不用许久时间　便重新回到莱茵王国。
　　　你和国王在一起，　尽可高高兴兴,自在宽怀。"

903 他们正要离开的时候　又一起举起了英雄战旗。
　　　其中还有不少的　恭特尔国王的士兵战将，
　　　他们并不知晓真实原因，　不知道发生了何等情况。
　　　人们看到许多好汉　跟随西格弗里特共同出征。

904　多少头盔和铠甲　　装载在马背上。
　　　　许多英勇的骑士　　准备着离开自己的家乡。
　　　　特隆页的哈根　　特地见到了克里姆希尔特，
　　　　当面向她辞行：　他们要去迎战敌人。

905　"我感到高兴，"克里姆　希尔特说，"我有如此的丈夫，
　　　　他敢于挺身而出，　捍卫我的众位乡亲，
　　　　我的丈夫西格弗里特　如同捍卫我的朋友，
　　　　我必须与之同仇敌忾，"　王后立刻回答。

906　"亲爱的朋友哈根，　请你千万记住，
　　　　我对你始终怀着友好，　没有任何仇恨！
　　　　请容许为了我的丈夫　原谅我的过失！
　　　　我得罪了勃吕恩希尔特，　千万别让他来偿还。

907　我已经为此后悔万分，"　高贵的女人说道，
　　　　"他为此惩罚了我，　打得我身上青红紫绿，
　　　　那是因为我语言冲撞　对她无礼，多有得罪。
　　　　英勇而又善良的骑士　着实为她报仇雪恨。"

908　"你们终将重归于好，　也许过不了很多时辰。
　　　　亲爱的王后克里姆希尔特，　现在请你告诉我，
　　　　我该如何为你服务，　效力于你的丈夫，
　　　　请相信我非常愿意出力，　而且对谁都没有这番心意。"

909　　"我并无任何担忧，"　　高贵的王后开口言道，
　　　　"战场上任何人　　都无法伤害他的身体。
　　　　他只要沉着机智，　　不用鲁莽冲动骄傲自大，
　　　　这位勇敢善良的骑士　　可以确保永远平安。"

910　　勇士哈根立刻回答：　　"王后，请你稍加留意，
　　　　我似乎有个感觉，　　人们一旦加害于他，
　　　　我该用何等智慧　　保护他免遭伤害！
　　　　我要骑马跟着他，　　始终保护他的生命安全。"

911　　她说道："你是我的亲戚，　　我也同样是你的至亲，
　　　　我以虔诚的忠心　　把可爱的丈夫委托给你，
　　　　让你能够替我照看　　我的亲爱的夫君。"
　　　　她把秘密和盘托出。　　多么希望不该如此！

912　　王后说道：　　"我的丈夫勇敢，而且强大无比：
　　　　从前他曾在一座山前　　斩杀过一条孽龙，
　　　　这位热爱生活的好汉　　又在龙血里沐浴一趟，
　　　　他变得铜皮铁骨　　任何武器也不能伤害其身。

913　　我却是忧心忡忡，　　如果他在激战途中
　　　　遇到对方好汉从手中　　扔出无数的投枪，
　　　　我也许从此便将　　丧失我的亲爱的夫君。
　　　　天哪，我多么忧虑　　我的丈夫的生命安危！

914   亲爱的朋友,我出于信任　把秘密告诉于你,
　　　让你从此以后永远　能够保持对我的忠诚,
　　　那便是人们如何才能　伤害我的可爱的丈夫。
　　　我且让你仔细听来,　这里的确是一片真诚。

915   当热血从斩杀的孽龙伤口里　激烈喷涌的时候,
　　　勇敢而又杰出的骑士　在龙血中沐浴一场,
　　　一片宽阔的菩提树叶　端正落在他的双肩中间。
　　　那里可以致他死命,　我为此担尽了忧愁。"

916   不义的哈根立刻说道:　"你不妨亲自动手
　　　替我在他的衣服上　缝起一道小小的标记!
　　　我在何处应该护卫,　这才能够心里明白。"
　　　她提醒对他进行保护,　却偏偏选择了他的死亡。

917   王后回答:"我用细软的丝绸　在他的衣服上
　　　缝了一个秘密的十字架,　英雄啊,这是你运用双手,
　　　尤其在激烈的战斗中　他独自迎战众多敌人,
　　　当战况危及双肩时,　捍卫我的丈夫的地方。"

918   "定当照办,"哈根说道,　"我的亲爱的王后。"
　　　女人还在一再嘱咐,　希望他们福星高照,
　　　无限勇敢的丈夫　却为此受到了背叛和断送。
　　　哈根随即告别而去,　他的心里只是乐不可支。

在他的衣服上　缝了一个秘密的十字架。

彼得·科尔纳利乌斯,1812—1817 年

919　　他的主人请他说说，　　究竟获取了怎样的情报。
　　　　"如果你现在停止征战，　　我们便骑马前去打猎。
　　　　我已经确切地知道，　　这回该如何战胜于他。
　　　　不知国王能否按计行事?"　　"一切照办。"国王回答。

920　　国王的众位随从　　个个襟怀坦白,心地善良。
　　　　我深信除了可恶的叛徒，　　如同哈根之流，
　　　　当王后克里姆希尔特　　对他的忠诚深信不疑时，
　　　　再也没有第二位勇士　　会做出这等伤天害理的坏事。

921　　在第三天的清晨　　西格弗里特勇士
　　　　率领他的千名随从　　一路高兴地骑马而去。
　　　　他发誓要重创敌人，　　为他的朋友报仇雪恨。
　　　　哈根骑马紧随于他，　　亲眼看到了他的神秘十字架。

922　　当他看到秘密记号时，　　便立刻调来了
　　　　左右两位英雄好汉，　　让他们报告另有军情，
　　　　国王恭特尔的王国里　　战事已息,和平在即。
　　　　他们谎称是吕特格尔　　国王派来的使者。

923　　西格弗里特骑马往回时　　心里多么地快快不乐!
　　　　为了迎战恭特尔的敌人，　　他这回却是无果而返。
　　　　恭特尔的随从费尽口舌　　才终于说动他回心转意。
　　　　他骑马回来见到国王，　　国王对他连连称谢。

924   "让上帝嘉奖你的愿望，   西格弗里特朋友，
       当我需要帮助的时候，   你显得如此地心甘情愿！
       我必须永远铭感于心，   似这般行为的确理所应当。
       在我的众位朋友中间，   我对你最怀信任，令人敬仰。

925   兴师动众的劳军征战   已经完全结束，偃旗息鼓。
       我愿意从沃尔姆斯   越过莱茵前去行围狩猎，
       希望直达俄顿森林，   拴牵许多机智的猎狗，
       如同我平时习惯的那样   且作片刻娱乐消遣。

926   我已让人传下命令，   告诉我的众位朋友，
       我准备独自骑马前行。   如果有人愿意随我打猎，
       不妨一起并驾齐驱！   有人希望留在原地，
       跟女人们共同寻欢作乐，   我也对此十分高兴。"

927   西格弗里特热情洋溢   向着国王启口回答：
       "你果真愿意行围打猎，   我肯定乐意一同前行。
       只是你应该给我配置   一名行围的猎手
       还有几条机智的猎犬，   我便跟你一起进入松林。"

928   "你只需要一位猎手？"   国王精明地问道，
       "我可以给你四员好汉，   他们熟悉周围的环境，
       知道树林和野兽   日夜出没的途径，
       按照我们的礼仪   千万不能让你没有引领。"

929 当这批不忠不义之人　　决定致他死命的时候——

吉塞尔赫和盖尔诺特——　　他们其实心照不宣，

两位骑士不愿随同打猎。　　我不知道出于何种妒忌，

他们没有警告西格弗里特，　　后来也获得残酷的报应。

第十六章
西格弗里特惨遭杀害

930 恭特尔和哈根　　两位壮士不露痕迹，
　　　他们要在林中着手　　偷袭蓄谋已久的猎物。
　　　骑士们扛着锋利的长矛　　准备围猎野猪、
　　　围猎野牛还有黑熊，　　还有比这更加勇敢的人吗?

931 西格弗里特跟随他们　　一路高高兴兴地策马前行。
　　　他们随身携带了　　各式精致的食物。
　　　哈根一行在一汪清泉旁　　结果了骑士的生命。
　　　这是勃吕恩希尔特，　　国王恭特尔妻子出的主意。

932 勇敢的骑士临行前　　又去找到了克里姆希尔特。
　　　昂贵而又华丽的猎装，　　那是他和他的伙伴的行李，
　　　已经装运在鞍马背上，　　他们准备越过莱茵。
　　　王后克里姆希尔特　　只是心情沮丧,尽失欢颜。

933   他把吻送到心爱的   妻子唇上，一面说道：
　　　　"上帝会让你和我，　　亲爱的妻子，健康地
　　　　别后重逢，让你看到我。　你可以跟你的高尚的
　　　　亲戚一起欢度时光，　我却不能留在你的身旁。"

934   她想起了那桩秘密　　——只是心中胆怯不敢启口——
　　　　哈根曾经反复问起。　高贵的王后，美丽的妻子
　　　　立刻开始怨诉　　自己为什么来到世上人间，
　　　　西格弗里特的妻子　　哭得珠泪抛洒无限悲伤。

935   她对着骑士说道：　　"放弃你的打猎吧！
　　　　我在梦中见到灾难：　两头凶狠的野猪
　　　　在荒郊野外追赶于你，　可怜花儿被鲜血染红。
　　　　我为此哭得死去活来，　这给妻子留下一片灾难。

936   西格弗里特，我担忧　　有些骑士会出恶毒主意，
　　　　不知我们是否从中　曾经得罪过哪员英雄好汉，
　　　　致使他对我们耿耿于怀，　藏匿着不共戴天的仇恨。
　　　　我的主宰，请留下来吧！　我忠诚地劝告于你。"

937   他说道："亲爱的妻子，　我稍过几天便能回来。
　　　　我并不觉得有任何敌人，　他们竟然能够迁怒于我。
　　　　你的众位亲戚　　对我通通十分友好。
　　　　我对他们坦诚相待，　从未有过分外要求。"

938　　　"不,西格弗里特夫君,　　我为你实在担心。
　　　　　我在夜里噩梦连连,　　似乎见到两座大山
　　　　　一起朝着山谷塌了下去,　　然后再也不见你的颜面。
　　　　　你如果决意舍我而去,　　我的心里将会悲伤无比。"

939　　　他用一双强有力的手臂　　拥抱自己忠诚的妻子。
　　　　　他以无数真诚的热吻　　宽慰妻子美丽的身体。
　　　　　过了片刻时间,英雄　　终于离开踏上征程,
　　　　　可怜她从此以后　　再也不见丈夫转回家门。

940　　　勇士们一路骑马前进,　　他们进入了密林深处
　　　　　便在林中消遣度日,十分欢乐。　　不久以后许多骑士
　　　　　跟着国王骑马离开。　　人们看到他们还特意
　　　　　给密林中勇士们　　捎去多少精美的佳肴食物。

941　　　许多负重累累的驮马　　一路先行越过了莱茵,
　　　　　它们为行围打猎的勇士　　装载着面包和美酒,
　　　　　另外装运着大鱼和大肉　　还有许多其他的干粮。
　　　　　这是一位富有的国王　　必定会有巨大的宝藏。

942　　　来到一片森林绿地时,　　他们吩咐稍事休息,
　　　　　那是野兽出没的地方,　　自豪而又勇敢的猎手,
　　　　　他们希望在宽阔的河间　　小岛上行围打猎。
　　　　　西格弗里特随后赶到,　　人们立刻向国王禀报。

943 围猎的好汉赶在　猎手的前面,分布在
森林里的四面八方。　英勇的骑士,强大的
西格弗里特开口问道：　"你们众位勇敢、机智的壮士,
有谁愿意率领我们　穿过茂密的树林前往山岭?"

944 "我们从这里开始,"　哈根在一旁言道,
"围猎以前,必须　各自分散行动。
然后我们就能认出,　我和我们的国王
谁在这回森林围猎中　称得起最好的猎手。

945 我们且把人员和猎犬　暂且均匀地分开,
谁希望前往哪个方向　各自按愿望自由进行。
获得最佳成绩的人,　大家都会对他表示感谢!"
他们在休息的地方　并没有耽搁多久的时间。

946 西格弗里特英雄说道：　"我无需太多的猎犬,
除了带上那条勃拉克,　它有良好的侦察嗅觉,
可以嗅出野兽在林中　出没的踪迹。"
国王恭特尔吩咐　一切满足他的愿望。

947 一位打猎的高手　牵着嗅觉灵敏的良犬,
他率领众位英雄好汉　没有过了多久
便找到了野兽汇聚的地方。　凡有奔跑的野兽,
全被伙伴们击毙在地,　这便是猎手们的良好风范。

948　　勃拉克猎犬追赶的野兽，　　被西格弗里特壮士，
　　　　来自尼德兰王国的英雄　　通通亲手打倒在地。
　　　　他的骏马奔跑神速，　　什么都难逃脱他的追赶。
　　　　在这段距离狩猎中，　　他取得的成绩十分显著。

949　　西格弗里特不愧　　是一位打猎的行家里手。
　　　　他当时击毙的　　第一头猎物不是别的，
　　　　原来是一头莽撞的　　野猪，倒在了他的手下。
　　　　后来他又迅速地　　发现了一头咆哮的狮子。

950　　雄狮遭到围追正要逃跑，　　西格弗里特发现雄狮，
　　　　骑士立刻操起硬弓　　呼啸一箭便把它猛地射倒。
　　　　中箭受伤的狮子　　只能往前又跳了一跳。
　　　　一起打猎的伙伴齐声呐喊　　表示对他的感谢和称赞。

951　　后来他又打死了　　一头野牛和一匹驼鹿，
　　　　另外还击倒了三头　　公牛和一匹惊恐的雄鹿。
　　　　他骑在马上奔驰神速，　　一切都难逃脱他的追逐。
　　　　无论雄鹿或是雌鹿　　全部栽于勇敢的猎手。

952　　警觉的勃拉克发现了　　一头暴烈的野猪。
　　　　野猪正要夺路逃跑，　　就在同一个时刻
　　　　高明的猎手跟踪而来。　　他立刻顺迹追踪，
　　　　野猪顿时狂怒发作，　　对着猎手凶猛地咆哮。

953　克里姆希尔特的丈夫　　手起一剑斩了野猪。
　　任何其他的猎手　　都难做到如此干净利落。
　　野猪被杀死的时候，　　人们找来了他的猎犬。
　　布尔恭腾人早已听说　　他一路围猎的巨大成就。

954　猎友们齐声说道：　"请原谅我们的笨拙！
　　你今天把山岭和树林　　全部围猎干净，
　　最好给我们剩下一些，　　请无论如何高抬贵手。"
　　英雄的骑士听到以后　　不禁高兴得微微一笑。

955　人们听到四面八方　　响起了喧哗和咆哮。
　　呼喊声，吠叫声，　　声音巨大，闹成一片，
　　连山野和松林间　　都响起了隆隆的回声。
　　猎手们放出了二十四匹　　猎犬呼啸前进。

956　又有许多野兽没有退路，　　无法逃生，只得丧命。
　　猎手们以为取得了成功，　　人们会给他们
　　颁发打猎的奖励。　　等到强大的西格弗里特
　　来到篝火一旁时，　　他们的奖励根本没有指望。

957　狩猎的活动暂且结束，　　只是还没有全部和彻底，
　　那些前来烤火的壮士　　又随身带来了
　　许多种类的野兽　　还有大堆的猎物。
　　嘿，人们往国王伙伴的　　厨房间搬运得多么热闹！

958   国王传下了命令，   招呼杰出的猎手们
         全部回来小餐一顿。   嘹亮的号角声顿时
         响彻树林的上空。   这是让人们知道，
         他们能够在哪里找到   国王休息的地方。

959   西格弗里特的一位随从   说道："我听到了
         号角的响声，我们   应该返回前往
         休息的营地，我希望   立刻作出回答。"
         呼唤猎手们休息的   号角声回荡在山岭树丛。

960   西格弗里特壮士说道：   "我们现在撤离松林！"
         他骑着骏马稳步前进，   随从们跟在后面迅速往前。
         马蹄声突然惊动了   一匹愤怒的野兽：
         这是一头性格粗野的黑熊，   武士立刻掉头转来。

961   "你这是想给我的伙伴们   添个欢乐的机会吧，
         快放开猎犬勃拉克！   我看到了一头野熊，
         它应该从这里跟我们   一起回到休息的营地。
         不管它多么凶恶，   今天也难以保全自己。"

962   勃拉克被放了出来，   野熊吓得掉头便逃。
         克里姆希尔特的丈夫   立刻策马追赶。
         他来到一片丛林，   马儿入内无路可走。
         强壮的野熊还以为   已经逃脱了猎人的追赶。

963　气势豪迈的壮士　　从他的马鞍上跳了下来，
　　　一面在后紧追不舍。　野熊失去了任何保护，
　　　它这回再也无法逃生。　骑手徒手抓住了野熊，
　　　不见任何伤痕，他把　　野熊紧紧地捆扎起来。

964　野熊无法抓挠撕咬，　　根本伤害不了这员好汉。
　　　骑士把野熊捆在鞍旁。　威武的壮士
　　　气宇轩昂，把野熊　　送到了明亮的篝火旁，
　　　好一员勇敢的骑士　　给营地添加了许多乐趣。

965　魁梧的英雄骑坐着　　高头大马返回营地，
　　　他的投枪结实、宽阔，　竖立一旁，十分强大。
　　　一把利剑势不可挡，　　一直垂挂到马刺侧旁。
　　　他随身带着华丽的　　号角，火一般的赤金制成。

966　你们肯定没有听说过　　比他身上更好的猎装。
　　　人们看到他穿着　　一件黑色衣料的外套，
　　　一顶帽子无限美丽，　那是纯净的紫貂皮革。
　　　嘿，他在漂亮滚边的　箭袋里装着的更是十分了得！

967　箭袋上蒙着昂贵的　　金钱豹皮，它为箭袋
　　　增添了色泽和荣誉。　他还随身携带一张硬弓，
　　　别人希望拉动弓弦时　必须借助于绞车摇动
　　　才能完成这番举动。　他却独自挥用，亲手操纵。

210

968　　他的整套猎装全用　　精细的猞猁皮张。
　　　　从头部一直到脚跟，　　人们看到全是皮革。
　　　　在这明亮的猞猁皮衣服上　　锁定了多少黄金纽扣，
　　　　分作两排闪闪发光　　给勇敢的狩猎壮士增添风采。

969　　他随身携带巴尔蒙，　　那柄装饰精致的利剑，
　　　　用它砍击头盔时，　　如此强大，如此锋利，
　　　　削铁如泥，所向披靡，　　双面剑刃令人称羡。
　　　　这员威武的猎手　　的确朝气蓬勃，非同小可。

970　　如果我必须把情况　　对你们描述清楚，
　　　　那么且看他的箭袋　　装点着黄金的插口，
　　　　里面盛满着利箭，　　箭镞异常宽阔势猛。
　　　　谁要是遇上他的一箭，　　命归阴曹为期不远。

971　　高贵的骑士沿路而来，　　那是一位典型的猎手。
　　　　国王恭特尔的随从　　立刻认出他的大驾光临。
　　　　他们急忙迎上前去，　　一面牵住他的高头大马。
　　　　只见他在马鞍旁　　拴着一头野熊，粗壮笨重。

972　　骑士跨下骏马，　　然后给野熊解开了绳索，
　　　　松下了捆绑和熊掌。　　突然间响起一阵吠叫，
　　　　一群猎狗猛蹿上来，　　它们围着野熊紧追不舍。
　　　　野熊朝着树林逃窜：　　人人闹得狼狈不堪。

973　　人群呼喊吓得野熊　　又急忙蹿入了厨房。
　　　　嘿，它惊得司厨们　　丢下炉灶到处奔逃！
　　　　多少锅盆被踏翻，　　四面八方火苗直冒。
　　　　嘿，人们看到撒落灰烬上　　多少美味佳肴。

974　　骑士们和他们的随从　　都从座位上跳了起来，
　　　　野熊变得咆哮如雷。　　国王立刻传下命令，
　　　　把拴住的猎犬　　全部从长长的带上放开。
　　　　如果事情幸运地结束，　　他们倒也度过了欢乐的一天。

975　　敏捷的猎手们　　——人们不敢稍有怠慢——
　　　　随手操起了弓箭和投枪　　赶到野熊逃窜的地方。
　　　　众多的猎犬围追上来，　　无人能够弯弓搭箭。
　　　　树林里和山丛间　　响起一片巨大的喧哗。

976　　野熊被猎犬们追赶得　　惊慌失措，仓皇逃窜，
　　　　除了克里姆希尔特的夫君　　谁也无法追赶到手。
　　　　西格弗里特迅步赶上，　　手起一剑把熊砍倒。
　　　　人们抬着已死的野熊　　重新进入热闹的厨房。

977　　看到这一切的人齐声说道，　　他是一个强大的猎手。
　　　　人们招呼豪情满怀的　　猎手们入席就餐，
　　　　在一块碧绿如茵的草地上　　众位好汉席地而坐。
　　　　嘿，人们给猎手们端上了　　美味佳肴多么丰富。

978   斟酒的仆人姗姗来迟，   他们应该送上葡萄美酒。
        英雄们从来没有   如同今天一般受着怠慢，
        倘若他们中间不是   有人胸藏祸心，
        骑士们一定受到保护   避免任何耻辱的伤害。

979   勇敢的壮士并未意识到   有人想要加害于他，
        他何以能够料到   世上还有如此行为不忠不义。
        英雄骑士为人坦荡磊落，   不识人间虚伪欺诈。
        多少人为他的死亡付出代价，   他们其实并无收获。

980   西格弗里特骑士说道：   "你们请别介意，
        人们从厨房间给我们   端上了多少美味佳肴，
        可是斟酒的仆人却为何   不给我们倒上美酒。
        人们应该优加款待，   否则我不愿再当猎客。

981   你们应该想到我，   我感到实在理所当然。"
        国王坐在桌旁心术不正   语言支吾，有意隐瞒：
        "今天多有失敬之处，   日后一定另当图报：
        我们现在缺少葡萄美酒，   只是哈根个人缘故。"

982   特隆页的那位人氏说道：   "我的诸位壮士，
        我原来以为今天的狩猎   地方应该先在
        斯佩萨特森林后面，   于是把酒全部运到那里。
        现在这里无酒可喝，   保证下回不再重犯。"

983　西格弗里特壮士应声答道：　"我却不能对此称谢。
　　　人们应该用七匹大马　　驮运葡萄美酒和纯净饮料，
　　　一直送到休息的地方。　　如果不能完成任务，
　　　那就应该选择靠近　　莱茵河边让我们一起集合。"

984　哈根立刻开口言道：　"你们众位高贵的骑士，
　　　我知道一处清泉，　　它就在附近不远的地方。
　　　我们愿意前往那里，　　请你们千万别加见怪。"
　　　这个主意让多少骑士好汉　　蒙受了巨大的悲哀。

985　尼德兰的英雄们　　忍受不住无水可喝的干渴。
　　　西格弗里特命令　　立刻撤回野外的炊餐。
　　　他要前往深山野岭　　寻找那眼清凉的甘泉。
　　　可是骑士们的建议　　在今天却实在别有用心。

986　人们吩咐把猎物　　装上车辆运回王宫，
　　　那是西格弗里特亲手　　打下的多少野兽。
　　　看到猎物的人都纷纷　　夸奖他的本领无限。
　　　恭特尔却对西格弗里特　　恩将仇报，横加杀害。

987　哈根看到众人站起来　　准备朝那棵高大的菩提树
　　　走去时便开口言道：　"有则传说如雷贯耳，
　　　风闻西格弗里特壮士　　一旦撒腿奔跑起来，
　　　任何人都无法赶上。　　嘿，我们能否一饱眼福！"

988　　尼德兰的敏捷英雄　　西格弗里特一旁答道：
　　　　"你们如果愿意比赛　　前往寻找那口清泉，
　　　　那就不妨作个尝试。　　比赛奔跑起来，
　　　　第一个站到那里的人，　　他便是今天的胜者。"

989　　"我们愿意尝试一回。"　　哈根说道，这位壮士。
　　　　强大的西格弗里特回答：　　"那么我愿意
　　　　在你们的脚前草地上　　躺下休憩一会。"
　　　　恭特尔听到了消息，　　嘿，他可是正中下怀！

990　　勇敢的骑士接着说道：　　"我愿意更多地告诉你们，
　　　　我可以背负全部的　　用具和衣裳：
　　　　这里有投枪连同盾牌　　还有我的狩猎行装。"
　　　　他立刻把箭筒　　和利剑佩戴在腰间。

991　　两名比赛的猎手却从身上　　脱下了自己的衣裳，
　　　　人们看到他们两人　　仅仅穿了两件白色衬衫。
　　　　他们像两头野豹　　在草地上奔跑而去。
　　　　人们看到西格弗里特　　已经站在泉水旁边。

992　　他可以获得世上　　任何比赛的最高奖项。
　　　　骑士迅速解下佩剑，　　又把箭筒搁在地上，
　　　　还把那杆沉重的　　投枪靠在菩提树枝旁。
　　　　高贵的客人静静地　　在泉水旁迎候恭特尔国王。

993　西格弗里特分外　　恪守做人的种种道德。
　　　他把盾牌放在　　泉水流动的地方。
　　　国王没有到来之前，　他只是坚持着滴水未尝，
　　　尽管英雄口渴难忍，　西格弗里特感到时光冗长。

994　泉水分外清凉，　纯净又透亮。
　　　恭特尔俯身下去　　面对着潺潺流水，
　　　他张开大口饱饮　　一通溪间清泉。
　　　人们想道,西格弗里特　也会像他一般举动。

995　他受到了礼节的报复。　一张硬弓,一把利剑
　　　让哈根搬到一旁，　那是骑士的防身武器。
　　　哈根重新走了回来，　看到旁边搁着投枪。
　　　他目不转睛地　　看着骑士衣服上的十字标记。

996　正当英勇的西格弗里特　俯身清泉喝水的时候，
　　　哈根扔出的投枪　　刺穿了勇士的十字标记，
　　　英雄的心脏受伤　　喷溅的鲜血染红了哈根的衬衫。
　　　任何其他的骑士　都难以熟谙这般类似的暴行。

997　哈根让投枪戳在　英雄的心脏上，
　　　他在这个人间世上　从无经历如此惧怕似的
　　　匆匆忙忙逃离现场　生怕见到别的人影模样，
　　　好像高贵英雄的沉重伤口　正在思谋报复一样。

216

998   骑士从泉水旁跳起来，　他的心中愤怒异常。
一杆投枪已经深深地　戳在他的心上。
国王张目四望　希望寻找佩剑或者硬弓，
那么他便能够让哈根　领受自己行为的报偿。

999   负伤沉重的英雄　无法找到他的利剑，
他只得无可奈何　抓起盾牌的边缘，
他从泉水旁站了起来，　举起盾牌追赶哈根。
那位毫无忠义的人氏　难以从他手中逃脱。

1000   英雄尽管伤势严重濒临死亡，　却仍然奋力打击，
盾牌上迸发出　通通声响，多少贵重
的宝石散落周围地上。　他连连出击，盾牌粉碎，
威武的骑士多么愿意　向他的敌人报仇雪恨。

1001   哈根招架不住他的打击，　一跤跌翻在山谷之中。
河间小岛上响彻着　英雄击打的回声。
如果他有利剑在手，　哈根这回必死无疑。
英雄担心不义之人　仅仅受点儿折磨便将逃脱惩罚。

1002   骑士已经筋疲力尽，　他实在无法站立支撑。
他那躯体内的强大气力　已经通通流逝完毕，
英雄的双颊一片苍白，　死亡迹象呈现面前。
从此以后有多少高贵的　夫人为他悲伤哭泣。

他从泉水旁站了起来，　举起盾牌追赶哈根。

约翰·亨利希·费思利,1805 年

1003　克里姆希尔特的丈夫　　跌倒在花卉丛间。
　　　人们看到鲜血如何　　从伤口里喷溅而出。
　　　骑士开始厉声痛斥　　——沉重的折磨让他迫不得已——
　　　那群不义之人竟敢　　谋害他的无耻行径。

1004　濒临死亡的伤者说道：　"你们这群可恶的懦夫，
　　　胆敢下手把我杀死，　这对你们有何裨益？
　　　我对你们忠诚如一，　现在吞食这等报应。
　　　你们可惜给自己的　族人蒙上了无限卑鄙。

1005　从今以后你们　之中凡有生下的婴孩，
　　　他们都将遭受谩骂痛斥。　你们倒行逆施
　　　在我身上发泄愤怒，　将来必定臭名远扬。
　　　你们耻辱累累，从此　跟良好的骑士不沾边缘。"

1006　英雄苦难，倒在地上，　骑士们一齐奔了过来。
　　　对他们许多人说来　这是没有欢乐的一天。
　　　那些怀有忠义的人　无不为英雄早逝流泪哭泣。
　　　勇敢而又无畏的骑士　应该受到这般爱戴。

1007　布尔恭腾的国王　也为英雄之死痛哭流涕。
　　　临死的伤者说道：　"你的这番行为大可不必，
　　　自己制造了无限损失，　现在却又号啕啼哭，
　　　你只该遭致唾弃、痛斥，　最好当时没有这番举动。"

1008　　哈根却在一旁回答：　"我不知道你为什么如此悲哀，
　　　　一切事情都已结束，　我们的忧愁，我们的痛苦。
　　　　我们现在再也找不到　敢于跟我们抗衡的英雄。
　　　　我感到荣幸，终于　结束了他的统治时代！"

1009　　"你们且去自吹自擂，"　尼德兰的英雄说道，
　　　　"倘若我能预先识破　你们加害于人的阴谋，
　　　　我能保护自己的生命　防止你们出其不意。
　　　　我现在只为我的妻子　克里姆希尔特感到惋惜。

1010　　但愿上帝怜悯，　我已经有了儿子后代，
　　　　可惜他将时时刻刻　遭致世人的骂名，
　　　　说他的某人被自己的　亲戚阴谋杀害致死。
　　　　倘若我还能够，"　西格弗里特说道，"我要立刻起诉。

1011　　这个世上人间从来没有　比起你们对人施行的，"
　　　　他对着国王说道，　"更加卑鄙、恶毒的阴谋。
　　　　我在任何危难之中　都捍卫着你们的生命和荣誉。
　　　　我始终对你提供帮助，　可惜未能获得真正的报酬。"

1012　　伤势沉重的英雄，　心中无限忧愁，开口言道：
　　　　"如果你，高贵的国王，　在世上还能对待别人
　　　　保持一点儿忠诚，　请让我向你推荐，
　　　　应该以忠诚和恩惠　对待我的爱妻王后。

1013   让她能够享受   作为令妹的应有待遇！

任何时候都以   宫廷礼遇善加于她！

我的父亲和我的军队   必须长期等待于我。

任何朋友都不能   对一个女人如此沉重地伤害。"

1014   他疼痛难忍,缩成一团   如同灾难对待他的折磨。

他开口言道,十分烦恼: "你们将对这回阴险,

对残酷的谋杀感到后悔,   而且用不着过去多少时日。

你们且听我的肺腑之言,   你们其实杀害了自己!"

1015   四面八方的鲜花   都被他的鲜血沾湿染成通红,

他在跟死亡做着斗争。   可惜他搏斗未久,

死神伸出的割镰   将他早早地收获回去。

英勇而又正直的骑士   再也无法作出更多的叮咛。

1016   阴谋的人氏看到   尼德兰的英雄已经合眼死去,

于是把他抬到盾牌上,   那是用贵重的赤金制成,

然后一起商量对策,   事情应该如何进行,

关于哈根制造的阴谋,   人们必然隐瞒真情。

1017   许多人纷纷议论: "这是我们的一场丑闻。

你们必须庇护真情,   而且一口咬定,

勇敢的骑士西格弗里特   坚持独自骑行,

当他穿进一片松林时,   遇到强盗向他袭击。"

1018   不义之人哈根说道：　"我把他送回王国，
　　　　即使他的妻子知道真相，　　我也感到无关紧要。
　　　　她曾经如此伤害　　我们王后的情绪。
　　　　至于她如何哭泣，　　我对此更加无动于衷。"

1019   可怜西格弗里特　　被杀死在那眼泉旁，
　　　　对此你们可以　　听我讲解确切的信息：
　　　　在俄顿森林的前面，　　有一座村落名叫俄顿海茵，
　　　　那里的泉水还在流动，　　对此无需存有点滴怀疑。

第十七章
克里姆希尔特悲悼和安葬她的丈夫

1020   他们等到夜幕降临，   然后一起跨过莱茵。

        英雄们的打猎行径   恐怕从来没有如此卑劣。

        许多高贵的夫人   哭泣他们打来的猎物。

        多少勇敢的骑士，   日后将以生命作为酬谢。

1021   你们且请听我讲述   他们的野蛮罪孽，

        还有残酷的报复行径：   哈根命令抬着

        西格弗里特，来自   尼伯龙王国的英雄骑士

        悄悄地搁在卧室门前，   那里住着克里姆希尔特。

1022   他让人把尸体如此这般地   停放在寝宫门前，

        克里姆希尔特只要   出来赶做早晨弥撒，

        那时天还尚未大亮，   她一定会认出自己的丈夫，

        王后很少因为有事   耽误了参加早晨的功课。

1023　　　人们如同往常的习惯一般　　敲响了前往教堂的钟声，
　　　　王后醒了过来，只见　　面前站着一群漂亮的姑娘。
　　　　她吩咐立刻给自己　　点上烛火，送上衣服。
　　　　一位男仆来到门前，　看到西格弗里特躺在地上。

1024　　　他看到英雄鲜血淋漓，　身上的衣服已经湿成一片。
　　　　可是他还没有立刻认出　原来这是他的国王主人。
　　　　他在手上拿着烛火，　准备送往王后内室，
　　　　致使悲痛的消息立刻　传递让克里姆希尔特知晓。

1025　　　王后率领她的众位妇人　正要动身前往教堂，
　　　　只听男仆开口言道：　"且请王后稍停止步：
　　　　正对卧室门口躺着　一位骑士已经被人打死。"
　　　　克里姆希尔特顿时　悲痛欲绝、哀悼啼哭。

1026　　　她还没有完全认清　这位就是她的丈夫，
　　　　心中已经开始想起　哈根当时提出的问题：
　　　　他该如何保护骑士，　这是王后的苦难源泉。
　　　　国王死了，王后从此　结束了一切欢乐的时光。

1027　　　她倒在地上昏死过去，　王后已经不能说话。
　　　　人们只是看到失去　欢乐的美丽王后躺在地上。
　　　　高贵的女主人内心　充满着无限的悲伤。
　　　　她突然叫喊起来，　声音响彻寝宫内外。

224

1028   她的随从开口劝道： "也许是位陌生的客人?"
        王后内心痛苦难忍， 口中不由得鲜血直喷。
        她说:"这就是我的 亲爱的夫君西格弗里特。
        勃吕恩希尔特出的主意， 哈根亲自操办此事。"

1029   王后让人陪同着 前去找到了西格弗里特，
        她用一双苍白的双手 扶起了英雄美丽的头颅。
        即使鲜血将他染红一片， 她还是立刻认出了夫君。
        英勇骑士的衣服上 早已沾染得血肉模糊。

1030   高贵的王后忍不住 内心激烈的悲愤,大声呼唤：
        "天哪,我的灾难! 多少利剑的刺杀从来没有
        破碎你的盾牌， 你这回死于阴险的谋害。
        我如果知道凶手是谁， 我要永远置他于死命。"

1031   王后的随从姑娘 跟着她们亲爱的主人
        一起哀诉悲叹,放声大哭。 她们激烈地哀悼
        多么高贵的国王 可怜现在已经彻底丧失。
        哈根残暴地为主人 勃吕恩希尔特报仇雪恨。

1032   苦难重重的王后说道： "你们必须离开这里，
        立刻前去唤醒 西格弗里特的众位骑士，
        还应该把消息 告诉年迈的国王西格蒙特，
        问他是否愿意帮助我 一起为西格弗里特守灵。"

1033   使者急忙走了出去，　到处找到了还在睡梦中
　　　　　　尼德兰王国西格　　弗里特的随从勇士。
　　　　　　他以晴天霹雳般的　　噩耗唤醒了众位骑士。
　　　　　　他们不假思索顿时　　从自己的床上跳了起来。

1034   使者还急急忙忙地　　找到了智慧的
　　　　　　西格蒙特，当朝老王。　他躺在床上连连失眠。
　　　　　　我想，他在内心已有预感，　知道究竟发生了什么：
　　　　　　他从此以后再也　　不能见到活着的儿子。

1035   "醒来吧，西格蒙特先生！　请你立刻去见我的
　　　　　　王后克里姆希尔特。　她遭遇了一场不幸，
　　　　　　这场不幸使她的心内　充满了天下的悲伤。
　　　　　　你应该帮助一起哀诉，　因为这件事还关联到国王。"

1036   西格蒙特立刻起床。　他问道："美丽的王后
　　　　　　克里姆希尔特遇到何等　不幸，请你对我禀告明白？"
　　　　　　使者无限悲痛地回答：　"我真的必须哀悼：
　　　　　　英勇的西格弗里特，　尼德兰的英雄被人打死。"

1037   国王西格蒙特言道：　"请千万莫开玩笑，
　　　　　　千万不要误传关于　我的儿子的噩耗！
　　　　　　如果你们真的传说，　说他已经被人打死，
　　　　　　我直到命终归天以前，　再也止不住对他的悲悼。"

1038   "如果国王不相信我，　不愿听我的讲话，
　　　　　　那么你且去听听　　克里姆希尔特的哀诉
　　　　　　还有她的随从们　　一起哀悼西格弗里特之死。"
　　　　　　西格蒙特大吃一惊，　这给他带来了巨大的痛苦。

1039   他立刻从床上跳下　率领他的百名随从。
　　　　　　他们在手上操起锐利的　武器寒光森森。
　　　　　　勇士们悲痛已极　朝着号啕大哭的地方奔去。
　　　　　　国王的随从们　足足来了一千多名。

1040   当他们听到女人们　悲伤痛哭的时候，
　　　　　　许多人这才想起，　他们应该穿上衣裳。
　　　　　　勇士们面临突然灾难　已经失去了思考。
　　　　　　他们在心内填塞了　多少沉重的忧愁。

1041   国王西格蒙特来了，　他径直找到克里姆希尔特。
　　　　　　国王言道:"痛心啊，　自从来到这座王国!
　　　　　　是谁对我的孩子　并且对你的国王夫君
　　　　　　当着如此众多的朋友　无缘无故地下了毒手?"

1042   "是啊,如果我能认出他来，"　王后答道，
　　　　　　"我的心和我的思想　决不给他存留半点仁慈。
　　　　　　我要让他受尽折磨，　让他的众位亲戚
　　　　　　充满悲痛放声大哭，　而且领教我的厉害!"

1043 西格蒙特用双臂 抱住了英雄国王的遗体。

他的朋友们止不住 内心的巨大痛苦，

他们大声痛哭 声震宫殿和大厅，

哭声震撼着城楼， 回荡在沃尔姆斯的上空。

1044 任何人都难以安慰 国王西格弗里特的妻子。

人们从他美丽的 身躯上脱下件件衣裳。

他们又把高贵的国王 抬上了悲伤的灵架。

随从们痛不堪言 止不住沉重的哀痛。

1045 尼伯龙国的骑士们， 他的众位朋友说道：

"我们的双手做好一切准备， 为他报仇雪恨。

凶手就在这座城堡， 是他干下这等恶事。"

西格弗里特的骑士 立刻取拿他们的武器。

1046 这批杰出的武士带着 他们的盾牌走了回来，

共有一千一百名壮士， 他们始终跟随着

国王西格蒙特一起， 国王的确思量着要为

西格弗里特之死报仇， 灾难迫使他急不可耐。

1047 他们并不知道战斗开始时 应该对谁发起攻击，

除非是国王恭特尔 还有他的一班随从武士，

他们的主人西格弗里特 曾经与之外出狩猎。

克里姆希尔特看到他们 全副武装，内心悲痛异常。

1048   王后尽管无限痛苦，   她的灾难多么巨大，
        可是她却激烈地担心   自己一旦踏入险境，
        国王恭特尔的随从   便会杀绝尼伯龙国的勇士。
        于是她善言警告少安毋躁，   如同朋友间常见的那样。

1049   心痛欲裂的王后喊道：   "我的国王西格蒙特，
        你现在究竟意欲何为？   你的确并不知晓：
        国王恭特尔毕竟拥有   许多勇敢的武士。
        你们一旦向他们开始   进攻，马上便将彻底毁灭。"

1050   灾难迫使着勇士们   高举盾牌准备迎战。
        王后克里姆希尔特   请求并且吩咐他们，
        摩拳擦掌的武士们   应该回避这场战事。
        如果他们不能回心转意，   只会给她带来双倍的苦难。

1051   她说道："西格蒙特国王，   你现在应该罢兵息战。
        如果时机一旦成熟，   我将永远愿意跟着你们
        一起为我的夫君报仇雪恨。   杀害我们国王的人，
        我可以对他加以保证，   他必须彻底领教伤害。

1052   只是莱茵河两岸   强人出没，伤害无辜，
        我现在奉劝诸位   勿能操之过急大动干戈。
        他们可以动用三十个   兵力对付你一人举事。
        他们给我们做下的   一切，上帝自会给予惩罚。

1053   你们应该留在这里，　跟我一起分担不幸！
一俟等到拂晓天明，　你们众位迎战迫切的英雄，
且请帮助把我可怜的　丈夫送入棺木收殓！”
武士们齐声回答：　"一切听从王后的命令。”

1054   骑士们和妇人们　如何沉痛悼念呼天抢地
恐怕无人能够说清，　这是人间的悲伤奇迹。
人们在城堡周围　只是听到哭声震天，
许许多多的市民　全都急急匆匆赶了过来。

1055   他们跟客人们一起痛哭，　因为他们感到沉重难过。
西格弗里特究竟何故，　没有人给他们解释清楚。
他们不明白高贵的英雄　为什么丧失了身体和生命。
多少善良的商人之妇　也跟着妇人们一起流泪哭泣。

1056   人们吩咐铁匠连夜动工　使用贵重的大理石
打造了一具棺木，　这具棺木结实、巨大。
铁匠又在棺木的周围　镶嵌上沉重的铁箍。
众人心情悲痛，　止不住为死者放声悲哭。

1057   黑夜慢慢消逝，　有人说黎明即将初起。
高贵的王后令人　抬起高贵的遗体，
她的亲爱的夫君　一起前往教堂，
西格弗里特的众位朋友，　只看到个个泪流满面。

1058　　　人们把棺木送入教堂，　　四面钟声一齐敲响，
　　　　　一面听到众多的牧师　　正在大声地念歌唱。
　　　　　国王恭特尔也跟着　　随从们一起走了进来，
　　　　　另外还有奸诈的哈根，　　周围响起悲叹的哭声。

1059　　　恭特尔说道："亲爱的妹妹，　　你的痛苦真是不幸！
　　　　　可惜我们竟然未能　　避免这样的悲伤！
　　　　　我们必须永远　　为死难的英雄哀叹。"
　　　　　"你没有权利如此行为，"　　苦难中的王后说道。

1060　　　"如果你也感到痛苦，　　事情必然不会发生。
　　　　　当我的亲爱的丈夫，　　我必须坚持认为，
　　　　　遭人谋害的苦难关头，　　你并没有把我放在眼里，
　　　　　苍天啊上帝，　　但愿你们对我下此毒手！"

1061　　　"我的随从中没有人　　给你制造过任何痛苦，"
　　　　　国王恭特尔说道，　　"这一点必须讲个明白。"
　　　　　"如果认为没有过失的人，　　请他们现在过来。"
　　　　　王后说道，"走近灵床，　　让我们辨个真相大白！"

1062　　　这是一个古老的奇迹，　　如在今天仍然有人试验：
　　　　　如果有人看到凶手　　从死者身旁走过，
　　　　　死者的伤口便会喷涌鲜血，　　现在情况果然灵验，
　　　　　任何人都已内心明白，　　他们看到了哈根的罪孽。

1063　伤口喷突鲜血不止，　如同先前遇害时一般模样。
　　　参加吊唁的人们益加　哭泣，悲痛越来越深。
　　　国王恭特尔开口言道：　"我可以对你宣布：
　　　绿林强盗杀害了他，　哈根没有犯下此事。"

1064　王后回答："我对　这批强盗心内有数。
　　　上帝定会通过朋友之手　为他报仇雪恨！
　　　恭特尔和哈根，　此事正是你们二人所为。"
　　　西格弗里特的勇士们　认为战事由此开端。

1065　克里姆希尔特却又说道：　"请你们跟我分担痛苦！"
　　　盖尔诺特，她的兄长，　吉塞尔赫，国王的儿子，
　　　两个人急忙地赶来，　不料看到英雄已死。
　　　他们不由得跟着众人　一起沉痛地放声大哭。

1066　人们哭得撕心裂肺，　哀悼克里姆希尔特的丈夫。
　　　已经到了弥撒的时刻，　男人，女人和孩子，
　　　他们从四面八方　一齐走进了教堂的大门。
　　　即便与西格弗里特　毫不相干的人也在痛哭流涕。

1067　盖尔诺特和吉塞尔赫，　两位英雄开口说道：
　　　"我的姐妹，人已死了　无法更改，请听劝告！
　　　只要我们活在世上，　一定帮你排忧解难。"
　　　可是这个世界上任何人　都难给她半点安慰。

1068   赶到中午时分,一具   棺木已经打造完成。
        人们把他从灵床抬起,   那是骑士躺过的地方。
        王后并不愿意让英雄   就此简单地安葬。
        哀悼的人们又重新   开始了许多的忙碌。

1069   人们给死者裹上了   一件珍贵的衣袍。
        我相信,在场的人   个个都在痛哭流泪。
        王后乌特和她的随从   也在衷心地悼念,
        悲叹英雄西格弗里特   不幸从此离别人间。

1070   当人们听到消息,   说教堂里正在赶唱弥撒,
        而且为他进行入殓时,   一群人马纷至沓来。
        为了追悼他的灵魂,   他们送来了许多祭品。
        英雄身处敌人丛中,   却仍然拥有足够的朋友。

1071   人们做完了弥撒,   各自分开走回家去。
        只听王后开口言道: "你们不能让我
        独自一人苦熬长夜   为杰出的骑士守灵。
        我把生平一切欢乐   都镶嵌在他的身上。

1072   我愿意让他,我要在   亲爱的夫君棺木旁
        守尸三天三夜,   直到我把他看够念尽。
        如果上帝有眼,   请吩咐死神也来接纳于我,
        可怜的克里姆希尔特   从此结束了她的苦难。"

1073   住在城里的许多人   一起回到了他们的住所。

王后请求牧师们   和僧侣们,还有西格

弗里特的随从们   一起留下对他尽一份责任。

他们在夜晚无限忧伤   接着迎来了苦难的白昼。

1074   多少男人守在那里,   他们不用餐不喝水。

如果有人稍有所愿,   人们立刻告诉他们:

他所需要的应有尽有,   西格蒙特负责操办。

尼伯龙国的壮士们   肩负着巨大的重担。

1075   如我们听说的一般,   在这三天三夜时间内,

那些吟唱弥撒的人,   他们必须忍受

许多的辛劳,还加   心灵上的重重悲伤。

他们为英勇而又崇高   的骑士追悼亡灵。

1076   人们在王国上下广泛地   分发田地财产,

把它们捐给多少寺庵,   捐给天下善良的人民。

王后还吩咐把他的   财产赏给许多穷人。

王后的赏赐十分慷慨,   她要让死者英灵不散。

1077   到了第三天清晨,   又迎来了弥撒的时刻,

许多民众云集在   教堂门前宽阔的

院子里,只听到   四面八方哭声一片。

人们赶来为他送葬,   如同赶送心爱的朋友一样。

1078   在这三天三夜时间里   ——我们只是听到传说——
          人们为了追悼亡灵   一共给穷人施舍了
          三万枚马克   或者还要更多一些。
          骑士的音容笑貌   和他的生命从此不再复返。

1079   礼拜上帝的歌唱活动   暂时告一段落，
          众人又是呼天抢地   陷入苦难的泥淖。
          人们吩咐把他抬出教堂   径直送入墓地。
          许多并不相识的人氏   也纷纷前来啼哭哀悼。

1080   亲友们难舍难分号啕大哭   赶在后面为他送葬，
          没有人感到幸灾乐祸，   既没有女人也没有男人。
          英雄被安葬以前，   人们还在那里默念吟唱。
          人们看到许多智慧的   牧师也赶来参加落葬。

1081   西格弗里特的遗孀   来到丈夫的坟墓之前
          早已昏厥在地，忍受   不住如此沉重的苦难，
          人们不断地给她   喷洒凉水，使她苏醒过来。
          她所经历的重重折磨   真是人间罕见，无比巨大。

1082   她能挺过这回灾难，   实是一场巨大的奇迹。
          许多女人陪她伤心   落泪，给她稍有帮助。
          只听王后开口言道：   "西格弗里特的随从勇士，
          请凭着对他的忠诚   再来为我做件好事！

1083   让我经受了这场苦难以后   获得一回小小的快乐，
    我要重新看到一回   他的美丽的面容！"
    王后苦苦哀求，   内心充满着无限的痛苦，
    人们只得重新打开   这具华丽的棺盖。

1084   人们搀扶着王后   走近英雄躺着的地方。
    她用苍白的双手   抱起了英雄美丽的额头。
    王后吻着死者，   一位高贵而又威武的骑士。
    她的一双明亮的眼睛   不禁流出了苦难的血泪。

1085   人们看到那是一回   惨绝人寰的生离死别。
    他们抬着王后离开那里：   她已经无法行走。
    崇高的王后躺在地上   不省人事昏厥过去。
    这场折磨几乎从此   夺走了她那可爱的身躯。

1086   自从人们安葬了   高贵的英雄以来，
    他们看到尼德兰国   跟随西格弗里特
    一起前来的勇士们   痛苦难忍，无止无尽。
    国王西格蒙特的脸上   从此消失了任何笑容。

1087   那里还有许多英雄好汉，   他们在三天三夜的
    守丧时间里   一点儿也没有想到吃喝。
    他们现在无法抗拒   饥肠辘辘，腹中难忍，
    经历痛苦以来他们重新   开始吃喝，日常生活。

1088 克里姆希尔特没有知觉，　躺在那里不能动弹，

整整过了一天一夜，　直到第二天清晨。

至于有人说了什么，　她的确一概不知不晓。

国王西格蒙特完全处于　跟她同样的哀痛之中。

1089 国王终于慢慢地　清醒过来，又见到了阳光。

这场悲伤使他　几乎完全瘫痪，

其实这也不算是回奇迹。　他的随从纷纷说道：

"我们不能在此久留。　国王，你应该离开莱茵回家。"

第十八章
西格蒙特回国,克里姆希尔特留在莱茵

1090   人们搀扶着西格蒙特   找到了克里姆希尔特。
他对王后说道: "我们必须回转自己的王国。
我们并不是受到欢迎   的客人,我指这里莱茵。
克里姆希尔特,我的儿媳,   回到我们的王国去吧!

1091   他们在这片土地上   如此丧心病狂地
对我们下尽了毒手,   伤害了你的高贵的夫君。
这件事不能对你报复: 出于对儿子的热爱,
也出于热爱他的高贵   的孩子,我会对你始终和蔼。

1092   王后,你在我们的王国   可以支配一切,
那是西格弗里特国王   赋予你的种种权力。
王冠和王国都是   你的手下臣仆。
从前属于西格弗里特的   随从乐意继续为你服务。"

1093　人们通知随从　　让他们立刻准备坐骑。

　　　　人人迫不及待，　　纷纷朝战马奔去。

　　　　如果让他们跟敌人　　留在一起,那是他们的耻辱。

　　　　妇人们和姑娘们　　奉命急忙收拾衣裳。

1094　当国王西格蒙特　　决意辞行的时刻，

　　　　克里姆希尔特的亲戚　　都对她执意挽留，

　　　　请她留在莱茵王国，　　跟她的朋友们一起生活。

　　　　王后开口言道：　　"这件事情看来难以成功。

1095　我怎能张着眼睛　　整天看着仇人在我面前转悠，

　　　　他给我这个可怜的女人　　添加如此巨大的伤害?"

　　　　她的兄弟吉塞尔赫说道：　　"我的亲爱的姐姐，

　　　　你这是忠诚可靠地　　跟你的母亲生活在一起。

1096　至于那些危害你的生命，　　伤害你的情绪的人

　　　　你也无需搭理他们。　　你可以依靠我的财产生活!"

　　　　她对勇士说道：　　"这件事情如何能行？

　　　　我只要看到了哈根，　　心里痛苦得几乎昏死。"

1097　"我这里有个防止的办法，　　我的亲爱的姐姐：

　　　　你应该住在你的兄弟　　我吉塞尔赫的宫中。

　　　　我将会安慰你,稍微　　宽慰失去丈夫的痛苦。"

　　　　王后开口说道:"我这个　　可怜的女人急需安慰。"

1098　年轻的弟弟对待她　　一番真情实意，
　　　　王后乌特和盖尔诺特　　也开始央求于她，
　　　　还有诸位忠诚亲戚，　　劝她不要离开家乡：
　　　　她在西格弗里特的国度里　　将会感到举目无亲。

1099　"他们对你都很陌生，"　　盖尔诺特开口说道。
　　　　"没有人竟然如此强大，　　可以永远逃避死亡。
　　　　妹妹，你再三思忖，　　并且宽慰你的心情！
　　　　跟朋友们留在一起，　　这是真正的有利无弊！"

1100　王后终于答应亲戚们，　　准备留下不再离开。
　　　　国王西格蒙特的随从　　给骏马配上了马鞍，
　　　　他们兴致勃勃，准备　　骑马返回尼德兰故国乡里。
　　　　勇士们还把自己的行李　　也全部驮装完毕。

1101　国王西格蒙特随即　　去找克里姆希尔特。
　　　　他对王后说道：　　"国王西格弗里特的随从
　　　　正在鞍旁等候于你：　　我们准备骑马回去，
　　　　我实在不愿意再跟　　布尔恭腾恶人逗留一起。"

1102　克里姆希尔特女士说道：　　"亲戚们劝告于我，
　　　　他们对我十分忠诚，　　希望我跟他们住在一起，
　　　　我在尼伯龙王国　　没有任何骨肉亲戚。"
　　　　国王西格蒙特见她主意已定，　　心情十分沉重。

240

1103　　国王西格蒙特开口言道：　"你不能听信别人怂恿！
　　　　在我的所有亲戚面前，　你都能够戴上王冠
　　　　如同你从前一样　执掌王国一切的权力。
　　　　我们的人民失去了英雄，　他们不会对你报复。

1104　　为了你的儿子，　跟我们一起回家去吧！
　　　　夫人，你不能让王子　成为一名可怜的孤儿！
　　　　当你的儿子长大成人时，　他会给你许多安慰。
　　　　多少英雄好汉也会　善待于你，为你效劳。"

1105　　王后说道："国王西格蒙特，　我不能跟你同行。
　　　　我必须留在这里。　不管我会发生什么，
　　　　在我的亲戚中间，　他们自会跟我分担忧愁。"
　　　　这番回答让善良的　勇士们十分扫兴。

1106　　他们异口同声地说道：　"我们必须如实承认，
　　　　这样的时刻对我们　的确是场真正的痛苦：
　　　　如果你愿意留在这里，　跟敌人生活在一起，
　　　　英雄们从未经历过　如此悲伤的归程。"

1107　　"上帝保佑你们，　你们尽管放心前行。
　　　　我给你们安排护送，　让你们一路平安
　　　　回到西格蒙特王国。　我的亲爱的儿子，
　　　　各位骑士请发恩惠，　拜托你们多加照顾。"

1108　国王西格弗里特的随从　听到王后一番讲话，
　　　　知道她不愿离开故里，　不由得一起放声痛哭。
　　　　国王西格蒙特跟　克里姆希尔特告别时刻
　　　　心情是何等沉痛！　国王的确忧心忡忡。

1109　"这样的庆典让人痛心！"　威严的国王说道。
　　　　"娱乐活动再也不能　给国王的任何亲戚
　　　　造成致命的伤害，　这是我们的教训。
　　　　布尔恭腾人从此　无法再跟我们别后重逢。"

1110　西格弗里特的勇士们　却斩钉截铁地说道：
　　　　"很有可能今后再到这个　王国前来造访一回，
　　　　如果我们确切地知道　是谁杀害了我们的国王。
　　　　他们在英雄的亲戚中　将会遇到强大的敌人。"

1111　西格蒙特吻着克里姆希尔特，　心情沉重地说道，
　　　　他直到现在方才看出　王后果然不愿离去：
　　　　"我们现在毫无欢乐　一直骑马返回家乡。
　　　　我现在终于明白了　我在心里担满了忧愁。"

1112　他们无人伴送，骑马　离开沃尔姆斯越过莱茵。
　　　　如果他们一旦遭受　敌人的袭击，
　　　　他们自然信心百倍　情绪乐观，尼伯龙王国的
　　　　英雄之手将会展开　断然猛烈的反击。

242

1113　　他们并不希望跟　　任何人说话道别。

这时却看到盖尔诺特　　和吉塞尔赫兄弟两人

友好地走近他们，　　他们对英雄之死感到悲痛。

两位骑士让人感到一片真诚，　　没有半点妒忌、虚伪。

1114　　勇敢的盖尔诺特　　礼貌周全地开口说道：

"苍天有眼，上帝有知：　　我对国王西格弗里特

之死的确没有过失，　　我已经听到风闻，

是谁对他怀有敌对情绪。　　我为英雄感到至诚悲伤。"

1115　　年轻的吉塞尔赫　　独自护送着他们。

他一路谨慎，小心翼翼，　　把国王西格蒙特

和他的随从英雄好汉　　送回尼德兰的故乡。

人们不由得重新看到　　这样的亲戚多么稀少！

1116　　他们在途中的经历　　恕我不能一一细告。

人们时时刻刻听到　　克里姆希尔特在宫中哀悼。

任何人都无法安慰　　王后的心情和烦恼，

除了吉塞尔赫，他对　　姐姐一片忠诚、善良。

1117　　美丽的勃吕恩希尔特　　独自享受无限自豪。

克里姆希尔特是否啼哭，　　这一切于她无关紧要。

她绝不希望跟克里姆希尔特　　再缝忠诚，重修旧好。

我想，勃吕恩希尔特曾经　　受过她的沉重创伤。

第十九章

尼伯龙国宝藏运回沃尔姆斯

1118　多情的克里姆希尔特　　成了孤苦伶仃的遗孀，
　　　　伯爵埃克瓦特率领　　他的众位英雄好汉
　　　　始终伴随着留在莱茵河畔。　伯爵一片忠心可鉴，
　　　　他自愿为英雄的遗孀　　效力终身至死未变。

1119　人们在沃尔姆斯的　　教堂边上为她修造了
　　　　一幢巨大的木房，　　看上去十分结实，牢固。
　　　　王后跟她的随从　　住在里面闷闷不乐。
　　　　她常常前往教堂，　　而且乐意地侍奉上帝。

1120　人们在哪里安葬她的丈夫　　——她从来没有忘记——
　　　　怀着悲伤的心情　　随时随地前去凭吊。
　　　　她请求上帝，照看慷慨　　的英雄，他的亡灵。
　　　　王后怀着始终不渝的忠贞　　痛悼死去的夫君。

244

1121　　母亲乌特和她的随从　　不断地给她安慰、劝解。
　　　　可是她的心沉浸着悲痛　　难以获得片刻安宁。
　　　　无论人们如何试图安慰，　　对她却是始终无济于事。
　　　　为了亲爱的丈夫，王后尝尽了　　人间最为沉重的折磨，

1122　　世上从来没有一位妻子　　为了丈夫落得如此悲怆。
　　　　人们从中可以赞赏　　王后为人坚定的忠诚。
　　　　她哭哭啼啼一直到死，　　一辈子从未能够停息，
　　　　直到她终于无限忠诚地　　实施了残酷的报复。

1123　　王后果然充满痛苦，　　在她的丈夫死了以后
　　　　一直坐守到第四年，　　这一切都确切无疑。
　　　　王后跟她的兄长恭特尔　　从未说过一句问候。
　　　　克里姆希尔特也从未跟　　她的仇敌哈根见过一面。

1124　　哈根对国王开口言道：　　"如果我们能够精心策划，
　　　　让你的妹妹对你　　重新显示手足之情，
　　　　那么尼伯龙国的黄金　　就会归于我们的王国。
　　　　如果克里姆希尔特愿意和好，　　我们将会获利不少。"

1125　　"大家不妨尝试一番，"　　国王立刻表示附议，
　　　　"我的两位兄弟　　可以在她那里作番努力，
　　　　使她能够做到　　至少对我们乐意相待。"
　　　　"我不相信，"哈根说道，　　"此事能够顺利进行。"

1126　国王立刻下令　　让奥特文进宫商量要事，
还有边疆总督盖莱。　　等到一切安排完毕，
人们又去唤来盖尔诺特　　和年轻的吉塞尔赫。
他们两人找到克里姆希尔特　　对她善言相劝。

1127　布尔恭腾的勇士　　盖尔诺特开口言道：
"你为西格弗里特国王之死　　哀悼时间太久。
恭特尔愿意向你表明　　他并没有杀害你的夫君。
人们还能随时随地　　听到你的悲伤和哭泣。"

1128　她说道："没有人怀疑国王，　　哈根亲手将他杀害。
他问哪里可以致他死命，　　我当年对他述说明白。
如果我预先知道，　　他对国王胸怀仇恨，
我就一定提防于他，"　　王后作了一番回答，

1129　"不至于背叛地说出　　哪里是他身体上的致命要害，
那么我现在也用不着终日哭泣。　　我是个不幸的女人。
我跟那些伤天害理的仇人　　决不能够重新和好。"
魁梧的壮士吉塞尔赫　　又对她劝解一番。

1130　"我如果实在无法可想，　　那么只得向国王问候。
你却是正在制造罪孽：　　恭特尔在我的心上
破坏得伤痕累累，　　完全没有我的任何过失。
我尽管口中说声原谅，　　心中却决不与他和好。"

246

1131   "日后一定逐渐改善，"   亲戚们齐声说道，
        "他也许能够做到   让王后重新快乐起来。"
        "他能够使你重开笑颜，"   盖尔诺特骑士说道。
        受尽痛苦的王后回答：   "嘿，我答应你们的要求。"

1132   王后答应接见于他。   国王听到消息，
        立刻率领他的最佳随从   来到她的居舍。
        哈根却没有胆量   跟随国王一同前来。
        他明白自己的罪孽：   已经对王后丧尽天良。

1133   因为王后愿意放弃   对他的巨大仇恨，
        恭特尔朝她走向前去，   竭尽种种礼仪。
        这场计划圆满完成，   只是为了藏匿的宝物黄金。
        毫无忠诚的男人为此   才开始寻找劝解。

1134   世上从来没有一次和解   需要如此多的泪水
        结果却在虚伪中产生。   她的痛苦并没有结束。
        可是王后原谅了任何人，   只有一个例外。
        如果事情不是哈根所为   任何人都不能伤害于他。

1135   日后没有经过多长时间   他们便开始劝导
        西格弗里特的遗孀   把获得的巨大宝藏
        从尼德兰王国   应该通通运回莱茵故乡。
        这批宝物是她的婚后晨礼，   理所当然归属于她。

1136 后来果然有两个人前往，　吉塞尔赫和盖尔诺特，
　　　克里姆希尔特吩咐　　带上一千二百名勇士
　　　共同去取这批宝藏，　而且告诉黄金藏在何处。
　　　阿尔卑律希率领他的　精良部下看守着它们。

1137 当他们一行越过莱茵　到达尼伯龙王国的时候，
　　　小侏儒阿尔卑律希立刻　对主人的亲戚们说道：
　　　"高贵的王后需要它，　把它作为自己的晨礼，
　　　我们不能拦阻王后，　不敢截留这批宝贵的财富。

1138 否则事情断然相反，"　阿尔卑律希说道，
　　　"如果我们在跟高贵的　武士作战时没有彻底失败，
　　　而且还可惜地　丢掉了那件极好的隐身外衣。
　　　爱上美丽的克里姆希尔特的英雄　穿上外衣当之无愧。

1139 可惜西格弗里特现在　已经惨遭杀害，
　　　英雄在世时特意　取走了我们的隐身帽，
　　　我们的王国应该　忠诚地为他效劳。"
　　　守护宝物的人说罢　便去取来了库房的钥匙。

1140 克里姆希尔特的勇士们，　这是她的一部分亲戚，
　　　通通站在一座山前。　人们扛着抬着大宗宝物
　　　离开那里来到波涛丛间　接着装运上船。
　　　他们护卫着宝物，　从大海飞流而下直奔莱茵。

1141　你们现在可以听听　　关于这批宝藏的奇迹。
　　　　人们动用十二辆运输车　　花却整整四天时间
　　　　才终于把尼伯龙宝藏　　从山上装载下来，
　　　　而且每辆运输车　　每天都得搬运九个小时。

1142　这里运载的不是别的，　全是黄金和宝石。
　　　　如果人们愿意用它支付　　买下整个地球，
　　　　结果也不会减少　　其中哪怕一个小小的马克。
　　　　哈根如此醉心于它，　　的确并非没有道理。

1143　这里有件探测的宝物，　一根小小的金棒：
　　　　谁掌握这根金棒，　　他便可以在这座地球上
　　　　战胜任何的别人　　自由自在地封称大王。
　　　　阿尔卑律希的许多随从　　跟着盖尔诺特一同前往。

1144　当国王盖尔诺特　　和年轻的吉塞尔赫
　　　　控制住这批宝藏时，　　他们立刻便赢得了
　　　　尼伯龙的王国和城堡　　还有许多勇敢的骑士，
　　　　骑士们必须继续　　忠诚地为新的主人服务。

1145　大队人马把宝物　　运到了国王恭特尔的莱茵王国，
　　　　把珍藏的黄金、宝石　　全部交到克里姆希尔特的手上，
　　　　多少库房和塔楼　　通通装满着尼伯龙的珠宝，
　　　　关于世界上的财物，　　人们尚未听到比它更大的奇迹。

1146   纵然天下财富比这里   再扩大千倍万倍，
        还不如西格弗里特骑士   能够重新死后生还，
        克里姆希尔特愿意依偎着他   独守清贫，甘受寂寞。
        世上从来没有一位英雄   享受着妻子如此巨大的忠诚。

1147   自从王后拥有这批宝物，   许多异国的英雄好汉
        纷纷来到布尔恭腾王国。   王后的为人乐善好施，
        她的慷慨大度   世人还从来没有领略见过。
        王后信守高尚的道德，   人们应该乐于承认。

1148   她把宝物赏赐送人，   无论富贵或者贫贱。
        哈根却在一旁言道，   王后不能长此以往
        如此这般地生活下去，   否则便会收买许多勇士
        从此为她效劳卖力，   他们为此日夜担忧不安。

1149   国王恭特尔却说道：“这笔财产归属于她。
        我怎么能够出面阻挡，   规定她如何处理？
        我费了多少周折，   刚刚与她重修旧好。
        我不能关心她如何   分赏她的黄金、白银。”

1150   哈根却对国王言道：“一位英勇善战的壮士
        不能把这样一批财物   让一个女人独自掌管。
        她拥有大笔财富   整日价如此慷慨馈赠，
        勇敢的布尔恭腾骑士   终有一天悔之莫及。”

1151   恭特尔回答于他：　"我曾经向她立下誓言，
　　　　从今以后再也不会　　给她添加任何苦难。
　　　　国王应该信守诺言，　她毕竟是我的同胞妹妹。"
　　　　哈根却开口答道：　"权且让我当个罪人！"

1152   世上立下的多少誓言　根本没有妥善地监管。
　　　　他们果然从遗孀手上　剥夺了她的巨大财产。
　　　　哈根把所有的钥匙　　独自掌管在他的名下。
　　　　盖尔诺特闻听消息，　不由愤怒得气冲斗牛。

1153   吉塞尔赫一旁言道：　"哈根已经对我的姐姐
　　　　造成如此巨大的伤害，　我要与之势不两立。
　　　　他要不是我的亲戚，　我立刻让他死亡送命。"
　　　　西格弗里特的遗孀　　又开始以泪洗面，十分悲伤。

1154   盖尔诺特一旁说道：　"这批黄金让我们始终
　　　　提心吊胆,陷于灾难，　我们索性把它们全部
　　　　沉入莱茵,埋进河底，　省得对此牵肠挂肚。"
　　　　她朝吉塞尔赫走上一步，　内心充满忧愁困苦。

1155   她说道:"亲爱的兄弟，　你应该顾全于我，
　　　　你应该奋力支持，　　保护我的生命和财产。"
　　　　他回答:"亲爱的姐姐，　事情也应该如此，
　　　　且待我们重新回来：　这回必须外出巡游。"

1156   国王和他的众位亲戚　　共同骑马离开了王国，
           跟随他们的还有世上　　难以寻觅的英雄好汉。
           哈根独自留守在家，　　他在心里藏匿着对王后
           无以名状的巨大仇恨，　　这是他故意玩弄的伎俩。

1157   骑士们立下了层层誓言：　　只要他们一息尚存，
           他们便不会暴露宝藏，　　而且也不能赠送别人，
           处置财物必须共同商量　　还要让他们感到切实可行。
           他们其实贪得无厌，　　于是决定把宝物彻底抛弃。

1158   在几位国王尚未巡游完毕　　回到莱茵之前，
           哈根已经趁此机会　　把大批财物霸占在手。
           他让宝物从洛赫哈埃姆　　全部沉入莱茵河底。
           哈根希望从此私自独吞，　　其实永远没有可能。

1159   哈根无法继续占有　　这份宝贵的财物，
           后来还有人时常　　抨击这位不忠不义之人。
           他的确以为可以　　私占宝物，享用终身。
           可是他既没有私自获得，　　也不能赠送他人。

1160   国王终于回来了，　　跟随他的还有一群英雄好汉。
           克里姆希尔特率领　　姑娘们和妇人们
           哭哭啼啼要求索还损失。　　她心情沉重地举行控诉。
           骑士们全都站立起来，　　好像对此表示声讨一样。

1161　　只听他们异口同声说道：　"他的行为过分恶毒。"
　　　　哈根逃避国王们的愤怒，　躲藏许久直到
　　　　他们重新对他显示恩惠，　他们必须谅解哈根。
　　　　克里姆希尔特跟他　仇恨深重不共戴天。

1162　　克里姆希尔特旧恨未愈　又添新痛,雪上加霜：
　　　　开始因为西格弗里特之死，　现在又有人把她的
　　　　财物全部霸占。　王后的生活天地坎坷不平，
　　　　始终充满着累累伤痕，　直到生命的最后时日。

1163　　西格弗里特死后　——这是众所周知的事情——
　　　　王后忍受着苦难的煎熬　春夏秋冬匆匆过了十二载，
　　　　青灯黄昏孤苦伶仃　她从未把死去的丈夫忘怀。
　　　　她对英雄毕尽忠诚　而且心甘情愿,毫无夸张。

1164　　王后乌特在老王　堂克拉特驾崩以后
　　　　使用她的遗孀财物　以及至今仍然属于
　　　　国王的丰富收入　创立了大型的国王修道院，
　　　　修道院位于罗尔施。　国王的威望空前高涨。

1165　　后来,克里姆希尔特　为了追悼西格弗里特
　　　　和一切亡灵的幸福　竭力慷慨解囊,乐于施舍，
　　　　捐助了大笔的　黄金和昂贵的宝石。
　　　　我们从未听到世上　还有比她更加忠诚的女人。

1166   克里姆希尔特自从　　原谅了恭特尔国王，

不料后来又因为他在作祟　　损失了巨大的财物，

王后的心里增添了　　千倍万倍的苦恼。

崇高而又威严的王后　　多么希望移居他乡别地。

1167   王后乌特在罗尔施　　修道院内一幢

居住的房子,巨大,　　宽敞,十分豪华。

母后乌特住了进去　　跟几个孩子分住两处。

威严的王后今天还仍然　　安葬在那里的墓地。

1168   王后开口言道：“我的亲爱的女儿，

你如果不愿意留在宫里，　　可以跟我住在一起。

那是我在罗尔施的栖息之地，　　从今以后别再哭泣！”

克里姆希尔特问道：　　“我把丈夫托付何人！”

1169   “你就让他留在那里，”　　王后乌特回答。

“苍天有眼,上帝保佑，”　　善良的女儿说道，

“我的亲爱的母亲！　　我不愿如此擅自做主。

不,他必须离开那里，　　确确实实地跟我一同前往。”

1170   心痛欲裂的女人吩咐　　把他从墓中挖了出来，

她要把丈夫高贵的遗骨　　重新移往别处：

他在罗尔施的教堂内　　获得了妥善的安葬，

勇敢的骑士在地下安息，　　这是一具长长的棺木。

1171   就在同样的时刻，   克里姆希尔特动身

移居和母亲住在一起，   她自己也乐意如此，

王后必须离群索居，   这才合乎当时礼仪。

直到远方的信息传到莱茵，   平静的生活终于告一段落。

第二十章

国王埃策尔派使者向克里姆希尔特求婚

1172　　故事发生在那个时期，　王后赫尔歇不幸去世，
　　　　匈奴人国王埃策尔思量着　续弦王后再娶妻室，
　　　　他的许多朋友　来自莱茵河畔布尔恭腾王国，
　　　　向他推荐美丽的遗孀，　名字叫作克里姆希尔特。

1173　　"自从漂亮的王后　赫尔歇逝世以来。"
　　　　他们说道，"你如果　希望重新找得一位高贵的王后，
　　　　一位漂亮至极、　任何英雄都希望获得的妻子，
　　　　那就娶这位遗孀！　强大的西格弗里特是他的夫君。"

1174　　慷慨的国王说道：　"这件事情如何能成？
　　　　我是一名异教徒，　从未举行过教堂洗礼。
　　　　夫人皈依基督教，　看来事情并不容易。
　　　　如果能够实现目的，　的确堪称世上奇迹。"

1175   敏捷的骑士异口同声： "她能否答应这门亲事，
　　　　　那是看中你的崇高名声　还是你的巨额财产？
　　　　　我们不妨先去高贵的　夫人面前尝试一番。
　　　　　然后你就能够获得　她的爱情和她的身体。"

1176   国王埃策尔开口言道： "你们中间可有人
　　　　　特别熟悉莱茵河畔　那里的人氏和国家？"
　　　　　来自贝希拉恩的骑士许特格　连忙开口回答：
　　　　　"我从孩提时代　已经认识了崇高的王后。

1177   认识恭特尔,盖尔诺特，　杰出的骑士无限勇敢，
　　　　　还有年轻的吉塞尔赫。　他们不忘奋勇争先，
　　　　　赢得显赫的荣誉，　遵守崇高的道德。
　　　　　他们的先祖先辈　迄今为止作出了难忘的表率。"

1178   威武的国王言道： "朋友,你应该告诉我,
　　　　　她是否应该在我的　王国内戴上王后之冠！
　　　　　她果真如同人们对我　说的那般漂亮吗?"
　　　　　勇敢而又无畏的骑士　许特格立刻回答：

1179   "她跟我们去世的王后，　威严的赫尔歇
　　　　　一样的美丽无比。　我想在这个地球上
　　　　　再也没有任何王后　比起她们更显漂亮。
　　　　　她选择谁当夫婿　那是他的一世欢乐,终身幸福。"

1180　国王说道:"你这般重荐,　那就劳你替我前去求婚!

克里姆希尔特一旦　跟我结成连理,

我将尽最大的力量　对你进行重重奖励,

因为你如此忠诚地　满足了我的良好愿望。

1181　我将令人从库房中　尽情地给你赏赐,

让你和你的伙伴们　从此生活在欢乐之中。

那里堆藏的衣服和骏马,　你们可以各取所需!

这一切都将用来感谢你　为我出使求婚。"

1182　威武的许特格,这位　边关伯爵开口回答:

"我如果贪图你们的财产,　那会带来不良名誉。

我愿意作为你的使者,　耗费我自己的缠资,

一路前往莱茵河畔,　你且为此稍安宽心。"

1183　国王埃策尔不禁问道:　"你何时方能动身

为我向可爱的人儿求婚?　愿上帝保佑你,

保佑你一路平安,　还有克里姆希尔特夫人。

幸福应该帮助我们,　让夫人对我们慈悲恩爱。"

1184　许特格又立刻回答:　"赶在离开家乡之前,

我们必须准备　许多的武器和衣裳,

还要赶造盾牌和马鞍:　我们必须体面荣耀。

我愿意率领五百名英勇的　骑士一同前往莱茵。

1185　　在异国他乡如果有人　　看到我和我的随从，

　　　　他们都会交口称赞，　　大声地相互议论，

　　　　说从来也没有一位国王　　派出的求婚使者

　　　　能够胜过你　　派遣出使莱茵的人儿一般整齐。

1186　　如果你,威武的国王　　愿意前往对她求婚，

　　　　而她曾经把崇高的爱情　　献给了西格弗里特，

　　　　那是国王西格蒙特的儿子，　　你在这里也曾见过他。

　　　　我们的确应该向他　　表示崇高的敬意。”

1187　　“我并不希望因此放弃她。　　她从前曾是骑士的妻子，

　　　　那么她的高贵的身体　　也一定是值得尊敬崇尚，

　　　　我决计不会鄙视　　这位忠贞的王后。

　　　　她的美貌盖世　　的确让我心神向往。”

1188　　“且容我对你实话相告，”　　许特格说道，

　　　　“我们再过二十四天　　便能骑马离开家乡。

　　　　我把情况禀告我的　　爱妻高特琳德，

　　　　说我作为使者前去寻找　　王后克里姆希尔特。”

1189　　英勇的骑士许特格　　派人前往贝希拉恩

　　　　给他的妻子送上消息，　　一位崇高的伯爵夫人，

　　　　告诉她,伯爵即将外出　　为国王迎聘新娘。

　　　　夫人却友好地思念起了　　善良的王后赫尔歌。

1190   伯爵夫人高特琳德　听到国王希望求婚的消息，
　　　　她一方面感到高兴，　另一方面却又暗自落泪，
　　　　不知她能否获得一位　如同从前的女主人。
　　　　她只要想到了赫尔歇　不由得心情十分悲伤。

1191   伯爵骑上高头大马　离开匈奴人王国一路回家。
　　　　国王埃策尔不由得　心旷神怡，多么宽慰。
　　　　他在维也纳的城堡里　令人缝制新衣，
　　　　传令使者迅速穿戴起来，　先前有人告诉过我们。

1192   高特琳德在贝希拉恩　盼望丈夫回转家门。
　　　　年轻的伯爵姑娘，　国王使者许特格的女儿，
　　　　多么希望见到父亲　以及他的随从好汉。
　　　　他们一行受到美丽　姑娘的热情欢迎。

1193   高贵的伯爵骑着马儿　一路向着贝希拉恩进发，
　　　　另外一方正自忙碌着，　按照他们的愿望，
　　　　为他和他的随从好汉　赶制武器和衣裳，
　　　　驮运的牲口装载着　行李一路进城而去。

1194   他们来到了贝希拉恩，　一行人众进入城内，
　　　　伯爵许特格殷勤地　招呼他的英雄好汉
　　　　住进了栈房，　安排的卧室十分宽敞，
　　　　慷慨的夫人高特琳德　看到伯爵回来喜上心头。

260

1195   年轻的伯爵姑娘，　许特格的可爱女儿，
        见到父亲荣耀归来，　情绪高涨无以复加。
        她多么喜欢看到　从匈奴国回来的英雄好汉！
        年轻的姑娘张开大口　快乐地欢呼起来：

1196   "我的父亲和各位英雄，　我们热烈地欢迎你们！"
        许多英勇的骑士　满怀热情地朝着姑娘——
        伯爵的掌上明珠　发出了一声衷心的感谢。
        高特琳德也许看出　勇敢骑士许特格的英雄气概。

1197   夜深更尽的时分　她依偎在许特格的身旁，
        妻子含情脉脉　向他提出了许多问题，
        匈奴国的王上　这回究竟把他派往何方。
        他回答："亲爱的妻子，　这件事情应该让你明白。

1198   我必须为我的国王　去向一位女人求婚，
        我们可怜的王后　已经离开国王多年。
        我要骑马前往莱茵　找到克里姆希尔特，
        她应该来到匈奴人中　当上一名强大的王后。"

1199   "愿上帝，"高特琳德说道，　"给我们赐福，
        我们听到她的荣誉缠身　美名四扬！
        观其往日的高尚情操，　由克里姆希尔特
        接替我们的主人王后，　我们从此便将结束痛苦。"

1200   伯爵不禁开口言道：　"我的亲爱的夫人，

跟随我一起远征　前往莱茵的英雄好汉，

你应该动用自己的财物　给他们友好分赏：

英雄们路途富裕，　便会欢欣鼓舞,士气高昂。"

1201   夫人说道:"在你和　你的勇士离开家乡之前，

决不会有人，　只要他们愿意从我这里领取礼物，

我却没有给他　那份应该属于他的礼品。"

她对伯爵许下的诺言　全部尽心尽意地做到兑现。

1202   嘿,人们从库房中抬出　多少精细的衣料！

它们全部分发给了　勇敢的骑士好汉。

骑士们从头到脚　全部裹着崭新的衣衫。

伯爵许特格亲自挑选的　勇士个个让他十分满意。

1203   到了第七天清晨，　伯爵领着他的众位骑士

离开了故乡贝希拉恩。　他们满载着武器，

还有华丽的衣服和装备，　穿过了巴埃安王国。

途中十分平安,没有　遭到强盗的路劫。

1204   英雄们经过的地方　纪律严明,秋毫无犯，

看到他们来到面前　人人愿意为他们服务效劳。

骑士和仆人们相处　十分礼貌、友好。

勇敢的伯爵许特格骑马　离开了贝希拉恩。

1205   沿路行走十二天，   他们终于到达了莱茵。

如此重大的消息   当然无法瞒过众人。

有人对国王禀告，   然后又告诉他的随从，

说有贵宾临门。   国王立即开始动问，

1206   是否有人认识他们，   应该对国王说个明白。

人们看到负重牲口，   全部驮载重大负荷。

他们这才明白，   原来陌生人十分强大富有。

人们立刻在沃尔姆斯   准备了许多栈房居所。

1207   当客人们纷纷走进   栈房住下的时候，

他们的进城引起了   多少人的轰动，

人们表示惊讶，英雄们   究竟从何方赶到莱茵。

国王派人去找哈根   问他是否稍有知情。

1208   "且请让我看个明白，"   特隆页的哈根说道，

"我如果看到他们，   我便能够告诉你，

他们这回奉谁的派遣   来到我们王国。

来者想必果然陌生，   否则我一眼便会认出。"

1209   客人们全都在栈房内   安顿了下来。

使者和他的武士伙伴   一律穿上华丽的衣裳

前来拜见国王。他们   骑马径直来到宫殿。

他们穿的衣服美丽豪华，   质地精致，手工不俗。

1210　　敏捷的哈根开口说道：　"凭我的理解，
　　　　我也许已经久远　　没有见过这群英雄的大面，
　　　　他们的举止行为　　好像是来自匈奴国的
　　　　英勇骑士许特格，　这位好汉威武、崇高。"

1211　　"我怎么能够相信，"　国王立刻作出回答，
　　　　"他竟然会从贝希拉恩　来到莱茵王国？"
　　　　英勇的国王恭特尔　尚未把话讲完，
　　　　哈根，这位勇士却已经　看到了高贵的许特格。

1212　　他率领最好的朋友们　迎着骑士奔了上去。
　　　　人们看到五百名壮士　都从马背上跳了下来。
　　　　来自匈奴国的英雄　好汉受到热烈的欢迎。
　　　　使者们从来都没有　穿过这么华丽的衣裳。

1213　　特隆页的骑士哈根　大声地喊了起来：
　　　　"贝希拉恩的总督　还有他的全部随从，
　　　　英勇的骑士好汉，　我们衷心地欢迎你们！"
　　　　人们给英勇的匈奴人　举行了隆重的欢迎仪式。

1214　　客人们看到国王的近亲们　纷纷走上前去。
　　　　麦茨来的英雄奥特文　对伯爵许特格说道：
　　　　"我们很久以来　没有见到过如同你们
　　　　这样受到欢迎的客人，　我真的必须承认。"

1215   匈奴国的骑士衷心   感谢英雄们的盛情问候。

他们率领着随从   一起进入宫殿大厅，

见到了威武的国王   和他的英勇的骑士。

国王从王位上站起   迎着许特格走上前去。

1216   国王欢迎客人，   欢迎他的一行随从时

显得多么的热烈、友好！   这里不能忽略盖尔诺特：

他接待伯爵极其隆重，   包括招呼他的随从。

国王后来还握着   伯爵许特格的双手十分忠诚。

1217   国王陪着伯爵来到   自己的王座面前。

他吩咐给客人斟酒   ——人们热情地为之服务——

一律斟上梅特佳酿，   那是上等的葡萄美酒，

这等甜酒只能在莱茵河   一带方能寻觅找到。

1218   吉塞尔赫和盖莱，   两个人结伴来到。

唐克瓦特和伏尔克，   他们也许听到

贵宾临门的喜讯   个个情绪高昂，欢乐满怀。

他们在国王面前   欢迎高贵而又勇敢的骑士。

1219   英勇的壮士哈根   对他的主人国王说道：

“勇敢的伯爵许特格   给我们带来了许多欢乐，

我们的骑士个个   乐意为此服务效劳。

因此我们应该善待   高特琳德的夫君。”

1220 国王恭特尔开口言道： "我现在必须问你，
      匈奴国的国王、王后， 埃策尔和赫尔歇
      他们两人近况如何， 请你对我告诉明白。"
      许特格伯爵一旁回答： "容我立刻向你禀告。"

1221 他从椅子上站了起来， 左右随从也如此效法。
      他向国王说道： "请容许我再三冒昧，
      向你禀告埃策尔国王 特意派遣我前来
      布尔恭腾王国的 真情实意，不敢隐瞒。"

1222 国王说道："无论匈奴人 派你前来有何使命，
      我都愿意听你一一道来， 而且无需跟众位朋友商议。
      你应该对我和我的随从勇士， 仔仔细细地讲个明白，
      阁下在我们王国 一定享有着崇高的荣誉。"

1223 高贵的使者于是说道： "我们强大的国王
      派遣我前往莱茵专事向你 还有一切效力于你的
      王国的英雄好汉 转达他们诚挚的敬意。
      请相信:这回出使 还给你带来了一番忠诚。

1224 远方的国王让你们 知道他心情十分悲痛:
      他的王国孤苦伶仃， 我们的女主不幸去世，
      赫尔歇，这位崇高 而又威严的王后，
      你们可知道，我们的国王 为此忍受着痛苦的煎熬。

266

1225   国王的众多孩子，　全由王后亲自教育，多么高贵，
　　　　因此在我们王国　　多少人整日眼泪汪汪：
　　　　可惜没有人再对　　他们如此精心栽培。
　　　　我在内心思忖，　　国王的悲伤难以平息。”

1226   “上帝保佑，”恭特尔说道，　　“感谢他对我，
　　　　还有我的众位朋友　　如此殷勤，如此诚恳！
　　　　埃策尔给我转达的　　良好问候，我在这里
　　　　听到了感到多么高兴。　我的回报永远不会停息。”

1227   布尔恭腾的国王　　盖尔诺特开口说道：
　　　　“美丽的王后赫尔歇去世　令世人为之惋惜，
　　　　追悼她的崇高美德，　她为之含辛茹苦。”
　　　　英勇的骑士哈根　　也对他表示认同附和。

1228   许特格伯爵，崇高　　而又威武的使者重新回答：
　　　　“既然承蒙国王不弃，　我愿意继续向你禀报
　　　　我们的国王派遣　　我前来贵国的具体使命：
　　　　王后赫尔歇去世以后　国王的生活一片痛苦。

1229   有人告诉我们的王上，　令妹寡居丈夫仙逝，
　　　　西格弗里特已经死去。　倘若事情果然如此，
　　　　我们的女主人克里姆希尔特　应该在埃策尔骑士面前
　　　　戴上崇高的王冠：　国王对你转达他的心意。”

1230　威严的国王开口回答　——他曾经受过良好的教育——
　　　　"你且听听我的愿望：　妹妹是否乐意如此，
　　　　不妨过了七天以后　我再给你具体答复。
　　　　如果她并不拒绝，　我怎能拂却埃策尔国王美意？"

1231　国王吩咐给客人们　备下舒适的住房。
　　　　他们受到如此款待，　许特格不由说道，
　　　　他在恭特尔的随从中间　有着许多朋友。
　　　　哈根乐意为他服务，　伯爵曾经厚待于他。

1232　伯爵许特格留了下来，　一连住了三天。
　　　　国王明智地召集心腹　共同商量主意，
　　　　他开始动问　随从们感到此事是否可行，
　　　　让克里姆希尔特　嫁给国王埃策尔为妻。

1233　他们一致表示支持，　只有哈根独自例外。
　　　　他对国王恭特尔，　高贵的骑士说道：
　　　　"你倘若稍存理智，　那么必须加以提防，
　　　　即使她愿意出嫁，　你也绝对不能答应！"

1234　"为什么，"恭特尔说道，　"我不能同意她再嫁？
　　　　高贵的克里姆希尔特　怀有的任何愿望，
　　　　我都应该让她满足：　她是我的同胞妹妹。
　　　　给她带来荣耀的事情，　我们理当努力促成。"

268

1235　　哈根却一反其意：　“这番讲话有欠思忖，
　　　　但愿你熟悉埃策尔，　如我一样知道根细！
　　　　她如果真的如你所言　嫁给国王埃策尔，
　　　　你肯定首当其冲，　必须为此抱怨悲伤。”

1236　　“为什么?”恭特尔说道，　“她一旦出嫁为妻，
　　　　我可以努力避免　与埃策尔过分亲密接近，
　　　　这样也就省却了　忍受她对我的仇恨。”
　　　　哈根却仍然说道：　“我对此永远不能放心。”

1237　　国王令人召请盖尔　诺特和吉塞尔赫，
　　　　事关克里姆希尔特　嫁给崇高的国王埃策尔，
　　　　不知她的两位兄弟　对此感觉意下如何。
　　　　除了哈根一人反对，　其他壮士都无异议。

1238　　布尔恭腾的勇士　吉塞尔赫开口说道：
　　　　“朋友哈根，现在该是　你栽培忠诚
　　　　给她结束痛苦的时候，　那是你一手给她造成。
　　　　她的婚事如果成功，　一切仇恨也就迎刃而解！

1239　　是啊,你给我的姐姐　造成如此沉重的伤害，”
　　　　无限勇敢的骑士　吉塞尔赫接着又说：
　　　　“她对你仇恨满胸,耿耿于怀，　的确也有道理。
　　　　她丧失的生活欢乐　胜过任何一位女人。”

1240   "我且把自己的顾虑   对你作个吐露。
        她如果嫁给埃策尔，   那便开始了一个时代，
        王后所奋力完成的，   将给我们造成巨大损失：
        你们知道：她将会   获得许多勇士为她效力。"

1241   国王盖尔诺特   对哈根开口答道：
        "我们可以相安无事   等到两人逐渐老死，
        而且也不会前往   国王埃策尔王国探望省亲，
        我们愿意保持忠诚，   这应视为王国的荣耀。"

1242   "无人能够说服于我，"   骑士哈根倔强地说道。
        "克里姆希尔特夫人   一旦戴上赫尔歇的王冠，
        她将倾其愿望   给我们带来天大灾难。
        你们应该拒绝此事，   它给众位骑士造福无限。"

1243   吉塞尔赫，乌特的儿子   十分正直，愤然说道：
        "我们不愿进行讥讽、祸害，   把一切坏事做绝。
        让她喜欢的事情   我们应该乐意为之。
        哈根，不管你如何反对，   我皆忠诚地为她效力。"

1244   哈根听到这番回答，   心中颇为闷闷不乐。
        盖尔诺特和吉塞尔赫，   两位骑士豪情满怀，
        还有崇高的国王恭特尔   廷前立刻作出了决议，
        只要她自己情愿，   他们不得稍存怨意。

1245　　勇敢的骑士盖莱言道：　“我愿意开始行动，
　　　　而且首先对夫人　　禀告这番消息，
　　　　说明国王埃策尔　　对她竟有何事央求，
　　　　她是否愿意再嫁，　　这是我们忠诚的劝慰！”

1246　　敏捷的勇士说罢走了出去　　见到了克里姆希尔特，
　　　　夫人衷心地接待于他。　　壮士爽直，张口便说：
　　　　“你应该高兴地欢迎我，　　而且给我一笔赏钱：
　　　　这回却是喜从天降　　从此让你脱离苦海。

1247　　夫人，城内有位远方的使者，　专程前来向你求婚。
　　　　那是一位至高无上的人，　　拥有整整一座王国。
　　　　他享有崇高的荣誉　　而且头上戴着王冠。
　　　　威武的使者等候答复，　　几位国王吩咐给你报喜。”

1248　　受尽折磨的女人说道：　“愿上帝保佑你们，
　　　　保佑我的众位朋友，　　请他们别再跟我
　　　　可怜的女人还开玩笑。　　我何以再事一位男人，
　　　　他曾经把倾心的爱情　　给了那位善良的夫人？”

1249　　王后断然拒绝来者劝说。　　正在这时进来了
　　　　她的兄弟盖尔诺特　　还有年轻的吉塞尔赫，
　　　　他们诚心诚意地劝说，　　共同安慰她的情绪：
　　　　如果她嫁给那位国王，　　事情于她的确有益。

1250　不管他们如何劝说，　无法更变夫人的主意，
　　　王后怎能甘心情愿　再去依偎另外男人的身体。
　　　勇士们只得央求：　"那么且请网开一面，
　　　你既然不肯接受婚姻，　至少跟许特格见上一面！"

1251　"对此我可以不加拒绝，　而且愿意见他一回，
　　　许特格，这位善良的骑士。　我希望按照自己的道德
　　　乐意让事情圆满进行。　如果不是他亲自前来，
　　　任何其他的使者　我都无意亲自接见。"

1252　她接着说道："你们应该　在明天把他请到
　　　我的后宫大院。　我愿意跟他交谈一番，
　　　至于作出何等决定，　届时可以亲口交代。"
　　　夫人说完再度痛哭失声，　心里经历着无穷的悲哀。

1253　崇高的使者许特格　心中别无更多愿望，
　　　只是愿意见到　虔诚的王后克里姆希尔特：
　　　他为人十分智慧、聪明，　知道如何措辞用语，
　　　从而实现自己的愿望：　他将成功地获得夫人首肯。

1254　次日清晨，人们唱完了　黎明的弥撒，
　　　高贵的使者们走了进来，　许多人前后拥挤，
　　　他们愿意跟许特格　一起前往王宫后院，
　　　只见许多英勇的骑士　穿戴齐整仪表堂堂。

272

1255 　可怜的克里姆希尔特　　一副悲哀的神情
　　　　等候着许特格，　　善良而又高贵的使者。
　　　　使者见到夫人仍然　　穿着平素的衣裳。
　　　　而她的随从穿着的衣服　　高贵华美，花枝招展。

1256 　她朝着客人迎了出来　　一直走到门旁
　　　　衷心地欢迎　　国王埃策尔派来的使者，
　　　　人们一共让十二名使者　　依次步入宫内。
　　　　夫人对他表示崇高的敬意：　　任何使者都难获得这番荣誉。

1257 　夫人请使者和他的　　随从好汉一同就座。
　　　　他们看到两位伯爵，　　盖莱和埃克瓦特
　　　　还在使者面前站着。　　王后安排井井有条：
　　　　人们对使者的接待　　从未见过如此诚恳的规格。

1258 　他们奉命坐下，　　看到旁边许多姑娘，
　　　　克里姆希尔特悲痛难忍，　　不禁又哭了起来。
　　　　热泪滚滚，沾湿了王后的　　衣服前襟。
　　　　伯爵使者看着这一切，　　英雄难以就座安静。

1259 　使者恭恭敬敬地说道：　　"崇高的公主，
　　　　我和随同我一起前来　　的众位壮士朋友承蒙
　　　　王后，你的恩德，　　请容许我们站在你的面前
　　　　向你禀告陈述　　我们这回前来的愿望和意图。"

1260 "请你不妨慢慢说来，" 王后一旁开口言道，
      "说说你们的愿望， 我将仔细听取。
      说吧，壮士来此有何贵干， 何事感到如此美满！"
      使者们也许看出了 王后仍然悲伤满怀。

1261 来自贝希拉恩的 使者许特格开口答道：
      "崇高的国王埃策尔 派我们前来王国
      对你献上了，夫人， 忠诚和效力的心意。
      他派出了许多勇敢的 骑士向你表示求婚。

1262 他衷心地希望你 生活欢乐，离却烦恼。
      国王答应对你 永远信守友谊和好，
      你倘若戴上王冠， 赫尔歇曾经拥有过它，
      他将视你如同赫尔歇一般， 女主人占据他的心房。"

1263 只听王后开口言道： "非常尊敬的许特格，
      谁如果稍微看出 我的心里悲痛如石，
      他就不会劝我 再去爱上另外一个男人，
      我失去了最好的丈夫， 那是一位妻子拥有的如意君郎。"

1264 "人在悲伤之中，"勇敢的骑士 不由得开口劝道：
      "除了深沉的爱情到何方才能 找到安慰？如果有人能够
      提供，而且又有合适的 人氏出现，不妨选上他
      用于抗衡心中的苦难 应该对自己最为有益。

1265   倘若你屈尊嫁给　　我们高贵的王上，

作为女主人你将拥有　　十二座王冠的权力，

王上还会让你执掌　　三十个属国的土地。

那是他用强大的双手　　亲自征服的王国。

1266   你还将统率许多　　英勇的壮士好汉，

他们从前曾是赫尔歇　　麾下的忠诚战将，

赫尔歇还拥有　　众多的漂亮姑娘，

一群高贵的骑士亲戚，　　勇敢,机灵,威名远扬。

1267   此外,我的国王还将给给你　　——这是他亲口许诺——

如果你赏脸跟他　　一起执掌朝政,戴上王冠,

最高的威仪，　　就像当年赫尔歇拥有的一样,

你可以动用巨大的权力　　支配任何一员英雄好汉。"

1268   "我怎能重新,"　　王后不由得开口言道,

"令自己渴望再去　　当一位英雄的妻子?

死神夺走了我的一位丈夫　　让我心痛欲裂,

我愿随时为他悲哀，　　苦苦地守他一世。"

1269   匈奴人异口同声：　　"庄严的王后,

不妨听从我们的劝解，　　你跟埃策尔结成姻缘

从此享受着崇高荣誉，　　也许能够忘记过去,

因为威武的国王　　拥有勇敢的战将如云。

1270 我们女主人的随从 和你身旁的众位姑娘
   可以相伴一起 组成一支新的力量，
   多少骑士希望跟她们 享受愉快的生活。
   夫人，请听我们相劝： 事情对你一定有益!"

1271 王后以高尚的风仪回答： "你们且请休息。
   直到明日清晨， 再请你们进入宫来!
   我愿意对你们的 善意劝告作出答复。"
   骑士们英勇、真诚， 他们必须服从命令。

1272 看到使者们一起 回栈房前去休憩，
   夫人克里姆希尔特 令人唤来吉塞尔赫，
   另外又请来母亲乌特。 她对两人叙述原委。
   夫人理当哀悼痛哭， 这门婚事断然不能。

1273 她的弟弟吉塞尔赫言道： "姐姐，我完全明白，
   而且我还愿意相信 国王埃策尔可以
   改变你的沉重悲痛， 你如果嫁他为妻，
   不管别人如何说法， 我却感到天衣无缝。

1274 他会给你带来欢乐，" 吉塞尔赫意犹未尽，
   "从罗腾河到莱茵河 直到广阔无垠的大海，
   任何一位国王都顶不上 他的权力无限。
   如果他宣布你当上王后， 你立刻便会宽慰高兴。"

1275   她对兄弟开口回答： "你怎么想到这个主意？
           看来悲哀啼哭早早晚晚   是我的命运和本分。
           我怎么面对众位骑士   还愿举步朝宫殿走去？
           纵然我曾经花容月貌，   也早已成了旧日容颜。"

1276   王后乌特，众位儿女的   母亲不禁对她善言相劝：
           "你的诸位兄弟言之有理，   亲爱的孩子,不妨答应
           跟随众位朋友去吧，   你会从此欢乐驻颜！
           长久以来我看到你   只是沉浸在痛苦之中。"

1277   公主请求慈悲的上帝   给她帮助指示方向，
           让她能够再度慷慨，   如同追随她的丈夫
           西格弗里特尚还健在一样，   赏赐黄金、白银和衣裳，
           自从噩运降临,她再未   经历过如此欢乐的时刻。

1278   她在内心暗暗地思忖：   我如果把自己的身体
           交给一位异教徒   ——我是信奉基督教的女人——
           定会遭致普天下的   信徒们愤怒谴责。
           他纵然交给我整个世界，   看来愿望也断难实现。

1279   她把事情搁在一旁   从黑夜直到天明，
           夫人思绪万千,躺在   床上辗转难眠。
           直到次日拂晓黎明   前往教堂吟唱弥撒，
           她的一双明亮的眼睛   始终没有断离眼泪纷纷。

1280   三位国王准时前来　　教堂赶做弥撒。

　　　　他们用手挽住了　　自己的同胞姐妹

　　　　劝说她同意嫁给　　匈奴国的君王埃策尔。

　　　　任何人都没有看到　　夫人在脸上稍露笑容。

1281   接着他们命人唤来　　匈奴国王的使者。

　　　　英勇威武的许特格　　开始衷心地询问

　　　　夫人克里姆希尔特，　不知她究竟意下如何，

　　　　是否愿意选择波特龙的　后裔作为自己的丈夫。

1282   她回答，从此以后　　再也不愿爱上一个男人。

　　　　伯爵立刻言道：　"看来此话有所不当。

　　　　你为什么如此糟蹋　自己的花容月貌？

　　　　你还可以荣耀万分地　当上高贵骑士的妻子。"

1283   他们无论如何劝说，　一概无济于事，伯爵

　　　　无可奈何，只得对端庄　的王后慢慢地答应

　　　　他愿意给王后补偿　她迄今忍受的一切。

　　　　夫人常年的悲痛　这才稍微缓和半分。

1284   伯爵说道："尊敬的夫人，　请停止你的悲痛哭泣！

　　　　你在匈奴人中间　如果有人欺侮于你，

　　　　我纵然独自一人　也会帮你向他报仇雪恨，

　　　　何况我还有忠诚的朋友，　另外还有大批随从。"

1285　　夫人的情绪开始　　有了一线的松动。

她说道:"许特格，　　请你对我立下誓言，

只要有人侵犯于我，　　你将率先起来为我报仇!"

伯爵点头一口答应：　　"夫人,我将对此万死不辞。"

1286　　许特格率领他的　　众位随从向她起誓，

忠诚地为夫人效劳，　　来自国王埃策尔王国的

多位崇高的英雄好汉　　决不对她背弃诺言，

保证夫人享有荣耀，　　许特格对她赤诚相待。

1287　　坚贞的王后独自思忖：　　如果我获得这么

许多朋友的鼎力扶持，　　不管别人如何说三道四，

我都可以并不介意，　　面临我的苦难折磨：

也许有人帮助报仇　　消我心头亡夫之恨。

1288　　她还想到：埃策尔　　既然勇士成群,战将如云，

我便可以动用他们，　　按我心愿吩咐行动。

况且他的财富如山，　　我可以用来慷慨赏赐，

刽子手哈根万分可恨，　　霸占了我的全部财产。

1289　　她对伯爵许特格说道：　　"我如果没有听说，

他还是一名异教徒，　　那么我愿意顺着

他的旨意行事，　　而且答应嫁他为妻。"

伯爵立刻回答："夫人,且容打断讲话!

1290   他并非完全的异教徒，   你对这点尽可放心。
        我们亲爱的王上已经   真正地皈依基督教，
        他只是并不把宗教   放在心上多加思考。
        夫人，你如果愿意嫁给她，   还能对他有所规劝。

1291   他另有众多的骑士   全部信仰基督教，
        你生活在国王那里   绝对不会受到任何伤害。
        你也许能够实现愿望，   让善良的国王埃策尔，
        他的灵魂和他的心趣   重新回归基督上帝。"

1292   三位国王齐声说道：   "我的同胞姐妹，答应吧！
        你从此应该抛却一切   沉重的烦恼和伤痛。"
        他们苦苦劝说良久，   直到悲哀的夫人
        当着骑士们吐口答应   愿意前往嫁给埃策尔。

1293   夫人说道："我这可怜的   王后只得听命你们。
        我如果获得朋友帮助   一路护送前往他的王国，
        便愿意答应你们   径直驶往匈奴人的国家。"
        王后当着众位骑士   答应下来这门婚姻大事。

1294   高贵的使者伯爵说道：   "即使你只有两名随从，
        我也拥有大群勇士。   事情也许如此办理，
        我们隆重地护送你   一路越过莱茵，返回故里。
        我不愿让你在布尔恭腾王国   逗留许久，再作耽搁。

1295 我的五百名骑士 还有我的众位亲戚，
    他们无论这里还是 回转故里全都为你效力，
    你对他们的任何吩咐， 我也乐意执行，
    请你记住我的诺言， 我不会因此愧对于你。

1296 我已经吩咐 给你备下了马鞍挽具——
    许特格的任何劝说 都不会给你带来伤害——
    你且吩咐众位 伴随你同行的姑娘：
    一路上我们将会 遇到许多杰出的英雄!"

1297 她们还有许多金银首饰， 那还是西格弗里特
    在世时骑马 外出需要常常佩戴的珠宝，
    她们拥有多少美丽的姑娘 一路上无限光彩荣耀。
    嘿,使者给漂亮的随从 找来了多么精致的马鞍!

1298 她们从前始终穿戴着 富丽堂皇的衣裙，
    这回在旅途上 也做好了足够的准备，
    因为有人对她们 讲到了国王多少动人的事迹。
    她们打开了许多箱笼， 里面储存丰富殷实的内容。

1299 姑娘的心情并不平静 她们迎来了第十二个昼夜，
    大家找出了许多衣料， 从库房里翻个彻底。
    克里姆希尔特接着又吩咐 众位珍宝看管：
    她准备对许特格的 每员随从重重赏赐。

1300 王后还有许多来自 尼伯龙王国的赤金——

      她认为,完全可以 让匈奴人的使者随意瓜分——

      六百匹高头大马 也无法把黄金全部运完。

      哈根听到了关于 克里姆希尔特的消息。

1301 他开口言道:"克里姆 希尔特对我从不友好,

      西格弗里特的全部黄金 必须留在我们王国。

      我怎能把巨额的财富 交给我们的敌人?

      我确切地知道,这位女人 把宝物运到匈奴王国,

1302 她一定会制造天大的奇迹。 我愿意相信,

      她在那里一定会散布许多 对我的种种仇恨。

      他们也没有负重驮马 可以把黄金装载完毕。

      应该对克里姆希尔特讲明, 哈根准备保管财物。"

1303 夫人听到消息传来, 不禁内心十分沮丧。

      有人把事情变故 立刻禀告三位国王。

      他们愿意出面阻止, 可是事情并不顺利,

      高贵而又庄严的伯爵 许特格却从一旁说道:

1304 "高贵的王后,你何苦 为区区黄金叹息?

      国王埃策尔 将会对你恩深如海,

      他一旦目睹你的风采, 赐给你的数量之巨

      你无法把它赠送完毕, 为此我对你可以发誓。"

1305　只听王后回答：　"尊敬的伯爵许特格，
　　　哈根从我手中　　强盗般地霸占而去
　　　世上任何一位宫廷国王　　也难以拥有的财产。"
　　　强大的盖尔诺特　　立刻朝库房走去。

1306　他以国王的暴力为钥匙　　猛地推开了库房大门。
　　　克里姆希尔特的黄金　　被他尽数搬了出来，
　　　他吩咐客人们　　一共运走了三万马克，
　　　或者还要超过许多，　　恭特尔对此也很慷慨。

1307　来自贝希拉恩的伯爵，　　高特琳德的丈夫说道：
　　　"克里姆希尔特夫人，　　即使他们悉数搬来
　　　他们从前霸占你从　　尼伯龙王国运来的黄金，
　　　尊敬的王后，　　我们也无需用手再去触摸一番。

1308　夫人,有谁愿意的，　　让他们尽情取拿！
　　　我从我们的王国　　带来宝贵财物数量之多，
　　　足够于我们在途中　　阔绰地花费使用，
　　　而且我们返程的旅资　　的确足够一路风光。"

1309　众位宫女又十分安静地　　从库房内
　　　装满了十二箱笼　　上等的赤金和宝石，
　　　人们把这些珍藏　　让高贵的王后
　　　克里姆希尔特一起带走，　　其余的必须留在莱茵。

1310　王后感到恶毒的哈根　　拥有过分强大的势力，
　　　便拿出了一千马克　　作为祭奠的货币。
　　　她捐资钱物用来　　悼念死去丈夫的亡灵。
　　　许特格看到这一切　　都显示了巨大的忠诚。

1311　克里姆希尔特夫人问道：　"准备跟我一同上路
　　　前往异国他乡，　　那是匈奴人居住的
　　　埃策尔王国，　　诸位朋友现在哪里？
　　　他们可以动用我的黄金　　买下骏马和衣服。"

1312　伯爵埃克瓦特　　立刻启口回答：
　　　"我自从一开始　　给你作伴当上随从以来，
　　　从未放弃对你的忠诚，"　　英勇的骑士说道，
　　　"只要我们还活在世上，　　我们永远为你服务效劳！

1313　此外我还率领　　百名英雄好汉跟我一起，
　　　可以无限忠诚地　　为你提供种种服务。
　　　我们不会分别离散，　　除非死神光顾我们。"
　　　听了英雄的一番肺腑之言，　　克里姆希尔特连连称谢。

1314　人们牵出了高头大马：　　他们准备登上旅程。
　　　朋友们赶来相送，　　无数珠泪抛洒路旁。
　　　善良的母后乌特，　　还有众多漂亮的姑娘，
　　　她们与王后告别，　　显示多么难分难舍的心情。

1315   克里姆希尔特随身　带着百名漂亮的姑娘，

她们穿戴富丽堂皇，　这也是王家礼仪,理所应当。

姑娘的眼睛明亮如镜，　离别的沉痛泪水纷纷。

她们日后在埃策尔的王国　又享尽了许多欢乐。

1316   两位兄弟赶了过来：　吉塞尔赫和盖尔诺特，

一面还带着随从，　如同宫廷礼仪训诫。

他们愿意陪同　亲爱的姐妹沿路送行，

另外还率领英勇的骑士　共有千名英雄好汉。

1317   勇猛的骑士盖莱　还有奥特文壮士，

御厨总管罗莫尔特　也赶到送别行列。

他们在沿途给夫人　设立过夜的行帐。

伏尔克是她的御马总管，　负责一路居住栈房。

1318   他们在离开城堡　骑马踏上旅途之前

一阵吻别,接着　便听到了哭声震天。

王后并没有邀请他们　共同骑马前来送行。

国王恭特尔只是策马　把她稍微送到城前。

1319   送行的队列返程以前，　他们又立刻

派出了使者　急驰而去前往匈奴王国。

他们专程禀告国王，　伯爵使者许特格已经

为他迎回了高贵、威武的　王后准备成亲。

1320   使者们一路急驰：   旅程紧迫,不由自主——

一是享受着巨大的荣耀，   二是受过她的恩宠喜钱。

当他们骑着高头大马   来到王国的时候，

国王埃策尔喜从天降，   从未听过这番恩情。

1321   为了迎接喜讯，   国王埃策尔给使者们

慷慨地施舍封赠，   使者们从此以后

生活在欢乐的富裕之中   直到死神临门。

爱情驱散了国王   重重的折磨和无限的悲伤。

第二十一章
克里姆希尔特离开沃尔姆斯前往匈奴国

1322   且让使者们骑马先行！   我们再对你们细述分明，
　　　　克里姆希尔特公主　　如何骑马穿过王国，
　　　　她的两位兄弟　　怎样与她告别。
　　　　他们为她竭诚效力，　公主对此连连称谢。

1323   许多骑士赶来　　向克里姆希尔特辞行：
　　　　他们必须立刻　　赶回费尔根旧地，
　　　　因为他们希望　　趁早回到家乡莱茵。
　　　　情谊深厚的朋友　　分别之际怎不抛洒热泪。

1324   勇敢的骑士吉塞尔赫　当即对姐姐开口言道：
　　　　"夫人，你如果遭遇伤害，　一旦需要我的鼎力
　　　　相助时，不妨立刻　　着人告诉于我！
　　　　为了援救于你，我迅即　催马埃策尔的王国。"

1325　克里姆希尔特跟其他　　族人一一吻别。
　　　　人们看到分别时刻　　勇敢的布尔恭腾人
　　　　对待使者许特格一行　　显得多么真诚、衷心。
　　　　王后率领着花枝招展　　的姑娘们登上旅程。

1326　这里共有一百零四人，　她们穿戴漂亮的衣着，
　　　　全是崭新的面料，　　色彩斑斓。许多人提着
　　　　宽大的盾牌　　跟在女人们的后面一路前进。
　　　　伏尔克也赶来辞别，　这位衣着入时的壮士。

1327　当他们越过多瑙河　　来到巴埃安王国的时候，
　　　　愉快的消息已经在　　四面八方流传沸沸扬扬，
　　　　说王后克里姆希尔特　前往匈奴人王国结亲。
　　　　她的舅父,主教皮尔格林　听到消息喜不自禁。

1328　皮尔格林住在帕骚城　担任红衣主教。
　　　　这一天城内人去巷空，　连王宫大院也不见人影。
　　　　他们急忙前往巴埃安王国　争相看望客人，
　　　　主教皮尔格林已经见到了　美丽的克里姆希尔特。

1329　跟着红衣主教的随从们　看到许多漂亮的姑娘
　　　　走在克里姆希尔特后面，　人人称羡,个个倾心。
　　　　他们的目光里流露着　对骑士般的姑娘们的衷情。
　　　　人们给高贵的客人　准备了豪华的下榻住所。

1330　他们在泼莱特林　　为客人收拾了住房。

　　　　人们看到多少百姓　　骑马跟着他们逶迤前进。

　　　　他们一旦有所需要，　　人们总是乐意相助。

　　　　客人们享受着种种荣誉，　　到处有人欢迎他们。

1331　王后和她的舅父　　一起骑马前往帕骚。

　　　　帕骚城内的居民　　闻听主教的外甥女

　　　　前来他们的城市，　　个个不由得喜上眉梢。

　　　　王后还受到许多商人　　热烈的接待和欢迎。

1332　主教建议他们　　从此在城里留住下去。

　　　　伯爵使者开口说道：　"可惜难以悉听遵命。

　　　　我们必须沿路往下　　一直前往匈奴王国：

　　　　许多骑士等候我们，　　消息传开，人人知情。"

1333　美丽的高特琳德　　也听到了这则喜讯。

　　　　伯爵夫人立刻热情地　　准备迎接公主驾临：

　　　　许特格曾经嘱咐于她，　　伯爵感到事情十分必要，

　　　　妻子应该努力以此开导　　并且安慰国王的心肝宝贝。

1334　她骑马迎上前去　　直到埃恩斯河畔，

　　　　亲自率领伯爵的众位随从。　　事情果然按此办理，

　　　　人们看到伯爵的英雄好汉　　为了迎接高贵的客人

　　　　到处都在忙忙碌碌，　　生活失去了它的平静。

1335   第二天夜晚，王后来到了　埃弗尔亭根。

在巴埃安王国　人们按照他们的

传统恶习常常有拦路　抢劫的绿林行径。

倘若如此他们真的　会给客人造成许多伤害。

1336   勇敢的伯爵许特格　作了预先的布置。

他随身带领千名骑士，　也许还要超过。

高贵的伯爵夫人　高特琳德骑马赶到。

多少英勇的骑士　跟着夫人以壮行色。

1337   他们跨过了特劳恩河　在埃恩斯河畔踏上平地，

人们看到他们沿途　搭建了多少小屋和帐篷，

让客人们在那里　高高兴兴宿夜休憩。

许特格的随从们　小心侍候，尽心尽力。

1338   美丽的夫人高特琳德　离开休息的行帐

骑马前往迎接克里姆希尔特。　许多骏马

佩戴漂亮的辔头　一路上欢乐的铃声不断。

公主受到隆重的迎接，　许特格对此十分渴望。

1339   两队人马相向而行，　他们在途中

高高兴兴地相逢，　这里有多少英雄好汉。

他们立刻举办骑士比赛，　许多姑娘坐在一旁观看。

骑士们对着美丽的姑娘　献足了殷勤毫无愧色。

1340　　当许特格的随从　　走近贵宾的时候，
　　　　人们看到许多碎片　　正在空中热烈飞舞，
　　　　多少壮士好汉遵循着　　骑士风俗抖手而出。
　　　　为了表示欢迎，他们　　在妇人面前飞马奔驰。

1341　　他们接着停止了比赛，　　勇敢的骑士相互
　　　　致以友好的问候。　　他们把美丽的高特琳德
　　　　引到面前，夫人　　见到了王后克里姆希尔特。
　　　　善于为妇人们效劳的壮士　　已经完全没有空闲。

1342　　贝希拉恩的总督　　来到他的夫人面前。
　　　　高贵的总督夫人　　见到丈夫从莱茵回来
　　　　身体强健，精神抖擞，　　内心显得十分高兴。
　　　　她的满腔忧愁顿时　　被巨大的喜悦取代干净。

1343　　迎接的队伍见到伯爵，　　伯爵吩咐把骑在
　　　　鞍上的女人们全都扶下马鞍，　　站到草地上方。
　　　　许多骑士好汉急忙　　前来帮助效劳，
　　　　他们以巨大的热情　　对着美丽的姑娘献足殷勤。

1344　　人们看到主教牵着　　他的妹妹孩子的手，
　　　　还有伯爵埃克瓦特　　一起朝夫人高特琳德走去。
　　　　人们连忙给她　　让开一条道路。
　　　　来到异国他乡的公主　　跟伯爵夫人亲吻致意。

1345   王后看到伯爵夫人   高特琳德站在前面，
        身旁率领着一群随从。   克里姆希尔特不便骑马
        上去，她便开始拉动   缰绳勒住骏马的辔头。
        王后吩咐随从帮助着   让她跨下马鞍。

1346   伯爵许特格的妻子   衷心地开口言道：
        "尊敬的夫人，我很高兴   在这片土地上
        一睹你那漂亮的风采，   让人心中着实愉快。
        对我说来再也没有   比这更加欢乐的时刻。"

1347   "愿上帝嘉奖于你，尊敬的高特琳德，"   王后说道，
        "只要我健康在世，   还有波特龙的公子，
        我们将不忘报答   你亲自前来迎候的恩德。"
        她们两人谁也无法预料   日后将有的生活情景。

1348   她们双双坐在草地上，   各自显得彬彬有礼。
        人们喜欢看着妇人，   他们心中毫无顾忌。
        王后生得漂亮，赏心悦目，   无论男人还是女人，
        人人感到无限兴奋，   今日风俗依然如此。

1349   人们吩咐给客人斟酒，   眼看已是中午时分。
        高贵的随从躺下未久   便一起离开了那片草地。
        他们骑马找到了   许多宽敞的住房。
        贵宾们在那里受到了   隆重而又热烈的款待。

1350 　他们安静地睡了一夜　 直到次日清晨天明。
　　　从贝希拉恩前来的主人　 殷勤地招待
　　　远方而来的客人，　 真是费尽了气力。
　　　许特格亲自关怀，　 一切都为他们准备齐全。

1351 　人们看到家家户户　 的墙上窗口全部敞开，
　　　贝希拉恩整座城市　 一目了然，尽收眼底。
　　　他们高兴地看到　 客人们骑马进入城来。
　　　慷慨的伯爵许特格　 为他们准备了宽敞的住宅。

1352 　许特格的女儿　 跟随他们走在一起，
　　　王后亲切地接见了　 这位年轻的伯爵公主。
　　　她的母亲，伯爵夫人　 高特琳德也走上前来。
　　　多少年轻的宫女　 受到了热情的接待。

1353 　他们相互手牵着手　 然后一起走进了
　　　一座宽敞的宫殿，　 宫殿金碧辉煌装饰一新，
　　　多瑙河水波光粼粼　 就在他们脚下流过。
　　　他们坐在露天阳台，　 心中感到无限喜悦。

1354 　他们进一步的活动，　 我对你们无法讲清。
　　　人们只是听说克里姆　 希尔特的勇士们抱怨
　　　怎么还要匆忙往前赶路，　 他们感到心中难过。
　　　嘿，多少骑士跟着王后　 离开了贝希拉恩继续奔波！

1355 伯爵给他们提供了 许多热情的服务。
    王后慷慨赏赐夫人 高特琳德的女儿，
    赠送十二只赤金戒指 还有一件漂亮的衣服，
    那是她携带着前往 埃策尔王国的贵重行装。

1356 尽管她被人霸占了 尼伯龙王国的全部黄金，
    可是她对前来迎接 的客人仍然慷慨施赠，
    使用给她仅仅残剩 下来的部分财产。
    王后给主人的随从 也分发许多重赏。

1357 伯爵夫人高特琳德 看到莱茵的客人们
    如此地真诚和热情 便报答以重礼相待，
    陌生的客人中间 几乎没有任何例外，
    人人都从夫人手中接过多少 珠宝和漂亮的衣服。

1358 他们用过便餐以后 必须继续赶路前进，
    国王埃策尔的妻子 又受到伯爵女主人
    提供的竭诚效劳， 显示了一片忠心。
    伯爵的女儿年轻、美貌， 受到王后热烈的拥抱。

1359 她对王后说道："只要 王后并不嫌弃，
    我知道亲爱的父亲 一定乐意办理，
    把我送往匈奴人王国 跟你住在一起。"
    克里姆希尔特看到 姑娘对她十分忠诚。

1360   坐骑已经备上马鞍　　牵到贝希拉恩城堡下方。
        王后跟伯爵许特格的　　夫人高特琳德
        又跟伯爵的女儿　　一一亲切地辞行告别。
        许多美丽的少女　　也以她们的问候互相道别。

1361   她们这回依依不舍，　　日后再也难以见面。
        到达梅特律克时只见　　许多人手上捧着
        漂亮的金壶，里面　　装着甜蜜的葡萄佳酿，
        纷纷给路旁的客人斟上，　　表示热烈的欢迎。

1362   有位店主住在一旁，　　他的名字叫作阿斯拖尔德，
        他给客人们指示前往　　奥地利王国的道路，
        沿着多瑙河往下　　便可到达摩塔伦小镇。
        高贵的王后又受到　　热烈的接待，殷勤服务。

1363   主教皮尔格林在这里　　跟外甥女衷心地告别，
        他热情地规劝王后　　要促使国王皈依基督教，
        还要像赫尔歇一样　　为自己争得荣誉！
        嘿，她在匈奴人那里　　赢得了多么巨大的尊敬！

1364   骑士们把客人　　一直送到特拉伊森。
        伯爵许特格的随从　　热情地照看他们，
        直到匈奴人骑马　　来到了王国。
        他们对王后显示了　　巨大的敬意。

1365   匈奴人的国王   在特拉伊森的城旁

有一座豪华的城堡，   城堡盛名在外，

号称特拉伊森摩尔墙，   赫尔歇王后曾在那里休憩，

她培植高尚的道德，   世人多么艰难再度奉行。

1366   克里姆希尔特能够继承：   她为人慷慨,乐于施善，

她在经历悲痛以后   愿意重享欢乐，

国王埃策尔的勇士   都对她表示崇高的敬意，

王后在众多的英雄   好汉丛中赢得了良好的声誉。

1367   国王埃策尔的威望   传遍了四面八方，

人们在他的宫殿里   无论何时都能见到

最为杰出的骑士，   可以明显地听出其中

有基督教徒,也有异教徒，   他们归于国王麾下。

1368   他们中间已经能够，   这在其他地方很难发现，

让基督教的信仰   和其他宗教风俗习惯相互共存，

任何人都可采取   自己愿意进行的生活方式。

国王埃策尔的独创，   人人对此表示欢迎。

第二十二章

克里姆希尔特和埃策尔在维也纳举办婚礼

1369　他们在特拉伊森城堡　　一直逗留了四天四夜。
　　　路上的灰尘遮天蔽地　　从来没有间歇，
　　　尘土飞扬,犹如四面八方　　燃起了熊熊大火。
　　　那是埃策尔的勇士们　　穿越奥地利的国土。

1370　英勇的国王埃策尔　　已经听到了喜讯频传——
　　　迄今为止折磨他的痛苦　　立刻从脑海中烟消云散——
　　　克里姆希尔特容光焕发　　已经来到自己的王国。
　　　他立刻骑马迎上前去,　　终于见到了真情的公主。

1371　人们看到大路上　　多少英勇的壮士纷纷到来,
　　　在国王埃策尔面前骑马护卫,　　操持许多不同语言,
　　　基督教徒,异教徒　　形成了巨大的队伍。
　　　他们共同迎接王后,　　一路上高高兴兴,欢声笑语。

1372   英雄骑士祖籍相异，   有俄罗斯人,也有希腊人,
        波兰人和瓦拉亨人   急急忙忙走了过来。
        他们按照各自的力量   驾御着出色的高头大马。
        这里无需隐瞒   他们究竟操持何种风俗习惯。

1373   但见许多勇士甚至   来自于基辅王国,
        还有剽悍的佩契纳根人。   骑士的活动丰富精彩,
        他们用弓箭对着   天空的飞鸟射击,
        射箭的时候常常   拉起了弯月的满弓。

1374   在东方王国的土地上   有一座城市位于多瑙河畔,
        城市名叫图尔恩。   王后在这里领略了
        平生从来没有见过的   异国他乡的风俗习惯。
        许多人前来迎接她,   后来又受尽了她的折磨。

1375   埃策尔的勇士们   在前面开路引道,
        他们情绪饱满,高高兴兴,   显示宫廷的良好风范,
        那是二十四位君王,   雍容华贵,威震八方,
        他们前来迎接王后,   这是骑士们的崇高心愿。

1376   瓦拉亨王国的公爵   名字叫作拉明,
        率领七百名骑士   迎面急驰前来拜见王后。
        人们看到他们   像野鸟在天空飞翔。
        公爵吉勃歇也赶了过来,   后面跟着气势雄壮的随从。

1377   勇敢的荷尔伯奇　　率领千名骑士

从国王那里径直　　前来拜见埃策尔的妻子。

按照各国的风俗习惯　　勇士们纵情欢呼。

匈奴人的亲戚热情地　　表演着骑马艺术。

1378   勇敢的壮士哈瓦尔特　　专程从丹麦前来，

还有强大的好汉伊林　　一位正直的英雄，

图林根的骑士伊恩弗里特，　　功盖于世的君王。

他们参见克里姆希尔特，　　也为自己增添了许多光彩。

1379   连同一千二百名随从勇士，　　他们组成了一支队伍。

还有勃吕特林骑士　　也带来了千员英雄，

他是匈奴人国君主　　埃策尔的同胞兄弟，

急急忙忙率领随从　　一起找到了王后。

1380   接着出现了国王埃策尔　　以及英雄狄特利希

率领着他的全部骑士。　　这些高贵的勇士

个个精干而又正直，　　实在值得尊敬、称赞。

王后的悲伤情绪　　已经和缓了许多。

1381   贝希拉恩的伯爵，　　高贵的许特格开口言道：

"王后，崇高的国王　　在这里迎接你大驾光临，

如果我吩咐你吻谁，　　你应该照此办理！

可是对待埃策尔的随从　　却需要分清彼此。"

1382   人们过来把王后从马鞍上   扶助下来。

　　　　崇高的国王埃策尔　　已经不再犹犹豫豫：

　　　　他率领众位英勇的骑士　　从马上一跃而下。

　　　　人们看到他朝夫人　　克里姆希尔特急步走去。

1383　　两位显赫的君王　　——人们对我们如此传说——

　　　　走在王后的两侧，　　为她提着衣裙的后摆，

　　　　当国王埃策尔　　朝克里姆希尔特走来的时候，

　　　　她用一个热烈的甜吻　　欢迎高贵的国王。

1384　　王后把冠戴往上推了推，　　美丽的脸庞

　　　　掩映着黄金首饰神采奕奕，　　多少骑士大声称赞，

　　　　说是连漂亮的王后赫尔歇　　也似乎稍有不及。

　　　　国王的兄弟勃吕特林　　离王后站得很近。

1385　　骑士般的伯爵许特格　　示意王后给那人一吻，

　　　　还有公爵吉勃歇，　　狄特利希也站在一旁。

　　　　国王埃策尔的新后　　吻了十二名英勇的骑士。

　　　　王后对另外许多人　　一律致以亲切的问候。

1386　　埃策尔国王正和夫人　　克里姆希尔特站在一起，

　　　　许多年轻人的热烈行为　　如同眼下流行的风俗：

　　　　人们看到他们正在　　大规模地举行骑士比赛，

　　　　基督教骑士参与其中，　　异教徒骑士自然各显风采。

1387　　跟随狄特利希的勇士们，　他们的臂力十分了得，

抖手扔出的投枪　　实在堪称骑士比赛的典范，

投枪撞击盾牌，在空中　飞舞着多少碎片！

骑士们喜欢英雄比武，　比武让他们名扬四海。

1388　　只听到枪柄破碎　爆裂出强烈的响声。

这些英勇的骑士　来自王国的四面八方，

许多是国王的嘉宾，　多么高贵的英雄好汉。

威武的国王埃策尔　领着王后离开了赛场。

1389　　他们看到附近　有一座豪华的行帐。

周围的郊野上簇拥着　许多临时的木棚，

武士们完成活动以后　便在这里稍事休息。

打扮簇新的漂亮宫女　由英雄们陪同一起

1390　　跟随克里姆希尔特　走进行帐，王后就在

豪华的椅子上坐了下来。　伯爵许特格亲自

安排。人人称赞，　他们感到分外精彩。

国王埃策尔多么高兴，　顿时显得神采飞扬。

1391　　他们究竟说了些什么，　可惜我也不甚明白。

国王用右手握着　王后雪白的小手。

他们衷情地坐在一道，　伯爵骑士许特格

却不让国王立刻跟　克里姆希尔特亲密无间。

1392　　　人们传令停止各处　　进行的骑士比赛。

　　　　　巨大的喧哗顿时　　光彩万分地平静下来。

　　　　　埃策尔的骑士们　　回到各自的简屋，

　　　　　人们在周围各处　　给他们备下了临时住所。

1393　　　夜幕降临，骑士们　　都有了很好的卧榻，

　　　　　他们一宿无话直到　　第二天黎明拂晓。

　　　　　埃策尔的随从把鞍马　　一一准备就绪。

　　　　　为了表示对国王的敬意，　　他们开始了诸般娱乐。

1394　　　国王希望匈奴人　　一定为他争得荣誉。

　　　　　他们一路骑马从　　图尔恩来到维也纳城。

　　　　　多少妇人打扮入时，　　身上的衣服漂亮簇新：

　　　　　她们怀着崇高的敬意　　欢迎国王埃策尔的新娘。

1395　　　一切都给他们　　准备齐全，不差丝厘毫分，

　　　　　动用之物，应有尽有。　　国王埃策尔的随从，

　　　　　多少英雄还欢欢喜喜地　　给国王摘下了豪华的马鞍。

　　　　　国王的新婚典礼开始，　　获得了多少崇高的荣誉。

1396　　　如果不是婚礼嘉宾，　　其他人都无法

　　　　　住在维也纳的城里。　　伯爵许特格商请他们

　　　　　暂离那里的城堡　　回到郊外的栈房入住。

　　　　　我明白：任何时候　　人们都看到国王狄特利希，

1397   还有他的许多骑士   都不离开克里姆希尔特左右：

他们必须毫无间歇、   热烈地竭诚效劳，

为了让客人们情绪   高涨，称心如意。

国王埃策尔和他的   众位朋友都感到快乐无比。

1398   盛大的婚礼选择在   圣灵降临节的那天举行，

英勇的国王埃策尔   在多瑙河畔的维也纳

跟王后克里姆希尔特双双对对   步入洞房。我在思忖：

王后前夫也许未曾拥有   如此之多为他效劳的英雄。

1399   她连未曾见过面的人   也一律赏予厚礼，

他们中许多人禁不住   对客人们大声说道：

"我们还以为克里姆希尔特   几乎身无分文，

不料她慷慨赏赐，   真乃天下一大奇迹。"

1400   盛大的婚礼一直   延续到第十七天。

我甚至觉得，世界上   大概找不到第二位国王

举办如此盛大的庆典，   我们从来没有听闻。

参加婚礼的客人   全都穿上崭新的衣裳。

1401   我想，王后在尼德兰   王国时也未能拥有

如此数众的英雄骑士。   我当然深信不疑：

西格弗里特拥有无限财富，   可是他却没有

如同王后在匈奴人那里   这么许多高尚的勇士。

1402   另外也不会有人在举办   自己婚礼的时候
        赏赐如此之多精致的外衣，   长的、宽的、深色的、浅色的，
        许许多多衣服裙衫，   人们接过衣服的时候，
        都是应克里姆希尔特的愿望   全在当地崭新缝制的。

1403   无论熟人还是贵宾，   他们不禁一致认为
        匈奴人慷慨大方，   毫不吝啬自己的财物。
        不管何人有甚要求，   都给他们准备齐全。
        许多好汉慷慨施赠，   甚至送光了自己的衣裳。

1404   王后想起了从前   在莱茵王国的时光
        她坐在高贵的丈夫身旁   不由得顿时眼泪汪汪。
        王后忍住心头的辛酸，   免得别人有所觉察。
        她受尽人间折磨   又重新获得了荣耀万千。

1405   要论有人施舍慈善，   比起国王狄特利希
        只能算作小事一桩，   他把波特龙王子
        赠送的一切财物   立刻便给众人分发完毕。
        生性大度的许特格   自然创下类似的奇迹。

1406   匈牙利王国的君主   勃吕特林立刻
        吩咐取来许多旅行   箱笼,他把黄金白银
        从箱内全部搬出，   并给众位骑士赏赐一空。
        人们看到国王的骑士   生活富裕,喜气洋洋。

1407   施韦默尔和维尔勃尔，   国王埃策尔的吟游随从，

           我感到,他们中每个人   都从盛大的婚礼上

           获得了一千马克或者   更多的封赠赏礼，

           那是克里姆希尔特头戴王冠   坐在埃策尔身旁的时刻。

1408   到了第十八天的早晨，   他们骑马离开维也纳，

           人们又举办骑士比赛，   多少盾牌被骑士们

           从手中扔出的投枪   撞击得粉碎成片。

           国王埃策尔高高兴兴地   回到了匈奴人的王国。

1409   他们在古老的   哈埃姆堡驻扎住宿。

           没有人能够知道   这么庞大的一支部队

           究竟拥有多少英雄好汉   跟随他们驰骋王国。

           呵,人们在他们的家乡   看到多么漂亮的女人!

1410   在美丽的维塞尔堡   他们上船改走水路，

           水面上只见黑压压   一片,全是人群和骏马，

           人们似乎看到大地   在缓缓地往前流淌。

           妇人们旅途困顿，   现在获得安静和休息。

1411   许多船只连在一起   ——它们紧紧拴系着，

           为了防止波浪和河水   涨落不停伤害他们。

           船上还搭建了许多   漂亮的帐篷，

           让他们似乎感觉到   仍然站在大地和原野之上。

1412　喜讯传到了　　埃策尔堡,堡内的
　　　男男女女顿时　　欢天喜地,无限高兴。
　　　从前服务于王后　　赫尔歇的随从
　　　现在跟随克里姆希尔特　　度过许多欢乐的时日。

1413　许多高贵的姑娘　　站立两旁迎接王后驾临,
　　　她们自从赫尔歇　　死后经历了多少悲伤。
　　　克里姆希尔特一旁　　看到国王的七个女儿,
　　　她们点缀王国,　　都是国王埃策尔的掌上明珠。

1414　姑娘行列中站着　　少女赫尔哈特,
　　　赫尔歇妹妹的女儿　　——她的贤惠众所周知——
　　　崇高国王的太子　　狄特利希壮士的未婚妻子,
　　　她是嫩特文的公主,　　深受赞誉无人能比。

1415　他们盼望已久,热烈　　欢迎客人们的到来,
　　　纷纷为此做好了准备　　花费了大量的钱财。
　　　谁能对你们详细叙述　　埃策尔从此如何执政。
　　　匈奴人的王国从来没有　　王后如此受到爱戴。

1416　当埃策尔领着他的妻子　　骑马踏上河岸的时候,
　　　姑娘们被一一引见,　　她们热烈欢迎高贵的王后
　　　克里姆希尔特,　　王后对她们报之以更多的问候。
　　　嘿,她雄踞赫尔歇的宝座　　显得多么强大、有力!

1417　　随从们对她无限忠诚，　　提供真诚的服务、效力。
　　　　克里姆希尔特给他们　　赏赐大批的黄金、白银，
　　　　还有衣服和昂贵的宝石，　她把从莱茵河王国
　　　　带到匈奴人王国的财物　尽情地全部分送完毕。

1418　　国王埃策尔的亲戚　　以及他的任何随从好汉，
　　　　都对王后表示竭诚效力，　在她面前俯首称臣，
　　　　直到克里姆希尔特不幸死去。　先前的王后赫尔歇
　　　　从来未曾如此强大无比，　享受这般权威的侍奉。

1419　　埃策尔的朝廷和他的　　王国荣誉万千,无比昌盛，
　　　　人们无论何时何地　　都能找到巨大的欢乐。
　　　　感谢国王的仁慈　　和王后的贤慧恩德，
　　　　人们都能毕其心愿　　享受幸福的生活。

第二十三章

国王埃策尔和克里姆希尔特派遣使者前往沃尔姆斯

1420 无限深厚的荣誉　　——这是千真万确的事实——
　　　　伴随着她和国王　一直生活了整整七年。
　　　　王后在这一年　生下了一位王子。
　　　　国王埃策尔从未　高兴得这般模样。

1421 王后不断地努力　而且从不放弃主张
　　　　要让国王埃策尔　的王子按照基督教的
　　　　风俗接受洗礼。　王子起名奥特里泼。
　　　　埃策尔的整座王国　沉浸在一片喜悦之中。

1422 从前赫尔歇王后　拥有的一切美德，
　　　　克里姆希尔特从此以后　努力加以培植。
　　　　异国姑娘赫尔哈特　教她习谙种种风俗习惯。
　　　　姑娘心上仍然悲哀地　怀念着王后赫尔歇。

王子按照基督教的　风俗接受洗礼。

安东·斯蒂尔克,1841 年

1423　无论熟悉的还是陌生人，　他们一致承认
　　　　在王国上下找不到　　比王后更加贤惠、
　　　　更加高贵的妇人，　　他们真正地异口同声。
　　　　匈奴人的崇高赞誉伴随她　　度过了十二个寒暑。

1424　王后高兴地看到，　　任何人都不愿违逆于她，
　　　　骑士们反对王后的事，　　别的地方常有听闻，
　　　　克里姆希尔特任何时候　　都拥有十二名君王效力。
　　　　这时她想起在家乡莱茵　　遭受的种种痛苦和折磨。

1425　她也回想起在尼伯龙　　王国的许多荣耀，
　　　　往日的情景刻骨铭心，　　哈根却用肮脏的双手
　　　　在西格弗里特死后　　把她的一切剥夺干净。
　　　　她想,哈根是否也有一日　　应该受到痛苦的报应。

1426　她希望,她的母后乌特　　能够来到匈奴人的王国。
　　　　王后在梦中见到亲手　　牵着弟弟吉塞尔赫的手
　　　　一起走到国王埃策尔面前。　　平静的梦中她还常常
　　　　吻着弟弟的面颊，　　王后的心里十分悲切。

1427　她始终难以忘怀，　　尽管人们对她百般劝解，
　　　　心中沉沉的痛苦和悲伤，　　无论早晨还是傍晚
　　　　王后的心情难以排遣。　　仆人也慢慢有所觉察。
　　　　她不禁开始悲伤，　　热泪常常沾湿了衣服前襟。

1428   她在心里苦苦思索　　从早到晚难以解脱，
　　　　　人们为什么违反心意　　给她促成这场婚姻，
　　　　　让她必须再嫁一位　　异教徒的匈奴丈夫。
　　　　　她的亲戚哈根　　还有国王恭特尔一手造成。

1429   王后希望报仇雪恨，　　类似的心情日夜难忘：
　　　　　"我现在如此强大，　　无论有谁怎样反对，
　　　　　我却要让所有的仇人　　受尽折磨，痛苦临门。
　　　　　对付特隆页的哈根　　我也做好了一切准备。

1430   我的心痛苦地思念着　　多少忠诚的人们。
　　　　　对于那些伤害我的人，　　但愿我能有所作为，
　　　　　从而能够为西格弗里特　　冤枉屈死报仇雪恨。
　　　　　我再也不能苦苦等待。"　　王后宽慰自己，心急如焚。

1431   无论国王的随从好汉　　还是克里姆希尔特的勇士，
　　　　　他们都对王后十分爱戴，　　这是众所周知的事实。
　　　　　埃克瓦特是她的财务总管，　　他赢得许多朋友。
　　　　　克里姆希尔特的愿望　　不会遇到任何的阻拦。

1432   她时时刻刻地想着，　　希望征得国王同意，
　　　　　请他心平气和地　　给王后赐予善良的机会，
　　　　　命人把她的亲戚朋友　　带来匈奴人的王国。
　　　　　夫人克里姆希尔特的险恶用心　　谁也没有及时识得。

1433   一天夜晚,当王后   和国王埃策尔躺在一起,
           国王伸出双臂如同   平素每日里的一样
           亲吻高贵妻子的时候   ——他已陷入热烈的爱情——
           美丽的妻子却想起了   她那昔日的仇人。

1434   她对国王开口言道: "我的亲爱的丈夫,
           我愿意对你提个请求   ——应该要有足够的理由——
           如果你对我情爱至深,   你应该让我看到,
           你对我的亲戚朋友   同样表示衷心的友谊。"

1435   崇高的国王立刻回答   ——他的为人十分可靠——
           "你或许早已明白,   众位英雄显示的气质
           多么地友好和可爱   ——我对此感到十分高兴——
           妻子的爱情让我获得了   许多无法更好的朋友。"

1436   王后于是说道: "你也许清楚地知道:
           我有许多高贵的亲友,   我只是十分遗憾,
           他们几乎无法拥有   再度见到我的时候。
           我听说,亲友们一直   埋怨我竟然如此疏远。"

1437   国王埃策尔开口答道: "我的亲爱的妻子,
           如果他们不嫌路途遥远,   只要你愿意见到的人,
           我便邀请他们越过莱茵   前来我的王国做客。"
           讲话让她感到高兴,   她看到了国王的心愿。

1438   王后说道:"我的国王，　你如果忠心于我，
那便立刻派出使者　　离开我们前往莱茵。
我对渴望见到的亲戚　都可以发出邀请，
于是便有许多高贵的骑士　来到我们的王国。"

1439   国王答应:"如果你有愿望，　马上吩咐照此办理!
我希望在这里见到　　高贵母后乌特的孩子的
心情不亚于你对众位朋友的　思念和渴望。
如此久远未曾见到他们，　我感到甚为遗憾。"

1440   国王接着说道:"我的　亲爱的妻子,如果你同意,
我愿意派我的两位　　乐师前往布尔恭腾王国,
作为我的使者去见　　你的众位亲戚朋友。"
国王埃策尔立刻吩咐　召见两位乐师。

1441   两位侍从奉命来到，　见到他们的国王正跟
高贵的克里姆希尔特坐在一起。　国王开口说道,
他们应该作为使者　　前往他的亲戚王国。
接着他又吩咐给使者　准备漂亮的衣裳并且

1442   挑选陪同前往的仆人，　一共二十四名壮士,
他们跟随两位乐师　　共同出使布尔恭腾王国。
国王埃策尔告诉使者　关于自己的愿望,
他们应该邀请恭特尔　和他的亲戚一同前来。

1443　崇高的国王开口言道：　"我把旨意告诉你们：

我邀请我的一切正直、　善良的众位亲戚朋友，

请他们决意骑马　前来造访我的王国。

这样可爱的贵宾　我几乎很少能够获得。

1444　他们如果愿意顺着　我的意志行事，

我的亲爱的姻眷们，　那么应当刻不容缓

按照我的愿望　前来我的王国参加庆典。

我以愉快的心情　迎接王后的贵宾驾临。"

1445　有位乐师开口言道，　他的名字叫施韦默尔：

"请告诉我们，你们的　庆典究竟何时进行，

所以邀请王后的　亲戚朋友前来参加。"

国王的举动减却了　克里姆希尔特许多烦恼。

1446　高贵的国王立刻回答：　"关于庆典时间，

你们可以在莱茵宣布，　他们应该深信不疑：

庆典定在夏至节期　准时隆重开始不误时辰，

我们许多忠实的朋友，　请他们及时越过莱茵。"

1447　"我们按你的吩咐行事，"　维尔勃尔应声答道。

王后命人请他们　悄悄地进入内宫，

她对众位使者　自然更有要事嘱咐。

多少英勇骑士从此　受尽了苦难的折磨。

1448　她对两位使者说道：　"如果你们按我的旨意
　　　　稳妥地行事，　而且向他们讲清楚我究竟
　　　　邀请哪些人前来我们王国，　我将给你们重重有赏。
　　　　我不仅给你们许多礼物，　而且还赠送美丽的衣裳。

1449　在莱茵河畔沃尔姆斯，　你们无论遇见
　　　　我的任何亲戚朋友，　千万别对他们提起，
　　　　说你们曾经见到我　有过稍微悲伤的时刻，
　　　　你们尽管转达我对　众位英雄的良好祝愿！

1450　你们请他们遵循　国王吩咐的旨意，
　　　　从此便能彻底解除　我的种种悲伤和苦难。
　　　　匈奴人大概还以为　我根本没有任何朋友，
　　　　如果我是一位骑士，　我将骑马前去看望他们。

1451　你们告诉盖尔诺特，　我的亲爱的兄长，
　　　　在人间世上只有我　对他最为亲切、尊敬，
　　　　你们请他率领　亲近的朋友一起骑马
　　　　前来我们的王国。　这是我们的无上荣耀！

1452　你们告诉吉塞尔赫，　请他不要忘记，
　　　　我从来没有因为他的过失　遭受任何伤害！
　　　　因此我多么渴望在这里　能够亲自见到他。
　　　　我愿意对他永远地　充满仁慈和喜爱。

1453　然后告诉我的母亲，　我在这里获得多少尊重，
　　　如果特隆页的哈根　执意留守王国，
　　　请问谁能领她　穿越这片宽阔大地？
　　　他从孩童时代便熟悉　前往匈奴人王国的路途。"

1454　使者们并不明白　事情怎么偏偏如此，
　　　勇敢的骑士哈根　决计不能留在那里
　　　独自驻守莱茵，　他们对此困惑不解。
　　　多少骑士因为哈根　走向残酷死亡的祭台。

1455　使命和多少书信　通通交在他们手上，
　　　他们带上丰富的钱财　可以沿途舒适地生活。
　　　国王埃策尔,还有王后　允许他们即刻启程。
　　　两位使者穿戴整齐　打扮入时登上旅途。

1456　国王埃策尔派出　两名使者离开了
　　　匈奴人王国前往莱茵，　他还从许多王国
　　　邀请众位英勇的　骑士前来参加盛典。
　　　可叹英雄好汉　竟然无人能够重返故乡。

第二十四章
使者们前往莱茵,然后回转复命

1457   使者们离开了匈奴人王国　一路急驰昼夜兼程
朝布尔恭腾王国飞驰,　他们奉命去见
三位高贵的国王　另外去见他们的随从战将,
请他们接受埃策尔邀请,　使者们急急如令。

1458   他们骑着高头大马　一路来到贝希拉恩,
使者们不用任何要求　便受到主人热烈接待。
伯爵许格特,还有　夫人高特琳德率领着
他们的孩子给前往　莱茵的使者备下住所。

1459   人们给他们送满了礼物　这才允许离开,
国王埃策尔的使者　多么舒适地继续往前赶路。
伯爵许格特向乌特　和她的孩子们转达问候,
对待他们如此亲切、友好,　恐怕再无别的伯爵。

1460　　他们也给勃吕恩希尔特　　捎上忠诚和情意，
　　　　愿意为她竭诚效力，　　还祝她生活称心如意。
　　　　使者们听完嘱咐，　　立刻又登上旅途。
　　　　伯爵夫人默请苍天上帝　　时时刻刻保佑他们。

1461　　使者们尚未来到　　巴埃安王国，
　　　　机智的维尔勃尔　　见到了善良的主教。
　　　　主教对住在莱茵河畔的　　亲友们有何见教，
　　　　可惜我并不知晓，　　他只是给使者们

1462　　友好地赠送大量赤金。　　主教让他们骑马启程，
　　　　皮尔格林主教还说道：　　"如果我在这里见到
　　　　妹妹的另外几位孩子，　　我将感到十分欢喜。
　　　　可惜我很少能够专程　　前往莱茵看望他们。"

1463　　他们究竟选择怎样的旅途　　穿越王国前往莱茵，
　　　　我却无法一一讲清。　　他们的黄金和衣服成堆，
　　　　无人敢对使者起意。　　国王埃策尔强大无比，
　　　　谁不畏惧国王勃然大怒，　　沿途各地人人知晓。

1464　　维尔勃尔和施韦默尔　　经过十天急驰
　　　　终于来到沃尔姆斯　　进入了莱茵城堡。
　　　　有人立刻把消息　　向国王恭特尔禀报，
　　　　陌生的使者来到王国。　　恭特尔不禁开始动问。

1465　　莱茵的国王开口问道：　"听说一群陌生的骑士，
　　　　他们径直来到我们王国，　有谁能给我们说个明白？"
　　　　机智、英勇的骑士哈根　　见到这批使者之前，
　　　　宫中无人知道原委。　　哈根对恭特尔开口说道：

1466　　"有人给我们送来新的消息。　我愿对你作出保证：
　　　　我在城里看到了　　国王埃策尔的乐师。
　　　　一定是令妹遣使，　把他们派到了莱茵。
　　　　为了表示对埃策尔的友好，　我们应该欢迎他们。"

1467　　他们穿戴整齐，骑着　高头大马来到宫殿门前。
　　　　任何国王的随从乐师　从未如此威武华丽。
　　　　国王的随从立刻上前，　挽住手臂表示欢迎。
　　　　人们牵住了骏马，　又吩咐替他们保管衣裳。

1468　　他们在旅途的穿着　十分豪华，原本可以
　　　　让他们荣耀、体面地　拜见恭特尔国王。
　　　　可是他们不愿在宫中　穿戴时间过长。
　　　　是否有人需要它们，　使者们令人到处询问。

1469　　使者既然如此作为，　不久看到果然有人，
　　　　他们愿意接受衣物，　使者们立刻慷慨相赠。
　　　　客人们重新取出　更加豪华漂亮的衣衫。
　　　　他们打扮得富丽堂皇，　不失国王使者的威武排场。

1470　　埃策尔的两位使者　　商量停当则前去谒见，
　　　　国王已经坐在面前，　　人们看到他们十分高兴。
　　　　哈根从座位上跳了起来　　急步朝使者走去
　　　　来到他们面前。　　使者们对他表示感谢。

1471　　哈根开始询问　　他们前往莱茵的使命，
　　　　动问国王埃策尔起居如何，　　他的臣下情况怎样。
　　　　乐师一一给予回答：　　"王国繁荣，前所未有，
　　　　人们生活美满幸福，　　我对你如实禀报。"

1472　　使者对国王说道，　　宫殿里挤满了人群。
　　　　主人前来迎接客人，　　如同人们在其他的
　　　　任何王国总是友好地　　欢迎使者一样。
　　　　施韦默尔看到国王　　恭特尔周围有许多勇士。

1473　　国王开始高高兴兴地　　问候他们，一旁言道：
　　　　"欢迎你们，行吟艺人，　　埃策尔的臣下，
　　　　欢迎你的众位伙伴！　　匈奴人的国王埃策尔
　　　　为什么派遣你们出使　　前来布尔恭腾王国？"

1474　　使者们十分礼貌，鞠躬行礼。　　维尔勃尔开口言道：
　　　　"我们亲爱的国王埃策尔　　和令妹克里姆希尔特
　　　　着使者把他们对你们的　　问候送到了莱茵王国。
　　　　他们非常虔诚地派遣我等　　前来拜见国王英雄。"

1475   威武的国王开口言道： "这则消息令我高兴，
　　　　埃策尔国王贵体安否？" 国王又继续说道，
　　　　"还有我的妹妹，身居 匈奴国的克里姆希尔特？"
　　　　使者立刻回答： "且容我们一一禀告明白。

1476   国王们的生活 ——你们也许已经知道——
　　　　如此欢乐和幸福， 还有他们的随从，
　　　　众位亲戚和英雄好汉， 真乃世上稀罕，
　　　　当我们离开时他们 高兴地祝我们旅途平安。"

1477   "感谢国王托你们 转述的诸般问候，
　　　　还要感谢我的妹妹！ 国王和众位英雄好汉
　　　　生活过得幸福愉快， 消息令我欢乐满怀。
　　　　我是因为放心不下， 刚才提了这番问题。"

1478   两位年轻的国王 也闻讯匆忙赶来，
　　　　因为他们都是刚才 听到有人禀报的消息。
　　　　年轻的骑士吉塞尔赫 出于对姐姐的爱戴
　　　　所以热烈地欢迎使者。 他友好地开口说道：

1479   "我们衷心地欢迎 你们来到莱茵王国，
　　　　如果你们常常前来， 骑马急驰访问莱茵，
　　　　我想，你们将会找到 许多愿意看望的朋友。
　　　　我们的众位骑士 谁也不会给你们任何伤害。"

1480　　　"我们荣幸地信任你，"　　施韦默尔回答，
　　　　　"国王埃策尔和你的　　高贵的姐姐，她在
　　　　　匈奴人王国受到崇高的爱戴，　他们对你转达问候，
　　　　　如此殷切我几乎无法　　向你完全解释清楚。

1481　　　王后特意提到了你，　讲到了你的恩惠和忠诚，
　　　　　你的心情和友谊　　她时时刻刻萦绕脑海。
　　　　　我们这回奉命　　尤其前来拜见国王，
　　　　　请你们赏脸　　屈尊前往埃策尔的王国。

1482　　　英雄盖尔诺特　　应该随你一同前行，
　　　　　崇高的国王埃策尔　　邀请你们诸位贵宾。
　　　　　即使你们不愿赏脸　　前去看望你的妹妹，
　　　　　国王也愿意稍微知晓　　他对你们是否犯有过失，

1483　　　竟至于让你们始终　　回避着他和他的王国。
　　　　　如果你们并不认识　　王后克里姆希尔特，
　　　　　国王独自一人　　也当得你们专程前去看望。
　　　　　你们倘若这般行事，　他会感到友好、亲切。"

1484　　　恭特尔国王开口言道：　"今天讲话且请稍停，
　　　　　你们暂去客房休息！　等到过了七天时间，
　　　　　我们是否前往你王国，　届时便能听到消息。
　　　　　我究竟如何决定，　自然会给你们答复明白。"

1485   使者维尔勃尔问道： "我们回栈房休息前，
        希望专程前去拜见   我们高贵的王后，
        夫人乌特,不知愿望   是否过分冒昧唐突?"
        崇高的骑士吉塞尔赫   非常礼貌地回答：

1486   "你们要去拜见母后，   任何人不得拦阻你们，
        按照母亲的愿望   事情最好立刻进行。
        因为挂念我的姐姐，   挂念国王埃策尔，
        母亲愿意见到你们，   使者们对此可以深信不疑。"

1487   吉塞尔赫领着他们前往，   见母亲正自一旁安坐。
        她见到使者十分高兴。   王后态度诚恳、认真，
        实实在在地欢迎他们，   因为王后感到欣慰。
        使者们看到她对女儿   日日夜夜挂念在怀。

1488   "王后命我们前来拜见，"   斯韦默尔说道，
        "请接受她对你   虔诚的问候！
        王后时常讲起   你离她住得距离遥远。
        她在心上始终牵挂于你，   感到十分悲伤。"

1489   母后开口言道： "可惜愿望难以实现，
        我其实多么愿意   见到我那可爱的女儿，
        高贵的王后只是   离开我们如此遥远。
        祝愿她和国王   埃策尔生活永远幸福美满！

1490   你们离开王国返程之前   请务必告诉于我
关于你们返回的时间！   隔开这么久远，这回
重新见到你们使者，   我在心中着实高兴。"
两位乐师对她保证，   一定按王后嘱咐照办。

1491   匈奴国的使者拜见完毕   回到了他们的住处。
高贵的国王命人唤来了   他的众位随从朋友。
恭特尔，这位国王   一个接一个地询问骑士，
他们究竟意下如何，   众人展开了热烈的讨论。

1492   "你们骑着高头大马   前往埃策尔王国，威武荣耀。"
国王左右手中最忠诚的   一批英雄齐声说道。
只有哈根独自一人   心中感到愤怒仇恨。
他慢慢地对恭特尔说道：   "她跟你平素有隙。

1493   我们对她有何伤害，   你的心中完全明白，
因此我对克里姆希尔特的   计划始终忧虑重重。
我曾经亲手杀死了   她的骑士丈夫西格弗里特。
我们现在如何还敢   骑马前往埃策尔的王国？"

1494   高贵的国王开口回答：   "她的愤怒似乎平息。
她以衷心的一吻   对我们表示了原谅宽恕，
如同我们在她离开   王国以后所做的一样。
她只是对你，哈根的   仇恨从来没有消失。"

1495　　　"不管他们,这些匈奴人的　　使者如何花言巧语,
　　　　　你可千万不能上当受骗!　　你如果擅自前去看望,
　　　　　必定在那里丧失　　你的个人和生命:
　　　　　国王埃策尔的夫人长期以来　　思量着报仇雪恨。"

1496　　　国王盖尔诺特听到　　这番建议开口言道:
　　　　　"如果国王以种种理由　　担心这回在匈奴人
　　　　　的王国客死他乡,　　这岂非要求我们从此
　　　　　回避前去探望你的妹妹?　　那就显得过分胆怯。"

1497　　　骑士吉塞尔赫　　对壮士开口建议:
　　　　　"哈根,你既然知道　　自己的罪孽滔天,
　　　　　那就不妨留在这里　　确保你的生命安全,
　　　　　让那些有此胆量的好汉　　跟随我们去见匈奴人国王!"

1498　　　特隆页的骑士　　开始变得忿忿不平:
　　　　　"我并不希望你们　　带上旅途的任何人比我
　　　　　显得更有胆略,　　敢于一起骑马前往别人王国。
　　　　　你们如果不愿放弃主张,　　陪同你们,我有此胆量。"

1499　　　御厨总管罗莫尔特,　　英勇的骑士开口言道:
　　　　　"国王尽可以命人　　按照你自己的愿望
　　　　　款待你的贵宾和自己。　　你有丰富的储藏。
　　　　　你要明白,哈根给你　　作了最有益的建议!

1500 你如果不愿听从他的主意， 罗莫尔特不妨说说——
   我对你无限忠诚,尽心效力, 深厚友谊——
   按照我的愿望 你们还是留在王国为好，
   让国王埃策尔在那里 陪着克里姆希尔特娇妻。

1501 世上人间有哪一点 会让你们感到更加向往？
   你们可以远离敌人 在自己国土保持安稳如山。
   你们不妨用豪华的 衣服装点自己威武雄壮，
   啜饮上等的葡萄佳酿， 爱上许多漂亮的姑娘！

1502 人们给你们送上了 四海之内只要能够
   寻找到的精美佳肴。 你们的王国美丽富饶。
   你们可以极其荣誉地 放弃埃策尔的庆典，
   跟众位朋友一道 在家中享受无尽的荣华富贵。

1503 如果你们实在无聊， 要去经历新的生活，
   我不妨给你们备上 一餐丰富的宴席，
   油里煸炒肉片。 罗莫尔特的建议便是，
   众位国王，到匈奴人 那里实在危险。

1504 我知道,克里姆希尔特 对你从未忘怀旧恨，
   你和哈根也无法 改变她的多年成见，
   因此你们应该留在王国， 此举对你凶多吉少。
   我可以正确地预料， 她肯定要作一番了结。

1505 我劝你们听从建议： 你的王国如此富饶，

   我们在莱茵河畔 比起在匈奴人那里

   容易支付对你忠诚的欠债。 我不知道那里如何，

   王上，你还是应该留下。 这是我，罗莫尔特的忠告。"

1506 "我们不能留在这里，" 盖尔诺特断然说道，

   "崇高的国王埃策尔 和我的王后妹妹

   如此友好地邀请， 我们怎能弃置一旁？

   不愿意同行的人， 不妨留在家乡莱茵。"

1507 "真的，"罗莫尔特说道， "我愿意作为祭礼，

   埃策尔的盛典一定 不会让我再回莱茵。

   我如果孤注一掷， 对我有何特别利益？

   只要我尚能做到， 我愿意保留自己的生命。"

1508 "我也愿意响应，" 骑士奥特文随后说道，

   "我愿跟你留在家中 培植共同的莱茵事业。"

   许多人七嘴八舌， 他们全都愿意保全自己：

   "众位王上，愿上帝保佑 前往匈奴国一路平安！"

1509 国王顿时十分愤怒， 因为他已看出

   那些人氏只是希望 在家乡保持平静。

   "我们不能舍去主张， 我们必须应邀前往。

   只要众位理智在胸， 任何时候都能保全自己。"

1510　"请你不要鄙视，"　哈根说道，"我因此
　　　　所作的建议。我把　　建议作为对你的责任：
　　　　我忠诚地对你劝说：　你如果愿意保全自己，
　　　　那就必须全副武装　才能前往匈奴人王国。

1511　你如果不愿意放弃主意，　那就吩咐调集军队，
　　　　召唤你能找到或者　　遇见的最佳勇士，
　　　　我愿意从中挑选　　一千名优秀骑士。
　　　　克里姆希尔特的可恶仇恨　再也无法伤害我们。"

1512　"我愿意听从建议。"　国王开口言道，
　　　　他随即命使者前往　王国各地传下旨意。
　　　　他们送来三千名英雄，　说不定还要更多。
　　　　壮士们没有想到将来的　悲痛如何沉重。

1513　他们高高兴兴地骑马　来到恭特尔的王国。
　　　　国王吩咐给他们　　赏赐骏马和衣裳，
　　　　让他们穿戴一新　共同前往匈奴人王国。
　　　　国王看到许多骑士，　他们愿意竭诚效力。

1514　特隆页的哈根　　吩咐他的兄弟唐克瓦特
　　　　率领六十名壮士　立刻赶往莱茵。
　　　　他们骑士般地奔驰过来：　许多英雄好汉
　　　　还带着衣服和铠甲　来到恭特尔的王国。

1515 　伏尔克壮士是一位勇敢的　　琴师,率领着
　　　　三十名骑士十分荣耀地　　来到沃尔姆斯王宫。
　　　　他们的衣服穿着　　不亚于国王的王袍冠戴。
　　　　琴师对国王说道,　　他愿意前往匈奴人的王国。

1516 　这位伏尔克何方人士　　且听我对你们说明:
　　　　他是一位总管、骑士,　　在布尔恭腾王国
　　　　统领着许多英雄好汉,　　他们甘愿俯首称臣。
　　　　伏尔克因为擅长弹奏,　　从此获得琴师美称。

1517 　哈根精选千名骑士,　　这些英雄威名远扬,
　　　　他们在激烈的风暴中　　如何力挽狂澜,
　　　　他们究竟有何建树,　　哈根都曾亲眼所见。
　　　　人人称颂他们,他们不愧　　勇敢的典范。

1518 　匈奴人的使者　　对此感到强烈的不满:
　　　　他们对主人的恐惧　　已经变得越来越大。
　　　　使者每天敦促国王　　要求辞别主人回家。
　　　　哈根只是不准放行:　　这是他的阴谋诡计。

1519 　他对众位国王说道:　　"我们愿意保存自己,
　　　　因此不能放行他们,　　直到我们动身踏上旅途
　　　　七天之前方让他们　　赶回自己的王国。
　　　　如果有人胸藏祸心,　　我们便能及时觉察。

1520　夫人克里姆希尔特　　再也无法施展手段，
　　　　通过她的种种主意　　唤请别人伤害我们。
　　　　她如果真的存有恶意，　付出的代价一定不轻。
　　　　我们率领的英雄骑士　　个个都是百里挑一。"

1521　马鞍和盾牌　　还有他们的诸般行李，
　　　　这些都是他们　　需要带往匈奴国的物品，
　　　　许多勇敢的骑士　　已经纷纷准备齐全。
　　　　人们传唤国王埃策尔的　乐师来到宫殿。

1522　当他们见到几位国王时，　只听盖尔诺特说道：
　　　　"国王恩德在上，　　着我们通知阁下，
　　　　我们非常乐意前往　　参加埃策尔的盛大庆典
　　　　并且看望我们的妹妹，　我们对此准备完毕。"

1523　国王恭特尔开口言道："请明确地告诉我们！
　　　　匈奴人什么时候　　举行他们的节日盛庆？"
　　　　使者施韦默尔对国王　启口回答：
　　　　"就在夏至那一天，　你们可以准时前往。"

1524　国王允许他们　　——这还未曾有过先例——
　　　　如果他们愿意拜见　　勃吕恩希尔特王后，
　　　　他便因此答应下来，　使者们果然前去问候。
　　　　伏尔克却竭力拦阻，　为了讨好迎合王后的旨意。

330

1525 "事情是，"伏尔克， 此位高贵的骑士说道，

     "勃吕恩希尔特王后 现在略感不适。

     你们回去等到明天， 那时再来拜见王后。"

     等到他们再来求见， 谁料事情又告拖延。

1526 慷慨的国王恭特尔 ——他对使者十分厚爱——

     出于心中的仁慈， 令人用宽大的盾牌

     给他们送上许多黄金。 国王财富如山。

     他的随从也给使者 赠送贵重的礼物。

1527 盖尔诺特和吉塞尔赫， 盖莱和奥特文，

     他们十分温和慷慨， 人们已经看得出来。

     他们给乐师们施以 如此丰厚的礼物，

     使者们出于畏惧埃策尔 居然不敢轻易接受。

1528 使者维尔勃尔 转过身来看定国王说道：

     "国王在上，请把礼物 暂且保管在你的手上！

     我们不能装运回家。 埃策尔国王禁止

     我们收受礼物， 你也没有厚赏的必要。"

1529 庄严的国王对此 感到怏怏不乐，

     他们竟然拒绝收受 国王重赏的礼物。

     使者们因此只得接过 他的黄金和衣裳，

     他们一路随身带着 回到了埃策尔的王国。

1530   使者们不忘返里之前　专程辞别乌特王后。
　　　　　　敏捷的骑士吉塞尔赫　礼貌周全地领着他们
　　　　　　来到母亲的后宫。　夫人委托他们转告，
　　　　　　克里姆希尔特受到尊重，　她也感到快活、轻松。

1531   为了克里姆希尔特，　也为了国王埃策尔，
　　　　　　王后给他们两位　乐师赠送了多少
　　　　　　黄金和漂亮的缎带　——王后对女儿十分厚爱——
　　　　　　使者们能够接受下来：　王后礼物磊落诚实。

1532   克里姆希尔特的使者　向英雄好汉和妇人姑娘
　　　　　　一一告别辞行，　他们高高兴兴地一路
　　　　　　前往来到施瓦本。　盖尔诺特命令随从
　　　　　　护送到此,使者们　未曾遭受任何威胁。

1533   使者们跟沿途护送的　壮士分手话别，
　　　　　　国王埃策尔的威望　还保护他们一路平安：
　　　　　　任何人不敢劫掠　他们的马匹和衣裳。
　　　　　　他们一路快马加鞭　重新回到匈奴人的王国。

1534   使者们沿途见到熟人　便对他们一一告诉，
　　　　　　布尔恭腾的诸位王上　即将离开莱茵
　　　　　　很快便要来到　多瑙河畔匈奴人的王国。
　　　　　　帕骚主教皮尔格林　自然也听到了消息。

1535   使者们风驰电掣   骑马来到贝希拉恩，

他们对许特格禀告   ——他的确也该知道——

还有高特琳德，   端庄的伯爵夫人，

他们即将看到贵宾，   夫妇两人十分高兴。

1536   人们看到使者   飞马急驰往前奔去。

他们在格朗城内   见到了国王埃策尔。

使者把人们转达的   多多少少的问候

一一告诉国王。   国王高兴得满面红光。

1537   埃策尔的王后很快   便听到了消息，

知道她的兄长们   将要来到匈奴人王国，

王后心中十分欣慰。   她给每位乐师

赐送丰厚的礼物，   让他们获得许多利益。

1538   王后说道:"两位可爱的使者，   请告诉我，

在我们邀请前来王国   的最高贵宾中

有哪些朋友准备   在我们这里做客，"

她又问道:"哈根知道   消息时说了些什么?"

1539   使者回答:"他在清晨   赶早便来参加讨论，

当众人决定离开沃尔姆斯   越过莱茵的时候，

他可从来没有说过一句   稍微友好的言论。

王后，你要明白:他只是   无法反对这回决定。

1540   你的众位兄弟，　他们一共是三位国王，

个个显得情绪高涨。　在场的还有许多骑士，

关于他们的具体身世，　恕我无法禀告清楚。

英勇的琴师伏尔克　答应跟随一同前来。"

1541   "这倒可以简单地放弃，"　王后听罢开口言道，

"我可以不必见到　伏尔克来到王宫。

我心里只是记挂哈根：　他是一位杰出的骑士。

倘若他前来匈奴做客，　可以让我兴奋不已。"

1542   王后说完走了过去　找到国王埃策尔。

克里姆希尔特对国王言道，　一面显示万般柔情：

"我的亲爱的夫君，　消息是否让你感到高兴？

我的内心多少渴望　看来就要全部完成。"

1543   "看到你能如愿以偿，"　国王一旁开口言道，

"直到知道众位亲戚　决定来到我的王国，

我在心里从未　感到有过如此快乐。

你的亲戚多么友好，　我的忧愁彻底清扫。"

1544   国王的文武官员　从四面八方传下命令，

准备为前来参加　盛典的高贵客人

无论在宫殿还是大厅　通通备下就座椅凳。

可惜后来国王的欢乐　全被他们断送干净。

第二十五章
国王们来到匈奴人王国做客

1545　他们忙碌着种种准备，　我们这里暂且打住。
　　　从未见过气宇轩昂的　骑士们装备和装束
　　　如此豪华、精良　前往另一位国王的住地。
　　　他们如愿拥有两件　必备：武器和衣裳。

1546　莱茵的国王给他们　赏赐崭新的行装，
　　　如我听说的，这里　共有一千零六十名骑士，
　　　另外还有九千名侍从　一起前往参加庆典。
　　　留在家中的人氏　后来为他们痛哭悲伤。

1547　人们把鞍具搬到　沃尔姆斯的宫殿。
　　　只见来自施拜埃王国　的一位年迈主教
　　　对王后乌特说道：　"我们的众位朋友
　　　准备前往参加庆典。　愿上帝保佑他们的荣誉！"

1548   高贵的乌特对她的　　儿子们却开口言道：

"你们这群正直的英雄　　应该留下不宜远行：

我昨天夜里做了　　一则可怕的噩梦，

看到我们王国的　　鸟儿全部死在一起。"

1549   "谁如果相信梦境，"　　哈根不由得说道，

"他便难以真正地　　知道一位英雄骑士

如何才能最好地　　保持他的一生荣耀。

我希望，我的国王　　立刻前往宫中辞行。

1550   我们愿意一同抵达　　埃策尔的王国。

许多出色的英雄　　可以亲手为王后效劳，

因为我们必须参加　　克里姆希尔特的庆典。"

哈根劝说众人踏上旅程，　　可怜带来无限悲痛。

1551   如果不是盖尔诺特　　言辞缺乏礼貌友好

让哈根感到十分愤怒，　　他可以力图劝阻国王成行。

英雄提醒哈根不要忘记　　克里姆希尔特的丈夫，

而且一旁挑拨："哈根为此　　不肯踏上匈奴旅程。"

1552   特隆页的英雄说道：　　"我一向无所畏惧。

如果众位英雄愿意，　　那就不妨准备启程！

我乐意跟你们一起　　前往埃策尔的王国。"

多少头盔和盾牌后来　　被他砍得彻底粉碎。

1553　　排列无数的船只　　准备摆渡莱茵。
　　　　他们把衣物行李　　通通搬入船舱。
　　　　大家没有空闲，　　一直忙碌到傍晚时分。
　　　　英雄们辞别亲人　　欢欢喜喜地准备启程。

1554　　他们在莱茵河的彼岸　　草地上搭建了
　　　　简易的木房和帐篷。　　当他们准备完毕，
　　　　国王美丽的妻子却　　力劝恭特尔不要启程。
　　　　当天夜里她还搂着　　他那强健的身体。

1555　　清晨拂晓传来了　　悠扬的琴声和笛声。
　　　　他们立刻明白：　　已经到了分别的时刻。
　　　　怀中拥着情妇的壮士　　又把她们紧紧地搂住。
　　　　国王埃策尔的妻子　　使尽折磨剥夺了他们的生命。

1556　　御厨总管罗莫尔特，　　一位勇敢的骑士，
　　　　慢慢地走近国王　　对他开口劝说。
　　　　他对国王坦白陈述　　自己的意见。
　　　　骑士说道："你果然应约前往，　　我感到惋惜。

1557　　我对你警告多回，　　而且不止一次地提醒。
　　　　既然众位骑士无法　　劝阻你改变主意，
　　　　那么你把王国和人氏　　交给谁来管理？
　　　　克里姆希尔特的种种信息　　让我感到十分危险。"

1558　　"我把留在这里的　　众多人氏和城堡，
　　　　我的王国，我的财产，　　包括我的王子和随从，
　　　　还有勃吕恩希尔特的安危　　一律托付于你。
　　　　国王埃策尔的妻子想必　　真的不会加害我们。"

1559　　他们在离别前夕，　　国王把这番旨意
　　　　跟他最高的骑士们商量已定。　　他不愿看到
　　　　王国和城堡无人治理：　　他让留守莱茵的
　　　　许多杰出的骑士保护　　和统管王国的事务。

1560　　君王们及其随从们的　　坐骑已经佩上了马鞍，
　　　　多少人恋恋不舍，　　交相互吻告别了故乡，
　　　　胸膛里却充满着　　英雄气概，斗志昂扬。
　　　　杰出而又漂亮的妇人　　日后将为他们痛哭失声。

1561　　埋怨声，哭泣声，　　人们听到响成了一团。
　　　　勃吕恩希尔特抱着　　孩子递给了国王恭特尔。
　　　　"你怎么留下了我们　　母子两人孤苦伶仃？
　　　　你应该跟我们厮守一起。"　　王后说道，心痛欲裂。

1562　　"夫人，你不用悲悼　　我敢于前往的意志，
　　　　你留在家中只管高高　　兴兴根本不用担忧。
　　　　我们一定满天欢喜　　健康活泼地顺利回来。"
　　　　骑士们离开众位朋友　　心中毫无顾虑。

1563　　人们看到壮士们　　朝着骏马走了过去，

多少女人还站在原地　　不由得眼泪汪汪。

她们心里暗自思忖，　这么久远的离别

一定会带来许多损失，　心里感到实在难忍。

1564　　勇敢的布尔恭腾英雄　　开始踏上了远方的旅程。

王国上下掀起了　一片热烈的忙碌。

山河两旁站立着　　男男女女，呜咽落泪。

不管人们多么悲伤，　骑士们只是满心愉快地出发。

1565　　那时候基督教在国内　　还刚刚时兴。

他们有位随军神甫，　专为骑士好汉吟唱弥撒。

神甫后来顺利返回，　大难不死小有幸运。

只是再无别人侥幸　能够从匈奴国逃回莱茵。

1566　　国王的大队人马　　取道莱茵河溯流而上，

他们一路急驰穿过　东法兰克大地。

哈根率队一马当先，　附近的地形非常熟悉。

唐克瓦特，布尔恭腾的　英雄担当督军司令。

1567　　当他们经过东法兰克　转道斯瓦尔弗尔特时，

人们能够从他们　王者风范的行军队列

认出国王及其亲戚，　一群值得赞颂的英雄。

到了第十二个清晨，　国王抵达了多瑙河边。

1568　　特隆页的骑士哈根　　独自骑马走在队前。

　　　　强悍的尼伯龙英雄好汉　　把他看作可靠的慰藉。

　　　　英勇的骑士从马上跳下　　来到了多瑙河滩。

　　　　他立刻把战马拴在　　一棵巨大的树旁。

1569　　河水正在汹涌猛涨，　　河面不见船只踪影。

　　　　尼伯龙勇士们百般无奈　　不禁顾虑重重，

　　　　河道如此宽阔，　　他们如何才能渡得过去。

　　　　许多骑士只得从　　马背上跳了下来。

1570　　"莱茵的国王，请看，"　　哈根一旁开口言道，

　　　　"你今天也许将会　　遭受苦难的折磨：

　　　　多瑙河水正在漫溢，　　而且流速如此凶险。

　　　　我担心马上便会　　损失多少勇敢的骑士。"

1571　　"哈根，你为什么责怪于我？"　　威严的国王说道。

　　　　"你那崇高的道德　　对我们没有任何安慰。

　　　　你必须寻找浅滩，　　想方设法前往对岸，

　　　　战马和衣裳，两样　　东西必须送过河去。"

1572　　"生活肯定没有，"哈根说道，　　"让我如此厌倦，

　　　　而且也不打算今天就淹死在　　湍急的多瑙河上。

　　　　我首先要亲手斩杀　　埃策尔王国的

　　　　许多英雄好汉，　　那是我坚定不移的计划。"

340

1573　优秀而又自豪的骑士，　请在河边稍微等待！
　　　我要亲自前去　　寻找几名船夫，
　　　请他们把我们送往　　埃策尔的王国。"
　　　勇敢的哈根手上　　提着宽大的盾牌。

1574　堂堂的英雄独自一人　带着精良的武器：
　　　他系紧了头盔，　　只见头盔闪闪发光。
　　　接着他又穿上了铠甲，　佩上宽阔的宝剑，
　　　剑刃锋利，　　格斗拼杀时削铁如泥。

1575　哈根来回奔跑　　希望找到一位水手。
　　　突然听到水花激溅　　——他开始四面张望——
　　　原来两名智慧的女人　　正在一旁泉中沐浴。
　　　她们沉浸水中游泳　　洗澡，胜过避暑纳凉。

1576　哈根看到了她们，　　他慢慢地跟踪而去。
　　　她们发现有人　　立刻飞快地往前奔逃。
　　　两个女人十分高兴，　　庆幸没有被陌生人途中截住。
　　　英雄捡起了她们的衣衫，　没有制造更多的麻烦。

1577　只听一位女妖说道：　　——她的名字叫作哈特堡——
　　　"哈根先生，请把衣裙　　立刻还给我们！
　　　如果高贵的骑士把衣服　　还给了我们，
　　　我们告诉你这回前往　　匈奴旅程的结局如何。"

1578　她们在哈根面前　　如同鸟儿一样掠过水面，
　　　女妖的本领让骑士　　感到精良和可信。
　　　她们对他讲的内容，　哈根自然更加不敢怀疑。
　　　其中一位女妖看他　　心急如焚便开口预言。

1579　她说:"你可以平安地　　前往埃策尔王国。
　　　我对你忠诚地担保，　而且用头颅作押，
　　　众位英雄将会受到　　隆重欢迎,你们从未
　　　去过这么美好的地方，　你可以对此深信不疑。"

1580　哈根听到讲话　　心中感到十分高兴。
　　　他把衣服还给女妖，　不再久事耽搁。
　　　等到女妖把神奇的　　衣服穿在身上，
　　　立刻告诉他们将在　　埃策尔王国的事实真相。

1581　只听另一位女妖说道，　她的名叫文娜琳特:
　　　"哈根,我要警告你，　阿尔特里安的公子，
　　　为了骗得衣服，　我的伯母对你说了假话，
　　　你赶往匈奴人王国，　那是受了严重的欺骗。

1582　你如果愿意掉头回去，　那么现在为时未晚，
　　　因为你们众位英勇　　骑士应邀前往匈奴人
　　　埃策尔王国,告诉你们，　那是必死无疑。
　　　你们当中有谁前往，　他便跟死亡拴在一起。"

342

1583   哈根立刻给予回答： "你们说谎没有章法。
        我们怎么可能彻底死净， 我们只是前往
        参加国王盛典,如何遭致 有人这般仇恨。"
        女妖开始对他 详细数说事情原委。

1584   她说道:"哈根,请记住! 事情是这样的,
        你们中间将没有一个人 能够活着回来,
        只有国王的随军神甫除外。 你可以知道:
        他独自一人安然无恙 回到恭特尔的王国。"

1585   勇敢的骑士哈根 不由得愤怒地说道:
        "我们无法对众位 国王清楚地交代明白,
        说这回到了匈奴人那里 将会丧失身体和生命。
        你个无所不晓的女人， 还是告诉我如何渡河!"

1586   她说道:"你如果对我的 建议不予采纳,
        在河流的上游对岸 有一所简易的住房。
        那里住着一名船夫， 除他以外再无别人。"
        他对问来的消息 果然深信不疑。

1587   另一名女妖还对 心情不佳的骑士说道:
        "哈根好汉,且请稍待， 只是不要过分莽撞。
        我再告诉你如何 能够渡过河去!
        这个地方有位长官， 他的名叫埃尔塞。

1588   他的兄弟是位骑士，   名字叫作格尔弗拉特，
        是多瑙河王国的君王。   你要注意不可靠近。
        如果你要通过他的地区，   切莫忘记谨慎小心，
        必须跟船夫两人   小心翼翼央求商量方能成行。

1589   那位船夫性格暴躁，   你如果对待这位英雄
        态度不够稳妥、友好，   他也绝对不会让你越过多瑙河。
        你们如果请他摆渡，   那就必须给他渡资！
        这里一带属他管理，   他对国王格尔弗拉特十分忠诚。

1590   如果船夫懒得出来，   那便对急流大声呼唤，
        说你名叫阿美尔利希，   这是一位善良的勇士，
        由于争端纠纷不得已   离开这座王国。
        他一旦听到名字，   船夫便会前来找你！"

1591   心高气傲的哈根   为了建议和注意事项，
        对两位女妖十分感谢，   英雄谢毕不再赘言，
        沿着河流径直往前，   一直找到上游河滩，
        看到对岸果然有座   简易的住所草房。

1592   哈根站在波涛面前，   开始大声呼喊：
        "喂，船夫，请渡我过去，"   英勇的壮士说道，
        "我付给你一只赤金   戒指作为渡资。
        你要明白，我非常紧急，   需要渡河多瑙！"

1593　这位船夫如此富有，　　对待收入不屑一顾，

　　　　因此他很少收取　　任何人的渡船报酬，

　　　　连他的仆人也个个　　生性傲慢，目中无人。

　　　　可怜哈根无可奈何　　独自一人站立对岸。

1594　多瑙河水哗哗流动，　　他拼尽气力大声呼喊，

　　　　因为哈根勇士，英雄　　气概，力大如山。

　　　　"埃尔塞的壮士好汉，　　请帮助阿美尔利希，

　　　　他为了躲避迫害　　才无奈逃离了这片土地！"

1595　哈根说完把戒指　　挑在宝剑的前端，

　　　　戒指漂亮，闪闪发光，　　成色良好，纯净赤金，

　　　　为了请船夫把自己　　渡往埃尔塞的王国。

　　　　生性高傲的船夫　　这才顺手操起了船桨。

1596　却说这位船夫　　为人的确并不随和，

　　　　常在气恼地摆渡结束时　　贪心收取大笔财富。

　　　　他这回在心中盘算　　准备赚取哈根的赤金戒指，

　　　　可是不料却很快在骑士　　手下惨遭横死。

1597　船夫起劲地划桨　　很快便来到对面河滩，

　　　　他一看那里站着的　　不是自己愿意见到的人。

　　　　船夫看到哈根时　　心中不由得十分窝火。

　　　　英雄船夫对着骑士　　开口言道，声色俱厉：

1598   "你也许可能起个名字叫作　阿美尔利希，
　　　　　却跟我期待的　根本不是同一个人。
　　　　　他是我的手足兄弟，　我们同父同母,确系同胞。
　　　　　你对我如此欺骗，　且请永远留在对岸。"

1599   "不,上帝保佑善良，"　哈根立刻给予回答，
　　　　　"我是异国他乡的骑士，　肩担许多伙伴的安危。
　　　　　请无论如何分外友好地　接过这里陌生的船资
　　　　　帮助我渡河过去!　我愿对你永远感激不尽。"

1600   船夫开口答道：　"这却无论如何难以办到。
　　　　　我们亲爱的众位国王　防范着周围许多敌人，
　　　　　因此我不能把陌生人　送到对面的那片土地。
　　　　　你如果可惜自己的生命，　那便立刻跳下船去!"

1601   "我可不能如此,"哈根说道，　"这趟旅途十分紧迫。
　　　　　请收下我的报酬，　一只赤金戒指,价值无限，
　　　　　我有千匹骏马,另外　还有无数勇士准备渡河!"
　　　　　"这件事无法办到，"　船夫答道,"千真万确。"

1602   船夫说完抡起木桨，　又大又宽,十分沉重，
　　　　　顺势朝哈根迎面劈来　——这就是他后来的苦难——
　　　　　哈根步履踉跄,禁不住　猛地跪倒在船舱，
　　　　　特隆页的英雄还从未　见过如此猖狂的船夫。

1603 船夫还想继续欺侮 这位陌生的来客。

    他操起沉重的船篙 又朝哈根头上打来，

    打得船嵩断成几段， 船夫不愧是位硬汉。

    埃尔塞的仆人如此举动 惹来了杀身之祸。

1604 英勇的哈根不由得 勃然大怒,顺手转身

    抓住了剑鞘,一把 利剑已经稳操在手。

    他斩下船夫的脑袋 把首级扔入河底。

    骄傲的布尔恭腾勇士们 不久知道了这则消息。

1605 哈根杀死了船夫， 可是就在同一时刻，

    船儿被河水急卷而去， 这让哈根费尽气力。

    等到他把事情重新办妥， 已经累得精疲力竭。

    国王恭特尔的英勇骑士 独自一人拼命划行。

1606 倔强的船夫死了 给哈根增添的麻烦不多。

    他灵巧地顺着河流 很快便来到了山谷。

    哈根看到他的国王 兀自站在河滩盼望，

    多少穿戴齐整的骑士 朝着哈根走了过来。

1607 勇敢的骑士们 欢呼哈根胜利归来。

    他们在船舱里还 看到一摊热血滚滚，

    顺着伤口往外喷流， 那是他给船夫留下的痕迹。

    哈根为此听到 许多人的惊讶疑问。

1608　　当国王恭特尔　　看到船舱里热血不止
　　　　正在喷冒烟雾时，　他不由得立刻问道：
　　　　"哈根，你对我如何交代，　船夫究竟哪里去了？
　　　　我相信一定是你力大无穷，　让他一命呜呼。"

1609　　哈根不由得当面撒谎：　"我在一棵粗壮的
　　　　柳树旁看到这艘船儿，　便动手把它解了下来。
　　　　我却没在任何地方　看到任何一名船夫，
　　　　而且也没有人因为　我的过失领受了伤害。"

1610　　布尔恭腾的好汉　盖尔诺特开口言道：
　　　　"我看到船上没有　任何一名水手，
　　　　担心我们的朋友　今天恐怕遭受伤亡。
　　　　我们究竟如何过去，　我只是无法高兴起来。"

1611　　哈根不由得大声呼喊：　"众位伙伴，且把行李
　　　　全部送上船去！　我想，我正是一名
　　　　人们在莱茵河畔难以寻觅的　最好的船夫。
　　　　我自信可以完全　把你们送到格尔弗拉特的王国。"

1612　　为了让勇士们　更快地到达对岸，
　　　　人们把马匹都赶入水中。　马儿生性善于游泳，
　　　　湍急的多瑙水流　居然对它们无所伤害。
　　　　有几匹马却被卷得很远，　它们费尽气力游到对岸。

348

1613　勇士们把他们的　　黄金和衣服全部送到船上，
　　　　因为任何人都找不到　　过河的善谋良策。
　　　　哈根不愧为一位勇士大师，　　他亲自操舵把多少
　　　　勇敢的骑士送上了　　对岸陌生的王国。

1614　他首先把一千名　　气宇轩昂的骑士和
　　　　六十名随从运过河去，　　然后摆渡越来越多：
　　　　一共九千名侍从　　全被送上对岸河滩。
　　　　勇敢的哈根整整一天　　没有停歇他的双手。

1615　这艘渡船名不虚传，　　宽阔巨大十分结实，
　　　　许多英雄挤在里面　　仍然感到非常自在。
　　　　它每回帮助四百多名　　骑士一举渡过水面。
　　　　多少骑士必须整天　　拉动皮带来回运送。

1616　当哈根把勇士们　　安然无恙地送到对岸时，
　　　　英雄的壮士却突然　　想起了陌生的女妖，
　　　　想起任性的水怪　　对他讲到的那番预言。
　　　　国王的随军神甫　　差一点为此断送了生命。

1617　他看到神甫守在　　携带的祭器箱旁，
　　　　一只手还举着　　许多用于祭供的圣物。
　　　　真是天意如此，　　无法更改：哈根看到他时，
　　　　这位上帝的可怜神甫，　　他要当场领受灾殃。

1618　　哈根突然使用了暴力　　把神甫扔出船舷。
　　　　许多人大声呼喊：　　"住手,哈根,立刻住手!"
　　　　年轻的吉塞尔赫　　顿时变得勃然大怒。
　　　　哈根却拒绝劝告,　　不让别人加以阻拦。

1619　　布尔恭腾的好汉　　盖尔诺特开口言道：
　　　　"哈根,随军神甫死了　　给你带来何等益处?
　　　　是否有人大逆不道,　　所以让他领教痛苦。
　　　　你究竟出于什么原因　　跟一位随军神甫绝交?"

1620　　神甫在水面拼命挣扎：　　他希望逃脱灭顶之灾,
　　　　如果有人稍助一臂之力,　　可是偏偏事与愿违。
　　　　哈根把他推向深渊,　　因为他的心里充满着
　　　　巨大的愤怒和怨恨。　　事情看来糟糕,而且十分无礼。

1621　　可怜的随军神甫　　看到无人伸手救援,
　　　　只得顺水游了回去,　　为此遭受了巨大的痛苦,
　　　　神甫其实并不会水。　　上帝之手援助于他,
　　　　他于是安然无恙　　重新踏上对岸河滩。

1622　　可怜的神甫站在那里,　　开始挤干衣服的积水。
　　　　哈根这才看出,原来　　聪明的水中女怪
　　　　对他所言的一切　　全部灵验,无可避免。
　　　　他想道：这批骑士　　看来的确命不久长。

哈根突然使用了暴力　把神甫扔出船舷。

爱德华·荷尔贝因和弗里特利希·维尔赫姆·戈比茨,1842 年

1623   当三位国王的随从   把船只撤空，

而且把装载入船的   行李全部运输完毕，

哈根把船只砸成碎片   然后把它推入水中，

勇敢而又善良的骑士们   对此表示十分的惊讶。

1624   "兄长，你为何这般行事，"   唐克瓦特不由问道，

"当我们从匈奴那里回来   重返莱茵的时候

在这里失却了船只   如何才能渡过河去?"

哈根这时告诉于他，   要想回去断然不能。

1625   特隆页的英雄开口言道：   "我所以这等行为：

如果我们的队列中   有人畏惧胆怯，

在艰难困苦的场合   妄想逃脱大队人马，

他必然在这条河水中   遭受耻辱的横死。"

1626   他们随身带来了一位   布尔恭腾的好汉，

他的名字叫作伏尔克，   是位出色的骑士英雄。

伏尔克言辞敏捷，   对哈根常常心领神会，

不管哈根如何作为，   骑士总是赞不绝口。

1627   国王的随军神甫看到   船只破碎顺水流淌着

又转了回来，不禁对哈根   开口问道：

"你个毫无忠义的杀人凶手，   我这回遭受歹毒，

你难道愿意看到我   无辜淹死在多瑙河中?"

1628　　哈根立刻对他回答：　　"你且不要如此言语！
　　　　你能够从我的手下　　逃脱一条性命，
　　　　的确使我十分悲伤。　　这并非嘲笑，千真万确。"
　　　　可怜的随军神甫说道：　　"我为此永远赞颂上帝。

1629　　你现在可以完全相信，　　我对你根本无所畏惧。
　　　　你只管去会匈奴人，　　我却愿意回转莱茵。
　　　　上帝让你永远也难以　　重新回到莱茵故居！
　　　　这是我对你的真正祝福。　　你差点儿要了我的性命。"

1630　　只听国王恭特尔　　对他的随军神甫说道：
　　　　"哈根无知，愤怒之中　　对你无端痛下杀手，
　　　　你却将会因祸得福。　　我如果能够活着
　　　　重新回到王国莱茵，　　你也不必为此担忧。

1631　　你且回转王国去吧！　　这是不可更改的意愿。
　　　　给我转达对我的　　亲爱的妻子厚厚的祝福，
　　　　还有给我的诸位亲戚，　　这是我的理所应当。
　　　　请告诉他们一则喜讯，　　我们仍然还在前进！"

1632　　骏马已经佩上马鞍　　牲口也已驮装完毕。
　　　　旅途至此，他们尚无　　遭受任何需要
　　　　加以谴责的损害。　　只是国王的随军神甫，
　　　　他现在只能独自步行　　一路走着回到莱茵。

第二十六章
他们跟埃尔塞和格尔弗拉特纷争不已并且获胜

1633   骑士们安然无恙   顺利来到对岸河滩，

国王开始问道： "谁能指示正确的道路

带领我们通过这片土地，   不让我们迷失途径？"

强壮的伏尔克说道： "我愿意担当此任。"

1634   "你们且请安静，"哈根说道， "骑士们和随从们，

切莫如此仓促行事，   我感到这才稳妥放心。

我在这里给你们讲个   并不吉利的故事：

我们此去前途未卜   再也难以回转我们的王国。

1635   今天早晨有两个水中女妖   亲口对我言道，

我们再无回头之路。   我且告诫如何行动：

英雄们，你们必须全副武装，   随时准备战斗——

我们面临强大的敌人，   ——你们必须一路防备。

1636 我曾经以为聪明的 女妖对我玩弄花招。

    她们特别强调说道： 除了国王的随军神甫，

    我们之中再无别人 能够亲眼重新看到家乡。

    我于是多么希望见到 那个人今天淹死河中。"

1637 这些故事从人群 穿过人群到处流传。

    勇敢的骑士们 顿时不免悲痛,脸色苍白,

    他们面临着残酷的 死亡心中忧虑重重,

    诅咒这番不测之行, 他们的确无限悲伤。

1638 骑士们大队人马 重新来到梅灵根,

    那是埃尔塞的船夫 惨遭横死的地方,

    哈根再度开口言道： "我因为一路之上

    获罪众方仇敌, 这回必然遭受多方袭击。

1639 我在今天清晨 杀死了他们的船夫。

    他们也许获悉消息, 你们需要人人小心。

    如果埃尔塞和格尔 弗拉特今天便来

    麻烦我们的随从, 定让他们有来无回！

1640 我知道他们十分勇敢, 今天一定伺机报复。

    你们且让马蹄愈加 小声地踏过这片大地,

    千万别让人知道 我们正在途中潜行！"

    "我们一定遵照执行。" 勇敢的骑士齐声答道。

1641 "今天由谁率领大队人马　穿越这片土地？"
他们说道：　"伏尔克当向导——他对附近的
山坡和道路分外熟悉　——这位勇敢的乐师。"
人们尚未议论完毕，　乐师已经全副武装来到面前。

1642 勇敢的乐师　把头盔系扎得结实。
他身披铠甲，　一身戎装富丽堂皇。
乐师在他的枪杆上　扎上一道红色标记。
他后来跟众位国王　经历了可怕的灾难。

1643 格尔弗拉特果然听到了　关于船夫之死
的真实消息，　他的兄弟埃尔塞不久
也听到了风闻。　他们两人感到十分痛苦。
两人立刻召唤骑士，　骑士们奉命赶到。

1644 没用多少时间，　如我确切听说的那样，
兄弟两人看到人马赶来，　这是久经沙场
磨炼的骑士,他们曾经　杀戮深重,战果累累。
应召前来的七百多名勇士，　纷纷找到格尔弗拉特。

1645 人们开始从后面　紧紧追赶凶恶的敌人，
这里由国王亲自统领大队人马。　他们快马加鞭
围追陌生的勇士，　心中只是想着报仇雪恨。
可惜后来却是丧失了　许多朋友的生命。

356

1646　勇士哈根对此作了　　周密细致的安排——
　　　　一位英雄应该如何　　更好地保护他的人马——
　　　　他率领六十名勇士　　和他的弟弟唐克瓦特
　　　　亲自殿后守卫。　　这等布置十分成功、幸运。

1647　他们看到白天已尽，　　夜幕慢慢笼罩上来。
　　　　哈根担忧朋友们　　遭受沉重的袭击，伤亡惨重。
　　　　他们一路催马举着　　盾牌穿过巴埃尔王国，
　　　　英雄们很快发现　　已经遭到了敌人的进攻。

1648　他们听到从身后　　和马路两侧纷纷
　　　　传来了杂沓的马蹄声响，　　敌人来势凶猛。
　　　　勇敢的唐克瓦特说道：　　"有人前来袭击我们。
　　　　你们立刻扎紧头盔，　　人人执行，不得有违！"

1649　他们看到情况紧急，　　只能驻守原地停止骑行。
　　　　人们透过夜幕但见　　许多头盔冷光闪闪。
　　　　哈根不愿意沉默许久　　只是观察敌人：
　　　　"谁在后面跟着我们？"　　格尔弗拉特必须回答他们。

1650　只听巴埃安王国的　　伯爵开口言道：
　　　　"我们正在追赶　　悄悄潜逃的敌人：
　　　　我不知道，今天是谁　　杀了我们的船夫。
　　　　他是一员英勇的好汉，　　我的心里非常痛苦。"

1651   特隆页的哈根开口答道：   "原来是你的船夫！
        他不愿意帮助我们摆渡，   一切责任全在于我。
        如果说我杀了你的船夫，   事情于我实出无奈。
        你的这位好汉几乎   把我交给了水中死神。

1652   我许愿给他船资，   黄金、白银和衣裳，
        请他帮助摆渡   把我们送入你的王国。
        此事让他委曲不过，   他愤怒地操起
        沉重的撑篙朝我打来，   我只得费力地招架。

1653   无奈之中我抽出宝剑   不由得勃然大怒，
        给了他沉重的打击。   他的结局十分糟糕。
        我可以给你们赔礼谢罪，   你们怎么要求都行。"
        他们开始激烈争论，   双方变得怒火万丈。

1654   "我知道，"格尔弗拉特说道，   "哈根骄横无礼，
        自从他伴随   国王恭特尔一路过来，
        我们便将遭受伤害。   事情不能让他称心如意：
        为了船夫之死，   他必须给我们以命抵偿。"

1655   格尔弗拉特和哈根，   他们挺着结实的
        长矛各自朝盾牌撞去。   两人杀得兴趣正浓，
        埃尔塞和唐克瓦特   也早已斗志昂扬地
        拍马相向,厮杀一团。   那是一场愤怒的血战。

1656   英雄们如何才能　　通过当时血战的考验？
　　　　格尔弗拉特出手凶狠，　　勇敢的哈根
　　　　端正坐在马鞍上面　　遭到迎面狠狠的一击：
　　　　他的坐骑胸带断裂，　　大家看他仰天倒下。

1657   随从们的枪杆立刻　　发出了撞击的响声。
　　　　哈根毅然地站立起来，　　他由于遭到长矛撞击
　　　　一路顺着山谷翻滚　　最后摔在草地上面。
　　　　我想,他对格尔弗拉特　　肯定怀着不共戴天之恨。

1658   谁替他牵住了战马，　　我对此一无所知。
　　　　他们两人都从马鞍　　一起倒在了地上。
　　　　格尔弗拉特和哈根　　相互面对冲撞起来。
　　　　伙伴们呐喊相助，　　这是一场血腥的恶仗。

1659   哈根对着格尔弗拉特　　拼足气力冲将过去。
　　　　可是高贵的伯爵却　　顺势把他的盾牌
　　　　砍下厚厚的一片。　　兵器相撞火星直冒。
　　　　国王恭特尔的勇敢骑士　　几乎被打翻在地。

1660   他开始大声呼唤　　唐克瓦特前来帮助：
　　　　"亲爱的弟弟,快来救我！　　有位英雄十分了得，
　　　　我遭到了他的进攻，　　他要让我不得好看。"
　　　　勇敢的唐克瓦特说道：　　"我愿意当个裁判。"

1661 他说罢愤怒地跳上前来　给对方猛力一击，
格尔弗拉特勇士　可怜被打死在他的脚下。
埃尔塞十分愤怒，　渴望着为英雄报仇雪恨。
他却损失惨重　只得率领随从逃离战场。

1662 他的兄长惨遭横死，　他也落得伤痕累累。
大约有八十名骑士　立刻在骑士面前成为
愤怒死神的掠物。　埃尔塞无可奈何，
只得匆匆忙忙逃走。　客人们战果辉煌。

1663 当他们从巴埃安王国　道路上撤离的时候，
人们还听到背后响着　激烈厮打的声音。
特隆页的好汉们　正在追赶逃窜的敌人。
那些不甘失败的骑士　个个遭受巨大的伤害。

1664 英勇的骑士一面追赶　一面开口言道：
"我们不久便要重新　回来经过这些道路。
让他们骑马去吧！　他们已经伤痕累累。
我们快去追赶朋友！　这是我对你们的忠告。"

1665 他们重新回到了　刚才发生战斗的地方，
英勇的哈根开口说道：　"众位英雄请检点一下，
由于格尔弗拉特残酷了得，　看我们在激战中
缺了哪些人员，　检查有没有重大伤亡。"

1666 　他们丧失四员好汉，　　大家已经明确看到。
　　巴埃安人为了偿还　　这笔损失竟然
　　付出了重大的伤亡代价：　他们死了百名壮士。
　　特隆页的勇士们提在　　手上的盾牌血肉模糊。

1667 　正当此时,皎洁的月光　　透出了层层乌云。
　　哈根又开口说道：　"我们在这里的所作所为,
　　请你们千万谨慎，　　别对国王透露风声。
　　他们应该放心大胆　　骑马往前,直到天明。"

1668 　一场激战以后，　　勇士们赶上前方大队人马,
　　随从们已经人困马乏，　他们感到十分疲劳。
　　"我们还要骑行多久?"　勇士们纷纷问道。
　　勇敢的唐克瓦特说道：　"我们没有找到住处。

1669 　你们必须骑马前进，　　一直赶到次日天明。"
　　勇敢的伏尔克　　挥舞大旗指引前进，
　　他着人询问督军司令：　"我们的坐骑,
　　还有我们的几位国王　　今晚在哪里休息?"

1670 　勇敢的唐克瓦特答道：　"现在对你无可奉告。
　　直到天明拂晓以前，　我们还不能停下休息。
　　等到我们找到地方，　我们不妨躺在草上。"
　　他们听到这番讲话，　许多人感到十分扫兴。

1671   他们身上热血斑斑，   只是尚未禀报国王，

一直等到旭日东升，   明亮的阳光

照遍了崇山峻岭。   当国王看到他们

经过一场激烈的厮杀，   不由得愤怒地说道：

1672   "朋友哈根，这是怎么回事？   我感到，你对我的存在

实在地不以为然，   你们遇到激烈的战斗，

鲜血浸湿了你的甲胄。   是谁对你如此行为？"

他回答："那是格尔弗拉特，   他在夜里袭击我们。

1673   因为他的船夫遇害，   我们相互厮杀在一起。

我的兄弟用手一记   打死了格尔弗拉特。

埃尔塞逃脱了我们的围追，   不过已经身受重伤。

激战惨烈，我们损失四人，   他们却死了百名骑士。"

1674   我们无法对你们讲清   勇士们究竟夜宿何方。

王后乌特的三个儿子   前往埃策尔王国参加盛典，

消息沸沸扬扬   已经在百姓中间传了开来。

人们在帕骚隆重准备   迎接他们的到来。

1675   主教皮尔格林是三位崇高   国王的舅父，

他顿时喜气洋洋,因为他的   外甥们率领

许多骑士好汉   来到了他们的王国。

主教多么热情地欢迎，   他们自己也立刻感到。

1676   勇士们在沿路途中   受到朋友们的热烈欢迎。
因为主教无法让人们   全部驻扎在帕骚城内，
他们必须渡过河去，   那是一片宽阔的原野。
随从们立刻搭建了   简易的木房和帐篷。

1677   他们逗留在原地   度过了整整的一个白天
另外又过了一个夜晚。   那是多么美好的情景！
接着，他们必须启程   前往伯爵许特格的王国。
消息已经到达那里，   那是朋友们给伯爵传递过去。

1678   布尔恭腾人马来到   临近边界的时候
已经疲惫不堪，   他们找个地方休息下来，
不料却在边界   发现一员好汉兀自呼呼大睡，
特隆页的勇士哈根   摘下了他那坚固的武器。

1679   这位出色的骑士   名字叫作埃克瓦特，
当莱茵骑士经过的时候   他却丢失了武器，
埃克瓦特心中纳闷，   感到十分悲伤。
人们发现许特格的边界   原来守卫得马虎、勉强。

1680   "呵，天哪，我真感到耻辱！"   埃克瓦特开口叹道。
"我必须狠狠地谴责   布尔恭腾人从我身旁经过。
自从西格弗里特被害以来   我就再也没有欢乐。
呵，天哪，主人许特格，   我这是多么地未尽职责！"

1681　哈根听到了叹息：　这是痛苦中的呼喊。
　　　　他把武器送了上去，　另外加上六只赤金戒指。
　　　　"英雄，收下吧，留个纪念！　你应该成为我的朋友。
　　　　你独自躺在边界入睡，　依然不失为勇敢的骑士。"

1682　"愿上帝嘉奖你的慷慨，"　埃克瓦特开口答道。
　　　　"可是你们前往匈奴人王国　让我感到忧虑重重。
　　　　你亲手杀害了西格弗里特，　人们对你们怀着仇恨。
　　　　你们必须一路谨慎，　这是我对你的忠告。"

1683　"愿上帝保佑我们！"　哈根一旁回答。
　　　　"我们除了希望找到住所　安顿我们的王上，
　　　　让王上和他的大队人马　在这里安然宿夜，
　　　　目前还没有任何　其他的忧愁和顾虑。

1684　我们的战马经过　长途跋涉已经疲劳不堪，
　　　　我们的给养消耗殆尽，"　勇士哈根一一回答。
　　　　"我们没有地方补充，　现在急于找到一位店主，
　　　　请他慷慨施助，让我们　还能获得一片面包。"

1685　埃克瓦特开口答道："我给你介绍一位店主，
　　　　他在一个陌生的国度。　你们在任何别的地方
　　　　根本得不到如同　那里所能出现的慷慨厚遇，
　　　　如果你们勇敢的骑士　现在去找许特格壮士。

1686   他住在这条路旁   作为拥有一幢房屋的主人。

他的慷慨大方远近闻名，   伯爵为人道德正义，

犹如一轮皎洁的明月   光照草地原野上的花卉。

倘若他能为英雄效力，   便一定尽心做着许多准备。"

1687   国王恭特尔开口言道：   "你能否作为我的使者，

请问伯爵许特格   是否愿意接纳我们，

接纳我和我的亲戚朋友   还有我的勇士如云。

我将忠诚地报答   伯爵许特格的知遇之恩。"

1688   "我乐意去当使者。"   埃克瓦特开口言道。

他满怀热情高高兴兴地   一路急行，

正要告诉许特格   还有夫人高特琳德，

自己有何新的见闻，   这一切兀自做得心甘情愿。

1689   人们看到一名骑士   匆忙来到贝希拉恩。

许特格已经认出他来，   立刻说道："那边的路上

急急忙忙来了埃克瓦特，   他是克里姆希尔特的勇士。"

伯爵以为，一定是敌人   对壮士造成了严重伤害。

1690   伯爵亲自走到门前，   他在那里见到使者，

使者从腰带解下佩剑   亲手把它搁在一旁。

伯爵开口询问骑士：   "你听到了什么消息，

如此匆忙,急驰而来，   难道有人偷袭我们?"

1691 "无人敢于伤害我们，"　埃克瓦特敏捷地回答，
　　　"三位莱茵国王令我　前来向你禀告：
　　　布尔恭腾的恭特尔，　吉塞尔赫和盖尔诺特，
　　　骑士们个个愿意　竭尽心意为你效劳。

1692 这里还有骑士哈根，　另外伏尔克也十分热烈，
　　　愿意对你表示忠诚。　当然我还要告诉你，
　　　国王的督军之帅　唐克瓦特请我转述，
　　　杰出的骑士们　紧急需要住宿过夜。"

1693 许特格听了禀告不由得　哈哈大笑，一面说道：
　　　"这则消息令我高兴，　那是三位高贵的国王
　　　正在起劲地寻找栈房住所！　我愿意接待他们。
　　　如果他们前来寒舍，　我任何时候都能为之效劳。"

1694 "国王的督军司令还　让我禀告，请你知道
　　　还有哪些人也一并　需要你的鼎力相助：
　　　六十名勇敢的好汉　另外一千名杰出的骑士
　　　加上九千名大队随从。"　伯爵听后十分欢喜。

1695 "热烈欢迎远方客人，"　伯爵许特格开口言道，
　　　"这群威武的壮士　来到我们的王国领地，
　　　能够第一次为他们效力　让我享受无限荣誉。
　　　亲戚们和随从们，　迅速随我迎接贵宾！"

1696   他们急忙备马出行。　骑士们和随从们
开始了一阵紧张忙碌。　主人许特格亲自下令，
吩咐他的文武官员，　让他们做好了一切准备。
夫人高特琳德坐在　深宫内院尚未听闻消息。

1697   伯爵许特格走了进来　见到了公主夫人，
他的妻子和他的女儿。　伯爵简洁明了地
告诉了令人愉快的消息，　那是他已经听到
他们女主人的几位兄弟　将要莅临伯爵府第。

1698   "亲爱的夫人，"伯爵　许特格开口言道，
"你应该隆重地　欢迎崇高的国王，
如果他们及其随从　一同进入我们的庭院，
你还应该愉快地　问候恭特尔的勇士哈根。

1699   随同他们的另外一位，　名字叫作唐克瓦特。
还有一位叫作伏尔克，　是个礼貌周全的人物。
你应该和他们六位亲吻，　你和我的女儿两人，
对待骑士们端庄稳重　完全符合宫廷礼仪。"

1700   母女两人一口答应，　为此做好了全部准备。
她们翻开衣箱　找出许多漂亮的衣裳，
主人们愿意穿戴整齐　前往迎接众位骑士。
美丽的女人们仔细　打扮，一身光彩花枝招展。

1701　　任何女人都没有　　错误地选择喜欢的色彩。
　　　　她们在头上扣着　　光亮闪闪的黄金饰带。
　　　　这些都是华丽的花环，　为了不让一头秀发
　　　　在风中遭受凌乱。　　我发誓我讲的千真万确。

第二十七章

伯爵迎接国王及其骑士，安排他们愉快生活

1702 我们且让女人们 在那里穿戴忙碌。
    伯爵许特格的 朋友们在王国原野上
    飞马急驰一片欢乐， 终于迎到了大群贵宾。
    骑士们在伯爵的 领地上受到了热烈的欢迎。

1703 当伯爵看到他们 迎面而来的时候，
    许特格，勇敢的骑士， 显得多么高兴，一面说道：
    "众位王上，热烈欢迎你们， 还有你们的随从，
    欢迎来到我的领地， 看到你们让我感到高兴！"

1704 骑士们对他表示 由衷的感谢，并无恨意。
    伯爵礼仪周全， 显示对他们的热烈欢迎。
    他特别问候哈根， 两人原来早就相识。
    伯爵还热烈欢迎伏尔克， 来自布尔恭腾的英雄。

1705   骑士唐克瓦特对许特格　　开口言道：
"如果你在这里款待我们，　　那么谁来负责
照顾我们那些来自　　莱茵沃尔姆斯的随从？"
只听伯爵开口答道：　　"你尽可不用担心。

1706   你们带入王国的一切，　　无论战马、白银或衣裳，
一切跟随你们的勇士　　都将受到殷勤的款待。
我安排随从守卫，　　确保一切安然无恙，
不让你们哪怕　　遭受半副马刺的损失。

1707   伙伴们,立刻在　　平地上搭建木房住所！
你们在这里的一切损失　　全部由我负责赔偿。
请把鞍具一律摘下！　　让马儿自由溜达！"
他们还从未受到别的主人　　如此殷勤的接待。

1708   客人们看到一切井井有条，　　感到十分高兴。
国王们骑马离开前往，　　草地上到处躺着
随从的英雄好汉。　　他们感到实在舒服惬意。
我感到,他们迄今为止　　旅途上从未如此自由自在。

1709   伯爵夫人现在已经　　来到了府第门前，
一旁站着美丽的女儿。　　人们看到在夫人左右
站着多少温情的女人　　还有一群漂亮的姑娘。
她们戴着闪亮的戒指　　身上穿着华丽的衣裙。

1710   昂贵的宝石镶嵌着　美丽的衣衫,从远处

闪发着晶莹的光芒。　人们看着姑娘,心花怒放,

后面又来了一群骑士,　他们立刻跳下了马鞍。

嘿,布尔恭腾人显示了　多么高贵的礼仪风尚!

1711   三十六位姑娘　还有其他的多少妇人,

她们含情脉脉　天仙一般的漂亮,

纷纷朝骑士迎了上去　表示由衷的欢迎。

妇人们的友好问候　显得多么深切、动人。

1712   年轻的伯爵公主　吻了三位莱茵国王。

她的母亲也照此办理,　哈根独自站在一旁。

伯爵父亲吩咐给他一吻,　公主朝他瞅上一眼。

她感到哈根阴森可怕,　公主心里并不情愿。

1713   可是父亲的旨意　她必须切实执行。

姑娘的脸色不停变换,　从满面苍白到满面通红。

她还吻了唐克瓦特,　后来又吻乐师伏尔克。

乐师体格强健　因此受到了这类殷切的问候。

1714   年轻的伯爵公主　接着便跟来自布尔恭腾王国

的勇士吉塞尔赫　友好地互相牵起了手。

她的母亲也是如此,　用手挽起了勇敢的骑士恭特尔。

许特格引着盖尔诺特　高高兴兴地离开原地。

1715 城堡内到处张灯结彩，　里面有座宽敞的大厅。
骑士们和女士们　全在厅内坐了下来。
人们立刻吩咐给　客人们斟倒葡萄佳酿。
英雄们从未受过　比起这回更好的款待。

1716 多少骑士好汉　都用温柔的目光
注视着许特格的女儿：　她是如此地令人心醉。
多少杰出的骑士　衷心地爱上了伯爵公主。
少女的确当之无愧，　因为她毕竟气质高贵。

1717 他们的思想情牵意绕，　只是事情难得如愿。
多情的目光在姑娘们　和妇人们的脸上
扫过来又扫过去，　大厅里坐着多少女人。
高贵的乐师让主人　感受到由衷的欢迎。

1718 按照传统的风俗　人们接着各自分开。
女人和骑士们　分别步入另外的房间。
人们在宽敞的大厅内　摆下了多少餐桌。
他们对高贵的客人　做好了周到的准备。

1719 伯爵夫人独自陪同　客人们一起在席前
坐下用餐。她的　女儿奉命在大厅里间
跟年轻人留在一起，　她按照礼仪规矩就座。
客人们无法见到公主，　他们在心里稍感痛苦。

1720   当勇士们跟众位朋友   在厅内到处坐下的时候，
        人们又把美丽的姑娘   重新引入热闹的大厅。
        他们开始了多么   轻松愉快的谈话。
        英勇而又机智的骑士   伏尔克口若悬河。

1721   人们在耳中传来了   高贵乐师的嗓音：
        "尊敬的伯爵阁下，   上帝给你留下了
        许多恩惠的佐证，   因为他给阁下送上
        一位如此美丽的夫人，   另外还有柔情的生活。"

1722   "如果我是一位君王，"   乐师又接着言道，
        "而且戴着一顶王冠，   我就选取阁下漂亮的
        女儿作为王后，   因为我实在钟情于她。
        她看起来十分贤淑，   而且多么高贵多么智慧。"

1723   只听伯爵开口言道：   "这却如何当得，
        一位国王怎会爱上   我的亲爱的女儿？
        我们生活寄人篱下，   我和夫人高特琳德，
        而且也无高昂嫁妆。   漂亮于我女儿何益？"

1724   国王盖尔诺特从旁答道：   "你请切莫再言！
        按照我的愿望   只要是位可爱多情的姑娘，
        即使没有任何家财，   我也感到终身幸福。"
        哈根接着说道，   态度十分诚恳、友好：

1725 “吉塞尔赫正当其年， 到了婚嫁娶妻的时候。

   伯爵公主出身高贵， 两人正自门当户对，

   我们愿意为她效力， 还有你们哪位好汉，

   愿意在布尔恭腾 日后为她戴上王冠？”

1726 这番讲话似乎让 伯爵感到正中下怀，

   还有他的夫人高特琳德， 他们表示十分喜欢。

   在场的勇士一致鼓励， 人人表达他们的愿望，

   高贵的国王吉塞尔赫 应该娶下伯爵公主为妻。

1727 事情如此巧合， 谁愿从中加以阻拦？

   人们请年轻的公主 立刻来到王宫大厅。

   他们当众立誓,要把多情的姑娘 嫁给国王为妻。

   吉塞尔赫立刻答应 愿与公主结为连理。

1728 他们对姑娘许下了 城堡和土地，

   威武的国王举手 作出了庄重的承诺。

   英勇的骑士盖尔诺特 一旁保证信守诺言。

   只听伯爵开口言道： “我因为不占土地，

1729 所以我也不屑动用 外族人的薪俸！

   我用黄金和白银 给我的女儿作为嫁妆，

   一共需要二百匹驮马 才能把它们全部装完。”

   这番回答让两方骑士 都感到十分舒适。

1730   按照古老的传统   人们让一对钟情的恋人
            站在人们围起的圆圈内。   许多勇敢的年轻人
            努力地拆散他们   高高兴兴地跟姑娘对面而立。
            他们心中想道，   这类美事年轻人中屡见不鲜。

1731   当人们开始动问   情意脉脉的姑娘
            是否愿意嫁给勇士，   这却让她多少有点为难。
            她虽然希望嫁给   这位杰出的丈夫,一时间
            面红耳赤羞于启口，   如同多少姑娘表现的一样。

1732   伯爵父亲对她悄声耳语，   嘱她道声"愿意"，
            说乐意嫁给他为妻。   吉塞尔赫,年轻的骑士
            立刻大步流星走上前去   用他一双雪白的手儿
            把姑娘紧紧地抱住。   可惜她的享受多么短暂！

1733   伯爵于是开口说道：   "众位高贵而又威武的国王，
            当你们重新回来   返程转向自己的王国时，
            我立刻按照风俗   把女儿交给你们，
            让她跟随你们返回故里。"   国王们众口答应。

1734   人们听到酒杯叮当作响   慢慢地趋于结束、平静。
            他们吩咐年轻的姑娘们   回到后院内宫休息，
            客人们各自回去就寝，   大家一宿无话,直到次日天明。
            人们又开始准备餐饮，   主人命令精心照顾贵宾。

1735   客人们用罢早餐　准备继续登程
　　　　　前往匈奴人王国，　高贵的伯爵开口言道：
　　　　　"我还不能给你们放行，　你们必须全部留下，
　　　　　寒舍接待如此高贵的　客人的确往昔并无先例。"

1736   唐克瓦特启口回答：　"可是事情断然不行。
　　　　　你从哪里能够获得　膳食、面包还有葡萄美酒，
　　　　　用来供应拥挤成群的　大批英雄好汉？"
　　　　　主人听到这番讲话，　感到分外受到欺凌。

1737   伯爵不由得开口说道：　"此等小事不足挂齿。
　　　　　我可以充分供应你们，　供应你们的军队
　　　　　足足两个星期的　面包和葡萄佳酿。
　　　　　你们但请留下不妨，　事情讲定不容更改。"

1738   不管他们坚持与否，　众人必须留在原地
　　　　　直到第四天的黎明拂晓。　而且这一回也因为
　　　　　主人的豁达大度，　如同后来听说的传闻。
　　　　　他给客人送上两件　礼物：武器和衣裳。

1739   主人无法继续挽留，　他们必须启程赶路。
　　　　　伯爵许特格几乎无法　控制生来慷慨施赠
　　　　　的豪爽禀性。但遇　有人稍稍显露求意，
　　　　　他从未给人说个不字，　他给人人赠送礼物。

1740   英勇的随从   把佩上辔鞍的高头大马

送到了府第大门。   许多杰出的勇士

手中擎拿着盾牌   正在等候他们的主人，

因为他们愿意共同   骑马前往匈奴人的王国。

1741   主人慷慨地到处   摊分他的赠送礼物，

高贵的客人们其实   尚未离开府第的大厅。

他习惯在乐于施助的   荣誉声中安度时日。

主人把美丽的女儿   嫁给吉塞尔赫国王为妻。

1742   接着他给恭特尔，   荣耀的国王骑士

送上一件精致的甲胄，   这件铠甲独显华丽，

国王穿在身上仪表堂堂，   他还从未受过别人礼物。

崇高的国王朝着大度的   伯爵感激地鞠躬施礼。

1743   伯爵还给盖尔诺特   赠送一件兵器,着实锋利,

让他在战斗中挥舞，   尽显了威武和无限荣誉。

这是伯爵夫人送给   伯爵的一件宝剑礼物。

许特格后来却在上面   断送了自己的身体和生命。

1744   伯爵夫人另以诚恳的   心情请骑士哈根接受

她亲手赠送的礼物，   如同恭特尔国王一样，

只有接过夫人的赠送   哈根这才能够前往

参加国王埃策尔的盛典。   哈根答应,并无争执。

1745   "凡是经我看到的，"   哈根开口言道，

"我对那些贵重物品   一概并不稀罕，

除了那把盾牌，   它就挂在对面墙上。

我愿意带上它   随我一直前往匈奴王国。"

1746   伯爵夫人高特琳德   听到哈根的请求，

立刻勾起了夫人一腔悲痛，   夫人止不住眼泪流淌。

她心痛欲裂,不由想起了   努通壮士之死，

维铁希把他亲手杀害。   她从此蒙受了痛苦和灾难。

1747   夫人对勇士说道：   "我愿把盾牌赠送给你。

如果上帝在苍天有知，   让他仍然活在人世，

他会在手上操起盾牌，   只是他已在战斗中死去。

我始终为他悲哀啼哭，   这给我可怜的女人无限苦难。"

1748   伯爵夫人慢慢地   从她的座位上站立起来。

她从挂着的绳索中   解下了那面盾牌。

夫人亲手把它交给   英勇的骑士哈根。

壮士荣耀地接过礼物，   他感到分外高兴。

1749   层层透亮的丝绸   卷裹在盾牌的表面——

如此坚固的盾牌   长期以来不见天日——

那是多么晶莹的色泽。   如果有人前去购买，

或者搁在市场喊价，   它恐怕价值一千马克。

1750 骑士哈根命令随从 且把盾牌抬着送了出去。

   这时他的兄弟唐克瓦特 兀自走进宫来。

   伯爵许特格的女儿 给他送了许多漂亮的衣裳。

   他在匈奴人那里穿戴 抖尽了威风。

1751 伯爵亲自赠送的 这么许多礼物，

   倘若不是主人盛情， 他给客人留下的诸般美意

   大概永远也不会 到达客人们的手中。

   他们后来对他如此仇恨， 直到必须把他杀死为止。

1752 智慧的勇士伏尔克进来， 手中拎着他的提琴

   并以高贵的礼仪 走向伯爵夫人高特琳德。

   他弹奏着甜蜜的乐曲 一面唱起了许多歌儿。

   乐师以此向贝希拉恩 告别，然后登上新的旅程。

1753 伯爵夫人传令 把一只箱子给她抬着送上。

   你们现在且听我讲解 夫人如何友好地赠送。

   她从箱内取出六只戒指 给乐师一并戴在手上：

   "伏尔克，你带上它们， 从我这里前往匈奴王国。

1754 你应该按照我的愿望 戴着它们走进那里的宫殿。

   当你回来的时候， 人们将会对我仔细讲述

   你在那里参加盛典时 如何为我赤诚效力。"

   夫人对他的殷切期望， 他也为此作了安排。

1755 主人对客人们言道："你们但请一路放心！
   我要亲自给你们护送， 让你们受到保护，
   免得有人拦路抢劫， 掠夺你们的财物。
   我要亲自给你们护送， 一直抵达埃策尔的王国。"

1756 主人说完武装起来， 然后高高兴兴地
   率领五百名英雄好汉 带上许多骏马和衣裳，
   伯爵果然亲自督阵 一路逶迤出发参加典礼。
   他们之中谁也没有 能够重返贝希拉恩故乡。

1757 伯爵施以深情的问候， 后来便告别夫人登上旅程，
   如同爱情对他的训诫， 吉塞尔赫自然照此办理。
   他们衷心地拥抱 两位美丽的妇人。
   人们日后看到多少女人 悲伤得涕泪交加。

1758 许多房前的窗户 全都敞亮地大开。
   主人率领他的随从 朝着骏马走了过来。
   我感到,他们在心里 已经预料到深重的灾难，
   他们从此再也无法 见到家乡亲爱的朋友。

1759 多少女人十分悲伤， 怀着对朋友的无限依恋。
   妇人们还有年轻的姑娘们 禁不住放声大哭。
   勇士们却在高高兴兴地 骑马沿着多瑙河的
   河岸一路往前,他们 径直来到匈奴人的王国。

1760　　许特格,高贵的骑士,　　这位不屈不挠的好汉

　　　　　对布尔恭腾国王言道:　　"别再耽误了给国王

　　　　　埃策尔送去信息,　　我们不日就要到达匈奴王国。

　　　　　别忘捎信给我的王后,　　她还没有听过如此喜讯。"

1761　　几位使者沿着奥地利　　一路往下飞马扬鞭。

　　　　　他们到处给人们　　送上了欢乐的消息,

　　　　　国王们从沃尔姆斯　　越过莱茵到达这里。

　　　　　埃策尔的随从　　听到消息个个欢天喜地。

1762　　使者们一路急驰　　到处重复这个故事,

　　　　　尼伯龙勇士已经　　跟匈奴人会合一起。

　　　　　"我的妻子克里姆希尔特,　　你应该热烈欢迎他们,

　　　　　你的几位魁梧的兄弟　　荣耀万千地赶到这里。"

1763　　当王后听到这则　　传闻的故事,

　　　　　她那沉重的忧愁开始　　有了稍许的排遣:

　　　　　多少英雄好汉来自她的　　故国乡里大驾光临,

　　　　　国王埃策尔却为此　　平添了许多的忧愁。

1764　　王后默默地思忖:　　现在可以提出对策,

　　　　　对付那个剥夺我的　　平生欢乐的恶人,

　　　　　我究竟该如何办法　　让他遭受沉重苦难——

　　　　　我的主意已定　　——时辰就在盛大的庆典。

1765   我必须竭力完成，   让我的报复事业发生在
    盛大节庆的那些时日，   当然将来也未尝不可，
    针对他那可恶的躯体，   他曾经剥夺了我
    这么巨大的幸福，   为此必须进行报仇雪恨。

第二十八章

尼伯龙人来到埃策尔的城堡，受到了欢迎

1766　　当尼伯龙骑士好汉　　来到匈奴人王国的时候，
　　　　伯尔纳的大师　　希尔德勃兰特也听到了传闻。
　　　　他把消息转告王上　　——他自己却十分愤恨——
　　　　请求国王着手准备　　迎接勇敢的骑士莅临。

1767　　威武的沃尔夫哈埃特　　令人牵来了几匹骏马。
　　　　狄特利希也率领　　众位强壮的英雄好汉
　　　　来到郊外跟他会合，　　他要前往迎接布尔恭腾壮士。
　　　　布尔恭腾好汉们已经　　搭建了许多华丽的帐篷。

1768　　特隆页的勇士哈根　　看到他们急驰而来，
　　　　勇士立刻找到三位　　国王，对他们禀报：
　　　　"众位勇敢的骑士，　　请你们立刻跨下马鞍
　　　　前去迎接那些　　赶来欢迎你们的英雄好汉！

1769 一群人马赶了过来， 我在心里已经明白：
   他们是阿梅龙王国的 优秀骑士，英雄好汉。
   伯尔纳的国王率领他们， 他们个个喜气洋洋。
   你们应该迎候他们， 这是我的劝告。"壮士言道。

1770 英勇的骑士狄特利希 率领他的众位好汉，
   他们从坐骑滚鞍下马 ——如此合乎礼仪——
   骑士们朝客人迎面走来， 找到了众位英雄。
   他们热烈地欢迎 来自布尔恭腾王国的好汉。

1771 国王狄特利希看到 他们朝自己迎面上来，
   他顿时显得百感交集， 又悲又喜，一样不缺。
   他也许知道了消息， 于是对他们前来感到悲伤。
   国王深信，许特格伯爵 已经给英雄们讲述明白。

1772 "恭特尔国王，盖尔诺特和 吉塞尔赫，欢迎你们，
   哈根和唐克瓦特， 此外还有伏尔克骑士
   和你们诸位英雄！ 国王西格弗里特之死
   令夫人克里姆希尔特 心痛欲裂啼哭至今。"

1773 "她喜欢痛哭流涕，" 哈根一旁言道，
   "他遭受伤害，已经 死去这么多年。
   王后现在嫁给了 匈奴人的国王埃策尔，
   她应该跟他相爱。 西格弗里特无法死后复生。"

1774   "我们姑且莫谈英勇骑士的   死亡,还是让他宁静。
           克里姆希尔特只要活着,   她一定不忘加害于你,"
           伯尔纳的国王   狄特利希开口言道,
           "劝慰尼伯龙的勇士,   你要对此倍加提防!"

1775   "我该如何保护自己?"   威武的国王恭特尔说道。
           "埃策尔给我们派来使者   ——我怎能多加盘问?——
           邀请我们前来   他的王国参加盛大的庆典。
           我们的妹妹也对   我们信誓旦旦,反复叮咛。"

1776   "我愿意对你劝告,"   骑士哈根开口言道,
           "请国王狄特利希   和他周围杰出的随从
           把知道的消息   仔细地对你讲述一遍,
           让你明确地知道   克里姆希尔特夫人意欲何为。"

1777   三位国王走到一起   共同进行了一番讨论商量,
           那是恭特尔和盖尔诺特   还有国王狄特利希。
           "伯尔纳的高贵骑士,   请你告诉我们,
           你到底知道王后   克里姆希尔特有何主意?"

1778   伯尔纳的国王开口言道: "我还有什么解释?
           我只是每天清晨   都听到国王埃策尔的
           夫人心情沉痛地   向着苍天和仁慈的上帝
           痛哭流涕,悲哀怨诉,   悼念西格弗里特的亡灵。"

1779 "你对我们所说的一切," 乐师在旁开口答道,
伏尔克,勇敢的骑士, "那是无法改变的。
我们必须进入宫殿 并且在那里仔细观察,
看匈奴人究竟对我们 这批骑士如何款待。"

1780 英勇的布尔恭腾人 果然骑马朝宫殿走去。
他们威风凛凛 完全按照自己王国的礼仪。
匈奴人中多少勇敢的骑士 对待特隆页的哈根
怀着奇异的心情, 希望看他究竟何等模样。

1781 人们到处听到传说 ——他的风闻尤其更多——
说他打死了尼德兰王国的 西格弗里特,那是
特别强大的勇士, 王后克里姆希尔特的夫君。
匈奴人的宫廷上下 充满着对哈根的巨大疑问。

1782 英雄也许天生模样 ——那是千真万确的——
他的胸脯结实, 一头硬发已经出现了
两鬓斑白,英雄的 双腿修长,他的脸色
令人着实畏惧、吃惊, 走动时昂视阔步虎虎生风。

1783 人们给英勇的骑士 指示下榻的住所。
莱茵的随从又被 集合在另外的地方。
骄傲的克里姆希尔特 胸藏祸心出此主意,
所以随从们后来 在栈房住所被一网打尽。

1784　　哈根的兄弟唐克瓦特　　是大队人马的督军之帅。
　　　　国王立刻嘱咐他　　悉心照顾骑士部下，
　　　　他要亲自督促随从，　　备下充足的膳食饮料。
　　　　英勇的骑士唐克瓦特　　心地忠诚，出色完成。

1785　　王后克里姆希尔特　　率领随从一路走来，
　　　　她是怀着错误的心思　　前来迎接尼伯龙勇士。
　　　　王后吻着吉塞尔赫，　　并且牵住了他的手。
　　　　哈根看到这番情景　　立刻把头盔系得更紧。

1786　　"面对这样的欢迎，"　　哈根从旁提醒言道，
　　　　"勇敢的骑士们　　必须多加小心，不得有误。
　　　　人们在这里迎接国王　　和他的部下方式各有相异。
　　　　我们前来参加庆典　　看来旅程的确凶险无疑。"

1787　　"谁乐意见到你们，　　你们便受到他的欢迎。
　　　　我的问候并不完全　　出于同胞亲戚的原因。"王后说道，
　　　　"现在请告诉，你们从沃尔姆斯　　越过莱茵给我带来什么，
　　　　因此你们才配上受到我　　如此衷心的热烈欢迎。"

1788　　"我如果知道这个故事，"　　哈根兀自开口答道，
　　　　"我们众位骑士必须　　给你带来礼物珍宝，
　　　　我反正无限富裕，　　那么我一定会认真思考，
　　　　然后肯定带足礼品　　一直给你送到匈奴王国。"

1789　"你现在的确应该　　把故事对我讲述明白：
那份尼伯龙宝物价值无限，　你把它搁在何方？
它是我的个人财产，　你对此肯定完全明白。
你应该把它给我　带着送来埃策尔的王国。"

1790　"克里姆希尔特夫人，　凭我的忠诚,多长时间以来
我已经再也无需　担忧尼伯龙王国的宝物。
国王们早已命人　把它沉入莱茵河底。
它搁在那里大约　应该等到末日审判。"

1791　王后于是开口说道：　"我对此事已有所料。
它曾经是我的个人财物，　必须由我亲自加以照看,
其中只有很少部分　从前让我带来匈奴王国。
我为了这笔财物　长期以来心中忧郁闷闷不乐。"

1792　"这笔财产已经遗失，"　哈根听罢不由答道。
"我如何才能给你送来？　我有许多需要扛带,
其中有盾牌有铠甲，　还有我的头盔闪闪发亮。
我还在腰旁佩带利剑，　所以无法给你把它带上。"

1793　"因此我才没有讲到　我希望得到更多的黄金。
我在许多地方需要赠送，　所以只得催讨你的礼物。
一场谋杀,两回掠夺，　你从我手中夺去的一切，
我是个可怜的女人，　希望为此获得抵偿。"

1794   女人说罢令人吩咐   四面八方远道而来的骑士，
        任何人不得把武器   携带在身进入大厅。
        "众位英雄必须把它交给我，   我着人替你们保管。"
        "真的，"哈根开口说道，   "唯有这件事情不能照办。

1795   我不敢贪图这份荣誉，   仁慈的王后，
        竟然让你扛着我的盾牌，   还有我的其他兵器
        一起送回我的栈房住所：   你是一位高贵的王后！
        我的父亲早有训诫：   我还是担任自己的保管。"

1796   "天哪，真正令我悲伤！"   克里姆希尔特不由喊道。
        "我的兄长和哈根   为什么不让我的仆人
        保管他们的盾牌？   莫非有人给他们提过警告。
        我如果知道是谁所为，   真的，我要将他置于死地不饶。"

1797   狄特利希怒气冲天   立刻给予大声回答：
        "正是我，是我警告过他们，   高贵而又威武的君王
        还有强大的哈根，   布尔恭腾的英雄壮士。
        你这魔鬼的女人，滚吧：   你却对我无可奈何！"

1798   国王埃策尔的妻子   羞愧得不由面红耳赤。
        她历来十分畏惧   狄特利希的英雄为人。
        王后立刻走了出去，   她再也没有多发一言，
        只是朝着她的敌人   匆匆忙忙投上几眼。

1799　两位骑士紧紧地　　把他们的手握在一起。
　　　　其中一位是狄特利希，　另外一位正是哈根。
　　　　壮士豪情满怀　　无所畏惧地开口言道：
　　　　"你们来到匈奴人王国，　让我心里十分痛苦。"

1800　值得称颂的骑士们，　特隆页的哈根，
　　　　还有国王狄特利希，　他们双双站在一起，
　　　　骑士们行为坦荡，　不失英雄高尚的风仪。
　　　　国王埃策尔看在眼里，　他便启口开始询问。

1801　"我很想知道，"　他开口言道，王家风范。
　　　　"国王狄特利希在这里　友好接待的人，
　　　　他是哪路好汉　——国王此时心中高兴——
　　　　谁是他的父亲，　想必是位杰出的武士。"

1802　克里姆希尔特的一名随从　对国王立刻回答：
　　　　"此人生在特隆页；　他的父亲名叫阿尔特里安。
　　　　不管他表面多么友好，　却是一个可怕的恶人。
　　　　我会让你仔细看清，　我在这里并无任何谎言。"

1803　"我如何才能看出　他是一个可怕的恶人？"
　　　　国王对他的夫人　胸中隐藏着对付她的
　　　　众位亲戚朋友的险恶用心　尚还没有任何耳闻，
　　　　王后准备这回不让　任何客人逃脱性命。

1804   "我早就认识哈根，   他从前曾是我的随从。

    他为我效力也获得   我的赞扬和赋予的荣誉：

    我培养他成为骑士   还赐给他许多的黄金。

    虔诚的王后赫尔歇   曾经对他尽心栽培。

1805   我认识这位哈根   对他的确了如指掌。

    从前有两个杰出的孩子   在我这里权当人质：

    一个是西班牙的瓦尔特，   他们在匈奴王国长大成人。

    我把哈根送回家乡，   瓦尔特跟希尔德恭特一起逃亡。"

1806   国王想起了从前发生的   诸般往事历历在目。

    那位特隆页的朋友，   国王这回又见到了他，

    哈根在年轻的时候   曾给国王赤诚效劳，

    后来壮年时却给多少   忠实的朋友制造苦难。

第二十九章
哈根拒不对王后起立

1807 两位值得称道的骑士，　特隆页的哈根，
　　　还有国王狄特利希，　言罢各自分开。
　　　国王恭特尔的英雄　抬头越过众人的肩膀
　　　用目光搜索一位伙伴，　他很快便把勇士找到。

1808 他看到乐师伏尔克，　这位勇敢的骑士
　　　站在吉塞尔赫的身旁，　便招呼乐师立刻过来。
　　　他也许已经看出　乐师表现出满面怒容。
　　　从任何道德上看　乐师都是杰出的骑士。

1809 他们让国王们　在王宫院内独自站着。
　　　人们只是看到他们　两人穿过王宫大院
　　　朝前面宽敞的宫殿　一路走了过去。
　　　百里挑一的英雄们　并不畏惧任何人的伤害。

1810   他们在大厅对面　　屋前一条面对山谷的

长凳上坐了下来，　　大厅属克里姆希尔特的管辖。

两位骑士身穿华丽的戎装　　珠光宝气,金光闪闪。

许多人看到这副甲胄，　　止不住想问客人来自何方。

1811   多少匈奴的英雄　　如同凶猛的野兽一般

目瞪口呆地盯着　　两位豪情万丈的英雄。

匈奴人的王后也　　透过她的窗户对外张望。

克里姆希尔特的心情　　不由得十分惆怅。

1812   她想起了沉沉痛苦，　　顿时开始了呜咽哭泣。

埃策尔的随从奇怪地　　疑问起来不知何故，

究竟是谁让王后迅速地　　跌入悲伤的深渊。

王后说道:"正是哈根，　　众位英勇而又杰出的壮士。"

1813   他们问道:"崇高的夫人，　　这究竟是怎么回事?

我们刚才看到你　　谈笑风生,喜气洋洋。

现在无人大胆放肆，　　谁敢对你泼下这等肮脏,

你只需下令报复，　　包管叫他立刻命丧黄泉。"

1814   "谁能为我消除仇恨，　　我将对他铭感终生。

不管他有何等要求，　　我也会设法如数满足。

我愿对他跪拜叩求，"　　王后终于开口言道，

"你们替我向哈根报仇，　　让他从此一命呜呼。"

1815   勇敢的壮士全身披挂，   一共聚集六十员好汉。

他们由于爱戴王后   所以愿意一起前往

收拾并打死哈根，   那位无限勇敢的骑士，

当然还包括乐师伏尔克，   他们决定一致行动。

1816   骄傲的克里姆希尔特   看到他们只有少数人马，

不由得对着众位英雄   愤怒地谴责，王后说道：

"你们刚才的如意打算，   还是干脆把它丢弃一旁。

你们区区几人，根本   无法对付无限凶残的哈根。

1817   且不说特隆页的壮士   多么强大多么勇敢，

坐在他旁边的   乐师伏尔克骑士

比他更加勇猛神奇，   他是一个讨厌的人物。

你们如此简单，无法   对两位勇士发起攻击。"

1818   随从们听到这番议论，   更多的人再度披挂上阵，

共有三百名勇敢的骑士。   这位威严的王后

为她的苦难报仇的   心绪按捺不住，十分迫切。

骑士们因此面临着   巨大的灾难，大祸临头。

1819   王后看到随从们果然   全部武装起来，

便对勇敢的壮士们   吩咐，一旁开口言道：

"骑士们且请稍待片刻，   你们还应该保持沉默。

我愿意头上戴着王冠   领你们朝他们一起走去。

1820   你们只要仔细听我   对待特隆页的哈根，
        国王恭特尔的随从，   所犯罪行的谴责！
        我知道他如此大胆、放肆：   决计不会加以否认。
        然后我也不再过问   即将对他发生的一切行为。"

1821   再说乐师伏尔克，   出类拔萃的勇士看到
        王后从那里沿着楼梯   离开她的住房
        迎面走了过来。   当他看到这里便连忙
        对他的战斗伙伴说道，   那位英勇的骑士好汉：

1822   "朋友哈根，你且请看，   她朝我们步步逼近，
        王后暗藏杀机把我们   请到她的住房中来。
        我从未见过如此许多   勇士跟着一位王后，
        他们手中提着宝剑，   杀气腾腾地一路上前。

1823   朋友哈根，你要明白，   他们怀着对你的深仇大恨！
        务请多加小心提防   ——这是我的忠告——
        保护生命和荣誉！   我觉得真有这番必要。
        凭我的眼力看来，   他们今天一定不怀好意。

1824   他们之中许多人   胸膛显得如此宽阔——
        如果愿意保护自己的人，   请及时做好准备——
        我猜想，他们在丝绸   外套下面穿戴紧身铠甲。
        他们究竟意欲何为，   我却无法对任何人说清。"

1825   勇敢的骑士怒火中烧，   他在那里开口言道：
      "我知道,这一切都是   针对着我而来的,
      所以他们在手中提着   寒光森森的兵器。
      我却是仍然要从他们   面前骑马返回布尔恭腾王国。

1826   朋友伏尔克,请你告诉我,   如果跟随克里姆希尔特
      的勇士和我发生战斗,   你是否和我站在一起?
      如果我对你还有所价值,   不妨明确告诉于我!
      我将会永远忠诚地   给你尽力效劳万死不辞。"·

1827   "毫无疑问,我帮助你,"   乐师立刻开口言道,
      "哪怕是一位国王   率领他的全部随从勇士
      朝我们迎面而来,   我只要还没有阵亡,
      决不会由于胆怯和自救   离你半步而去。"

1828   "愿天空上帝嘉奖于你,   高贵的朋友伏尔克!
      如果你能跟我一起战斗,   我还有什么更多要求?
      倘若你愿意帮助我,   如我刚才听到的那样,
      那么这些骑士好汉,   必须分外小心才敢靠近我们。"

1829   "我们且从座位上站立起来!"   乐师在一旁建议。
      "她是一位尊贵的王后,   且容她慢慢走上!
      我们给她尽份荣誉!   她是国王埃策尔的夫人。
      人们以此看到我们   对他显示的礼貌和荣耀。"

1830   "不,我可不愿如此,"   哈根骑士开口回答。

"这里的骑士也许   错误地认为我这是出于

害怕而且想要逃跑   才作出如此风俗礼仪。

我不想在他们任何人的   面前从座位上站立起来。

1831   是的,我们两人现在   最好丢下这些规矩。

我怎能对如此仇恨   我的敌人表示敬意?

只要我还活在人间,   我决不愿意如此行为。

埃策尔的女人如何恨我,   我却对此毫不在意。"

1832   倔强的英雄哈根   把那柄明晃晃的宝剑

搁在自己的膝上。   剑柄上有一粒纯净的

碧玉闪闪发光,   它比青草的颜色更加嫩绿。

克里姆希尔特也许认出了   西格弗里特的昔日利剑。

1833   当她认出宝剑的时候,   内心不由阵阵悲痛。

这把剑柄是金色的,   剑鞘的边缘一片赤红。

利剑让她心痛难忍,   她不由得开始号啕大哭。

我觉得,哈根如此做法,   那是为了把她激怒。

1834   勇敢的骑士伏尔克   把一张粗大的琴弓

拉近搁在长凳上,   琴弓又长又大

犹如一把利剑,   十分宽厚,寒光闪闪。

两位勇士做好准备   坐在一旁毫无惧色。

1835   两位勇敢的骑士   显得如此从容、威武，
　　　　他们根本无所畏惧，   丝毫没有从座位上
　　　　站立起来离开的意思。   高贵的王后径直过来
　　　　站到他们的面前，   给他们一番敌意的问候。

1836   王后言道："哈根，   请告诉我，你受谁的派遣，
　　　　竟然敢有如此胆量   骑马来到匈奴人的王国，
　　　　而且明明知道   你曾经给我制造过沉重的苦难？
　　　　如果你还有理智，   你就应该主动地放弃。"

1837   "没有人请我前来，"   哈根在那里开口言道。
　　　　"人们只邀请三位骑士   前来匈奴人王国。
　　　　他们是我的主人王上，   我是他们的随从，
　　　　我始终跟随着他们   前往任何的国外王宫。"

1838   王后说道："请再告诉我，   你究竟做了何事，
　　　　你为什么当得起   让我对你这般仇恨？
　　　　你杀害了西格弗里特，   他是我的亲爱的丈夫，
　　　　竟至于让我只能   永远痛哭一直到死。"

1839   "这话却从何说起？"   哈根说道，"已经够了。
　　　　正是我，这位哈根，   他杀死了西格弗里特，
　　　　我亲手杀了那位英雄。   夫人克里姆希尔特侮辱了
　　　　美丽的勃吕恩希尔特   遭受的报复多么沉重！

1840   事情不可否认，　我对一切糟糕的损失
应该担负全部的责任，　高贵的王后。
如果有谁愿意，请来报复，　不管是女人或者男人！
我不愿对此隐瞒撒谎，　我已经给了你足够的伤害。"

1841   王后言道："众位勇士，　你们听着,他如何放肆地
承认对我的一切伤害！　他应该如何结局，
我为此无需再来询问　任何一位埃策尔的英雄好汉。"
肆无忌惮的勇士们　互相看着,目不转睛。

1842   如果有人开始进攻，　那么结果必定如此，
人们必须承认　两位伙伴的巨大荣誉，
如同他们在任何　战斗中常常取得的一般。
曾经有此胆量的匈奴人，　这回也害怕不敢贸然行动。

1843   骑士中有人说道：　"你们为什么盯住我看？
我刚才虽然信誓旦旦，　而现在却不敢承担。
我不愿接受任何的礼物　换来自己的死亡。
国王埃策尔的女人十分险恶，　她要诱使我们受骗上当。"

1844   另外一位接着说道：　"我的胆量也不过如此。
即使有人给我赠送　几座上等赤金塔楼，
我也不愿跟这位乐师　过招动手,他那副
咄咄逼人的凶狠目光，　我已经看得清清楚楚。

1845   另外我还从他年轻   的时候便认识哈根，
          关于这点人们可以   在勇士面前大胆直说。
          我看到他经历过   二十二场血战，惊心动魄，
          多少女人为此遭受了   难以弥补的丧夫之痛。

1846   他和那位西班牙的伙伴   驰骋纵横，
          当年在埃策尔身旁   完成多少英雄业绩，
          还为国王增添光彩。   这类事情屡见不鲜，
          因此人们必须承认   哈根的荣誉当之无愧。

1847   然而这位勇士在多年前   还是一位英武少年。
          当年仅是孩童的人物   如今都已成为壮士好汉。
          他变得智慧勇敢，   成了一位凶猛的骑士，
          何况他还带着巴尔蒙，   我不愿往前冲锋。"

1848   事情至此已有结论，   没有人敢在那里发生格斗。
          夫人克里姆希尔特   为此心情十分苦闷。
          勇士们纷纷退了回去，   他们担忧遭到乐师
          的毒手从而必死无疑，   这给他们的确造成痛苦。

1849   勇敢的伏尔克于是说道：   "我们也许已经明白，
          如同已经听说的一般，   大队人马将会遇到敌人。
          我们现在应该回到   宫殿去见几位王上，
          一旦动手便无人敢于   向我们的国王进攻。"

1850　只要朋友和朋友　　忠诚而又坚定地站在一起，
　　　人们可以抛弃多少　　胆怯,变得英勇无畏。
　　　他会找到聪明的思想，　行动也会十分智慧。
　　　他们学会深思熟虑　　防止自己遭受任何损失。

1851　"我愿跟你同行。"　　哈根一旁应声答道。
　　　他们一路往前，　　　却看到许多壮士好汉
　　　正站在王宫大院　　　静静地等候迎接。
　　　勇敢的乐师伏尔克　　开始大声地叫喊起来。

1852　他对几位王上说道：　"你们全在这里拥挤不堪，
　　　究竟需要站立多久？　你们应该走进大殿，
　　　亲自听听仁慈的国王说说　他现在心情如何。"
　　　人们看到勇敢而又杰出的　随从们顿时集合一道。

1853　伯尔纳的狄特利希，　他用手牵起了
　　　恭特尔,布尔恭腾　　王国的高贵王上，
　　　伊恩弗里特挽着　　　盖尔诺特,勇敢的好汉。
　　　人们看到吉塞尔赫　　跟他的岳父走了进去。

1854　不管人们如何结伴　　怎样朝宫殿走去，
　　　伏尔克和哈根两人　　相互之间从不分离，
　　　直到在一场战斗中　　迎来了他们最后的时刻。
　　　许多漂亮的妇人　　　心情悲痛,啼哭纷纷。

1855   人们看到勇敢的随从   跟着他们的三位国王
        朝着宫殿走了进去，   这里共有一千名武装，
        另外还有跟着从   莱茵过来的六十名勇士。
        他们是英勇的哈根   从王国亲自挑选的壮士。

1856   哈瓦尔特和伊林，   两位被挑选的匈奴武士，
        但见他们礼貌周全地   跟英雄们走在一起。
        唐克瓦特和沃尔夫哈埃特   也开始走动起来，
        他们显示了宫廷礼仪，   这是多么的大胆凛然。

1857   当莱茵的国王恭特尔   步入王宫的时候，
        高贵的国王埃策尔   并没有耽搁多长时间：
        他看到客人莅临，   便从座位上跳了下来。
        任何国王都没有   作过这么美好的欢迎。

1858   "欢迎你,恭特尔骑士，   还有盖尔诺特和
        你的兄弟吉塞尔赫，   我以热烈的忠诚
        欢迎你们和你们的   英雄好汉转战千里
        从莱茵河畔的沃尔姆斯   前来我们这里！

1859   我和我的王后夫人，   我们热烈地欢迎
        你们杰出的骑士好汉，   勇敢的伏尔克，
        同样还有哈根勇士，   前来我们的王国。
        王后以巨大的忠诚   热烈地对我讲起你们。"

1860   倔强的哈根开口言道：　"我们已经听到多回。

我即使没有跟随几位王上　　前来匈奴人王国，

独自骑马也会荣耀地　　到此看望于你。"

高贵的国王牵着众位　　贵宾的手把他们

1861   送到骑士先前休息的　　地方席前坐下。

仆人给客人们一一斟倒　　——他们显得十分热情——

桑果饮料和葡萄美酒，　　一律使用敞口的金樽，

表示对异国他乡的客人们　　由衷的热烈欢迎。

1862   匈奴人的国王开口言道：　"我愿意对你们承认，

在这美好的时刻　　我的最大的幸福便是看到

众位骑士英雄　　专程来到我们王国。

这给我的妻子减却了　　许多思念的痛苦。

1863   我有时对你们的　　所作所为也常常纳闷，

我尽管有许多的　　朋友从四面八方大驾光临，

可是你们却从来　　没有来过我的王国。

我现在见到了你们，　　一切又都转为无限快乐。"

1864   英勇的骑士许特格　　兴致盎然地开口答道：

"你乐意地看到他们，　　你的忠诚真是无比高尚，

我们王后的众位亲戚　　一定愿意美好地培植友谊。

他们把多少杰出的骑士　　全部带来你的王国。"

1865   在夏至那天的傍晚，   如我们听说的那样，
　　　　他们一起来到埃策尔城堡　　国王的宫殿。
　　　　任何主人都未能像今天　　一般地款待众位客人，
　　　　国王高高兴兴地　　跟客人们朝席前走去。

1866   任何国王也未能像今天   一般美好地跟客人团聚。
　　　　他给武士们备下丰富的　　精美佳肴和玉液琼浆。
　　　　客人们所需要的一切　　全给他们准备齐全。
　　　　人们听到骑士们　　讲起多少惊人的奇迹。

1867   慷慨的国王埃策尔   吩咐把他的宫殿
　　　　精心刻画、豪华装点。　　它的范围相当巨大：
　　　　宫殿和多少塔楼，　　还有无数的深宫大院，
　　　　国王吩咐在高大的宫殿里　　建造一座华丽的大厅，

1868   他让人建造的大厅   又高又大，十分庄严，
　　　　因为许多骑士时时刻刻　　都要寻找于他，
　　　　除了他的高贵随从，　　十二位崇高的国王，
　　　　另外还有许多杰出的骑士，　　国王埃策尔这回获得的

1869   君王要多于从前任何时候，   如我所能点数过的。
　　　　他从亲戚和朋友中　　获得了巨大的欢乐。
　　　　国王看到人声鼎沸，　　许多英雄骑士济济一堂，
　　　　他不由得连连称好。　　国王的兴致越来越高。

第三十章
国王和骑士们休息就寝和后来发生的故事

1870   白天慢慢地结束，   夜幕渐渐地笼罩着
          旅途困顿的骑士好汉。   他们开始担忧起来。
          莱茵的国王们希望休息，   愿意立刻上床睡觉。
          哈根引起了深思，   武士们马上便会明白。

1871   恭特尔对主人说道：   "愿上帝让你生活欢乐！
          我们希望前去就寝，   请你能给我们恩准。
          如果你觉得合适，   明日清晨我们再度重逢。"
          客人们尽管旅途劳累   却仍然高高兴兴地往回走去。

1872   人们从四面八方看到莱茵   客人们拥挤在一堂。
          勇敢的武士伏尔克   对匈奴人开口问道：
          "你们怎敢挡在   众位好汉的脚前？
          倘若你们不知分寸，   你们定将领教伤害。

1873   有的人我将用沉重的   利剑把他们痛打一顿，
　　　　他们如果有亲人，   亲人们必将开始悲哭悼念。
　　　　你们何时给我们让路？   的确，我感到很有必要。
　　　　大家都被称为骑士，   他们的勇气却并不一致。"

1874   这位勇敢的乐师   讲话时刻十分愤怒，
　　　　英勇的哈根   越过众人的肩膀回头观望。
　　　　他说道："勇敢的   乐师作了一番正确的建议，
　　　　克里姆希尔特的众位骑士，   但请立刻暂回住房！

1875   你们心里的这点儿主意，   那是绝对不能成功的。
　　　　如果你们愿意尝试，   那就安排在明天清晨，
　　　　而让我们旅途疲劳的人   安静舒适地睡上一夜！
　　　　我相信，这对众位英雄们   恐怕再也合适不过。"

1876   接着他们把客人们   领进一座宽敞的大厅，
　　　　可怜他们后来在这里   被死神一网打尽。
　　　　他们看到那里备下了   许多宽大的眠床。
　　　　王后给他们送上了   人间最大的折磨和悲伤。

1877   人们看到许多漂亮的   被盖，那是使用阿拉斯的
　　　　毛皮，十分耀眼，   闪闪发光，这里的许多褥垫
　　　　还配上亚洲的绸缎，   全是最精致的质料。
　　　　褥垫四周滚着黄金缎边，   闪发着华丽的光泽。

1878   人们又看到许多鼬皮   制作的被子，另外
　　　　还有的使用了黑色貂皮。　客人们应该在被褥下
　　　　安安稳稳地睡上一夜　直到次日拂晓天明。
　　　　任何国王都未能率领　随从们如此豪华地休息。

1879   "呵，天哪，这样的床铺，"　年轻的吉塞尔赫说道，
　　　　"天哪，我的众位朋友，　你们跟我来到这里！
　　　　不管我的姐姐对待我　显得多么友好，
　　　　我担心，我们将会由于她的缘故　惨遭横死。"

1880   "你们不用担心！"　骑士哈根开口言道。
　　　　"我今天可以操盾　亲自担任大厅守卫。
　　　　我要忠诚地保护你们，　直到明日拂晓。
　　　　勇敢的壮士，你们明白，　有胆量者善于保护自己！"

1881   大家对他鞠躬施礼　并且对他连声称谢。
　　　　骑士们朝床前走去。　时间过了并不多久，
　　　　陌生的客人个个　脱下衣服上床睡觉。
　　　　强壮的哈根开始披挂，　一身戎装，十分威武。

1882   勇敢的乐师伏尔克，　这位骑士开口言道：
　　　　"哈根，如果你并不嫌弃，　那么我愿意跟你
　　　　共同持盾守夜　一起等到明天清晨。"
　　　　骑士衷心地感谢伏尔克　并且立刻回答：

1883   "让天空的上帝嘉奖于你，　高贵的伏尔克，

我如果遇到困难,在一切　　重重忧虑之中

除了你以外　　我再也不能渴望别人帮助。

如果死神并不阻挡，　我将会报答你的恩情。"

1884   两个人说毕立刻　穿上了寒光森森的铠甲。

他们各自在手上　　操起了一把战盾

转身走出了大厅，　在门前稳稳地站立。

他们保护骑士入睡，　这些原来出于无限忠心。

1885   勇敢的骑士伏尔克　把坚固的战盾

从手中放了下来，　搁在宫殿的墙旁。

他接着走入大厅，　乐师在手上拿着提琴，

如同骑士的风度一般　为朋友们尽心效力。

1886   他坐在宫殿门前　宽宽的长条石级上。

太阳底下还没有　比他更加勇敢的乐师，

弹奏的琴弦发出　如此甜蜜悠扬的乐声。

骄傲的莱茵客人　对他表示衷心的感谢。

1887   他的琴弦拉动起来，　乐师不仅技艺高超,而且气力

过人,他拥有两样本领，　乐声在宫殿上空回荡。

接着他开始拉动得　更加悠扬更加甜蜜。

音乐让忧虑重重　的勇士们渐渐进入了梦乡。

1888   乐师看到骑士们　　已经渐渐地入睡，
　　　　勇敢的壮士又重新　　把战盾提在手上。
　　　　乐师走出了大厅，　　他在那里守卫
　　　　保护他的朋友们　　免得遭受敌人的伤害。

1889   第一阵夜深人静以后，　　尽管已经为时不早，
　　　　英勇的骑士伏尔克　　看到远方黑暗之中
　　　　有一顶头盔在晃动：　　是克里姆希尔特的哪员好汉，
　　　　准备给客人们下手　　想要造成巨大的损失。

1890   当克里姆希尔特派出　　这批武士前去的时候，
　　　　她说道:"如果你们找到他们，　　那请对着上帝坚信，
　　　　他们除了其中一人，　　即那位不忠不义的哈根，
　　　　不能杀害其他任何人!　　他们一律应该活命!"

1891   乐师一旁开口言道：　"现在请看,哈根骑士——
　　　　我感到应该公开　　说出我看到了什么：
　　　　我看到有人拿着武器　　从那里走了过来。
　　　　根据我的推测，　　我觉得他们准备前来惹是生非。"

1892   "切莫作声!"哈根言道，　　"让他们走近一点!
　　　　在他们没有发现我们之前，　　我要亲自动手
　　　　用利剑砸烂他们　　许多的头盔和脑袋。
　　　　夜深人静,让他们去见　　克里姆希尔特时落花流水。"

1893　匈奴人中一位骑士　　已经立刻发现
　　　　原来大门有人把守，　他急忙开口说道：
　　　　"我们制定的种种计划，　看来没有一样能成，
　　　　因为乐师伏尔克，　我看到他兀自站在门前。

1894　他的头上戴着头盔，　头盔散发着阵阵光芒，
　　　　这顶头盔沉重纯净，　看来坚固而又完整。
　　　　他的铠甲掩映红光，　如同火焰燃烧的一样。
　　　　哈根站在他的身旁，　客人们尽可安然无恙。"

1895　他们说罢立刻回去。　伏尔克看到这里，
　　　　他对自己的伙伴　　怒气冲冲地开口言道：
　　　　"且让我走到大厅前面　去找那批骑士好汉，
　　　　我要问克里姆希尔特的随从　他们究竟意欲何为。"

1896　"不,且听我说!"　英勇的骑士哈根开口言道，
　　　　"你如果跟敌人　展开一场你死我活的决战，
　　　　他们立刻举剑向你进攻　把你逼入死地。
　　　　我必须过来援助，　不管其他朋友的安危死活。

1897　如果我们两人　跟他们在门前遭遇战斗，
　　　　有两个或者四个　匈奴人动作快速地
　　　　抢先进入大厅　肆意给我们造成危害，
　　　　我们不及防备，　可要终生难以追悔。"

1898　　伏尔克又开口说道： “那就不妨如此办理，
　　　　让他们终于明白　　我已经看到他们，
　　　　克里姆希尔特的随从　　再也不敢抵赖，
　　　　必须承认他们的确施行　　谋杀行动，千真万确。”

1899　　乐师果然对着他们　　的背影大声呵斥：
　　　　“你们为什么全副武装？　　你们为什么匆匆忙忙？
　　　　克里姆希尔特的好汉，　　你们匆忙奔波如要杀人，
　　　　请把我也捎上，　　还有我的这位沙场伙伴!”

1900　　没有人给他回答，　　伏尔克十分愤怒。
　　　　“呔,你们可恶的懦夫!”　　杰出的骑士说道。
　　　　“难道你们想在睡梦　　之中把我们人人杀害？
　　　　杰出的英雄好汉从来　　没有这样的记录!”

1901　　王后听到了关于暗杀消息的　　如实禀报，
　　　　她派出去的刺客一无所获，　　王后为此忿忿不平。
　　　　她又准备重新开始，　　王后心中怒火燃烧。
　　　　许多英勇而又杰出的骑士　　必将为此遭到残酷报复。

第三十一章
国王们前往教堂

1902   "我感到铠甲上的凉意袭人，" 伏尔克言道。
           "我想，黑夜大概   不会持续太久。
           我从空中感到：   天色即将黎明。"
           他们于是唤醒了伙伴， 伙伴们仍在睡梦之中。

1903   黎明的曙光给   客人们照亮了大厅。
           哈根开始到处   询问英勇的骑士好汉，
           问他们是否去教堂   在里面参加弥撒。
           按照基督教礼俗   教堂里开始钟声大作。

1904   他们的唱颂各不一样， 这也非常容易理解：
           基督徒和异教徒   他们的声音难以统一。
           国王恭特尔的随从   表示愿意共同进入教堂，
           他们一起从床上   立刻起来准备行装。

1905   英雄们各自取出了   昂贵的衣裳，

从来没有任何骑士   前往一座陌生的王国

携带如此质好的衣衫。   这让哈根心中着实为难。

他开口言道："众位好汉   应该穿上另外的服装。

1906   你们已经足够   明白了事情的真相。

你们请放弃玫瑰，   手中必须扛拿武器，

放下珠光宝气的花环，   戴上寒光森森的头盔，

因为我们已经看穿了   克里姆希尔特的险恶用心。

1907   我们今天必须战斗，   我愿对你们讲清情况。

你们不能穿上丝绸衬衫   而要全身披挂，

不能身穿长衣大袍，   而是手操坚固的盾牌。

如果有人惹怒你们，   你们必须立刻自卫。

1908   我的亲爱的王上，   还有亲戚和众位好汉，

你们应该以善良的   心意前往礼拜教堂。

对着崇高的上帝哀诉   你们的忧虑和苦难。

你们肯定知道，   死神已经渐渐地临近我们！

1909   你们还不能忘怀   自己的所作所为，

而且应该衷心地   请求和呼唤上帝。

英勇而又崇高的骑士，   这是对你们的警告！

顺应苍天上帝的安排，   你们去听最后的弥撒。"

1910   客人们一起前往教堂， 国王和他们的随从，
       首先来到教堂的墓地。 英勇的骑士哈根
       吩咐他们立刻停止， 任何人不得离开走散。
       哈根言道："现在尚不明白 匈奴人究竟意欲何为。

1911   我的朋友们,请你们把 战盾全都搁在脚前!
       如果有人恶意问候你们, 立刻对他展开报复,
       给他送上致命的重创! 这就是哈根的忠告,
       你们应该如此行动, 让人们永远为之称颂!"

1912   伏尔克和哈根, 两位骑士结伴而行
       来到高大的教堂门前。 事情所以如此进行,
       原来他们希望看到 王后在拥挤的人群中
       会对他们首先发难。 果不其然,她十分恼火。

1913   王国的主人和他的 美丽的夫人走了进来。
       王后一身华丽的穿着 的确忸怩作态。
       无数的骑士,人们 看到他们跟在王后身后。
       他们见到克里姆希尔特的 随从搅得尘土飞扬。

1914   国王埃策尔因为看到 莱茵的众位骑士
       个个全副武装, 他便立刻开口言道:
       "我怎么看到朋友们 全都戴着头盔?
       我说实话,这对我深有侮辱。 他们难道遭受了伤害?

1915   我愿意给他们补偿，   完全按照他们的愿望。

如果有人伤害他们，   破坏他们的心意和情绪，

那么应该全部明白：   我将会对此感到痛苦。

客人们对我任何要求，   我都愿意全部满足。"

1916   特隆页的哈根开口答道：   "无人曾经伤害我们。

这是我们国王的习惯，   他们参加盛典的时候

都要全身穿戴铠甲   而且整整一天时间。

如果有人伤害我们，   我们将会对你如实禀报。"

1917   哈根站在那里讲话，   王后一一听得明白。

她看到骑士英雄时   心中多么仇恨、敌视！

尽管她从前在家乡   早已愉快地谙习风俗，

她只是不愿意介绍   莱茵王国的人情礼仪。

1918   王后对他们的仇恨   不管多么强烈，多么凶狠，

如果有人一反其意   说出了故事的真情，

国王埃策尔一定能够阻止   后来的惨剧发生。

可是王后骄横难忍，   谁也未能对他讲明。

1919   王后率领她的随从   一直往里走了进来。

可是他们两人却拒不   对她稍让道路，

双方站立不到三步之距，   匈奴人对此十分愤怒。

王后和骑士们忍不住   做着拼斗厮杀的准备。

1920   埃策尔的随从们   感到事态实在危险。
        他们愿意对骑士们   显示仇视的情绪，
        只是在威严的国王面前，   他们没有这副胆量。
        教堂里非常拥挤，   其他却没有发生任何事端。

1921   人们做完了弥撒   已经准备离开教堂，
        他们看到许多匈奴人   急步朝骏马走去。
        克里姆希尔特身旁   还有许多漂亮的姑娘，
        伴随着王后左右大约   有七千名英勇的骑士。

1922   克里姆希尔特坐在   大厅里的窗口前，
        一旁还有许多美丽的妇人   高高兴兴没有仇恨。
        高贵的国王埃策尔   凑近王后坐了下来。
        他们一起开始观看   杰出骑士们的比赛表演。

1923   督军元帅果然率领   骑士迎了上来，那是
        勇敢的唐克瓦特。   他把来自布尔恭腾
        王国的随从武士   全部召集在自己周围。
        人们看到陌生的骑士   让战马全都佩上马鞍。

1924   众位骑士都朝骏马走去，   国王和他们的部队，
        还有勇敢的伏尔克   便开始对他们作出建议，
        他们应该按照   自己王国的习俗进行骑士比赛。
        勇士们立刻开始了   热烈的骑马表演。

1925   在那宽阔的大院里   又来了许多英雄好汉。

埃策尔和克里姆希尔特   把一切都看在眼里：

骑士比赛和满场喧哗   ——两种规模都很巨大——

那是基督徒和异教徒们，   人们看得眼花缭乱。

1926   国王狄特利希的勇士   出于自豪的风俗习惯

立刻骑马赶了过来   参加热烈的骑士比赛。

他们愿意跟客人们   前来进行一番角逐比武。

国王却不愿意答应   而且请他们立刻停止。

1927   他禁止随从们跟   恭特尔的骑士进行比赛，

国王为勇士们心事重重，   它将带来巨大的伤害。

贝希拉恩许特格的   军队也已经进入场来。

高贵的伯爵许特格看到形势   顿时感到怒不可遏。

1928   他急忙朝匈奴国王走去   拥挤着穿过了人群。

伯爵对众位骑士说道，   你们或许已经察觉，

恭特尔的臣下随从，   他们的情绪多么委屈、沮丧。

希望立刻放弃骑士比赛，   成全伯爵一番心意。

1929   当他们离开伯爵的时候，   如有人告诉我们的一样，

从图林根赶来一批   不屈不挠的英雄

会同丹麦的骑士好汉，   大约也有一千名武士。

人们看到空中飞舞着   多少投枪撞成碎片。

1930   哈瓦尔特和伊林，   相互结伴骑马而来。
         莱茵的英雄好汉也开始   表演他们骄傲的风俗习惯。
         他们跟图林根的壮士   进行了许多的双人比赛。
         多少装饰漂亮的战盾边缘   被刺击得枪眼累累。

1931   国王勃吕特林不甘寂寞   立刻率领他的千名骑士
         一路过来角逐喧哗，   他们的骑艺十分娴熟
         引来多少目光的称颂。   真是一场巨大的灾难。
         克里姆希尔特出于仇恨   乐意地注视着布尔恭腾勇士。

1932   她在心里暗自沉思，   此后如何才能实现：
         倘若给他们带来伤害，   我这里希望亲眼看到，
         但愿事情应该立刻开始。   如果我能够向我的
         敌人报仇雪恨，   从此方能解除我的忧虑层层。

1933   施罗堂和公爵吉勃歇   骑马来到演武赛场，
         荷恩伯格和拉蒙，   按照匈奴人的风俗习惯
         跟来自布尔恭腾的   英雄们展开角逐。
         大厅厚墙的上空飞舞着   枪杆迎风呼啸。

1934   他们全部骑着高头大马，   周围一片响声和喧哗。
         人们只听到战盾撞击，   宫殿和大厅内外
         由于恭特尔军队人多势众   留下了巨大的噪声。
         莱茵壮士以崇高的   荣誉获得了比赛胜利。

1935   骑士们的比赛时间　　漫长而且规模巨大，
英雄们骑坐着　　威风凛凛的高头大马，
透过马鞍的坐垫　　滚落着热气腾腾的汗滴。
骑士们以高昂的斗志　　和匈奴人一起切磋武艺。

1936   乐师伏尔克，这位　　勇敢的骑士开口言道：
"我觉得，这群武士现在　　不会对我们发起进攻。
我一直听到有人在说，　　他们对我们胸怀仇恨。
人间世上的确没有　　比这更为巧合的事情。"

1937   "立刻回住所去吧，"　　高贵的国王吩咐，
"你们现在牵着战马，　　在白天过去以后，
我们赶着晚上时间　　然后一起骑马过来。
不知王后是否　　情愿为陌生人颁发奖赏？"

1938   说话时他们看到　　一位魁梧的好汉骑马进来，
如他这般在匈奴人中　　似乎还没有第二个先例。
他好像痴情女人坐在窗前　　心思扑扇着挂念一般。
英雄衣着打扮　　活像一位可敬骑士的新娘。

1939   伏尔克开口言道：　　"我怎能让他轻易走过？
那个女人的宠儿　　应该经历一回教训。
没有人能够救他：　　这回便要他的好看！
我并不在乎国王埃策尔　　的婆娘是否勃然大怒。"

1940   "不，为了我的缘故，"   国王立刻开口言道。

            "如果我们开始进攻，   人们将会辱骂我们。

            让匈奴人首先发难！   事情应该如此进行。"

            国王埃策尔还坐着，   靠近王后克里姆希尔特。

1941   "我只是无法容忍。"   伏尔克确实心中不甘。

            他又骑马前往进行比赛：   英雄内心充满着恶意

            用长矛狠狠地穿透了   魁梧匈奴人的身体。

            人们顿时看到姑娘   和妇人们一片哭泣。

1942   哈根急急忙忙地   赶到比武的赛场。

            他率领着自己的六十名   勇士骑马过来，

            准备战斗已经开始时   立刻保护乐师伏尔克。

            埃策尔和克里姆希尔特   清清楚楚地看着一切。

1943   国王们也不愿意看到   他们杰出的骑士乐师

            伏尔克落在敌人丛中   身旁没有任何保护。

            一千名英雄立刻   展示鞍马上的超人骑艺。

            他们随意驰骋，   显现着斗志昂扬的礼仪。

1944   那位身材魁梧的   匈奴人被戳翻在地，

            人们听到他的亲戚   又是啼哭又是怨愤。

            随从们开口问道：   "是谁干下这等事情？"

            看到的人都立刻回答：   "是那强悍的乐师。"

1945   来自匈奴人王国伯爵的   众位亲戚朋友
        随即呼唤勇敢的骑士   操起利剑和战盾。
        他们发誓立刻把   那位乐师伏尔克当场打死。
        坐在窗口的国王   急急忙忙地赶了过去。

1946   人群中掀起了一片   巨大的声浪,响彻云天。
        国王恭特尔的骑士   从四面八方奔跑过来。
        三位王上和他们的随从   跳下坐骑把马推向一旁。
        国王埃策尔应声前往,   他开始把勇士们分离开来。

1947   国王看到匈奴人的   一位亲戚正在场上,
        他在手里拿了一件   十分结实的兵器。
        国王喝令他们全部回去,   他自己不由勃然大怒:
        "我怎能不对这些英雄们   在匈奴人王国竭诚效力!

1948   如果你们因此动武   想把那位乐师打死,
        我把你们全部送上绞刑,   这点我对你们不妨讲清。
        当他刺倒匈奴人时,   我看到正在骑马而行,
        他却是马失前蹄   并非出于故意和存心。

1949   你们应该保证我的   客人们一律平安无事。"
        国王亲自率领他们离开。   人们把战马立刻
        牵着送入了马厩。   他们在这里有许多仆人,
        仆人们殷勤努力,   为国王效力井然有序。

1950   国王引着他的客人　　一起朝宫殿走去。
        任何人都已经没有　　一丁点儿愤怒的痕迹。
        他们在那里摆下宴席，　还不忘端上了洗手清水。
        可是莱茵的勇士们　　却面临着足够的敌人。

1951   不管埃策尔多么愤怒，　他的许多随从仍然
        手持武器慢慢围拢三位国王。　他们的热情显而易见，
        只是怀着对客人的深仇大恨　前来参加厅堂宴席。
        如果事情恰有所变，　他们要为族人报仇雪恨。

1952   "你们最好全副武装，　穿着铠甲参加宴会!"
        王国的主人开口言道。　"这里骚乱实在太大。
        如果有谁在这里　对我的客人们稍有伤害，
        我就割下他的脑袋。　你们匈奴人必须明白。"

1953   事情持续了许久，　国王们终于坐了下来。
        克里姆希尔特始终　受着忧愁的压迫。
        她说道:"狄特利希先生，　我寻求你的劝告、
        帮助和恩德。　我害怕我的事情即将开始。"

1954   希尔德勃兰特为他的　主人慷慨激昂地说道:
        "如果有人进攻客人，　我绝对不会参与，
        也不稀罕任何财物。　你对此也许困惑不解:
        这批英雄时刻准备，　力量如此强大,不可战胜。"

1955 王后言道:"哈根对我 造成如此沉重的伤害:
    他杀害了西格弗里特， 我的亲爱的丈夫。
    如果有谁除去人间此害， 我给他备下黄金赏赐。
    倘若事情不能如意， 我的心将会无限悲伤。"

1956 希尔德勃兰特开口言道: "事情怎能如此进行，
    我不能让你亲眼目睹 有人在这里把他打死。
    如果有人攻击英雄， 灾难便会立刻临门，
    许多人无论贫富贵贱 通通都要倒地死亡。"

1957 国王狄特利希彬彬有礼， 一旁开口说道:
    "我央请于你,王后， 绝对不能莽撞行事!
    你的亲戚从来未曾 对我有所伤害，
    我怎能在厮杀时 便向高贵的骑士们动手侵犯。

1958 这份请求对你鲜有荣誉， 高贵的国王夫人，
    你在图谋杀害自己 亲戚们的生命和身体。
    他们信任你的善意 纷纷来到这座王国。
    伯尔纳的狄特利希 不能为西格弗里特报仇雪恨。"

1959 王后看到伯尔纳人 无法帮助自己实现愿望，
    便立刻对勃吕特林许愿， 还允诺把一块巨大的
    领地,从前曾是努通的特权 交到他的手上。
    后来他被唐克瓦特打死， 便也忘了这份厚礼。

1960 王后言道:"勃吕特林壮士, 你应该帮助我。
    我的众位敌人全在 这幢宫殿的大厅里面,
    他们杀害了西格弗里特, 我的亲爱的夫君。
    谁能帮助我报仇雪恨, 我将对他永远铭感在心。"

1961 勃吕特林立刻回答, 因为他就坐在王后身旁:
    "我却不敢撩拨你们 众位亲戚的仇恨怒火。
    我的兄长似乎看到 他们感到十分高兴。
    倘若我对他们发动攻击, 他将永远不会饶恕于我。"

1962 "不,我的勃吕特林勇士, 我对你一直和蔼友好。
    我把黄金和白银 赏给你作为报答,
    另外还有一位漂亮的女人, 她曾是努通的妻子,
    然后你就能够抚爱 她那多姿多情的身体。

1963 那座王国连同许多城堡 一起隶属于你。
    尊敬的骑士, 你应该相信我讲的一切,
    我肯定把在这里 对你许诺的种种礼物
    如数地交到你的手里, 请你按我的愿望行事。"

1964 勃吕特林听到 如此这般许诺的厚礼,
    另外还有美丽的女人 朝他迎面而来,
    他便允诺在战斗中 为衷情的王后效劳。
    许多骑士由此跟他 一起丧失了生命和身体。

1965 他说道：“人们必须 保持周围一片沉默。

    现在他们尚未觉察， 我们出其不意发出一阵呐喊！

    哈根对你的一切伤害 必须由他亲自抵偿。

    否则我便甘心情愿 把自己的一条性命搭上。

1966 我的一切随从部下，” 勃吕特林说道，“请立刻披挂！

    我们要去包围敌人的 栈房住所。

    事情不成，国王埃策尔的王后 不会原谅于我，

    骑士们必须不惜 自己的生命和身体。”

1967 王后见事情妥帖 便离开了勃吕特林，

    让他前去准备战斗， 自己则朝宴席走去，

    随同国王埃策尔 以及他的武士大军。

    王后心情险恶撩拨国王 对客人们的深仇大恨。

1968 他们如何来到席前， 请听我细细道来：

    人们看到高贵的国王们 在王后面前戴着王冠，

    都是一些杰出的君王 还有令人称颂的骑士。

    他们在王后面前 文质彬彬竭尽礼仪。

1969 王国的主人到处给 客人们整理着准备座椅，

    高贵而又杰出的勇士 聚集在他的巍峨大厅。

    人们给基督徒和异教徒 备下了不同的膳食。

    遵照国王的吩咐， 他们给两方面的准备十分丰富。

1970　　其他的随从都在　　栈房住所室内用膳。
　　　　膳务总管这回给他们　　尽心效力忙得不亦乐乎。
　　　　他们必须精心准备　　调理众人的膳食胃口。
　　　　骑士们以款待和欢乐　　领受着残酷的报复。

1971　　众位国王在四面八方　　的席前坐了下来
　　　　一面准备动手用餐，　　人们却突然把埃策尔的
　　　　王子抱着进了大厅　　送到各位国王的面前。
　　　　高贵的国王为此立刻　　遭受到了沉重的伤害。

1972　　国王埃策尔的四名　　随从走了进来，
　　　　他们抱着奥特里泼，　　国王的年幼太子，
　　　　送到君王们的席前，　　哈根也坐在那里。
　　　　孩子因为受到可怕的　　诅咒将会损寿夭折。

1973　　高贵的国王埃策尔　　看到他的儿子时，
　　　　对他的姻兄分外　　友好地开口说道：
　　　　"你们瞧，我的朋友们！　　这是我的唯一的儿子，
　　　　他的母亲是你们的姐妹，　　你们将获得许多报答。

1974　　如果按照族谱，　　王子将是一位勇敢的骑士，
　　　　权势强大无限高贵，　　为人坚定十分智慧。
　　　　我如果活到那一天，　　便赐给他三十个君王的领地。
　　　　年轻的奥特里泼　　将亲自对你们竭诚效力。

1975 因此我高兴地希望你们， 我的亲爱的朋友，
    你们一旦回国 重返莱茵的时候，
    你们千万记住 带着你们妹妹的儿子一起。
    但请你们对待孩子仁慈 施教，多方照应。

1976 请你们荣耀地扶助他， 直到让他成为一员好汉！
    如果有人在你们的王国 敢对你们犯上作乱，
    他会帮助你们报仇雪恨。 我给你们立下保证！"
    克里姆希尔特,国王的高傲 夫人也听到了讲话。

1977 "他如果长成英雄好汉， 众位骑士自然应当
    对他表示充分的信任，" 哈根一旁开口言道。
    "可是年轻的王子 一副体弱多病的模样。
    人们也许难以让我 前往宫殿拜见奥特里泼国王。"

1978 国王埃策尔双眼瞪着哈根： 讲话让他感到痛苦，
    尽管国王对此再也没有 多加任何的谴责。
    他在心里感到忧郁， 情绪顿时十分低沉。
    哈根的用意面对 厅堂的欢乐自然不合时宜。

1979 听到哈根对王子 说出那番诅咒讲话时，
    国王们都对主人 埃策尔表示痛心歉意。
    他们虽然一再容忍， 却也个个临近爆发，
    勇士们只是无法知道， 国王如何收拾这条好汉。

1980	听到讲话的许多壮士	怀着对他的切齿仇恨,
	希望将他置于死地。	如果埃策尔的荣誉
	允许他们稍加粗鲁,	英雄立刻就会灾难临门。
	哈根也许更不饶人:	他可能会把王子当场打死。

第三十二章
勃吕特林和唐克瓦特在栈房厮杀起来

1981   勃吕特林的众位随从   个个已经做好准备。
　　　　千员好汉披挂上阵，　他们动身前往寻求厮杀，
　　　　突然看到唐克瓦特正和　他的随从坐在席前。
　　　　仇人相见杀机顿起　心里塞满着不共戴天的愤恨。

1982   当高贵的勃吕特林   朝餐席走去的时候，
　　　　督军元帅唐克瓦特　友好地跟他寒暄：
　　　　"欢迎你大驾光临，　我的勃吕特林阁下！
　　　　你来此何干，恕我　不胜冒昧加以动问。"

1983   "你不必对我表示欢迎，"   勃吕特林开口言道。
　　　　"因为我的到来将会　促使你的末日降临，
　　　　那是由于你的兄长哈根，　他杀害了西格弗里特。
　　　　你和你的勇士必将　领教匈奴人的报复心切。"

1984   "不，我的勃吕特林壮士！"   唐克瓦特说道。

        "西格弗里特死的时候，   我当时尚未成年。

        我不知道埃策尔的婆娘   在匈奴对我有何谴责。

        这回前来参加盛典的   旅程将使我们十分后悔。"

1985   "我对这些事情已经   无法一一说清。

        那是你的亲戚，恭特尔和   哈根一手造成。

        客人们，开始抵抗吧！   你们谁也难以逃脱性命。

        你们必须以死亡作为   给克里姆希尔特的典押。"

1986   "你果然不饶不放，"   唐克瓦特一旁言道，

        "我为自己的恳请感到后悔，   根本应该省却这套。"

        勇敢的骑士十分了得   说话时从桌前跳了出来。

        他手提锋利的宝剑，   兵器真是又长又沉。

1987   骑士挺上一步给勃吕特林   顺手猛地一剑。

        他的脑袋连同头盔   已经滚落地下脚前。

        "这就是你的晨礼，"   英雄唐克瓦特说道，

        "用于献给努通的遗孀，   你兴致勃勃地钟情于她！

1988   她明天将跟另外一位   勇士成婚攀亲，

        如果他也需要新娘婚礼，   必将如你一般待遇。"

        原来有位忠诚的匈奴人   已经对英雄悄悄地透露，

        言道克里姆希尔特如何   愤怒地思量着伤害他们。

1989   勃吕特林的随从   看到主人已被打死，
        他们早已不能容忍   客人们的为所欲为。
        勇士们高举明晃晃的   利剑愤怒异常地
        朝着青年壮士冲了上来。   他们终将为此后悔不迭。

1990   督军元帅大声招呼   身旁的全部随从：
        "你们已经看到，高贵的伙伴，   眼前发生的情景！
        一切外来的客人，起来自卫   ——因为你们面临绝境——
        你们只有勇敢地战斗   才能避免死路一条！"

1991   手中没有宝剑的人，   立刻抓起了板凳。
        他们还从地上举起了   长长的脚凳。
        布尔恭腾的勇士再也   不愿意稍微容忍。
        他们用沉重的椅凳把   多少头盔打得东倒西歪。

1992   这群陌生的来客，   他们自卫得多么激烈！
        勇士们甚至把全副   武装的人赶出了大厅。
        可是厅内已经有了   五百名或者更多的死者。
        唐克瓦特的随从   被鲜血湿透一片通红。

1993   这则悲惨的消息   在很短时间内
        传到埃策尔的勇士耳中，   他们感到十分痛苦——
        因为他们的主人和部下   已经遭到全军覆没。
        这是哈根的兄弟   及其他的仆从亲自所为。

1994 消息还没有传入王宫， 匈奴人个个义愤填膺，

    立刻全副武装起来,一共有 二千余人或者挂零。

    他们前来寻找伙伴 ——如此行为完全合理——

    而且连随从也不准 一人漏网,准备通通杀光。

1995 当大批的不义之徒 闯入厅堂的时候,

    骑士们中间出现了 一阵巨大的厮杀,震耳欲聋。

    无畏的勇敢纵有何益? 他们难免倒地惨遭横死。

    稍稍间歇以后出现了 沉重的恐惧和灾难。

1996 你们现在且听那些 残忍之举的惊人事迹:

    九千名随从全部惨遭 打死,躺倒在地,

    此外还有十位骑士, 他们和唐克瓦特战斗一起。

    人们只看到他独自一人 还落在敌人丛中。

1997 喧哗已经过去, 咆哮也已经停息。

    英雄唐克瓦特 越过人群肩膀看了一眼。

    他开口说道:"痛心啊, 我看着朋友们倒地而去!

    可惜我现在孤零零地 站在敌人中间不能脱身!"

1998 一阵激烈的利剑 无情地砍在他的身上。

    多少英雄的妻子 将为他们哀悼悲泣。

    他把战盾高高地举起, 让战盾的把手往下拉紧。

    勇士让敌人的鲜血 浸湿了多少匈奴人的铠甲。

1999　　“痛心啊这场耻辱！”　　阿尔特里安的儿子呼喊。
　　　　“你们匈奴骑士给我闪开！　　我要站在风中，
　　　　让凉风吹拂我,已经厮杀得　　筋疲力尽的勇士!”
　　　　他一反其意在战斗中　　向大门外扑了过去。

2000　　英雄怒气冲天　　从大厅里一步跳了出来
　　　　又有许多刀剑打在　　他的头盔上乒乓作响。
　　　　那些未曾领教英雄　　双手奇迹的匈奴人
　　　　都必须屈服于这位　　布尔恭腾王国的壮士。

2001　　“上帝保佑,”唐克瓦特说道，　　“但愿有位使者,
　　　　让我的兄长哈根　　亲自听到激战的消息,
　　　　知道我面临这批骑士　　已经陷于危险境地!
　　　　他或者前来帮助于我，　　或者躺在我身旁死去。”

2002　　匈奴骑士们应声答道：　　“使者必定是你自己，
　　　　我们把你死着拖去　　送给你的兄长哈根,
　　　　国王恭特尔的随从　　正好观看他的悲惨下场。
　　　　你在这里给国王埃策尔　　造成如此巨大的伤害。”

2003　　“你们切莫威胁于我，　　通通给我让开道路！
　　　　否则我还要让多少人的　　铠甲浸湿鲜血。
　　　　谁有胆量,敢来抵抗！　　我现在到宫殿里去。
　　　　我愿意亲自对国王们　　禀告这里的消息。”

2004   英雄无畏,让埃策尔的随从   个个见了害怕,
        他们竟然不敢举剑   对着武士进攻。
        匈奴人只是朝他的盾边   扔去许多投枪,
        这把战盾越来越重,   他只得撒手扔在地上。

2005   匈奴人费尽气力   从两面奔涌而来,
        许多人可怜根本   还没有来得及厮杀。
        他在敌人面前纵步自如   就像森林中
        跑在猎犬前面的野猪。   还有比他更加勇敢的人吗?

2006   他们以为能够战胜他,   因为他手上没有战盾。
        嘿,他在匈奴人的头盔   下面打出多深的伤口!
        许多勇敢的骑士   在他面前纷纷倒地。
        英勇的唐克瓦特为此   获得了崇高的荣誉。

2007   走动的路上重新沾湿了   滚烫的热血。
        没有任何一位骑士   能够像他一样
        跟这么多敌人血战一起,   如同现在经历的一般。
        他们都没有道声感谢   只得看他朝宫殿走去。

2008   膳务总管和掌酒官   听到兵器撞击乒乓作响。
        多少玉液琼浆还有   许多的精美佳肴
        从他们手上撒落一地,   他们正自端着送往宫殿。
        仆人们在楼梯前   却遇到了强大的敌人。

2009　　“怎么,你们众位杰出的伙伴,”　　疲劳的骑士说道,
　　　　“你们应该慷慨地　　侍候远道而来的客人,
　　　　应该给国王们　　送上可口的膳食,
　　　　还应该让我把消息　　在宫殿告诉我们的王上。”

2010　　如果有人急忙跳上前来,　　在楼梯口挡住去路,
　　　　他便挥舞沉重的利剑　　把他们打倒在地,
　　　　多少凶恶的匈奴人　　出于害怕匆忙往上面逃窜。
　　　　他的强大让许多骑士　　鲜血淋漓地祭奉死神。

2011　　勇敢的唐克瓦特　　踏进了宫殿大门,
　　　　他请埃策尔的随从　　立刻往后撤退。
　　　　勇士的战袍彻底　　浸透了激战的鲜血。
　　　　他赤手空拳,提着一把　　沉甸甸的锋利宝剑。

2012　　当骑士来到门前　　看到的正是那般光景,
　　　　人们把年幼的奥特里泼　　抱在怀里
　　　　在席前相互传递,　　耳边听到国王们连连赞美。
　　　　由于这则不幸的消息　　太子顿时遭到了夭折。

第三十三章
唐克瓦特前往宫殿给三位国王报信

2013　　唐克瓦特对骑士哈根　　大声地禀报消息：
　　　　"兄长哈根，你在席前　　端坐的时间过分冗长。
　　　　我且对你和天空的上帝　　怨诉我们的灾难：
　　　　骑士们和随从们　　已经在栈房住所内全部遇难！"

2014　　哈根对他不由得喊道：　　"这是谁干的恶事？"
　　　　"勃吕特林骑士和他的　　众位随从一手造成。
　　　　他也未曾捞到享受，　　我要对你亲自讲明。
　　　　我用双手把他的　　脑袋斩了下来。"

2015　　"这是一个小小的遗憾，"　　哈根开口言道，
　　　　"如果有人听到一位　　勇士的消息，
　　　　说他被英雄的双手　　亲自砍掉了脑袋：
　　　　浓妆艳抹的女人们　　却很少为他哀悼哭泣。"

2016   亲爱的兄弟,告诉我吧,   你为什么浑身通红?
       我觉得你似乎身受   重伤经历着巨大的苦痛。
       如果这里有人胆大妄为,   干下此等肮脏事来,
       除了魔鬼给他救援,   否则他必须以命抵偿。"

2017   "你们看,我其实安然无恙,   我的战袍只是全部透湿。
       这是其他壮士的伤口   给我造成这等模样,
       因为我今天大开杀戒   杀死许多英雄好汉。
       如果要我立下誓言,   我也无法讲清数字。"

2018   哈根说道:"唐克瓦特兄弟,   你且给我们守住大门,
       别让任何一位匈奴   骑士从这里逃窜出去!
       我愿与他们评述讲理,   因为危机的确迫在眉睫。
       我们的随从无缘无故地   全部死在他们手里。"

2019   "既然我当库房保管,"   英勇的壮士开口言道,
       "我便能为高贵的王上   竭诚效力,不敢怠慢,
       我将以荣誉保证,   一定守住宫殿阶梯。
       克里姆希尔特的骑士   不会因此遗憾可惜。"

2020   "我感到十分奇怪,"   哈根一旁开口言道,
       "匈奴的骑士们为什么   在这里窃窃私议。
       对待那位正在把守大门   而且把不幸的消息
       送达布尔恭腾人的好汉,   他们莫非想要痛加伤害?

2021   我早已听到关于克里姆　希尔特的传闻，
　　　　说她多么不愿继续忍受　内心巨大的悲愤。
　　　　我们为多情的女主人干杯　并且付清国王的葡萄酒情。
　　　　年轻的匈奴太子，　今天必须第一个享受祭刀真情。"

2022   哈根，这位杰出的骑士　朝王子奥特里泼顺手一剑，
　　　　鲜血喷涌，从他的剑刃　一直流到了手间，
　　　　这位太子的脑袋猛然　滚落在克里姆希尔特的怀里。
　　　　匈奴人顿时开始杀戮，　其情其景激烈残忍难以诉说。

2023   哈根又用双手给宫廷的　礼仪太师送上
　　　　结实而又快速的一剑，　太师负责奥特里泼的教育，
　　　　可惜他的头颅立刻　从席桌滚落地上。
　　　　他为教师的最后一天　支付了悲惨的报酬。

2024   他看到国王埃策尔的　席前坐着一位乐师。
　　　　骑士哈根怒火中烧　立刻出剑毫不迟疑：
　　　　乐师把手搁在琴上　被他猛地砍下一臂。
　　　　"这是为你前往布尔恭腾　王国出使的赏赐！"

2025   "我的天哪，"维尔勃尔说道，　埃策尔的乐师。
　　　　"特隆页的勇士哈根，　我何曾伤害于你？
　　　　我忠实虔诚地前往　你们主人的王国。
　　　　现在我失掉一条手臂，　如何还能演奏出声？"

2026 哈根骑士毫不介意， 管他以后能否表演。
他只是在屋子里 追逐埃策尔的骑士
沉溺于残酷的砍杀乐趣， 许多人被他打死在地。
他在大厅里杀掉的 勇士更是不计其数。

2027 伏尔克,他的伙伴 从餐桌旁一步跳起,
他的琴弓抓在手上 发出了强烈的响声。
国王恭特尔的乐师 拉动得琴弦毫无节制。
嘿,他从勇敢的匈奴人中 获得了多少敌人!

2028 三位崇高的国王 都从席前跳了起来。
趁着损失尚未严重， 他们希望居中调停。
可是他们的用心 已经无法力挽狂澜,
因为哈根和伏尔克 早已怒火万丈开始发作。

2029 莱茵的国王看到 战火如炽胜负难料。
国王亲自上阵 披戴寒光森森的铠甲
重创敌人,给他们捅上了 一个个巨大的伤口窟窿。
他是一位敏捷的英雄。 勇士的行为足以佐证。

2030 强大的盖尔诺特 也开始卷入了厮杀。
他挥舞沉重的宝剑， 那是许特格赠送的礼物,
把多少匈奴英雄 千真万确地打死在地。
他还把埃策尔的 许多朋友亲自送进了坟墓。

2031   王后乌特的年轻王子   奋然大胆扑进了战场，
        一把威武的利剑   在匈奴人王国
        埃策尔众位骑士的   头盔上下飞舞作响。
        吉塞尔赫出手不凡，   打死打伤匈奴人不计其数。

2032   虽说他们都很英勇，   两位国王和他的随从，
        可是在他们中间，   吉塞尔赫却始终奋勇
        争先扑向前面的敌人。   他是一位杰出的好汉。
        他让多少匈奴骑士   伤痕累累，倒死在血泊之中。

2033   埃策尔的勇士们   竭尽全力奋勇抵抗。
        他们看到客人们   举着明晃晃的利剑
        在王宫大厅里   来回扫荡左右驰骋：
        人们只听到四面八方   传来厮杀的呐喊。

2034   留在外面的骑士   准备率领朋友往里接应。
        可是他们在阶前   却很难有所奏效。
        关在里面的人急于   朝大门外发起冲锋，
        大门的把守只是   不让任何人来到门前。

2035   宫殿的门旁拥挤得   上下翻滚水泄不通，
        多少利剑和头盔撞击   发出声音震耳欲聋。
        勇敢的唐克瓦特   开始面临困难的境遇。
        忠诚的哈根看在眼里   心急如焚痛苦不堪。

2036　　哈根此时大声呼喊　　伏尔克，杰出的乐师：
　　　　　"伙计，你快看那边　　我的兄弟唐克瓦特
　　　　　身处匈奴骑士的层层包围　　忍受沉重的打击！
　　　　　朋友们，快去救援，　　趁着还没有失去我的兄弟！"

2037　　"我立刻赶将过去。"　　乐师应声答道。
　　　　　勇敢的伏尔克开始　　穿过了宫殿大厅，
　　　　　一把利剑在他的　　手上发出嘹亮的声响。
　　　　　莱茵的勇士们对他　　表示由衷的感谢。

2038　　无限勇敢的伏尔克　　对唐克瓦特开口言道：
　　　　　"你今天却是经历了　　一场巨大的灾难。
　　　　　哈根，你的兄长请我　　前来给你援助。
　　　　　你如果愿意把守门外，　　那么我就坚守里厢。"

2039　　勇敢的唐克瓦特　　在门外站定把守。
　　　　　有谁胆敢走上前来，　　他便前往逐出殿阶。
　　　　　这时只听到敌人手中　　兵器撞击乒乓作响。
　　　　　布尔恭腾王国的伏尔克　　在里面厮杀得无人可挡。

2040　　英勇的乐师伏尔克　　对勇士们大声喊道：
　　　　　"朋友哈根，你作出了　　完全正确的决断。
　　　　　国王埃策尔的大门　　现在被彻底锁上，
　　　　　通过两个骑士的双手，　　犹如推上一千根门闩。"

哈根此时大声呼喊　伏尔克,杰出的乐师。

阿洛伊斯·科尔泼,1925 年

2041 强壮的哈根看到 大门有着如此的把守，
    便把战盾搁在背上， 这位杰出的英雄。
    他努力开始砍瓜切菜， 报复敌人的肆意残杀。
    哈根的滔天怒火 洗雪了多少骑士的不白冤仇。

2042 伯尔纳的国王看到 哈根强健的双手
    打穿了多少武士头盔 这才真正见识到了奇迹。
    再说阿梅龙的君王 腾地跳上一张长凳
    开口言道："哈根在此 斟倒着惨绝人寰的苦酒。"

2043 王国的主人十分担忧 ——他的王后悲痛不已——
    有人当面杀害了国王 埃策尔的许多朋友，
    而他却陷于敌人丛中 几乎难以逃脱安生。
    国王不由得惊恐万丈。 他是国王，谁来救援？

2044 王后克里姆希尔特， 大声疾呼狄特利希：
    "快请执仗国王的道德 扶我从席椅上站立起来，
    让我能够从阿梅龙人 王国逃出一条命来！
    哈根一旦靠近于我， 我定然死在他的手上。"

2045 "我如何救助于你？" 狄特利希开口言道，
    "非常高贵的王后， 我这里已经自顾不暇。
    国王恭特尔的众位部下， 他们人人怒火冲天，
    我在此时此刻无法 给任何人创造平安。"

2046 "千万不能,狄特利希英雄, 杰出的高贵骑士,
请在今天无论如何 显示你那道德的勇气,
你要救我离开这里, 否则我就必死无疑。
在这危难关键的时刻 请救援于我,还有国王!"

2047 "我不妨尝试一番, 且看结果是否可行,
我的确很久以来 再也没有见过如同眼前
众位杰出的骑士 个个咬牙切齿义愤填膺。
我看到利剑之下 鲜血从头盔中喷涌而出。"

2048 百里挑一的勇士开始 竭尽全力大声呼喊,
他的声音听起来 如同吹奏的野牛号角,
宫殿上下全都回响着 他那不凡的气力。
国王狄特利希显示出 英雄本色无限强大。

2049 国王恭特尔听到 这位骑士的大声呼喊。
他立刻在激烈的 厮杀战斗里仔细倾听辨认。
国王言道:"我耳中 传来了狄特利希的喊声。
我相信:我们的武士 也许伤害了他的一名随从。

2050 我看他站在餐桌上面, 还用一只手努力示意。
布尔恭腾王国的 朋友和众位亲戚,
请立刻停止战斗! 让我们听一听,看一看,
我们究竟给狄特利希 造成了何等伤害!"

2051　　因为国王恭特尔有所　　请求而且亲自命令，
　　　　勇士们收回了正在　　激烈挥舞拼杀的利剑。
　　　　国王权势深重，暂时　　停止了相互厮杀。
　　　　英勇的骑士们立刻　　展开了问询的对话。

2052　　国王问道："高贵的　　狄特利希，我的众位亲戚
　　　　给你造成了怎样的伤害？　我情愿洗耳恭听！
　　　　而且我也准备　　对你表示忏悔，愿意赔偿。
　　　　如果有人危害于你，　我在心里感到十分悲伤。"

2053　　国王狄特利希言道：　"我却是安然无恙，
　　　　而且对国王也不能　　抱怨任何一点的损害和伤亡。
　　　　只是请你放我和我的　随从离开厮杀的战场！
　　　　我为此愿意铭感恩德　永远为你倾心效力。"

2054　　"你为何如此热烈地恳请？"　沃尔夫哈埃特说道。
　　　　"乐师直到现在也没有　十分牢靠地把守大门，
　　　　我们完全可以撞开，　让随从们顺利通过。"
　　　　"且请住口，"狄特利希说道，　"你们已被魔鬼缠身。"

2055　　国王恭特尔开口言道：　"我接受你的要求：
　　　　你率领人马离开大厅　无论是多是少，然而
　　　　不能带走我的敌人！　他们必须留在这里：
　　　　他们在匈奴人王国　给我制造了沉重的灾难。"

2056　　伯尔纳的国王　　张开双臂搂住了
　　　　高贵的王后克里姆希尔特，　王后非常害怕，
　　　　他另外一面又亲自引着　　国王埃策尔。
　　　　还有六百名随从跟着　　狄特利希离开那里。

2057　　高贵的伯爵许特格　　另在一旁开口言道：
　　　　"请告诉我们听听，　　能否容许更多的人
　　　　一起离开这座大厅，　　他们一向乐意为你们效力！
　　　　善良的朋友将始终　　跟你们保持和平。"

2058　　吉塞尔赫对他的岳父　　直截了当地回答：
　　　　"我们向你保证　　友好的和平和谅解！
　　　　你对我们始终虔诚，　　还有你的众位随从。
　　　　请率领你的许多朋友　　共同离开是非之地。"

2059　　当伯爵许特格离开　　那座是非大厅的时候，
　　　　五百名或者更多的随从　　一起跟在他的后面。
　　　　他们登着殿阶走了出去，　还有他的骑士好汉，
　　　　国王恭特尔后来遭到　　他们制造的巨大损失。

2060　　匈奴人中有位勇士　　看到国王埃策尔随同
　　　　伯尔纳的国王走了出去，　他相信看到了吉庆。
　　　　乐师伏尔克顺手给他　　一记沉重的打击，
　　　　他的头颅立刻翻滚　　在埃策尔国王的脚前。

2061   当王国的主人离开　　宫殿大厅的时候，
　　　　　他又回过头盯着　　乐师伏尔克瞧了一眼：
　　　　　"我的天哪，这批贵宾！　　真是天大的灾难，
　　　　　朋友们一个个都必须　　横死在我的面前。

2062   天哪，怎样的一回盛典！"　　威武的国王开口叹道。
　　　　　"里面有人激烈厮杀，　　他的名字叫作伏尔克，
　　　　　说是一名乐师，　　狠勇好斗倒像一头野猪。
　　　　　我感谢能够安然无恙　　好比挣脱了魔鬼一样。

2063   他的歌声十分恶劣。　　他的琴弦拉得通红一片，
　　　　　他用音乐为多少英雄　　无端地伴奏送终。
　　　　　我不知道这样的乐师　　对我们有何抱怨。
　　　　　我还从来没有遭受　　这等客人制造的灾难。"

2064   勇敢的骑士们　　全都回到了栈房住所，
　　　　　伯尔纳的国王　　还有忠诚的骑士许特格。
　　　　　他们不愿意跟厮杀　　再有任何的瓜葛，
　　　　　于是呼唤一切勇士　　在那里永远保持和平。

2065   如果有人能够预料　　这样两位英雄好汉
　　　　　将给他们带来　　无限巨大的伤害，
　　　　　他们肯定不能如此　　缓和地离开大厅。
　　　　　人们无疑会对他们　　展开恶毒的报复。

2066   他们把希望放行的人　　全部请出了大厅。

大厅里厢顿时开始　　一场巨大的杀戮。

客人们恶意报复，　　他们不愿忍受先前的悲痛。

伏尔克,这位勇敢者,嘿,　　他打破了多少头盔！

2067   崇高的国王恭特尔　　侧身倾听激烈的响声。

"哈根,你听声音，　　伏尔克在那里

跟匈奴人弹奏的乐曲，　　有谁迫近了大门？

他的那张琴弓，　　已经涂满鲜血,通红一片。"

2068   "我感到十分后悔，"　　哈根开口言道,

"我一直坐在他的上首，　　伏尔克,这员好汉。

我是他的伙伴，　　他也是我的朋友。

如果我们回归故里，　　将会显得更加亲密、忠诚。

2069   国王恭特尔,你且请瞧，　　伏尔克对你一向友好。

他的意志坚强,值得　　接受你封赏黄金和白银，

如同他的琴弓能够　　切削坚硬的兵器。

他打断多少头盔，　　晶亮的宝石滚落满地。

2070   人们从未见到乐师　　能够如此英勇地进攻，

如同骑士伏尔克　　今天种种神奇的表演。

他的歌声嘹亮，　　穿透了头盔和战盾的铁边。

他骑着优良的骏马，　　身上穿着华丽的战袍！"

448

2071   匈奴人的亲戚中间　　如果有人仍然留在厅内，
　　　　　他们中谁也没有　　能够幸免获得生命的享受。
　　　　　喧哗突然停止下来，　因为再也无人参加格斗。
　　　　　勇士们让利剑脱离双手，　他们在一旁稍事休息。

2072   三位国王坐了下来，　他们杀得筋疲力尽。
　　　　　伏尔克和哈根，两人　一起走到大厅前面。
　　　　　目空一切的勇士把身体　倚靠在宽大的战盾上。
　　　　　他们两人这回可有　讲不完的话儿。

2073   布尔恭腾的吉塞尔赫，　这位勇士开口言道：
　　　　　"众位亲爱的朋友　现在还不能开始休息。
　　　　　你们必须把死人　全部抬出屋去。
　　　　　他们又会攻击我们，　我可预先告诉众位。

2074   不能让尸体总是　挡在你们的脚前。
　　　　　匈奴人在激战中　战胜我们之前，
　　　　　我们应该施与重创，　我为之感到十分乐意。
　　　　　我对此，"吉塞尔赫　说道，"坚信无疑。"

2075   "我为英勇的王上　感到高兴！"哈根说道，
　　　　　"年轻的国王刚才给我们　所出的主意
　　　　　除了他这般英雄　其他的人难以想到。
　　　　　布尔恭腾的伙伴们，　高高兴兴地干吧。"

2076   勇士们跟着年轻的国王   把大约二千名死者
        运到了宫殿门外，   他们被扔了出去。
        大厅门外的阶梯旁   尸体已经堆积如山。
        亲戚们悲痛难隐，   禁不住哭声震天。

2077   其中也不乏许多   只是轻轻地负有剑伤。
        如果获得及时的照看，   他们尚有康复指望，
        可是遇到伤痛重重堆积   却也只能必死无疑。
        他们的朋友哀痛不已，   悲伤的哭泣难以止住。

2078   乐师一旁开口言道，   这位壮士不屈不挠：
        "我看到,他们对我   说的全是真话：
        匈奴人十分可怜，   他们哀叹时如同女人一般。
        他们现在应该照顾   身负重伤的伙伴。"

2079   一位匈奴伯爵以为   乐师说得诚实有理。
        他看到一位亲戚   栽倒在血泊之中，
        他把那人抱在怀里   想要把他运送出去。
        勇敢的乐师却顺手一剑   把他戳死在地。

2080   其他人看到这里，   他们立刻逃窜开去。
        他们都对这位乐师   非常害怕,十分畏惧。
        他从脚前捡起一根   沉重的投枪，
        那是一名匈奴人   把它扔进大厅屋里。

2081   他把投枪重新扔了出去，　英雄抖手一击，
　　　　　投枪已把城堡穿裂。　埃策尔的随从
　　　　　只得远远地离开大厅　寻找栈房住所躲避。
　　　　　匈奴人实在害怕他的　威猛和超人的气力。

2082   国王埃策尔和他的随从　纷纷站在宫殿门前。
　　　　　伏尔克还有哈根　凭着他们的意志和胆量
　　　　　开始跟匈奴的国王　展开面对面的谈话。
　　　　　英雄们为此立刻　招来了巨大的杀身之祸。

2083   "作为一国之主，"哈根说道，　"国王理当应该
　　　　　始终身先士卒　不惜冒死进行激烈的厮杀，
　　　　　如同国王恭特尔　和盖尔诺特这里做的一样：
　　　　　他们打翻多少头盔，　利剑之下鲜血直淌。"

2084   埃策尔国王并不示弱，　他执定一柄战盾。
　　　　　"你要千万小心，"　王后克里姆希尔特说道，
　　　　　"必须给勇士们的盾下　塞满昂贵的黄金。
　　　　　如果你被哈根抓去，　必然死在他的手上。"

2085   可是国王并不愿意　逃脱激烈的厮杀，
　　　　　少见的威武国王　不让勇气稍受挫折。
　　　　　勇士们抓住盾牌铁箍　要想把他拉回。
　　　　　恶毒的哈根更加　尖锐地耻笑国王埃策尔。

2086   "真是血缘相近的部落," 哈根一旁开口言道,
"西格弗里特和埃策尔 两人气味相投:
他爱上了克里姆希尔特, 那时她与你尚未相识。
可怜的国王,你为什么 向我报仇雪恨?"

2087   王后大概也听到了 哈根的这番讲话。
克里姆希尔特的心中 顿时十分气恼,
他竟敢当着埃策尔 随从的面耻笑于她。
王后于是加倍地 恶毒仇恨众位客人。

2088   王后说道:"谁能给我 把特隆页的哈根打死,
把他的首级作为礼物 捧将过来放在我的面前,
我就把黄金装满埃策尔的 战盾给他赏赐。
我还要嘉奖于他,给他 送上许多城堡和土地。"

2089   "我不知道你们犹豫什么," 乐师开口言道。
"我从未见识英雄们 听到有人愿意
支付如此高额的酬金 竟然还踌躇不前。
他们多么希望赚取 一座座城堡和赤金。"

2090   慷慨的国王埃策尔 又是悲伤又是痛苦。
他愤恨地哀悼 多少亲戚和随从们的死亡。
这时已有许多王国的 武士准备前来救援。
他们跟国王一起怨诉 经受如此重大的苦难。

2091 英勇的伏尔克　　开始恶毒地嘲笑：
　　　　　"我看到许多崇高的　　骑士在这里痛哭流涕。
　　　　　国王苦难当头,他们　　竟然无动于衷。
　　　　　他们的确耻辱万般地　　赚取国王的俸禄。

2092 勇士们在这里分吃国王的面包　　忍听谩骂和羞辱,
　　　　　却不管国王天大的灾难　　把他抛弃一旁,
　　　　　我看到许多这样的好汉　　站在这里胆怯如鸡。
　　　　　他们还能自嘲勇敢,　　却难以逃脱耻辱。"

2093 诚实的骑士不由得想道：　　他说的句句真话。
　　　　　可是他们中间除了　　伊林,丹麦的骑士
　　　　　还没有任何英雄好汉　　如此衷心地悲叹哭诉。
　　　　　时过不久,人们便会　　明白事情真相。

第三十四章
伊林遇害

2094 丹麦国的伯爵伊林 不由得大声喊道：

    "长期以来我在任何 事情上全都看重荣誉，

    在无数次的战斗中 建立了丰功伟绩。

    你们快取我的武器来！ 真的，我开始进攻哈根。"

2095 "我却愿意反对，" 哈根一旁开口答道：

    "你们如果两个 或者三个一齐朝我冲来，

    你们的亲戚便会 获得更多哭诉的把柄。

    如果想要赢我， 你们必将赢个损失惨重。"

2096 "我不愿意善罢甘休，" 伊林立刻回答。

    "我从前也经历过 许多危险的场合。

    现在我愿意用剑 独自对你展开进攻，

    即使你在厮杀中 勇于别人也不在话下。"

2097 伊林按照骑士的仪式 全身披挂已毕。
     图灵根的伯爵伊恩弗里特 也依法效样，
     还有强大的哈瓦尔特， 大约一千名勇士。
     他们愿意支持伊林， 不管英雄如何行动。

2098 乐师见到了一大群 英雄好汉，他们都在
     伊林亲自率领下 全副武装来到面前。
     壮士们人人在头上 扎紧了坚固的头盔。
     勇敢的伏尔克 对此不由得勃然大怒。

2099 他开口言道："哈根，你瞧， 伊林就站在那里。
     他单枪匹马挥舞宝剑 就想跟你对阵厮杀？
     难道英雄可以大话连天？ 我必须对此加以谴责。
     哪怕他全身披挂 来个一千名或者更多的骑士。"

2100 "别以为我在撒谎！" 哈瓦尔特的骑士说道。
     "我立下的誓言， 我现在乐意去实行，
     还必须承认我对 任何人都无所畏惧。
     不管哈根如何凶狠， 我愿独自与之对阵。"

2101 伊林跪着请求他的 任何亲戚任何随从，
     千万由他独自一人 对着哈根展开进攻。
     勇士们都不情愿： 布尔恭腾王国的
     哈根骄横野蛮， 他们早已如雷贯耳。

2102　　可是伊林恳请良久，　　直到事情终于如愿，
　　　　随从的壮士好汉　　个个遵从伯爵的愿望，
　　　　他要争取荣耀建功立业，　　他们放他独自进行。
　　　　两员好汉现在开始了　　一场巨大的殊死拼杀。

2103　　无限强大的伊林　　高高举起了投枪。
　　　　高贵的骑士十分勇猛，　　他把战盾拉到胸前，
　　　　旋风一般来到厅前　　对着哈根冲了上去。
　　　　壮士相斗掀起一场　　摇撼天地的拼杀。

2104　　他们竭尽浑身气力　　抖手扔出投枪，
　　　　投枪穿过坚固的战盾　　撞击在明亮的铠甲之上，
　　　　只见枪杆在空中　　高高地窜来窜去。
　　　　两员愤怒勇敢的好汉　　双双提起了宝剑。

2105　　哈根的勇敢和气力　　真是超等的强大和厉害。
　　　　伊林对他连连攻击　　发出震耳欲聋的响声，
　　　　宫殿和城楼内外　　到处回荡着厮杀的怒吼。
　　　　可是勇士却在这里　　难以实现他的迫切愿望。

2106　　他只得暂时抛下　　无法伤害的哈根。
　　　　伊林对准乐师　　旋风一般地冲上前去。
　　　　他以愤怒的出击　　希望立刻征服敌人。
　　　　这位利落的客人　　却能良好地保护自己。

456

2107 乐师开始奋力打击，　由于伏尔克气力巨大，
　　　战盾边缘的箍带　被震动得左右摇晃。
　　　伊林又把他抛下：　这是一员讨厌的凶汉。
　　　他开始对布尔恭腾的　国王恭特尔发动进攻。

2108 他们两人将遇良才　厮杀一起难舍难分。
　　　恭特尔和伊林　不管如何杀成一堆，
　　　只是难以捅下伤口　不见对方鲜血直流。
　　　战袍坚固保护良好，　他们两人尚能安然无恙。

2109 他把恭特尔留在一旁，　伊林又奔向盖尔诺特。
　　　伊林打得盖尔诺特　的铠甲上火星直冒。
　　　这位来自布尔恭腾的　英雄好汉盖尔诺特
　　　几乎把英勇的伊林　从此送上了碧落黄泉。

2110 他立刻离开了国王，　伊林跑得的确迅速。
　　　他在那里大打出手，　立刻打死了四名
　　　莱茵河畔沃尔姆斯　布尔恭腾王国的随从。
　　　吉塞尔赫看到这里　不由愤怒无比,气冲斗牛。

2111 "上帝有眼,伊林好汉，"　年轻的吉塞尔赫言道，
　　　"你必须为我抵偿　刚刚阵亡倒在你
　　　面前的随从生命。"　他朝伊林扑了过去，
　　　把这位丹麦英雄　一直打得跟跟跄跄。

2112 　伊林在他的脚前　　猛地栽倒在血泊之中，
　　　　看到的人全都以为　　这位杰出的好汉
　　　　再也不能重返战斗　　施展任何的一击。
　　　　可是伊林安然无恙　　还是躺在吉塞尔赫面前。

2113 　由于头盔震动　　另外加上重剑声响，
　　　　伊林躺在那里失去　　任何知觉，不能动弹，
　　　　他已经无法感到　　自己还存在生命。
　　　　英勇的好汉吉塞尔赫　　给了他一回沉重打击。

2114 　等到隆隆的响声，　　来自头盔并且来自重剑，
　　　　从头脑中清除干净　　——的确震耳欲聋，惊天动地——
　　　　伊林想道：我还活着，　　我的身体依然健康。
　　　　他第一回领教了　　吉塞尔赫的巨大力量。

2115 　他听到左右两面　　站立着许多的敌人，
　　　　如果他们知道实情，　　立刻便会把他结果性命。
　　　　他在耳旁还听到了　　吉塞尔赫的声音。
　　　　伊林思考如何能够　　安然无恙地逃命出去。

2116 　他从血泊之中猛地　　一记平地跳起。
　　　　伊林的确可以对他的　　快速敏捷道声谢谢。
　　　　他从大厅里跑了出来，　　不料迎面遇到骑士哈根。
　　　　伊林出手非凡，　　对着哈根连连打击，快如闪电。

2117   哈根想道:你这回　　必是我的猎物无疑。

如果没有魔鬼助你，　　谅你从此再也不能辉煌。

可是伊林打穿了他的　　头盔保护给哈根施与重创。

英雄挥舞利剑瓦斯克。　　这是一件杰出的兵器。

2118   愤怒的哈根感觉　　自己受到了重伤，

他猛力地挥舞着　　手中的宝剑进行反扑。

哈瓦尔特的骑士好汉　　只得从他面前逃窜。

哈根顺着宫殿往下　　开始对他猛力追赶。

2119   伊林急忙挥舞战盾　　用来保护自己的脑袋。

如果这座阶梯有它　　自身的三倍之长，

哈根肯定再也不会让他　　另有还手的力量。

嘿,那时他的头盔之上　　将会出现如何的红色光芒。

2120   众位敌人看到伊林　　活泼如旧安然无恙。

他给特隆页的好汉　　在格斗中创下累累重伤，

这则消息立刻传到　　克里姆希尔特的耳中，

王后由此对他表示　　衷心的谢意,十分赞赏。

2121   "伊林,上帝嘉奖于你，　　光荣而又杰出的壮士!

你的确安慰了我的　　一颗枯萎的心和我的情绪。

我现在看到了哈根的　　战袍上鲜血直淌。"

王后说罢亲切地　　从他手上接过了战盾。

2122　　　"你的感谢不要夸张，"　　哈根一旁开口言道。
　　　　　"是啊，现在开始称道，　　他的成绩毕竟太少。
　　　　　他如果再敢尝试，　　伊林便是英勇的好汉。
　　　　　我身上捅下的伤口　　无疑对你帮助太小。

2123　　　你看到我的衣甲上　　被伤口染成一片通红，
　　　　　它只能刺激我　　杀死更多的匈奴英雄。
　　　　　我现在对他以及　　对其他壮士十分愤怒。
　　　　　伊林好汉仅仅给我　　造成了小小的伤害。"

2124　　　丹麦国的伊林　　迎着清风站在一旁。
　　　　　他让铠甲透透凉气，　　又把头盔带子解下。
　　　　　人们对他纷纷称赞，　　说他的气力超人一等。
　　　　　伯爵听了高兴，　　真正鼓舞了他的高昂士气。

2125　　　伊林，这位勇敢的骑士　　对朋友们开口言道：
　　　　　"你们迅速替我披挂，　　让我能够尝试一番，
　　　　　看我是否战胜那位　　傲气冲天的好汉。"
　　　　　他的战盾已经打碎。　　他操起一柄新的装备。

2126　　　伊林迅速地动用更好的　　武器把自己打扮一新。
　　　　　他愤怒异常地操起了　　一根沉重的投枪，
　　　　　伊林愿意用投枪　　对着哈根展开进攻。
　　　　　这里涉及声望和荣誉，　　他如果省却这些多好！

2127   勇士哈根不愿意　　等他走近自己身旁，

他朝伊林奔了过去　　一直来到殿阶脚下。

哈根对他枪刺剑打，　　他的愤怒难以按捺。

伊林纵然力量强大，　　此时已经难以招架。

2128   他们打穿了盾牌，　　盾牌迸发的火星

在风中如同火焰燃烧。　　哈瓦尔特的仆人

被哈根的利剑　　沉重地捅穿了战盾

和甲胄伤势不轻，　　他这回难以痊愈。

2129   勇士伊林立刻感到　　自己身受重伤，

他举起坚固的战盾　　直到头盔的扎带。

伊林感到这回受到　　了沉重的伤害。

愤怒的哈根接着　　又给他雪上加霜。

2130   哈根在他的脚前　　找到一根投枪，

他对准伊林，　　丹麦国的英雄投掷过去，

枪杆正好高高地　　戳在他的头上。

骄傲的哈根力量强大，　　给了伊林致命一击。

2131   伊林只得逃跑，　　奔向丹麦国的伙伴。

人们还没有来得及　　给勇士解开头盔，

立刻从头上拔出投枪，　　他已经濒临死亡。

亲戚们为他哭泣，　　他们感到真正的悲伤。

2132   克里姆希尔特,这位妇人   也开始怨诉痛哭,
　　　　　为勇敢的伊林感到悲痛,   这位身受重伤的好汉。
　　　　　她为英雄的伤口哭泣,   因为她感到十分凄凉。
　　　　　厮杀中勇敢的骑士   对亲戚们开口言道:

2133   "崇高的王后,   请停止你们的悲伤!
　　　　　你纵然哭泣又有何益?   哈根对我造成
　　　　　如此沉重的伤害,   我的生命即将去也。
　　　　　死神倔强,不让我   为你和埃策尔再尽薄力。"

2134   伊林嘱咐图林根人   还有丹麦来的勇士:
　　　　　"你们之中谁也不能   接受埃策尔的夫人
　　　　　赏赐的礼物,   不管她的赤金多么地闪光耀人。
　　　　　你们如果进攻哈根,   众位骑士必然遭受伤亡。"

2135   他的脸色已经灰白,   伊林,这位勇敢的骑士
　　　　　已经跨入死亡的标界,   这让王后无限悲伤。
　　　　　哈瓦尔特的骑士   再也无法享受痊愈。
　　　　　他的朋友们不得不   全部出击,奋起反抗。

2136   伊恩弗里特和哈瓦尔特,   他们急忙来到厅前
　　　　　率领着大约一千名英雄。   人们听到四面八方
　　　　　响起了厮杀的咆哮呐喊,   嗓音激烈,十分嘹亮。
　　　　　嘿,人们朝布尔恭腾人   投去何等粗壮的投枪。

2137   图林根的伊恩弗里特　对准乐师扑了上去，
乐师出手非凡，让他　自己遭受了沉重的伤害。
这位乐师，英勇的好汉　朝着伯爵挥上一剑
捅穿了他的坚固的头盔。　是啊，那里已经糟糕透顶：

2138   伊恩弗里特奋起反击　对准乐师连连施剑，
把他铠甲上的排扣　都打得爆裂开来。
他们的甲胄火花直冒　渲染得眼前火光燎亮。
可是伯爵已经在乐师　伏尔克面前倒地身亡。

2139   哈瓦尔特和哈根　早已厮杀在一起。
见到这番景象的人　都在眼前领教奇迹。
他们手上劈下的利剑　十分沉重呼啸作响。
哈瓦尔特在布尔恭腾　英雄面前死于非命。

2140   图林根人和丹麦人　看到他们的国王先后遇害，
壮士们尚未靠近大门　便忍不住舞动双手，
宫殿门前又展开了　一场愤怒的厮杀。
多少头盔和战盾的铁箍　被打得彻底粉碎。

2141   "你们让开，"伏尔克一声呵斥，　"让他们全部进去！
他们心中的主意　在这里肯定难以实现。
这些人不用多久　便会在里面通通死尽。
他们将以死亡抵偿　克里姆希尔特许下的诺言。"

2142　　这批人不自量力　　果然纷纷涌进了大厅，
　　　　可是许多人的脑袋　　早已滚落在地，一片狼藉，
　　　　遭遇如此愤怒的打击　　他们这回必死无疑。
　　　　勇士盖尔诺特无人敢挡，　　吉塞尔赫果然身手不凡。

2143　　一千零四名武士，　　他们猛地冲了进去，
　　　　勇士们显示出英雄的　　豪迈气概，不屈不挠。
　　　　他们不久便被客人们　　一网打尽，通通消灭。
　　　　人们能够称颂布尔　　恭腾人的伟大奇迹。

2144　　一阵喧嚣过去以后，　　周围又恢复一片寂静。
　　　　杰出的勇士阵亡而死，　　他们的鲜血从四面八方
　　　　排水洞口慢慢地　　流淌着进入地下水槽。
　　　　莱茵的勇士们以此　　显示了自己的气概和力量。

2145　　布尔恭腾的客人安静地　　坐了下来稍事休息。
　　　　他们放下了手中的　　利剑和战盾。
　　　　勇敢的乐师仍然　　站在大厅的门外，
　　　　注视着是否有人　　前来大厅袭击他们。

2146　　埃策尔国王十分悲伤，　　王后也同样心情沉重。
　　　　姑娘们和妇人们　　一个个哭得死去活来。
　　　　我感到，死神已经　　在地狱发誓跟他们作对，
　　　　因此便有许多勇士　　在客人手上丧失生命。

第三十五章

三位国王跟他们的姐妹谈判和解

2147 "你们请解开头盔!" 哈根一旁开口言道。

    "我们让这么多的 匈奴人受尽了苦难,

    他们对这回盛大的庆典 将永远不能忘怀。

    克里姆希尔特意欲何为, 她对莱茵骑士不饶不放?"

2148 许多杰出的骑士 解下头盔敞开了脑袋。

    他们坐在尸体堆上, 那些人在激战时分

    遭受他们的凶狠打击 被推倒在死亡的血泊之中。

    匈奴人感到埃策尔的 贵宾十分讨厌、恶心。

2149 趁着夜幕降临之际 威武的国王埃策尔

    还有克里姆希尔特 决定重新尝试一番,

    命令匈奴人的英勇骑士 给客人们送上灾难。

    人们指望他们如此行事, 他们果然遵照,亦步亦趋。

2150　　无论在厅堂外面还是里厢　　一场残酷的风暴顿时又起。
　　　　唐克瓦特,哈根的兄弟,　　显示无畏的英雄气概
　　　　从他的三位国王的面前　　冲到门外扑向敌人。
　　　　骑士们以为他阵亡而死,　　他却站立起来安然无恙。

2151　　残酷的厮杀持续进行,　　一直打到夜幕降临。
　　　　客人们奋勇自卫　　——他们的行为完全有理——
　　　　在夏至的那一天　　抗击埃策尔的匈奴骑士。
　　　　嘿,还有多少英雄　　尚待死在他们面前!

2152　　在夏至这天　　发生了惨烈的厮杀,
　　　　埃策尔的王后　　对她的骨肉至亲
　　　　和其他的英雄骑士　　誓报深仇大恨,
　　　　国王埃策尔为此　　获得了一批伤残病员。

2153　　王后没有料到出现　　这么巨大的厮杀。
　　　　她原来在计划中　　只是想实现愿望,
　　　　让哈根独自丧失　　他的生命以此解恨。
　　　　恶毒的魔鬼从中作祟,　　一场祸端塌天而降。

2154　　白昼已经过去,　　这给他们平添了忧愁和困难。
　　　　勇士们想到,他们与其　　忍受莫名其妙的痛苦
　　　　和折磨倒不如索性　　痛痛快快地迅速死去。
　　　　骄傲的骑士们渴望着　　和平,准备立刻谈判。

2155 他们要求着,希望有人　把埃策尔国王立刻请来。
身上溅满鲜血的骑士,　又被铠甲磨蹭得十分肮脏,
三位国王,高贵的勇士　从大厅里面走了出来。
他们不知道向谁诉说　遭受这样的折磨和苦难。

2156 当埃策尔和克里姆希尔特　来到他们面前时——
这里是他们的王国,　他们的随从有了补充——
他对三位国王言道:　"说吧,你们对我有何指望!
你们想要缔结和平,　这重愿望难以实现。

2157 你们对我造成了　这么惨烈的伤害,
只要我还活在世上,　你们休想能够享受太平。
我的孩子被你们杀害,　还有我的许多勇士,
你们必须用自己的生命　为全部损失抵偿。"

2158 恭特尔开口答道:　"沉重的痛苦迫使我们。
我的全部随从　都被你们的勇士刀斩剑劈,
打死在栈房住所。　他们应得这份报酬吗?
我虔诚地找你谈判,　请你对我格外开恩。"

2159 布尔恭腾的年轻好汉　吉塞尔赫开口言道:
"埃策尔的众位勇士,　众位尚在人世的好汉,
你们对我有何谴责?　我跟你们有何芥蒂,
因为我满怀热情　骑马进入你们的王国?"

2160   他们回答:"你的一番好意　　让我们的城堡

夷为平地充满着痛苦。　　我们多么希望恩准于你,

让你根本没有从沃尔姆斯　　越过莱茵到达这里。

你和你的兄弟把我们　　王国变成一片血海荒地。"

2161   恭特尔,这位勇士,　　不由得勃然大怒,说道:

"如果你们愿意　　跟我们陌生的客人

消除敌意取得谅解,　　这对我们双方有利。

国王埃策尔的拒绝,　　那是实在的有欠考虑。"

2162   主人对客人们言道:　　"我的痛苦和你们的痛苦

已经无法进行比较:　　战斗中的巨大灾难

还有损失和耻辱,　　这一切我全领受。

你们为此谁也不能　　活着离开这里。"

2163   气势高昂的盖尔诺特　　对国王开口言道:

"上帝应该吩咐于你,　　让你做尽好事。

请你们撤出大厅,　　让我们朝你们走去,

因为我们对生命仅仅　　看到绝小的希望。

2164   我们应该如何结局,　　就请迅速来临吧!

你们还有许多健康的人,　　他们可以制服我们,

让我们这些筋疲力尽者　　从此再无辉煌时日,

因为这是无可避免的:　　我们将在这里遭受毁灭。"

2165　　国王埃策尔的骑士们　　几乎已经作出了让步，
　　　　他们愿意让客人们　　离开大厅独自离去。
　　　　克里姆希尔特听到消息，　　心中涌现激烈的悲愤。
　　　　于是他们重新对客人　　断绝了和平的希望。

2166　　"不,你们这些匈奴骑士，　　为何受着情绪的引诱，
　　　　我忠诚地劝告你们　　千万不可纵容敌人，
　　　　别让杀戮成性的仇人　　从大厅逃出命去。
　　　　否则,你们的朋友　　将会遭受死亡的袭击。

2167　　他们中只要有人活着，　　那些王后乌特的儿子，
　　　　我的高贵的莱茵兄弟，　　他们一旦来到风中，
　　　　清凉一回身披的铠甲，　　你们就会立刻完蛋：
　　　　比他们更加勇敢的骑士　　寻遍大地尚未出世。"

2168　　国王吉塞尔赫说道：　　"我的亲爱的姐姐，
　　　　我怎能预料得到，　　你竟然如此友好地
　　　　邀请我越过莱茵　　前来匈奴人的王国，
　　　　我所经历的巨大痛苦　　现在已经众所周知？

2169　　我对你从来忠诚，　　我也从未对你有过伤害。
　　　　我出于一种友好幻想　　骑马来到你的宫殿，
　　　　以为你会热情待我，　　我的高贵的姐姐。
　　　　给我们网开一面吧，　　因为事情只能如此！"

2170   "我不能给你们开恩。　我得到的也是无情。

特隆页的哈根对我　制造了如此巨大的痛苦：

在家乡,在这个王国,　他还杀死了我的儿子。

跟他一起前来的英雄好汉　必须沉重地抵偿罪孽。

2171   可是你们只要把我的敌人　交出来作为人质,

我愿意不再拒绝　给你们留下一条活路,

因为你们是我的兄弟,　我们是同胞儿女。

我以此跟这里的骑士们　作为商谈和解的条件。"

2172   "连天空的上帝也不答应,"　盖尔诺特开口言道,

"我们即使有一千个人,　他们都是我们的族人亲戚。

我们就是全部死光,　也决不会把一个人

作为人质交给于你。　这件事断然不能。"

2173   "我们无非就是一死,"　吉塞尔赫一旁说道,

"现在谁也阻挡不了　我们进行骑士般的抵抗。

谁愿意跟我们厮杀,　尽可前来我们这里!

我凭着忠诚决不　放弃我的众位朋友。"

2174   勇敢的唐克瓦特　对着骑士开口言道:

"我的兄长哈根　尚还不是孤身一人。

在这里拒绝和平的人,　我们为之表示谴责。

你们内心必须明白,　这些都给你们全部讲清。"

2175　　王后听罢开口答道： “众位英雄做好准备，
　　　　请你们冲上殿阶　 为我们的痛苦报仇雪恨！
　　　　我愿意永远报答你们，　 如同我的责任理所应当。
　　　　哈根骄横无礼，　 我要严惩他的傲慢。

2176　　众位勇士,你们从　 四面八方冲向宫殿！
　　　　你们应该从各个角落　 放火烧毁大厅，
　　　　那么一切仇恨,我们的　 痛苦都将获得宣泄。”
　　　　国王埃策尔的勇士们　 迅速地做着种种准备。

2177　　有的人仍然站在殿外，　 勇士们用投枪和剑劈
　　　　把布尔恭腾人又　 全部赶进了宫殿大厅。
　　　　君王们和他们的部下　 奋勇作战,不愿分离。
　　　　他们希望忠诚地厮守　 一起,决不独自离开。

2178　　埃策尔的妻子令人　 放火烧毁大厅。
　　　　人们用大火给勇士们　 带来了巨大的灾难。
　　　　火借风势,宫殿顷刻　 便陷于熊熊的火海。
　　　　我想:任何军队都没有　 经历过比这更大的恐怖。

2179　　许多人在里面大声疾呼： “呵,天哪,这么痛苦！
　　　　我们多么愿意　 在战斗中一死了之。
　　　　愿上帝加以怜悯！　 我们已经快要丧命！
　　　　王后向我们报仇雪恨，　 手段毒辣无以复加。”

2180   里面又有人应声答道：　　"烟雾缭绕,火势烫人,
        我们这回必死无疑,　　这是一回糟糕的裁判。
        我因为面临灼热,　　所以口渴难忍十分痛苦。
        我想,我的生命很快　　将在这场苦难中逝去。"

2181   特隆页的哈根立刻说道：　　"众位杰出的高贵骑士,
        如果有谁口渴难忍,　　那就请喝这里的鲜血！
        在今天的困苦之中,　　它比葡萄美酒更加滋润。
        这里除此以外没有　　任何可喝可食的东西。"

2182   有位骑士走了过去,　　找到地上一位死者。
        他跪了下去凑近伤口,　　一面解下了头盔绷带。
        骑士开始吞饮滚滚　　流动的热血,
        他虽然很不习惯,　　可是感觉实在异常良好。

2183   "天空上帝嘉奖你们,"　　疲劳的勇士开口言道,
        "按照你的建议　　我喝得非常舒服。
        我很难获得比这　　更好的葡萄佳酿。
        如果我还能再活一时,　　我愿对此衷心感谢。"

2184   其他人听到讲话,　　知道他感觉良好,
        便有许多人凑了上去,　　他们也啜饮鲜血。
        这批杰出的骑士,　　体内又增加了活力。
        多少美丽的女人因此　　丧失了亲爱的朋友。

472

2185　　火势凶猛,愤怒地　　席卷大厅内的勇士。
　　　　他们用战盾垒成小丘,　　借以保护自己。
　　　　烟雾滚滚,热浪袭人,　　两番肆虐,灼痛难忍。
　　　　我想,对英雄们的这番　　折磨的确世上少见。

2186　　特隆页的哈根喊道:　　"你们全部站在墙前!
　　　　别让火苗掉下来　　烧着了你们的头盔系带,
　　　　你们用脚把火踏熄　　踩进血下借以浇灭!
　　　　王后现在给我们举办　　一场卑鄙的盛典。"

2187　　黑夜在如此难忍的　　痛苦中终于过去。
　　　　宫殿的门前,仍然　　站立着两名勇敢的守卫
　　　　伏尔克和哈根,　　他们倚靠着坚实的战盾。
　　　　两位勇士保护着　　布尔恭腾王国的随从。

2188　　大厅内一座拱形圆顶,　　它对客人十分有益,
　　　　许多人因为拱顶相助　　才终于度过了无限危险,
　　　　只有站在窗口的勇士们　　遭受着大火的无情灾难。
　　　　壮士们竭尽浑身气力　　努力保护自己的生命。

2189　　只听乐师开口言道:　　"我们且往大厅走去!
　　　　匈奴人一定以为　　我们已被一网打尽并且
　　　　在痛苦中全部死去,　　这是他们给我们的灾难。
　　　　可是他们看到许多人　　仍然倔强地屹立在眼前。"

2190   布尔恭腾的年轻勇士　　吉塞尔赫一旁答道：
"我觉得，天将黎明。　外面吹来一阵凉风。
愿天空上帝保佑，　让我们经历一段美好的时光！
克里姆希尔特的骑士　带给我们一场邪恶的庆典。"

2191   只听一人开口言道：　"我已经感到天明。
我们面临的困难　既然难以稍微改观，
众位勇士，做好准备，　迎接厮杀乃当务之急——
我们再也无法离开这里，　这回必须死得荣耀、壮烈。"

2192   匈奴人国王埃策尔以为　客人们已经死尽，
他的妻子也不怀疑，　一场大火灾难无限。
可是里面仍然活着　六百名勇敢的壮士，
世上没有一位国王　能够获得比他们更好的勇士。

2193   监视陌生人的哨卫　也许能够看得明白，
客人们仍然活着，　他们不管有多少人
经历悲惨，遭受损失，　包括国王和他的部下。
他们看到里面许多人，　的确未受丝毫伤害。

2194   有人禀报王后，　许多人十分顽强，安然无恙。
威严的夫人说道：　"这件事如何可能，
经历这场大火的燃烧　居然还能有人活着？
我却宁可相信，　他们已经全部丧生。"

2195   国王们和他们的随从　　尚还渴望逃过劫难，
　　　　还在祈祷有人对他们　　显示恩德，网开一面。
　　　　他们在匈奴王国任何人　　面前都难获得希望。
　　　　骑士以坚强的双手　　准备报复面临的死亡。

2196   黎明清晨一道曙光，　　人们以激烈的攻打
　　　　算是给予他们的问候。　　英雄们面临重重危险。
　　　　多少尖锐的投枪　　对着他们迎面掷来。
　　　　可是英勇的骑士　　岿然不动，奋起反抗。

2197   埃策尔的随从们　　情绪高涨，众人又是一阵兴奋。
　　　　他们希望领取　　克里姆希尔特的赏礼，
　　　　并且愿意按照国王　　埃策尔的吩咐行事。
　　　　大厅里的骑士因此　　陷于危险的境地。

2198   关于这回的允诺和赏礼　　人们能够称之为奇迹。
　　　　王后让人用多少战盾　　抬着运送纯净赤金。
　　　　如果有人表示渴望，　　王后必定慷慨厚赠。
　　　　世上从来没有如此　　高额的报酬用于抗击敌人。

2199   一群好汉全副武装　　朝着大门奋勇而来。
　　　　乐师一旁开口言道：　　“我们还在这里生气勃勃。
　　　　我从未见过英雄们　　如此乐意前来领死，
　　　　他们以巨大的损失　　从我们手中接受国王的恩赐。”

2200   只听许多人大声喊道：   "英雄们,过来,准备!
        我们该在这里丧生   不惜尽早拼却一命,
        既然死亡已经天定,   谁也无需留恋尘世。"
        人们立刻看到他们   在战盾上插满了投枪。

2201   他们还有何话待说?   一千二百名或者更多的
        武士,他们在激战中   来来回回左右驰骋。
        客人们以斩杀敌人   从而宽慰和凉爽自己的斗志。
        任何人都无法让他们分离。   人们只看到鲜血淋漓。

2202   多少人身受重伤,   被打倒在地,死在一旁。
        人们听到多少人   哀悼朋友呼天抢地。
        慷慨的国王十分威武,   他的勇士全部死尽。
        仁慈的亲戚们却为此   忍受着巨大的悲伤。

第三十六章
许特格之死

2203   陌生的客人迎着朝霞　　创立许多功绩。
高特琳德的夫君　　径直来到宫殿大门。
他看到大厅两侧一片狼藉　　心情十分沉痛。
忠诚的伯爵许特格　　流下了真正的眼泪。

2204   "呵,天哪,"勇士喊道,　　"我竟然偷活人世!
任何人都抵挡不住　　如此沉重的灾难、伤亡。
我多么愿意倡导和平,　　无奈国王只是不准,
他身受的沉重灾难　　越来越暗淡了匈奴人的颜面。"

2205   善良的伯爵许特格　　急忙令人找来狄特利希,
看他们能否在国王中间　　调停纠纷力挽狂澜。
伯尔纳的好汉对他言道:　　"谁愿意逆他旨意?
国王埃策尔发誓　　不让任何莱茵人逃脱干系。"

2206　　有位匈奴人的壮士　　看到许特格站在那里
　　　　带着一双哭泣的眼睛：　他在心里煎熬难忍。
　　　　壮士向王后禀报：　"你瞧，他就站在那里，
　　　　他在你和埃策尔身旁　享受着最高的权利，

2207　　而且一切都为他效力，　包括人员和他们的土地！
　　　　他在手上拥有多少　　城堡，拥有多少财富，
　　　　他向国王埃策尔　　　领取了多少的黄金赏礼！
　　　　可是他在这场风暴中　还没有值得称颂的建树。

2208　　我感到，他对这里　　　发生的一切并不关心，
　　　　他只是希望让自己的意志　不受任何的限制。
　　　　人们认为他的确具有　　万夫莫当之勇，
　　　　可是在当前的危难之中　情况根本不是如此。"

2209　　这位多么虔诚的好汉　　心情顿时十分悲伤，
　　　　他听到了那人的讲话，　只是朝他瞪了一眼。
　　　　伯爵想道：你该受到惩罚。　你敢说我是个懦夫，
　　　　你这是在大庭广众　　　之下对我横加侮辱。

2210　　伯爵握紧了拳头　　　　对准那人扑了上去。
　　　　他用足气力对匈奴人　　挥上一记狠命铁拳，
　　　　打得那人立刻倒在　　　他的脚前当场死亡。
　　　　他的行径更加增添了　　国王埃策尔的痛苦。

2211　　　"滚开,你个胆怯的恶棍,"　　许特格开口言道。

　　　　　"我已经受尽了　　人间的灾难和痛苦。

　　　　　我在这里没有参战,　　哪能容你对我诋毁?

　　　　　对待这批客人,我也　　充满了激烈的仇恨。

2212　　　按照我的心愿,　　我早已跟他们厮杀一场。

　　　　　可是我曾经亲自前往　　陪同这批勇士,

　　　　　把他们领到我的　　主人埃策尔的王国。

　　　　　因此我的不祥之手　　才没有对他们开战。"

2213　　　埃策尔,高贵的国王　　对伯爵开口言道:

　　　　　"尊敬的伯爵许特格,　　你该如何帮助我们,

　　　　　我们在国内已经遭受了　　如此沉重的死亡?

　　　　　我们不能再添尸体,　　你的双手的确不祥。"

2214　　　高贵的骑士开口答道:　　"他污蔑我的勇气

　　　　　而且谴责我享受的　　一份荣誉和财产,

　　　　　它们都是我从你的　　手上获得的厚礼,

　　　　　可是这位谎骗高手　　却为之感到心头难过。"

2215　　　克里姆希尔特坐在埃策尔　　身旁,她把一切看在眼里,

　　　　　知道骑士勃然大怒,　　匈奴好汉已被当场打死,

　　　　　王后感到十分悲痛,　　她的双眼湿润一片。

　　　　　她对伯爵许特格言道:　　"我们如何担当得起,

2216　　你给我和国王埃策尔　　又来增添新的苦痛？
　　　　许特格,你曾经对我们　　亲口立下誓言,
　　　　愿意为我们献出你的　　一切荣誉和生命。
　　　　我听到许多骑士　　当着众人对你夸颂。

2217　　我认为你的信誓旦旦　　全部出于忠诚,
　　　　因为你亲自劝告我　　不妨前来嫁给埃策尔,
　　　　你愿意为我竭诚效力,　　直到我你两人死去一个。
　　　　我这可怜的女人　　从未经历如此惨烈的苦痛。"

2218　　"我不能否认这点。　　王后,我对你作过宣誓,
　　　　我愿把生命和荣誉　　通通贡献给你。
　　　　可是我从来没有发誓　　丧失我的灵魂。
　　　　我把你的杰出的兄弟　　亲自领入这座王国。"

2219　　王后言道:"许特格,　　请记住你的高贵誓言,
　　　　你的坚定和忠诚,　　你愿意为我的损害
　　　　包括为我的一切悲伤　　永远报仇雪恨。
　　　　我在今天提醒你,　　勇敢而又斗志昂扬的骑士!"

2220　　埃策尔,高贵的国王　　也开始苦苦地哀求。
　　　　他们两个人一起　　扑倒在伯爵的脚前。
　　　　人们看到高贵的伯爵　　十分悲伤。
　　　　无限忠诚的骑士　　忧虑重重地开口言道:

2221   "天哪,上帝,垂怜于我!"   虔诚的勇士呼喊着。

          "我要把全部的荣誉   赌押在这里,包括

          一切的礼仪和忠诚,   这是上帝赐给我的厚礼。

          天空的上帝多么崇高,   连死亡也难改变我的主意!

2222   权势促使我改变主张   再去从事另外的变故,

          它们常常会给我带来   恶毒和糟糕的结果。

          我如果放弃它们两样,   整个世界又会笑话于我。

          请赐予我生命的上帝   这回给我重新指教!"

2223   他们又迫切地央求伯爵,   国王和他的妻子,

          因此又有更多的武士   必须因为许特格的双手

          从而丧失身体和生命。   英雄自己果然死于非命。

          你们马上将会听到,   许特格又将遭受何等厄运。

2224   他明白,无限的痛苦   还有损失将是他的收获。

          伯爵多么希望对国王   还包括对王后

          拒绝这番驯服和忠诚,   因为他十分担忧,

          如果伤害一名莱茵人,   便会遭到世人的唾弃。

2225   伯爵开口言道,许特格,   这位勇敢的好汉:

          "埃策尔国王,请重新收回   你赐送于我的一切,

          许多城堡和土地,   我不愿再看到它们。

          我愿凭着自己的双腿   离开这里走向苦难。

2226　我离开这座王国　并不需要任何财产。
　　　　趁着我还没有　　毫无忠义地死于非命，
　　　　我要用手牵着我的　　妻子，牵着我的女儿。
　　　　我接受你们的赤金　全都成了不祥之物。"

2227　国王埃策尔开口言道：　"这些对我有何利益？
　　　　许多城堡和土地，　我把一切赏赐于你，
　　　　许特格，请你为我　向我的敌人报仇雪恨。
　　　　你将成为国内除我以外　最大的君王。"

2228　许特格又开口言道：　"我怎能伤害他们？
　　　　我把他们亲自邀请　进了我的家门。
　　　　我为他们忠心耿耿地　提供饮料和膳食。
　　　　我又给他们赏赐礼物，　怎能接着便把他们伤害？

2229　多少人可能相信，　我这是懦弱胆怯。
　　　　我并没有表示愿意　为他们竭诚效力。
　　　　如果我跟他们厮杀，　那真是阴阳颠倒。
　　　　友谊让我心痛不已，　我和他们共同缔结。

2230　我把我的女儿许配给　骑士吉赛尔赫国王。
　　　　她在世上难以找到　比这更好的礼物，
　　　　无论是礼仪或者荣誉，　无论是忠诚或者财物。
　　　　从未有过一位年轻的国王　显示如此高尚的道德。"

2231 克里姆希尔特又开口言道： "高贵的许特格，
  请你大发慈悲， 同情我们遭受的伤害，
  我和国王埃策尔！ 你只要仔细想想，
  任何主人都难得到 比他们更加恶劣的客人！"

2232 伯爵骑士许特格 对高贵的女人说道：
  "我现在必须拼却性命 借以报答高贵的王后
  还有我的主人埃策尔 对我显示的恩德。
  我必须为此亲临死亡， 我无需犹豫，儿女情长。

2233 我明白，我的那些城堡 和土地在今天
  便会通过勇士们的双手 彻底解决交还给你。
  我把我的妻子和孩子 还有许多在贝希拉恩
  从此无家可归的人 通通拜托你的仁慈大德。"

2234 "天空上帝嘉奖于你，许特格，" 国王一旁开口言道，
  埃策尔和他的妻子， 他们两人喜出望外，
  "你的族人可以交给我们， 保证他们安然无恙。
  我还相信自己的命运， 它会让你安全，顺利辉煌。"

2235 他把自己的灵魂和生命 搁置在天平秤上左右为难。
  国王埃策尔的妻子 又开始呜呜咽咽哭了起来。
  伯爵说道："我愿意履行 对你们许下的诺言。
  可怜我的众位朋友， 我破坏了他们的和平！"

2236   人们看到伯爵心情　　沉重地离开了国王。
这时他发现许多随从　　已经站在自己的身旁。
伯爵说道:"我的众位好汉，　　你们应该披挂上阵!
可惜我现在应该进攻　　布尔恭腾的众位勇士。"

2237   人们把兵器全部　　交到骑士们的手上，
这里不仅有坚实的头盔　　还有沉重的战盾。
伯爵的随从们　　立刻武装起来披挂整齐。
糟糕的消息不久　　便在英勇的陌生人中流传开来。

2238   伯爵许特格全副武装　　率领五百名英雄好汉。
此外,他还获得十二名　　骑士的鼎力相助。
他们希望在激烈的　　厮杀中挣得新的荣誉。
可是他们并不知道　　壮士们其实已经死到临头。

2239   人们看到许特格　　戴着头盔兀自走了出去。
伯爵的随从军队　　人人佩带锋利的宝剑，
他们的左手举着　　明晃晃的战盾十分宽阔。
乐师把一切看在眼里。　　他的心中无限难过。

2240   年轻的勇士吉塞尔赫　　看到他的岳父戴着
扣紧的头盔走了过来，　　他除了认为这一切
全都出于一番好意，　　别的还能如何解释?
高贵的国王心中　　不由得难忍十分欢喜。

2241   "我感到多么高兴，"   吉塞尔赫说道,这位勇士,
        "我们在过来的途中   结识了众多的朋友！
        由于我的妻子的缘故   我们享受着热情帮助。
        我忠诚地希望，   婚姻就在这里隆重缔结。"

2242   "我不知道对你有何安慰，"   乐师开口言道，
        "你看这么许多英雄好汉   戴着扣紧的头盔，
        手中挥舞着利剑，   难道真的前来寻求和解？
        许特格愿意从我们身上   赚取城堡和土地。"

2243   乐师还没有把他的话   全部倾诉完毕，
        人们见到杰出的伯爵   已经来到宫殿门前。
        他把一副结实的头盔   脱了下来搁在地上。
        伯爵这回必须拒绝   客人们的问候和效力。

2244   高贵的伯爵仰面朝上   立刻大声喊了起来：
        "布尔恭腾的英勇骑士，   你们赶快自卫！
        我愿意给你们带来愉快，   却只能送上灾难和不幸。
        我们从前都是朋友，   现在我是你们的仇敌。"

2245   身处逆境的客人们   听到讲话着实吃惊。
        他们希望得到的安慰   彻底化作了泡影，
        因为对他们如此友好的   朋友也来跟他们较量。
        莱茵的客人将给敌人   施以更加沉重的打击。

2246　　"天空上帝保佑我们，"　恭特尔说道,这位骑士,
　　　　"你对我们始终　　显示了多少恩德和友谊,显示了
　　　　永远的忠诚,　　忠诚充溢着你的满怀豪情。
　　　　我愿意坚定地相信,　你绝对不会如此行事。"

2247　　"我不能够放弃战事,"　伯爵言道,久经考验。
　　　　"我必须对你们作战,　因为我宣立过誓言。
　　　　英勇的骑士们,开始抵抗吧,　如果你们热爱生命,
　　　　国王埃策尔的妻子　让我无所其他选择。"

2248　　"你取消友谊已经太迟,"　吉塞尔赫开口言道,
　　　　"高贵的许特格,　上帝会报答你的恩德、
　　　　忠诚和情意,那是　你给我们显示的厚礼,
　　　　如果你能坚定地　把它们一直维护到底。

2249　　我们应该永远地　报答你对我们的深情厚谊,
　　　　我和我的众位亲戚,　你放我们一条生路,
　　　　这便是慷慨的赏赐,　因为你和你的随从们
　　　　非常友好地把我们　从莱茵邀来参加盛大典礼。"

2250　　"我多么愿意提供你们机会,"　许特格开口言道,
　　　　"我现在还保存着　许多准备赐给你们的礼物,
　　　　这是按照我的自愿　也是我的良好意图,
　　　　如果有人并不因此　给我送上多少谴责。"

2251　　"别再说了,高贵的许特格,"　　盖尔诺特开口言道,
　　　　　"从来没有一位主人　　能以如此高尚的友谊
　　　　　接待他的众位客人,　　像你对待我们一样。
　　　　　我们能够活着出去,　　永远不忘你的恩德。"

2252　　"上帝保佑,"许特格说道,　　"高贵的盖尔诺特,
　　　　　但愿你们回到莱茵　　而我却怀着纯洁的荣誉
　　　　　立刻死在眼前,　　如果我向你们展开进攻!
　　　　　英勇的骑士还从未遇到　　多少朋友的恶意摆布。"

2253　　"许特格伯爵,让上帝嘉奖于你,"　　盖尔诺特答道,
　　　　　"你们送来了一份重礼!　　我将可惜你的死亡。
　　　　　如此深厚的高尚道德　　也会随你一起消逝,
　　　　　杰出的骑士,我这里　　还带着你给我赠送的武器。

2254　　它在任何艰难困苦中　　从未对我表示拒绝:
　　　　　多少骑士在它的剑刃下　　倒地身死悄然而去。
　　　　　这把宝剑结实,纯净,　　多么华丽,多么精致。
　　　　　我想:任何骑士都不能　　奉献如此宝贵的礼物。

2255　　如果你无法避免　　必须对我们进攻的主意,
　　　　　如果你打死我的朋友,　　他们就站在我的身旁,
　　　　　我将拿起你的宝剑　　夺去你的身体和生命。
　　　　　我将为你后悔,许特格,　　为你美丽的夫人后悔。"

2256 　　"盖尔诺特骑士，　　让上帝决定一切进程，
　　　　但愿你们的一切愿望　　都在这里得到实现，
　　　　让你们的众位朋友　　一起赢得生命和幸福，
　　　　我愿意把我的女儿　　和我的妻子托付你们。"

2257 　　吉塞尔赫给他回答，　　乌特王后的年轻公子：
　　　　"你如何这等行事，　　许特格伯爵？跟我一起的人，
　　　　他们对你都很友好。　　你的努力和挑衅非常恶劣。
　　　　你促使美丽的女儿　　过早年轻地守寡孀居。

2258 　　如果你和你的勇士　　在厮杀中战胜于我，
　　　　你让别人感到我们　　多么少礼薄情缺乏友谊，
　　　　而我却在任何英雄面前　　对你情重如山坚信不疑，
　　　　因为我娶下你的女儿　　作为我的王后妻室？"

2259 　　"请记住你的忠诚，　　崇高而又威武的国王，
　　　　上帝率领你们离开这里，"　　许特格开口言道，
　　　　"并且不能让女儿抵偿　　我的任何背信弃义！
　　　　但愿你们仁慈为怀，　　保持一切君王的道德！"

2260 　　"我将为你感到惋惜，"　　年轻的骑士吉塞尔赫说道，
　　　　"我的众位高贵亲戚，　　他们目前都在厅内，
　　　　必须死在你的手下，　　那么我们跟你以及
　　　　跟我妻子的坚定友谊　　从此便将一刀两断。"

2261 "请上帝垂怜于我!"　勇敢的好汉开口言道。
伯爵说罢举起了盾牌,　因为他们准备闯进去,
在克里姆希尔特的大厅里　跟客人们奋战一场。
只听哈根站在殿阶上　对着他们大声呼喊:

2262 "请你开恩稍等一会,　高贵的伯爵许特格!"
哈根此时开口言道。"我们愿意继续谈判,
我和我的三位王上,　因为我们处境困难。
陌生人惨遭横死,　这对埃策尔有何益处?

2263 我现在忧虑重重,　高贵而又仁慈的国王:
伯爵夫人给我赠送　这张昂贵的战盾。
匈奴人把它从我的　手上砍成碎片。
我曾经友好地带着它　来到埃策尔的王国。

2264 愿天空的上帝保佑,"　哈根继续言道,
"我如果在这里操持　一张结实的战盾,
如你怀里的那张一样,　高贵的伯爵许特格,
我跟匈奴人作战　根本无需再披铠甲。"

2265 "我多么愿意用我的　战盾助你一臂之力,
如果我当着克里姆　希尔特的面亲自赐送给你。
可是,哈根,请拿着,　把它扛在你的手上!
嘿,但愿你带着它从此　回到布尔恭腾王国!"

2266   因为伯爵甘心情愿   把战盾作为礼物赠送，
    许多人看着激动，   双双眼睛哭得通红。
    这是最后的一件礼物，   从此以后再无别的
    骑士接过贝希拉恩   许特格的赏赐和赠送。

2267   不管哈根多么愤怒，   不管哈根多么刚强，
    这份礼物让他惋惜，   那是杰出的勇士在
    自己临终以前   给他赠送的深情厚谊。
    多少高贵的骑士   跟他一起放声悲痛。

2268   "愿天空的上帝嘉奖于你，   高贵的许特格！
    人间世上再也找不到   第二个像你这样的好汉，
    你对陌生的骑士们   如此仁慈地赠送礼物。
    上帝应该吩咐世人，   让你的道德与世长存！

2269   我要赞颂你的赠礼，"   哈根说道,这位勇士，
    "我决不对你有任何   的伤害和不轨，
    我的双手在战斗中   绝对不会触碰于你，
    哪怕你打死来自   布尔恭腾的全部勇士。"

2270   高贵的伯爵朝他   礼貌地鞠上一躬。
    在场的人痛哭流涕，   竟然无法阻挡
    这样一场沉痛的伤害。   这是一回巨大的悲剧。
    一切道德之祖随着   许特格都将烟消云散。

2271　　伏尔克,这位乐师　　在宫殿门前开口言道:
　　　　"因为我的伙伴哈根　　向你提供和平,不予开战,
　　　　你尽管放心地从我　　手上接过第二份保证。
　　　　自从我们来到王国,　　你拥抱和平当之无愧。

2272　　非常高贵的伯爵,　　你应该成为我的使者。
　　　　你的夫人给我赠送　　这些赤金手戒,
　　　　我应该戴上它们　　参加这回盛大的典礼。
　　　　我已经履行诺言,　　你便成为它的见证。"

2273　　"天空上帝愿意垂怜,"　　许特格开口言道,
　　　　"伯爵夫人原来能够　　给你更多的赠礼。
　　　　我希望把消息　　带给我那心爱的伴侣,
　　　　如果我健康地见到她,　　你且对此深信不疑。"

2274　　许特格对乐师发完誓言,　　一面高高地举起了战盾。
　　　　他的勇气在胸中激荡,　　伯爵已经急不可耐。
　　　　他朝客人们扑了上去,　　如同骑士一模一样。
　　　　伯爵,这位高贵的勇士　　挥舞利剑闪电一般。

2275　　两位骑士退了下来,　　伏尔克和哈根,
　　　　他们都有誓言在先,　　勇敢敏捷的壮士。
　　　　可是伯爵在塔楼附近　　便遇到了抵挡的勇士,
　　　　许特格开始了一场　　心事重重的厮杀。

2276　　恭特尔和盖尔诺特　　出于可怕的杀害之心
　　　　便放伯爵进入了大厅。　　他们不愧真正的英雄。
　　　　吉塞尔赫仍然站在后面：　　的确,他的心里十分沉重。
　　　　他还希望活着出去,　　因此避开跟伯爵正面交锋。

2277　　许特格的随从好汉　　暴风骤雨般地冲向敌人,
　　　　骑士般地英勇无畏,　　他们跟着伯爵急忙而入。
　　　　勇士们的手上举着　　明晃晃的锐利兵器,
　　　　许多头盔和许多装饰,　　漂亮的战盾被砍得爆裂。

2278　　疲惫不堪的勇士们　　对贝希拉恩的壮士
　　　　展开了迅速的打击,　　他们的利剑十分了得,
　　　　击穿了寒光森森的铠甲　　一直砍到生命的骨髓。
　　　　骑士们勇敢、强壮　　在战斗中建立丰功伟绩。

2279　　高贵的随从们　　蜂拥而入进了大厅。
　　　　伏尔克和哈根,　　他们两人急忙而入。
　　　　他们不让任何人平安,　　除了那位英雄好汉。
　　　　两位壮士出手沉重,　　打碎多少头盔鲜血直淌。

2280　　许多宝剑撞击一道,　　发出的声音令人畏惧,
　　　　但见战盾上的扣带　　被砍断得零零落落,
　　　　装饰盾牌的宝石　　四处散落飞入了血泊之中。
　　　　他们拼杀得如此凶狠,　　再无别人能够这般进行。

2281   贝希拉恩的伯爵   来回纵横步法稳健，
        如同一位在激烈的   厮杀中奋力搏战的英雄。
        许特格在这天的   格斗中恰似神奇的英雄一般，
        他深享盛誉英勇善战   显示一位真正的好汉。

2282   那里站着两位勇士，   恭特尔和盖尔诺特。
        他们在拼斗中   打死了许多壮士好汉。
        吉塞尔赫和唐克瓦特，   他们两人不辞辛劳，
        亲自把许多勇士   径直送入了最后的时刻。

2283   贝希拉恩的伯爵显示了   他的无限强大，
        他的勇敢和全身披挂。   嘿,他斩杀了多少英雄好汉！
        有位布尔恭腾人看在眼里，   痛苦的愤怒让他不能忍受。
        这时死亡已经渐渐   临近了高贵的许特格。

2284   正是强大的盖尔诺特，   他对英雄看了一眼，
        对着伯爵开口言道：   "你不愿意让我的
        随从还有一人活着，   非常高贵的许特格，
        这是对我的巨大侮辱。   我的确不能坐视不救。

2285   你的礼物现在也许   会给你造成伤害，
        因为你已经夺去了   这么许多朋友的生命。
        非常高贵而又英勇的好汉，   请前来跟我较量一番！
        你的厚礼物尽所用，   我将竭力使用操纵于它。"

2286　伯爵还没有完全来到　　盖尔诺特的面前，
　　　　两副明亮的铠甲　　便丧失了它们的光泽。
　　　　争夺荣誉的好汉们　　早已拼斗冲杀在一起。
　　　　两员好汉掩护自己　　避免遭到严重的伤害。

2287　他们的宝剑过分锋利，　任何兵器无可抵挡。
　　　　许特格，这位勇士　　对准国王盖尔诺特挥上一剑，
　　　　砍落了系扎结实的头盔，　顿时鲜血往下直淌。
　　　　英勇而又杰出的国王　　奋力对伯爵进行报复。

2288　许特格的礼物　　在国王手上高高挥舞。
　　　　他尽管身受重伤死在眉睫，　可是仍然猛地
　　　　劈穿了对方坚固的战盾，　直到头盔的系带，
　　　　美丽的夫人高特琳德，　可怜丈夫已经气绝身亡。

2289　任何礼物都从来没有　　获得如此恶劣的回报。
　　　　两位高贵的骑士　　在激烈的战斗和厮杀中
　　　　都被对方英雄的双手　　同时打死阵亡地上。
　　　　哈根看到巨大的损失　　顿时愤恨得怒火万丈。

2290　特隆页的英雄说道：　"我们这回糟糕透顶。
　　　　两位忠诚的英雄好汉　　受到了严重的伤害，
　　　　无论人民还是王国　　都难以克服这等灾难。
　　　　许特格的随从，他们　　必须成为我们的抵押。"

2291   他们两方不共戴天　　谁也不能容忍对方仍然活着。
许多人并未受伤　　却被打死，躺倒在地，
他们也许正在　　急迫的事业中寻求痊愈。
不管他们平时多么康健，　　却只能淹死在血泊一片。

2292   "我为兄弟感到痛心，　　死亡夺去了他的生命，
悲痛的消息朝着我　　不分早晚接踵而来。
我的岳父许特格　　特别让我永远心酸悲哀。
我们这回两败俱伤　　忍受的痛苦无以复加。"

2293   英勇的骑士看到　　他们两人都已死去，
留在厅内的壮士　　必须忍受悲惨的痛苦。
死神正在起劲地　　召集它的全部随从。
贝希拉恩的勇士　　已经无法逃脱厄运。

2294   恭特尔和吉塞尔赫　　此外还有勇士哈根，
伏尔克和唐克瓦特，　　一批杰出的骑士
往前走去，他们看到　　两位英雄躺在那里。
骑士们悲愤难忍，　　禁不住痛哭失声。

2295   "死神让我们损失惨重，"　　年轻的吉塞尔赫言道，
"我们暂且停止哭泣，　　先到风中再去凉爽一会，
让我们这些疲惫勇士的　　铠甲稍微冷却一阵。
我感到，上帝不会让我们　　在人世间耽搁过久。"

2296　人们看到许多骑士,　有的坐着,有的互相靠着,
　　　　大家全都空闲无事：　许特格的英雄随从
　　　　已经个个倒地死净。　一片喧嚣再趋寂静。
　　　　这回寂静持续许久,　克里姆希尔特心情烦恼。

2297　"天哪,我遭受这份痛苦!"　国王的妻子开口言道。
　　　　"他们讲话时间太长。　我担心,我们敌人的
　　　　生命会从许特格的　手下获得逃生和自由。
　　　　他愿意把勇士们　重新送回布尔恭腾王国。

2298　国王埃策尔,我们　让伯爵一切自由,为所欲为,
　　　　可是到头来有什么作用?　这位英雄倒行逆施,
　　　　相反对我们进行报仇。　他愿意从中取得和解。"
　　　　伏尔克,这位杰出的　勇士一旁开口回答。

2299　"如此恶毒的讲话　似乎跟一位王后身份不称。
　　　　如果我能指责高贵的　王后竟然造谣说谎,
　　　　那么对于许特格伯爵,　你的确散布了卑鄙谣言。
　　　　他和他的勇士们　受尽了和解的欺骗。

2300　他对埃策尔的吩咐　言听计从,身体力行,
　　　　到头来他和他的随从　全被打死躺在厅里。
　　　　克里姆希尔特夫人,　你看还能对谁作何吩咐!
　　　　许特格一直到死　都在为你竭诚效力。

2301　　你如果对此不愿相信，　那就请你亲自观看。”
　　　　他们立刻行动起来，　只是为了让王后再度悲伤。
　　　　人们抬着惨遭杀害的伯爵，　国王和埃策尔的
　　　　一切勇士都能亲眼见到。　悲伤的场面从未见过。

2302　　当他们看到抬着　　已死的伯爵许特格时
　　　　任何写书的人都无法　　描述和讲清那些
　　　　动人肺腑的哀诉，　因为女人和男人都
　　　　开始倾诉他们心中的　　无限悲伤和痛苦。

2303　　埃策尔悲愤难忍，　止不住号啕大哭。
　　　　国王发出的声音　　犹如一头雄狮的咆哮，
　　　　难以宣泄心头的痛苦。　克里姆希尔特同样如此。
　　　　他们悲愤地为杰出　　伯爵许特格举行哀悼。

第三十七章
狄特利希的勇士惨遭全军覆没

2304 四面八方充满着一片 沉重的悲哀和痛苦，
    宫殿里塔楼里都是 一声声凄惨的哭泣。
    狄特利希的一位 随从也突然听到了消息。
    消息如此紧要,他不由 开始了一阵激烈的心跳。

2305 随从对君王开口言道： "狄特利希先生,请听我讲！
    我经历的事情算是不少， 可是我还从未
    听到如此惨烈的控诉， 那是我刚才获悉的消息。
    我觉得似乎国王埃策尔 亲自受到了伤害。

2306 否则,怎么可能人人 表示遭受了巨大的痛苦？
    国王或者克里姆希尔特， 他们之中也许由于
    遭受客人的毒手死了一个， 因为客人怒不可挡。
    许多杰出的骑士 哭声震天,痛不欲生。"

2307   伯尔纳的国王开口言道：　"我的众位亲爱的随从，
　　　　不管陌生的骑士们　　闯下如何的泼天大祸，
　　　　你们不要操之过急！　沉重的灾难使他们没有办法。
　　　　且让他们稍有安慰，　我对他们只是保持和平！"

2308   勇敢的沃尔夫哈埃特说道：　"我愿意前去
　　　　探听一下消息，　　看看究竟发生了什么大事，
　　　　然后回来向你汇报，　我的亲爱的国王，
　　　　我们到底面临何种真情，　那里发生了什么灾殃。"

2309   狄特利希说道："如果　　人们愤怒难忍，
　　　　那么未经思考的问题　便会导致严重后果，
　　　　它非常容易伤害　　骑士们的激烈情绪。
　　　　我不希望,沃尔夫哈埃特，　你再出现新的问题。"

2310   他吩咐勇士赫尔弗里希　火速前往
　　　　并且请他向埃策尔的　军队随从或者
　　　　亲自询问众位客人，　他们究竟出了何等事变，
　　　　因为他在人群之中　　还从未见过如此重大的悲伤。

2311   使者去后立刻问道：　"这里出了何等大事？"
　　　　人们对他告诉消息：　"人们到匈奴国来的
　　　　满腔欢喜现在已经　　烟消云散丧失干净。
　　　　这里躺着打死的许特格，　惨遭布尔恭腾客人毒手。

2312 跟他一起前来的随从， 没有一人侥幸获救。"
   赫尔弗里希这才知道 原来伤亡如此惨重。
   他在心里并不情愿 禀报这则悲伤的消息。
   使者在回去的路上 悲伤得泪如雨下。

2313 "你对我们有何禀报？" 狄特利希开口问道。
   "勇士赫尔弗里希， 你为何哭得如此悲痛？"
   勇敢的骑士一旁答道： "我确有理由悲伤地哭诉：
   布尔恭腾的客人 打死了我们的许特格伯爵。"

2314 伯尔纳的英雄立刻说道： "上帝也不情愿如此。
   这是一场糟糕的报复， 也是一回魔鬼的耻笑。
   许特格伯爵凭什么会 获得如此悲惨的报答？
   我清楚地知道原委： 他对布尔恭腾人十分友好。"

2315 勇敢的沃尔夫哈埃特说道： "事情既然如此，
   那么他们便应该 全部为此抵偿生命。
   如果我们容忍事态， 将会遭到耻辱的报复。
   杰出的勇士许特格 为我们作出了多少贡献。"

2316 阿梅龙的国王 又仔细询问一番。
   他兀自坐在一扇窗前， 他的思想愈加沉重。
   国王吩咐希尔德勃兰特 朝客人们走去，
   专程去向莱茵骑士打听， 这里究竟怎么回事。

2317　　久经沙场的勇士，　　希尔德勃兰特大师，
　　　　他这回赤手空拳，　　既不带盾又不带剑。
　　　　他愿意礼貌在先　　去向客人们亲自询问。
　　　　勇士的外甥看在眼里，　　对他进行一番指责。

2318　　沃尔夫哈埃特说道：　　"你毫无防备独自前往，
　　　　人们对你没有嘲笑　　看来事情不会收场，
　　　　你回来时必定　　带着满面羞辱，十分狼狈。
　　　　如果相反武装前往，　　他们必定有所收敛。"

2319　　听从年轻人的建议，　　老人果然披挂起来。
　　　　希尔德勃兰特尚未发现，　　狄特利希的武士
　　　　已经准备自卫，　　他们在手上提起了宝剑。
　　　　英雄感到十分沉重，　　他多么愿意加以阻止。

2320　　他想知道勇士们意欲何为：　　"我们愿意跟你前往，
　　　　看看特隆页的哈根　　是否敢于胆大包天，
　　　　如他平时习惯的那般　　对你也加以恶毒嘲笑。"
　　　　当他听到这番讲话，　　便对他们默默称赞。

2321　　勇敢的伏尔克突然　　看到伯尔纳的勇士，
　　　　狄特利希的众位臣仆　　全副武装走了过来，
　　　　他们身上佩带利剑，　　手上提着结实的盾牌。
　　　　他把消息告诉布尔恭腾　　王国的三位主人。

2322　　　乐师当场开口言道：　　"我看到狄特利希的
　　　　　随从们怒气冲冲地　　一路奔向前来，
　　　　　全副武装扣紧头盔，　他们准备攻击我们。
　　　　　我感到十分奇怪，　　我们对众位骑士有何妨碍。"

2323　　　希尔德勃兰特跟着　　一行随从同时来到。
　　　　　他把战盾的箍边　　靠在自己的脚前。
　　　　　勇士开始询问　　恭特尔的莱茵军队：
　　　　　"天哪，你们杰出的骑士，　究竟对许特格犯下何罪？

2324　　　我的主人狄特利希国王　派我前来询问你们，
　　　　　你们是否有人下了毒手　一举打死了
　　　　　高贵的伯爵，　　如同我们听到的消息一般。
　　　　　我们无法克服　　这回撕心裂肺的悲伤。"

2325　　　愤怒的哈根开口言道：　"这个消息没有说错，
　　　　　我多么希望给你机会，　让使者对你欺骗一回，
　　　　　为了爱护许特格，　说他仍然活在人间。
　　　　　女人们和男人们　　都在悲痛地哭泣哀悼伯爵。"

2326　　　当他们获得确切消息，　许特格已经死亡，
　　　　　骑士们为他悲痛追悼：　这是他们忠诚的礼仪。
　　　　　人们看到国王狄特利希的　随从涕泪满面，
　　　　　流经了下巴和浓密的胡须。　他们感到悲愤交加。

2327   伯尔纳的公爵西格斯塔泼   开口言道：
          "我们已经失去了   任何可以劝解的安慰，
          那是伯爵许特格   在痛苦时日给我们的礼物。
          无家可归者的一腔欢乐   被你们骑士彻底熄灭。"

2328   阿梅龙的骑士   沃尔夫魏茵开口言道：
          "今天我即使看到   我的父亲死在这里，
          心情也不会比追悼   许特格伯爵更加沉重。
          天哪，人们如何才能   给他的妻子劝解安慰？"

2329   勇敢的沃尔夫哈埃特   不由得勃然大怒：
          "到底是谁率领骑士们   进行多少回征讨，
          伯爵为什么经常地   从事这样的南征北战？
          天哪，多么高贵的许特格，   他现在竟然死了！"

2330   沃尔夫勃兰特和赫尔弗里希   还有赫尔姆诺特
          率领他们的朋友   一起哀悼伯爵之死。
          希尔德勃兰特叹息连连   已经不愿再作询问。
          他说道："骑士们准备着，   听从主人对你们的调遣！

2331   我们且把许特格   这位死者抬出宫殿大厅，
          他的死给我们无限悲痛，   我们的欢乐从此销声匿迹。
          让我们报答他的恩德，   他以无限的忠诚
          对我们，另外也对   陌生的好汉尽心效力！

2332   我们如同许特格   这位骑士一样无家可归。
        你们为什么还要等待？   让我们把他抬着
        送上大路，至少在他死后   还能对他尽份敬意。
        我们完全有理由   在他生前便向他报答厚遇之恩。"

2333   国王恭特尔开口言道：   "一位朋友对他死去的
        朋友竭诚效力，   如此才能显出真正的友谊。
        如果有谁身体力行，   我将称之永恒的忠诚。
        你们的感激情理应当，   他对你们恩重如山。"

2334   "我们还要哀求多久，"   骑士沃尔夫哈埃特说道，
        "因为我们的安慰——杰出的   勇士已经被你们打死
        可惜我们再也无法   让他继续维持生命？
        把他从这里立刻抬走，   我们前往安葬勇士!"

2335   伏尔克立刻回答：   "没有人想要抬他出去。
        他就在里面躺着，   你们搬他离开宫殿。
        伯爵带着多少深深的伤口，   倒在一片血泊之中，
        你们如此施助许特格，   方可称为功德无量。"

2336   勇敢的沃尔夫哈埃特说道：   "乐师先生,且请住口！
        你不准对我们火上加油：   你们已经给我们造成痛苦。
        倘若王上给我恩准，   你们一定深陷杀戮和灾难。
        可是我们必须放弃战斗，   他不愿见到我们相互厮杀。"

2337 乐师一旁开口答应： "对于禁止你的命令，
   你则处处顾虑重重， 如此太显唯命是从。
   我可永远无法称颂 这是真正的当代英雄。"
   这番讲话让哈根 对他的伙伴连连赞许。

2338 "如果你不放弃嘲笑，" 沃尔夫哈埃特说道，
   "我则打得你的琴弦走调， 当你准备返程
   回到莱茵去的时候 也好唱唱你的高调。
   我早就不能忍耐 你们的那种横蛮无聊。"

2339 乐师于是开口言道： "如果你胆敢捣乱
   我的琴弦美好曲调， 我的双手顿时会将
   你的头盔鲜艳光泽 打得一片模糊阴暗，
   且不去管待我如何 返回布尔恭腾王国。"

2340 英雄正朝乐师扑了上去。 希尔德勃兰特,他的舅父
   无论如何不让前往。 舅父紧紧地拖住外甥：
   "我觉得你少年气盛 已经被激得勃然大怒。
   如此作为便让我们 永远失掉王上的恩德。"

2341 "勇士,且放这头雄狮出笼! 他的情绪十分暴躁。
   让他朝我步步逼来，" 杰出的乐师开口言道，
   "纵然他用双手把 整个世界全部砸烂，
   我也打他一顿， 让他不敢到处传播消息。"

2342　伯尔纳人听完讲话　　气得一旁暴跳如雷。

　　　　沃尔夫哈埃特,杰出的　　勇士高高举起了战盾,

　　　　他如一头凶猛的野狮　　朝着乐师扑了上去。

　　　　他的众位朋友毫不犹豫　　跟在后面准备厮杀。

2343　尽管他三步两纵　　已经来到大厅墙前,

　　　　年迈的希尔德勃兰特　　抢在他先赶到殿阶。

　　　　他不愿当面让外甥　　陷入一场莫名其妙的厮杀。

　　　　他们突然发现,　　前面的敌人已经做好准备。

2344　希尔德勃兰特大师　　纵身往哈根扑了上去。

　　　　人们只听到宝剑　　在两人手中铿锵撞击。

　　　　他们个个义愤填膺。　　人们看到眼前的残酷事实:

　　　　从他们两把挥舞的剑上　　划出了火焰一般的冷风。

2345　他们正在厮杀,难解难分,　　突然又被分作两堆。

　　　　那是伯尔纳的随从勇士　　尽力拼杀的结果。

　　　　希尔德勃兰特丢下哈根,　　再去寻找战机。

　　　　强大的沃尔夫哈埃特　　对着勇敢的伏尔克扑了上去。

2346　他对准伏尔克　　明晃晃的头盔着力打去,

　　　　宝剑的利刃一直　　劈到了头盔的扣带。

　　　　勇敢的乐师不甘落后,　　他拼尽气力进行反击:

　　　　把沃尔夫哈埃特　　打得踉踉跄跄,站立不稳。

2347 他们两人相互砍击， 铠甲上面火花直冒：
    每个人都怀着对 另外一方的激烈仇恨。
    伯尔纳的勇士沃尔夫魏茵 又把他们两人隔开。
    如果他并非一位英雄， 他也难以实现目的。

2348 异常勇敢的恭特尔 伸出娴熟的双手
    迎战来自阿梅龙 王国的英雄好汉。
    强悍的吉塞尔赫 对着明亮的头盔奋力砍击，
    他打得多少头盔 血肉模糊，通红一片。

2349 唐克瓦特，哈根的兄弟， 不愧为一位激烈的好汉。
    他先前在浴血奋战时 给国王埃策尔的
    多少勇士造成了伤害， 这还算是毛毛细雨。
    国王阿尔特里安的公子 现在开始狂怒的奋战。

2350 盖尔拜耳特和维夏特， 赫尔弗里希和里查德，
    他们在多少厮杀中 总是奋身向前，不甘落后。
    恭特尔的英雄好汉 都对他们十分赞赏。
    人们只见沃尔夫勃兰特 厮杀场上威风凛凛。

2351 年迈的英雄希尔德勃兰特 格斗得正自顺手。
    多少勇敢的壮士 遭遇沃尔夫哈埃特
    手中的利剑不幸伤亡 倒在一片血泊之中。
    英勇而又杰出的骑士 为许特格的遇害报仇雪恨。

2352   伯尔纳的西格斯塔泼　　拼杀场上竭尽全力，
　　　　　嘿,他在这场战斗中　　把多少勇敢敌人的
　　　　　结实头盔劈得粉碎。　　狄特利希的外甥勇士
　　　　　驰骋沙场在厮杀中　　可以获得最佳荣誉。

2353   非常强大的伏尔克，　　当他亲眼看到
　　　　　西格斯塔泼的双手　　划破多少坚实的甲胄
　　　　　直赢得鲜血喷涌时　　勇士心中怒火燃烧。
　　　　　他迎着对方跳了上去，　　西格斯塔泼顿时

2354   在伏尔克,乐师的手上　　丧失了生命。
　　　　　西格斯塔泼还曾对他　　施展过精湛的剑术，
　　　　　只是伏尔克的利剑狠重，　　他只得倒地而亡。
　　　　　希尔德勃兰特报仇心切，　　奋力赶上拼杀一场。

2355   "可怜,这位高尚的英雄，"　　希尔德勃兰特大师言道，
　　　　　"他竟然在这里惨遭　　伏尔克的毒手死于非命。
　　　　　这位乐师死到临头，　　已经没有多长欢喜的时辰。"
　　　　　希尔德勃兰特的火气　　从未如此激烈、旺盛。

2356   他朝伏尔克一剑劈去，　　只见头盔的扣带
　　　　　还有战盾的边箍　　都从英勇的好汉
　　　　　身旁飞去,一片狼藉，　　撞在宫殿大厅的墙上，
　　　　　可怜乐师伏尔克为此　　立刻找到了他的归宿。

2357　　狄特利希的随从　　迅即踊跃投入了厮杀。
　　　　他们直打得多少　　铠甲碎片在空中飞舞，
　　　　寒光森森的宝剑　　在大厅的上方挥舞起伏。
　　　　他们杀戮得甲胄下的　鲜血热气腾腾流淌成河。

2358　　特隆页的哈根看到　英雄伏尔克已经倒毙，
　　　　这给他打击沉重，　顿时陷入巨大的痛苦。
　　　　他已经损失了这么多的　亲戚朋友和随从好汉。
　　　　天哪,哈根对众位英雄　开始了多么激烈的报复!

2359　　"老贼希尔德勃兰特　不能独占这份便宜!
　　　　我的伙伴惨遭打死　倒在英雄手上的剑下,
　　　　他是任何人都难获得的　最好的战斗伙伴。"
　　　　哈根高高地挥舞战盾,　接着便开始了砍瓜切菜。

2360　　强大的勇士赫尔弗里希　杀死了唐克瓦特。
　　　　恭特尔和吉塞尔赫　顿时心情万分痛苦,
　　　　他们亲眼看到英雄　惨遭沉重的伤害。
　　　　他们也许以自己的双手　亲自祭奠了地狱死神。

2361　　如此强大、众多的国王,　他们究竟来自
　　　　多少王国,聚集一道　借以对付少量莱茵客人。
　　　　基督教教徒挺身而出,　不是对此表示激烈的反抗,
　　　　他们以自身的强大　享誉众位英雄的前列。

2362　　沃尔夫哈埃特　　又来到面前亲自搦战，
　　　　他把国王恭特尔的随从　个个砍翻在地。
　　　　骑士在厅内左右驰骋　已经来回走了三趟。
　　　　的确,他夺取了国王　许多勇士的可贵生命。

2363　　强大的吉塞尔赫对着　沃尔夫哈埃特大喝一声:
　　　　"天哪,我怎么遇到　如此凶恶的敌人!
　　　　勇敢的骑士好汉,　你请过来跟我交战!"
　　　　他们两人搅在一起,　战火熊熊异常迅猛。

2364　　沃尔夫哈埃特和吉塞尔赫　双双杀得难解难分。
　　　　他们都给对方创下了　重重的伤口。
　　　　勇士拼足气力朝国王　猛然扑了上去,
　　　　鲜血从他的脚底　一直溅落到头顶。

2365　　王后乌特的高贵王子　出手沉重,十分敏捷,
　　　　他迎战勇敢的骑士　多么气壮,多么激烈。
　　　　沃尔夫哈埃特英勇了得,　他在年轻的国王面前
　　　　可惜也是辉煌不得:　国王神勇,无人可敌。

2366　　他朝沃尔夫哈埃特的　铠甲挥去一剑,
　　　　甲胄下面伤口巨大,　鲜血如注喷涌不止。
　　　　他让狄特利希的随从　痛苦伤重倒地而死。
　　　　对待一员勇猛骑士,　无人能创如此奇迹。

2367   英勇的沃尔夫哈埃特   发现自己受了重伤，
      立刻把战盾从手中放下。   他在手上高高地
      挥舞沉重的宝剑，   宝剑结实锋利无比。
      英雄打碎了吉塞尔赫的   头盔和他的甲胄。

2368   两位骑士愤怒已极，   最后双双同归于尽。
      国王狄特利希的随从   已经全部战死厅堂。
      只有希尔德勃兰特   看到外甥阵亡脚前。
      我觉得，他在死前   再也无法经历更大的悲伤。

2369   国王恭特尔的骑士   现在除了两位以外：
      国王自身还有哈根，   可怜全部死在战场。
      他们站在血泊之中，   鲜血一直陷到膝盖。
      希尔德勃兰特匆忙   朝他的外甥奔了过去。

2370   他用双臂抱住勇士   准备带着他一起
      离开国王的宫殿，   可是他只能把勇士留下。
      壮士死后尸体沉重，   他又从舅父的怀里
      滑落下来躺倒血泊，   杰出的骑士再度睁开眼睛。

2371   濒临死亡的人儿说道：   "我的亲爱的舅父，
      你在目前的时刻   还不能把我贸然抬走。
      你要千万提防哈根。   我自己感觉很好，真的。"
      勇士在自己的心中   起伏着愤怒的报复情结。

2372 "如果众位亲戚 愿意悲悼我的死亡，
   你要亲自告诉那些 最亲、最近的骑士伙伴，
   他们不能为我啼哭， 这类事情没有必要：
   我躺在这里威武而去 死在一位国王的手上。

2373 我也在这座厅堂中 激烈报复了我的死亡。
   多少骑士的妻子将会 痛哭她们遭受的灾难。
   如果有人向你打听， 你就能够告诉他们：
   大约百名英雄,他们 可惜死在我的手上。"

2374 特隆页的哈根不由得 想起了乐师伏尔克，
   年迈的希尔德勃兰特 结果夺取了他的生命。
   他对老将开口言道： "你必须抵偿我的痛苦。
   你活生生地剥夺了 我们多少勇士的生命。"

2375 他朝希尔德勃兰特扑了上去， 人们只是听到
   巴尔蒙利剑铿锵作声， 那是英勇的骑士哈根
   从西格弗里特手中夺下的， 因为他把英雄杀死。
   希尔德勃兰特立刻反击， 他抵抗得坚决、有力。

2376 沃尔夫哈埃特的舅父 挥舞一把宽阔的利剑
   朝特隆页的哈根砍去， 宝剑厉害,削铁如泥。
   可是他却难以伤害 国王恭特尔的好汉。
   哈根对他挑上一剑 刺穿了大师胸前衣甲。

2377   希尔德勃兰特大师　　立刻感到受了重伤，
　　　　　他心中担忧更大的伤害，　甚至惨遭哈根毒手。
　　　　　国王狄特利希的勇士　急忙把战盾搁在背上。
　　　　　他身负重伤立刻　逃离了残酷的战场。

2378   厅堂里面除了两人以外，　如我所能承认的，
　　　　　恭特尔和他的勇士，　其他的好汉都已死绝。
　　　　　年迈的希尔德勃兰特　带着一身血迹逃了出来。
　　　　　当他见到国王的时候，　立刻禀报悲痛的消息。

2379   他看到这位好汉　独自坐着十分悲哀。
　　　　　可是当国王见到大师　希尔德勃兰特
　　　　　被鲜血染成通红一片　又感到更加痛苦悲伤。
　　　　　国王挡不住忧虑重重　立刻动问是何原因。

2380   "请告诉我,大师：　你为什么浑身浸透了
　　　　　鲜血,一片模糊，　谁给你惹下这等祸事？
　　　　　我感到：你跟客人们　在王宫大厅打了一仗。
　　　　　我严格地禁止过你，　你完全可以避免祸端。"

2381   "我犹豫许久才终于　前来报告糟糕的消息，"
　　　　　老将说道,"是哈根　把我打成这般重伤，
　　　　　我已经准备离开宫殿　回来对你禀报战况。
　　　　　我这回好不容易　逃脱凶恶的魔鬼捡条性命。"

2382　伯尔纳的国王开口言道：　"你完全自作自受，
　　　　你亲自见到我跟　　英雄们结成亲密的友谊，
　　　　却主动破坏了我亲口　允诺他们的和平。
　　　　我如果不怕丢尽颜面，　定要让你以死抵罪。"

2383　"我的王上狄特利希，　你且不要暴怒如此。
　　　　至于我和我的众位朋友　损失惨重，令人心痛：
　　　　我们只是想抬着伯爵　许特格离开那里，
　　　　国王恭特尔的英雄好汉　却不愿意开恩放行。"

2384　"痛心啊,我遭受这份灾难!　许特格是否死了？
　　　　这份悲痛将会加重　我的无限苦难。
　　　　高贵的王后高特琳德　是我姑母的女儿。
　　　　天哪,可怜的伯爵丢下了　贝希拉恩的孤儿寡女!"

2385　伯爵之死给他添加了　心头的悲伤和苦闷。
　　　　他不由得放声大哭，　灾难迫使英雄山穷水尽。
　　　　"天哪,忠诚的助手，　失掉伯爵多么沉痛!
　　　　国王埃策尔的骑士，　我永远也不会忘怀。"

2386　他对希尔德勃兰特说道：　"请你立刻告诉我，
　　　　究竟是哪位勇士，　他竟敢动手打死了伯爵。"
　　　　大师答道:"盖尔诺特　奋力砍杀了许特格。
　　　　许特格毫不心慈手软，　也把骑士当场打死。"

2387   国王言道："希尔德勃兰特大师，   快召集我的随从，
               请他们立刻全身披挂！   我的确应该前往。
               吩咐随从迅速送上   我的明亮的战袍铠甲！
               我要亲自询问一下   布尔恭腾的众位英雄。"

2388   希尔德勃兰特言道： "还能指望谁来找你？
               你所拥有的英雄好汉，   全部站在你的面前。
               这就是我，独自一人，   其他的勇士全被打死。"
               他听到回答大吃一惊：   这让英雄心痛欲绝。

2389   他在人间世上从未   受到如此沉重的打击，
               于是开口言道："如果   我的随从全部死绝，
               上帝便把我丢在脑后。   我是一位威武的国王。
               我现在真的不再愧为   十分可怜的狄特利希。

2390   事情何能如此糟糕，"   狄特利希国王开口问道，
               "这批可歌可泣的骑士，   他们都已先我而去，
               死在疲惫的英雄手里，   勇士们在那里受尽了苦难？
               如果不是我的愚蠢，   他们定当不识死亡。

2391   痛心啊，我失掉了你，   心爱的沃尔夫哈埃特，
               我真的为此后悔，   后悔那时为何降临在世。
               西格斯塔泼和沃尔夫魏茵，   还有沃尔夫勃兰特，
               可怜在阿梅龙人的王国   有谁还能帮助于我？

2392　　　赫尔弗里希,这位勇士,　　也被他们打死,
　　　　　盖尔拜耳特和维夏特,　　我该如何悼念你们?
　　　　　这是我跟朋友们　　共同生活的最后一天。
　　　　　天哪,任何人都不能　　面临痛苦悲惨死去!

2393　　　如果这是我的不吉不利,　　灾难必须如此来临,
　　　　　那么告诉我:陌生人中　　是否还有活在人间?"
　　　　　希尔德勃兰特大师言道:　　"上帝知道,没有人了,
　　　　　除了哈根一人,还有恭特尔,　　崇高的国王。"

第三十八章

狄特利希征服恭特尔和哈根

2394　　国王狄特利希无法可施，　　只得亲自寻找战袍。
　　　　希尔德勃兰特大师　　帮助他全身披挂。
　　　　这位坚强的国王　　不由得发出一声长叹，
　　　　宫殿里回荡着他的　　叹息，隆隆有声。

2395　　可是英雄又重新获得了　　真正的战斗勇气。
　　　　这位杰出的骑士把自己　　武装结实，怒火难忍：
　　　　他举在手上的战盾　　真是独一无二，举世无双。
　　　　勇敢的希尔德勃兰特　　给他安抚遭受的损失。

2396　　特隆页的哈根开口言道：　　"我看到伯尔纳的国王
　　　　狄特利希走了过来。　　他要跟我们奋战一场，
　　　　因为我们给他造成了　　如此沉重的伤害。
　　　　今天人们可以看出，　　到底是谁可称人中豪杰。

2397   的确,如果伯尔纳的   国王狄特利希悲悼
　　　　如此巨大的损失   而且怒火中烧不屈不挠,
　　　　决意对我们报仇雪恨,   希望讨回对他的公道,"
　　　　哈根一旁继续说道,   "我也敢于跟他较量。"

2398   狄特利希和希尔德勃兰特   听到了他的讲话。
　　　　伯尔纳国王往前看到了   两位勇士正在宫殿门外
　　　　兀自把守,他们把   身体依靠着宽敞的大厅。
　　　　狄特利希把他那面   战盾暂时搁在厅前地上。

2399   狄特利希又是忧愁   又是悲伤,一旁开口问道:
　　　　"你为什么一意孤行,   恭特尔,反对于我?
　　　　我也在此寄人篱下,   可是我如何获罪于你?
　　　　我的一切安慰   全被你无端剥夺干净。

2400   你对这场巨大的灾难   似乎还不满足,
　　　　你们打死了许特格,   这位英勇的好汉,
　　　　而且现在又杀尽了   我的全部随从英雄。
　　　　我可没有给你们的   骑士造成如此的伤害。

2401   你且想想你们自己,   想想你们遭受的灾难,
　　　　还有你们朋友的死亡   以及战斗的疲惫情景,
　　　　你们这些杰出的骑士   怎不谴责自己的勇气!
　　　　天哪,伯爵许特格之死   给我带来多大的悲伤!

2402   世上人间从来没有   发生过这么大的苦难。
　　　　你们没有顾忌我们双方　　遭受的惨重损失。
　　　　我的随从朋友全部　　都被你们打死在地。
　　　　我永远无法真正　　面对和哀悼我的多少亲戚。"

2403   "我们其实并无罪责，"　哈根一旁开口言道。
　　　　"你的骑士们全部　涌进了宫殿大厅，
　　　　他们全副武装，队部庞大，　实在令人担忧。
　　　　我觉得，你对这批骑士　其实并不知道确切。"

2404   "我如何再能相信别人？　希尔德勃兰特亲自禀报，
　　　　我的骑士们来自　阿梅龙王国，他们只是希望
　　　　请你答应让他们把　许特格伯爵抬出大厅，
　　　　你们却肆意地嘲笑　我们这批英勇的骑士。"

2405   莱茵的国王开口言道：　"他们说过，他们准备
　　　　把许特格搬运出去。　我拒绝了他们的要求，
　　　　那是为了让埃策尔痛苦，　不是针对你的随从，
　　　　事情直到沃尔夫哈埃特　开始嘲笑咒骂为止。"

2406   伯尔纳的英雄开口言道：　"事情大概就是如此。
　　　　恭特尔，高贵的国王，　凭着你的一切品德，
　　　　你必须补偿给我　造成的一切杀戮伤害，
　　　　用于抵罪，勇敢的骑士，　直到我能够原谅罪责！

2407　把你交给我,还有　　你的跟随英雄,且作人质!
　　　　那么我愿意保护你们,　　而且尽我的一切力量,
　　　　让你们在匈奴人中　　不会受到任何欺凌。
　　　　你们从中将会看到　　我对你们一番友好忠诚。"

2408　"天空上帝保佑你们,"　　哈根接着开口言道,
　　　　"你看到两位骑士　　披挂整齐站在面前,
　　　　他们应该对你屈膝　　投降权作可耻的人质!
　　　　这就叫作可恶的羞辱,　　糟糕至极无法收拾。"

2409　"你们其实不该拒绝,"　　狄特利希一旁答道,
　　　　"恭特尔和哈根,　　你们两人对我无端生恶,
　　　　施尽了侮辱,　　伤害了我的心和我的情绪。
　　　　你们如果愿意赔罪,　　这个主张简单可行。

2410　我以忠诚担保,　　接着便和你们牵手和解。
　　　　我将跟你们共同骑马　　一起返回你们的王国,
　　　　还将荣耀地以礼相送,　　否则我愿就此死去。
　　　　我希望通过你们忘却　　我的一切痛苦和灾难。"

2411　"请不要继续纠缠!"　　哈根接着开口答道。
　　　　"给我们讲述这番道理,　　看来似乎实在不妥,
　　　　两员如此英勇的好汉　　如何跟着你做了人质?
　　　　你的身旁除了希尔德勃兰特　　也无其他力量。"

2412 希尔德勃兰特立刻答道：　“你们其实不必惭愧，
　　　大胆接受我们王上　　给你们提供的和平。
　　　不妨想到如此时刻　　也许已经为期不远，
　　　你们想要接受它时，　可惜已经无人安排。”

2413 “我却愿意领罪，”　　哈根一旁又作回答，
　　　“尤其在我灰溜溜地　　从仅仅一位骑士的
　　　剑下逃脱以前，希尔德勃兰特，　如你刚才做的。
　　　我还以为，你们　　能够更好地战胜对方好汉。”

2414 勇士希尔德勃兰特说道：　“你为什么谴责于我？
　　　当西班牙的瓦尔特　　杀害他的许多朋友时，
　　　那个人却在瓦斯肯　　山前坐在战盾上无动于衷。
　　　你对自己的往昔　　其实正有太多之处可以谴责。”

2415 国王狄特利希开口言道：　“骑士们如何容得
　　　他们之间如同老太太　　一样相互嘲笑攻讦？
　　　希尔德勃兰特，我不能容许　　你的讲话过分啰唆。
　　　我这无家可归的骑士　　已经面临多少忧愁。

2416 朋友哈根，说来听听，”　　狄特利希开口言道，
　　　“你刚才说了什么，　　值得尊敬的勇士，
　　　当你看到我全身披挂　　朝你走来的时候！
　　　你说，你独自一人　　拼杀时便能对付于我。”

2417 "这种事实无人抵赖，" 哈根说道，英勇骑士，
     "我愿意在这里尝试 用枪刺，用剑劈，
     除非我的这把尼伯龙 宝剑折断，没有办法，
     否则休想让我的国王 作为人质使我深受侮辱。"

2418 伯尔纳的国王听到 哈根愤怒的回答，
     勇猛的骑士立刻 举起了沉重的战盾。
     哈根从殿阶上朝他 蹿了过来，多么神速！
     杰出的尼伯龙宝剑 朝着狄特利希呼呼作响。

2419 国王狄特利希明白 勇敢的好汉哈根怒火万丈
     正在气恼之中。 伯尔纳的国王便开始
     巧妙地保护自己， 免得遭受危险的攻击。
     他对哈根非常熟悉： 这是一位杰出的骑士。

2420 他也担忧巴尔蒙， 那是一把厉害的宝剑。
     狄特利希处处提防， 运用计谋进行反抗，
     直到最后他终于 迫使哈根认输就范。
     他给哈根劈了一剑， 拉下的伤口又深又长。

2421 国王狄特利希想道： 你已经困难重重精疲力竭。
     如果把你趁机打死， 只能给我带来很少荣誉。
     我愿意尝试一回， 看看能否彻底制服于你，
     牵着回去做个人质。 我要处处提防小心谨慎。

2422   狄特利希放下战盾，   他的气力异常巨大。

国王伸出双臂，   趁势便把哈根紧紧抱住，

非常勇敢的好汉哈根   这回被他彻底降服。

恭特尔，高贵的骑士，   开始为失败悲痛哀伤。

2423   狄特利希捆上哈根   并且押着他一直找到

高贵的克里姆希尔特，   把这位最勇敢的壮士，

国王手上提着宝剑，   亲自交到她的手上。

王后经历了沉重的灾难   又换来一番欢乐。

2424   埃策尔的妻子兴奋异常，   她对骑士衷心感谢：

"愿你的心和你的身体   永远幸福，永远健康！

在我经历了一切悲伤后，   你给我送来了安慰。

我要永远感谢你，   直到死神把我最后召唤。"

2425   国王狄特利希开口言道：   "王后，非常高贵的夫人，

请饶他一条性命！   他也许还能通过一番努力

竭诚效力补偿   从前对你造成的一切伤害。

他的罪孽其实并不足以   让人们看到他绳捆扎绑。"

2426   王后命人把哈根   送入一座监禁的囚室，

没有人前来看他，   他躺在那里被捆扎一团。

恭特尔，高贵的国王，   开始在那里大声叫喊：

"伯尔纳的英雄在哪里？   他给我带来无限苦难。"

2427   国王狄特利希朝着他   迎面走了上去，
        恭特尔的强大果然   气势磅礴不可限量：
        他没有等待多久，   便已经离开了大厅。
        两位壮士的宝剑   撞击一道，发出巨大的声响。

2428   不管人们长期以来   如何赞颂国王狄特利希，
        恭特尔却是怒火万丈，   气势磅礴，难以阻挡：
        他经历了沉重的灾难，   现在又遇上强大的敌人。
        狄特利希能够获胜，   人们称之一场神圣奇迹。

2429   两位壮士气力过人，   他们同样十分剽悍。
        他们挥舞利剑朝着   坚固的头盔猛烈砍劈，
        宫殿和塔楼传来了   宝剑撞击的激烈回声。
        国王恭特尔显示出   多么超人的英雄气概。

2430   伯尔纳的勇士征服了他，   如同制服了哈根一样。
        人们看到英雄的铠甲上   鲜血如注顺势流淌，
        那是国王狄特利希   利剑斩劈的结果。
        恭特尔虽然精疲力竭   却仍然光荣地进行反抗。

2431   国王终于被狄特利希   用双手捆绑起来，
        从来没有任何国王愿意   忍受绳索的屈辱。
        狄特利希想道，如果   他让两位自由，不作绑捆，
        他们必将咆哮王国   不让任何人再享辉煌。

2432   伯尔纳的国王狄特利希   把国王押解在手。
　　　　他引着被捆绑的国王　　找到了克里姆希尔特。
　　　　王后见到国王身陷图圄，　她的悲痛烟消云散。
　　　　她说道："国王恭特尔，　我衷心地欢迎你！"

2433   国王言道："如果你的问候　略微显得仁慈一点，
　　　　我将对你表示感谢，　我的非常高贵的妹妹！
　　　　我知道你,高贵的王后，　满腹愤恨难以消逝，
　　　　因此你对我和哈根　只是作了一番冷冷的嘲笑。"

2434   伯尔纳的国王开口言道：　"非常高贵的王后，
　　　　从来没有这般杰出的　骑士如同我今天一样，
　　　　威武的夫人,把捆绑的人质　交给你予以监护。
　　　　请让两位陌生的客人　好好享受我的友谊！"

2435   王后答应愿意照办。　伯尔纳的英雄好汉
　　　　带着一双哭泣的眼睛　离开王后走了出去。
　　　　国王埃策尔的妻子　立刻寻思着愤怒的报复：
　　　　她剥夺了两位杰出骑士的　身体和生命。

2436   她让两名囚徒单独地　关押在王国牢房，
　　　　使他们互相之间　再也没有见面的机会。
　　　　不管她如何信誓旦旦，　高贵的女人却立刻
　　　　默默思忖,我今天要为　死去的夫君报仇雪恨。

2437 王后独自走了上去， 见到了特隆页的勇士哈根。
   她满怀激烈的仇恨 看着骑士开口言道：
   "如果你把从我这里 夺去的一切交还出来，
   那么你还能留着生命 重新回到布尔恭腾。"

2438 愤怒的哈根开口答道： "你的讲话毫无价值，
   王后，高贵的女人， 因为我已经庄严宣誓，
   只要还有一位国王健在， 我就不会出示宝物，
   我的高贵的女主人， 也不交给任何别的人物。"

2439 哈根明白她的意图： 她不会让他囫囵全尸。
   倘论不忠不义，何能 及得她的这番厉害？
   哈根担心，王后将会 杀害了他的性命，
   然后让她的兄长活着 赦回布尔恭腾的莱茵。

2440 我要作个彻底了断， 高贵的女人不由得想道。
   她吩咐立刻处决了 兄长的身体和性命。
   人们斩下了国王首级， 她倒提着恭特尔的头发
   来到特隆页哈根面前。 哈根顿时悲伤万分。

2441 当哈根看到王上的 脑袋一片狼藉的时候，
   勇敢的骑士对着 克里姆希尔特开口言道：
   "你现在终于结束了 你的为非作歹，
   事情结果十分圆满， 完全如我想象一般。

她倒提着恭特尔的头发　来到特隆页哈根面前。

约翰·亨利希·费思利,1805 年

2442   布尔恭腾的高贵国王　现在已经身首分离，
吉塞尔赫和伏尔克，　唐克瓦特和盖尔诺特
都已作古,除了上帝和我，　无人知道宝物下落。
它对你这个妖魔女鬼　永远是个隐藏的秘密。"

2443   她说道:"你以这般方式　给我做了恶毒的报复。
我现在愿意保留　西格弗里特的利剑。
忠诚的乐师佩着它，　你如此残忍,毫无忠义,
活活杀害了乐师性命。"　女人说着,无限悲痛。

2444   她把利剑抽出剑鞘，　哈根却无法自卫，
然后她想凌迟处死　骑士哈根的性命。
她用双臂把剑托起，　王后把哈根脑袋斩落下来。
国王埃策尔看着一切，　他的心里非常痛苦。

2445   "天哪!"国王开口言道，　"可叹这位最佳骑士
现在却躺倒在一位　女人的剑下死于非命，
哈根操提战盾在手时　经历了多少战斗厮杀。
我不管对他如何仇恨，　心中却万分沉痛悲伤。"

2446   希尔德勃兰特大师言道：　"对她来说并不合适，
不管人们如何对我，　她不能杀死哈根。
尽管他曾经把我　推入了可怕的灾难，
我却仍然要为　英雄骑士之死报仇申冤。"

2447   希尔德勃兰特怒气冲冲   朝克里姆希尔特跳上前去。

他对着王后愤怒地   挥舞着利剑。

王后忧虑重重，感到   死亡威胁大难临头，

她不由得恐怖地叫喊，   可是于她仍然无益。

2448   祭供死神的尸体   全部横倒在地。

高贵的女人也被   骑士利剑斩成数段。

埃策尔和狄特利希   开始失声痛哭。

他们悲痛满怀   哀悼每一位亲戚和好汉。

2449   英雄之花春尽衰败，   留下了尸体已经冰凉。

人们个个品尝了   巨大的悲痛和灾难。

国王的盛大典礼   在苦难声中彻底结束。

世上的欢乐到头来   都容易变成一场祸殃。

2450   至于后来发生的一切，   我对你们无法答复。

人们看到基督徒和异教徒   正在那里兀自哭泣，

女人们，仆人们，   还有多少漂亮的姑娘们。

他们怀着巨大的悲哀   悼念逝去的众位亲戚。

2451   我给你们不再讲述   更加巨大的人间苦难——

那些被打死的勇士，   就让他们躺着死去——

未来匈奴人的命运   冥冥之中已经作了安排。

故事到此应该结束，   这里便是尼伯龙根之歌。

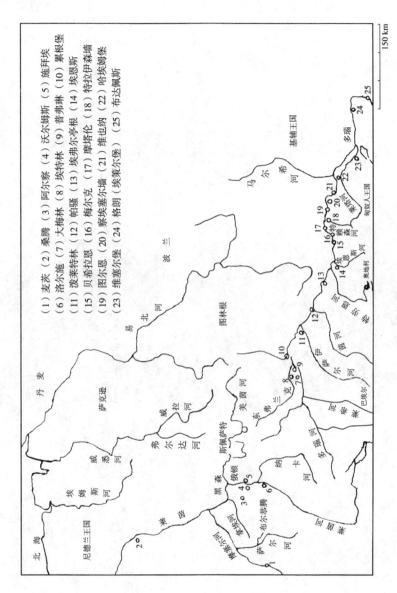

地名索引图

（1）麦茨（2）桑腾（3）阿尔泰（4）沃尔姆斯（5）施拜埃
（6）洛尔施（7）大海林（8）埃特林（9）普弗琳（10）累根堡
（11）波莱特林（12）帕疆（13）埃弗尔亭根（14）埃恩斯
（15）贝希拉恩（16）梅尔克（17）摩搭伦（18）特拉伊森墙
（19）图尔恩（20）紫埃塞尔堡（21）维也纳（22）哈达佩斯
（23）维塞尔堡（24）格朗（埃策尔堡）（25）布达佩斯

人名地名一览表

1. **Alberich** 阿尔卑律希,白胡子小侏儒,尼伯龙历代国王的珠宝管理人,他被西格弗里特打败后便把尼伯龙根宝藏和隐身帽交给西格弗里特。

2. **Aldrian** 阿尔特里安,哈根和唐克瓦特的父亲。

3. **Alzey** 阿尔察,伏尔克的住地,位于沃尔姆斯的西北方向。

4. **Amelrich** 阿美尔利希,多瑙河上船夫的兄弟,哈根曾经自称是这个人,希望摆渡过河。

5. **Amelungen** 阿梅龙,狄特利希的故乡,又称伯尔纳的狄特利希的随从人众。

6. **Arabien** 阿拉伯,书中指许多黄金和丝绸的产地。

7. **Arras** 阿拉斯,法国北部的城市,因为漂亮的艺术织物而闻名欧洲。

8. **Astold** 阿斯拖尔德,梅尔克的城堡主人。

9. **Azagouc** 阿察考克,充满着纷纭传说的东方王国,丝绸衣料闻名世界。

10. Balmung 巴尔蒙,西格弗里特的剑名,西格弗里特死后由哈根佩带,克里姆希尔特又用该剑杀掉了哈根。

11. Bayern 巴埃安,俗称巴伐利亚,首先指地区,也泛指当地居民。

12. Bechelaren 贝希拉恩,多瑙河畔的城市,许特格的城堡,位于奥地利境内。

13. Bern 伯尔纳,狄特利希的住地,因此而获名伯尔纳的狄特利希,他的随从称为伯尔纳人,但并非瑞士的伯尔尼。

14. Bloedel 勃吕特林,匈奴人国王埃策尔的兄弟,被唐克瓦特杀死。

15. Botelung 波特龙,匈奴人国王埃策尔的父亲。

16. Brünhild 勃吕恩希尔特,冰岛国的女王,恭特尔的妻子。

17. Burgund 布尔恭腾,布尔恭腾人的王国,布尔恭腾王国的居民,他们居住在沃尔姆斯城,莱茵河两岸。

18. Daenemark 丹麦,国王吕特伽斯特、伊林和哈瓦尔特的王国。

19. Daenen 丹麦人,丹麦国的居民。

20. Dankrat 堂克拉特,王后乌特的夫君,克里姆希尔特以及布尔恭腾三位国王,即恭特尔、盖尔诺特和吉塞尔赫的父亲。

21. Dankwart 唐克瓦特,阿尔特里安的儿子,哈根的弟弟,沃尔姆斯内廷总管,后来被赫尔弗里希战败、杀死。

22. Dietrich von Bern 伯尔纳的狄特利希(历史上的特奥特利希大帝,456—526年),遭放逐时栖身于匈奴人国王埃策尔处,跟赫尔哈特订立婚约。

23. Donau 多瑙,河名。

24. Eckewart 埃克瓦特,布尔恭腾国王任命的边关总督,陪同克里姆希尔特前往荷兰国,后来又前往埃策尔堡,布尔恭腾人在前往埃策尔堡赴邀时曾在边境上看到他呼呼大睡,他警告布尔恭腾人提防克里姆希尔特的报复计划。

25. Eferding 埃弗尔亭根,多瑙河畔的城市,位于奥地利林茨城的西侧。

26. Elbe 易北河。

27. Else 埃尔塞,巴埃尔王国多瑙河右岸的边关总管,边关总督格尔弗拉特的兄弟,遭哈根剑劈多瑙河上船夫的主人。

28. Enns 埃恩斯河,多瑙河的支流。

29. Etzel 埃策尔,匈奴人的国王(历史上的阿梯拉,死于公元453年),波特龙的儿子,勃吕特林的兄弟,第一次婚姻娶王后赫尔歇,第二场婚姻娶克里姆希尔特为妻。

30. Etzelburg 埃策尔堡,埃策尔的宫殿住地。

31. Everdingen 埃弗尔亭根,见前。

32. Gelfrat 格尔弗拉特,巴埃尔王国的边关总督,埃尔塞的兄弟。

33. Gerbart 盖尔拜耳特,国王狄特利希的随从之一。

34. Gere 盖莱,沃尔姆斯宫廷的边关总督,跟布尔恭腾诸位国王有亲戚关系,被称作诸侯。

35. Gernot 盖尔诺特,堂克拉特和乌特的儿子,恭特尔、吉塞尔赫和克里姆希尔特的兄弟。

36. Gibech 吉勃歇,埃策尔宫廷的诸侯。

37. Giselher 吉塞尔赫,堂克拉特和乌特的小儿子,恭特尔、盖尔诺特和克里姆希尔特的弟弟,跟伯爵许特格的女儿订立婚约。

38. Gotelind 高特琳德,贝希拉恩伯爵许特格的夫人。

39. Gran　格朗,匈奴人国王埃策尔的宫殿所在处。

40. Griechenland　希腊,希腊国的骑士曾经驻扎在埃策尔的宫中。

41. Gunther　恭特尔,①布尔恭腾诸位国王中的长兄;堂克拉特和乌特的儿子,盖尔诺特、吉塞尔赫和克里姆希尔特的兄长,勃吕恩希尔特的丈夫。②西格弗里特和克里姆希尔特的儿子,按克里姆希尔特的兄长命名。

42. Hadeburg　哈特堡,多瑙河畔女水妖名,她们一共有两人,曾为哈根指示未来。

43. Hagen　哈根,阿尔特里安的大儿子,唐克瓦特的兄长,布尔恭腾诸位国王的亲戚和封臣,他出生于特隆页,因此经常被称作特隆页的哈根,杀害西格弗里特的凶手,最后被狄特利希所俘虏,被克里姆希尔特杀害。据《尼伯龙根之歌》书中情节,哈根年轻时曾跟西班牙的瓦尔特以及希尔德恭特作为人质拘留在埃策尔的宫中。

44. Hawart　哈瓦尔特,丹麦诸侯,伊林的主人,伊林遭放逐时曾居住在埃策尔的宫中,后来被哈根杀死。

45. Hainburg　哈埃姆堡,匈牙利边境上的城市。

46. Helche　赫尔歇,匈奴人国王埃策尔的第一个王后,赫尔哈特母亲的姐姐。

47. Helmnot　赫尔姆诺特,国王狄特利希的随从。

48. Helfrich　赫尔弗里希,国王狄特利希的随从,战斗中杀掉了唐克瓦特。

49. Herrat　赫尔哈特,嫩特文和王后赫尔歇的妹妹的女儿,与狄特利希订立婚约,主管匈奴人国王埃策尔的宫女事务。

536

50. Hessen　黑森,王国名,也指该地的居民。

51. Hildebrand　希尔德勃兰特,国王狄特利希的师长、亲信,武装总管,沃尔夫哈埃特的舅父。

52. Hildegund　希尔德恭特,瓦尔特的妻子,跟丈夫一起逃离匈奴人国王埃策尔的王宫。

53. Hunnen　匈奴人,匈奴人的国王是埃策尔,又指匈奴人居住的王国。

54. Hornboge　荷恩伯格,埃策尔的随从。

55. Hunold　呼诺尔特,沃尔姆斯宫殿的成员,作为珍宝管理人,看守钱财、武器和衣服。他参与了对萨克逊人的战争。

56. Indien　印度,被称为价格昂贵的珠宝产地。

57. Inn　茵河,多瑙河的支流。

58. Iring　伊林,丹麦诸侯哈瓦尔特的封臣,跟他的主人一起生活在埃策尔的宫殿里,与哈根作战身亡。

59. Irnfried　伊恩弗里特,图林根的伯爵,跟匈奴人国王埃策尔生活在一起,在对抗伏尔克的战斗中阵亡。

60. Isenstein　伊森斯坦茵,勃吕恩希尔特在冰岛国的城堡,莱茵人出发到城堡前只有西格弗里特认识路途,甚至连熟悉世事的哈根也感到陌生。

61. Island　冰岛,勃吕恩希尔特生活的王国,从沃尔姆斯驾船前往,途经十二天到达这座岛屿。

62. Kiew　基辅,来自基辅的骑士曾经出现在埃策尔的宫殿内。

63. Kriemhild　克里姆希尔特,堂克拉特和乌特的女儿,布尔恭腾三位国王,即恭特尔、盖尔诺特和吉塞尔赫的姐妹,西格弗里特的妻子,后来嫁给埃策尔。她跟西格弗里特生下的儿子名叫恭特尔,跟埃策尔生下的儿子叫奥特里泼。她本人最后被希尔德勃兰特杀死。

64. Libyen   利比亚,被称作昂贵丝绸和羊毛衣料的产地国。

65. Liudegast   吕特伽斯特,丹麦王国的国王,萨克逊诸侯吕特格尔的兄弟,在跟恭特尔作战时被西格弗里特俘虏。

66. Liudeger   吕特格尔,萨克逊王国的诸侯,吕特伽斯特的兄弟,参与反对恭特尔的战争,也被西格弗里特俘获。

67. Lochheim   洛赫哈埃姆,莱茵河流域地名,哈根在那里沉下尼伯龙根宝藏。

68. Main   美茵,莱茵河的支流。

69. Marokko   摩洛哥,被作为昂贵丝绸的产地王国。

70. Mautern   摩塔伦,奥地利境内多瑙河畔的小城地名。

71. Mehring   梅灵根,多瑙河畔的地名,布尔恭腾人在那里摆渡过河。

72. Meisenburg   玛森堡,可能是多瑙河畔的维塞尔堡。

73. Melk   梅尔克,梅特律克,奥地利境内多瑙河畔地名,阿斯拖尔德的住地。

74. Metz   麦茨,奥特文的故乡。

75. Naentwin   嫩特文,赫尔哈特的父亲,王后赫尔歇的妹夫。

76. Nibelung   尼伯龙:①年轻国王希尔鹏和尼伯龙的父亲,尼伯龙王国的君主,尼伯龙宝藏的主人;②同名国王的儿子,希尔鹏的兄弟,希尔鹏答应跟他一起均分宝藏。

77. Nibelungen   尼伯龙人,在书中第一部分指尼伯龙王国原先宝藏的主人和居民;在书中第二部分又是对布尔恭腾人的称谓。

78. Niederland　荷兰,下莱茵河围绕桑腾的四周地区;西格蒙特的王国,西格弗里特的家乡。

79. Ninnive　尼尼维,被作为昂贵丝绸的产地王国。

80. Norwegen　挪威,尼伯龙王国和城堡所在地。

81. Nudung　努通,贝希拉恩伯爵夫人高特琳德的亲戚,跟维铁希作战时阵亡,他跟高特琳德的亲戚关系在书中未予阐明,克里姆希尔特答应把努通的封地和未婚妻许给勃吕特林。

82. Odenhein　俄顿海茵,莱茵河畔地名。

83. Odnwald　俄顿森林,莱茵河畔地名。

84. Ortlieb　奥特里泼,埃策尔和克里姆希尔特的儿子,被哈根杀害。

85. Ortwin von Metz　麦茨的奥特文,哈根的外甥,布尔恭腾三位国王的膳务总管。

86. Österreich　奥地利,位于摩塔伦和哈埃姆堡间的王国。

87. Ostfranken　东弗兰克,位于美茵河和多瑙河之间的东弗兰克地区。

88. Passau　帕骚,主教皮尔格林的居地,《尼伯龙根之歌》可能的成书之地。

89. Petschenegen　佩契纳根人,匈奴人国王埃策尔的隶属之民。

90. Pfoerring　普弗琳,可能是弗尔根,多瑙河流域的城市,位于英戈尔施塔特城的下方,克里姆希尔特在此渡过多瑙河。

91. Pilgrim　皮尔格林,帕骚的主教,乌特的兄弟,布尔恭腾三位国王和克里姆希尔特的舅父。

92. Pledeling 泼莱特林,位于帕骚西部的城市名。

93. Polen 波兰,民族名,波兰的骑士曾在埃策尔的宫殿里出现。

94. Ramung 拉蒙(即拉明),瓦拉亨的公爵,生活在埃策尔的宫内。

95. Rhone 罗纳,又名罗腾,河名。

96. Rhein 莱茵,沃尔姆斯和恭特尔王国位于莱茵河畔,布尔恭腾王国位于莱茵河西岸。前往冰岛向勃吕恩希尔特求亲即在莱茵河乘船顺流而下,哈根把尼伯龙根宝藏沉于莱茵河内。

97. Ritschart 里查德,狄特利希的随从。

98. Rotten 罗腾,河名和地名。

99. Ruediger 许特格,埃策尔的封臣,贝希拉恩的伯爵,高特琳德的夫君,接受埃策尔的使命骑马前往沃尔姆斯,向克里姆希尔特转交求婚愿望。他把在《尼伯龙根之歌》中并没有名字的女儿许配给吉塞尔赫,他的女儿在《哀诉》一书中叫作狄特琳德。

100. Rumold 罗莫尔特,布尔恭腾诸位国王的御厨总管,三位国王外出赴庆典时期代理主管王国。

101. Russen 俄罗斯,民族名,俄罗斯的骑士曾经出现在匈奴人国王埃策尔的宫殿里。

102. Sachsen 萨克逊,民族名,又是王国的名谓,萨克逊王国的国王是吕特格尔。

103. Schilbung 希尔鹏,尼伯龙的儿子,他的兄弟也按照父亲尼伯龙命名。

104. Schrutan 施罗堂,埃策尔宫殿的骑士,跟布尔恭腾人演艺比武。

105. Schwaben 旋瓦本,州名。

106. Schwalbfeld 斯瓦尔弗尔特,弗兰克的地名,多瑙河的北侧。

107. Siegestab 西格斯塔泼,伯尔纳的公爵,狄特利希妹妹的儿子,跟伏尔克交手时阵亡。

108. Siegfried 西格弗里特,①荷兰国国王西格蒙特和桑腾的西格琳特的儿子,克里姆希尔特的夫君,②恭特尔和勃吕恩希尔特的儿子。

109. Sieglinde 西格琳特,荷兰国国王西格蒙特的王后,西格弗里特的母亲。

110. Siegmund 西格蒙特,荷兰国国王,西格琳特的夫君,西格弗里特的父亲。

111. Sindold 辛多尔特,布尔恭腾三位国王的宫殿掌酒官。

112. Spanien 西班牙,瓦尔特的故乡,他在年轻时曾跟哈根和希尔德恭特作为人质生活在埃策尔的王宫内。

113. Spessart 斯佩萨特,布满树林的丘陵山地。

114. Speyer 施拜埃,施拜埃的一个主教曾在书中被提到过。

115. Swemmel 施韦默尔,国王埃策尔的吟游诗人,他跟维尔勃尔一起作为使者前往沃尔姆斯,邀请布尔恭腾人前往参加埃策尔宫廷举办的盛大庆典。

116. Thueringen 图林根,民族名以及他们的居住地。图林根的伯爵是伊恩弗里特。

117. Traisen 特拉伊森,多瑙河在奥地利的支流。

118. Traun 特劳恩河,多瑙河的支流。

119. Tronje 特隆页,哈根的出生地。

120. Tronjer　特隆页人,哈根的随从。

121. Tulln　图尔恩,多瑙河流经下奥地利的城市。

122. Ungarland　匈牙利人王国,匈牙利人的王国。

123. Ungarn　匈牙利,国名。

124. Ute　乌特,堂克拉特的王后,布尔恭腾三位国王和克里姆希尔特的母亲,帕骚的主教皮尔格林的妹妹。

125. Vergen　费尔根,地名。

126. Volker von Alzey　伏尔克,阿尔察的乐师,布尔恭腾三位国王的封臣,哈根的朋友。

127. Walachen　瓦拉亨人,民族名,瓦拉亨人曾出现在埃策尔的宫殿里,他们的公爵是拉蒙。

128. Walther von Spanien　瓦尔特,西班牙的瓦尔特跟哈根和希尔德恭特一起作为人质在埃策尔的宫殿里长大。瓦尔特从那里带着女友希尔德恭特逃了出去。他在回来的路上跟哈根的朋友们,即布尔恭腾人激战在瓦斯肯山。

129. Warbel　维尔勃尔,吟游艺人,国王埃策尔的两个吟游艺人之一,他们曾经作为埃策尔的使者派往沃尔姆斯,邀请布尔恭腾人前往参加盛大庆典。哈根在战斗中把他的右臂劈了下来。

130. Waske　瓦斯克,丹麦国伊林的宝剑名。

131. Waskenstein　瓦斯肯山,福格深的一座山名,那是西班牙的瓦尔特跟布尔恭腾人战斗的地方。

132. Waskenwald　瓦斯肯树林,福格深地名。

133. Wichart　维夏特,狄特利希的随从。

134. Wien　维也纳,匈奴人国王埃策尔跟克里姆希尔特举办婚礼的地方。

135. Wiesellurg　维塞尔堡,地名。

136. Winelind　文娜琳特,多瑙河上两个女水妖中的一个,她们曾经一起为哈根预言未来。

137. Wittich　维铁希,根据《狄特律克斯传说》,他在战斗中杀掉了努通,伯爵夫人高特琳德的亲戚。

138. Wolfhart　沃尔夫哈埃特,希尔德勃兰特妹妹的儿子;狄特利希的封臣;他和吉塞尔赫在战斗时双双倒地,一起战死。

139. Wolfbrand　沃尔夫勃兰特,狄特利希的随从。

140. Wolfwin　沃尔夫魏茵,狄特利希的随从。

141. Worms　沃尔姆斯,莱茵河边的城市,布尔恭腾三位国王的宫殿所在地。

142. Santen　桑腾,荷兰国的城市,西格蒙特的居住地。

143. Zazamanc　察察曼克,东方的城市,高贵丝料的产地。

144. Zeiselmauer　察埃塞尔墙,王后赫尔歇的城堡,这里也许是误解了,应是特拉伊森墙,位于特拉伊森流入多瑙河的交界处。

后　记

　　翻译《尼伯龙根之歌》是我心存多年的愿望。这个愿望最终得以实现，我是非常感激 DAAD（Deutscher Akademischer Austauschdienst，德国学术交流中心）和广西师范大学出版社的。感谢他们两家单位的支持和厚爱，使得作品能够翻译完毕和付梓问世。

　　在开始学习以及后来教学《德国文学史》《德国文学》的讲台生涯里，《尼伯龙根之歌》始终是一部转绕不过去的题材和内容。后来，它便成为我发愤研读、深入学习的契机和动力。2002 年 10 月，DAAD 支持我有关研究和翻译《尼伯龙根之歌》的计划，邀请我前往德国帕骚（Passau）大学，期间得到帕骚大学民俗学系主任、教授瓦尔特·哈埃亭厄（Prof. Dr. Walter Hartinger）博士的鼎力支持和帮助，安排我下榻在城内维特大街（Wittgasse）8 号三楼先生的住所。多瑙河和茵河从左右两旁不远处缓缓流过。夜晚寂静时，多瑙河拍击河岸的波浪伴随着读书人的书卷和灯光，直到今天回忆起来,还是多么的惬意和留恋。多少回站在横跨多瑙河的大桥上,我在眼前便多少回地浮现了《尼伯龙根之歌》可能发生在城内城外的动人情景,而翻译《尼伯龙根之歌》也正是在那段学习时间里完成的。

其实,就是在帕骚也并不是单纯地翻译,而是在读书。我给自己定下的原则便是读通原文,忠实原文,不拔高,不低抑,因为只有忠实原文才能产生忠实的解释。翻译时我希望努力运用原来的语气和素材,不作解释性的改头去尾,希望以此保持诗文原来的精神和面貌。

《尼伯龙根之歌》形成了自身独特的诗歌体裁,那便是在叙述或演唱的韵律之间留下了一个断档之处。这类体裁在阿拉伯诗歌中也时有所见,可是它给翻译带来了不少的麻烦和困难。事实上,由于德语和中文在语言、词汇以及发音上的巨大差别,绝对地对应着翻译那是不可能,也是不现实的。否则,它要么不能成书,要么成了书也让人无法阅读。因此,在翻译时既要照顾到全句的断档之处,又要考虑到断档前、后两个部分适当的位置和字数,所以有时候甚至出现把人名也以音节和发音分为前后两处,这实在是翻译过程中的无奈之举,丝毫没有标新立异的意思。

《尼伯龙根之歌》会给中国的读者带来许多的想象。它在诗文中的有些情节容易使我们想起《一千零一夜》,想起昭君出塞,想起文成公主。它们之间究竟有什么、或者根本没有什么关联,至少在目前,谁也说不清楚。可是,人类的文化虽然分东西南北,但自古以来,它们便是交往的,不能完全受有否文字记载的约束。文字记载只是其中的一部分,有时候甚至只是很小的一部分。人类更有反映自身生存的大文化,这才是人类文化的力量和伟大之处,它像水在世界上到处流淌一样。

《尼伯龙根之歌》能够在广西师范大学出版社(上海)顺利出版,我是非常感谢刘广汉老师的支持和帮助的,感谢魏东老师在校对和编辑译文时做了十分细致的工作,让译文更加正确、通俗、明了。

另外,我还有许多德国和奥地利的朋友,他们在我翻译《尼伯龙根之歌》时给我许多的勉励和支持,甚至亲自驾车帮助我前往贝希拉恩、梅尔克、斯坦因、尼伯龙根河谷、图尔恩、维也纳等地进行实地考察,给我留下了许多难以忘怀的深刻印象。借此机会,我向他们一并表示诚挚的谢意。

我相信,《尼伯龙根之歌》一定具有强大的生命力和艺术感染力。当然,我更相信中国的读者,他们会在《尼伯龙根之歌》中找到许多思考和生产的契机,他们会从中找到许多新的发现。

祝愿《尼伯龙根之歌》在中国的艺术园地里寻觅到更多的朋友。

曹乃云

2017 年 7 月 22 日识于纳木错